Filip Alexanderson

FIRSTBORN
– Der Gejagte –

Thriller

Aus dem Schwedischen
von Nike Karen Müller

GOLDMANN

Die schwedische Originalausgabe erschien 2015
unter dem Titel »Förstfödd« bei Norstedts, Stockholm.

Gedichte von Gustaf Fröding: In der Jugend / Der Poet Wennerbom / Ein Ghasel. Aus: »Schilf, Schilf rausche«. Ausgewählte Gedichte von Gustaf Fröding. Übertragen von Klaus-Rüdiger Utschik. Anacreon Verlag, 2. Aufl. 2007. Abdruck mit freundlicher Genehmigung.

Dieses Buch ist auch als E-Book erhältlich.

MIX
Papier aus verantwortungsvollen Quellen
FSC® C014496

Verlagsgruppe Random House FSC® N001967

1. Auflage
Deutsche Erstveröffentlichung Juni 2016

Published by agreement with Ahlander Agency
Umschlaggestaltung: UNO Werbeagentur, München
Umschlagmotiv: plainpicture/Mohamad Itani
Redaktion: Friederike Arnold
AG · Herstellung: Str.
Satz: omnisatz GmbH, Berlin
Druck und Bindung: GGP Media GmbH, Pößneck
Printed in Germany
ISBN: 978-3-442-48400-3
www.goldmann-verlag.de

Besuchen Sie den Goldmann Verlag im Netz

Sie stolperte vorwärts in der Dunkelheit, das Kind im Arm. Das verwaschene Flügelhemd vom Krankenhaus reichte ihr bis zu den Waden. Mit bloßen Fußsohlen tastete sie sich auf dem kalten Beton voran. Eigentlich sollte sie frieren in der kalten Zugluft in den unterirdischen Gängen, aber alles, was sie spürte, war der ausgekühlte Körper des Kindes. Die Abwesenheit von Leben. Sie presste den zarten Körper krampfhaft an ihre Brust. Das unbarmherzige Licht der Leuchtstoffröhren flackerte. Kleine Inseln erhellter Wirklichkeit, die den dunklen Korridor entlangführten, wie ein enger Gang hinab in die Unterwelt. Mund und Augen wollten schreien, aber es kam kein Laut. Ein Mann in Weiß tauchte aus dem Dunkel auf. Er blieb stehen, hielt sie fest und versuchte, ihr das Kind zu entreißen. Andere in Weiß kamen hinzu. Nun löste sich der Schrei, der in ihr festgesessen hatte, ein abrupter, gellender Schrei. Die verzweifelte Klage einer Mutter, die ihr Neugeborenes verloren hatte. Dann wurde es still.

Jonas stand vor dem Zaun und betrachtete die Baustelle. Kalter Regen peitschte von der Seite und suchte sich einen Weg seinen Nacken hinunter. Das langärmlige Unterhemd war nass am Hals und auf der Brust. Seit dem frühen Morgen war er draußen, das hier war schon die vierte Baustelle. Bagger hoben Erdmassen aus und füllten die Baugrube mit Steingrus auf. Bauarbeiter schufteten im Schlamm. Weiter hinten wurde die Bodenplatte vorbereitet. Jonas schlug die Kapuze hoch und steuerte die Baracken an. Der anhaltende Regen trübte die Sicht wie ein nasser Vorhang und verwandelte den Baulärm in dumpfes Dröhnen. Beinahe wäre er gegen einen Eisenträger gelaufen, als er an einem Stapel großer Abflussrohre vorbeikam.

»Watch out!«, schimpfte ein südländisch aussehender Mann mit Mütze.

»Sorry, przepraszam«, entgegnete Jonas und trat rasch zur Seite.

Er ging an übereinandergestapelten Moniereisen vorbei, an schmutzigen Blöcken aus Polystyrol, Zementrohren und Spanplatten, bis er einen kleinen blauen Bauwagen erreicht hatte. Im Innern war es warm und feucht. Das Fenster war beschlagen, und es roch nach nassem Hund. Der Boden war fast völlig mit Matsch bedeckt. An einem provisorischen Tisch aus Stützböcken und ein paar Gipsplatten stand ein Mann und telefonierte. Er trug eine blaue Regenjacke und einen Helm. Der Tisch war übersät mit Zeichnungen, leeren PET-Flaschen, Werkzeugen und Ladegeräten. Der Mann sprach abwechselnd Englisch und Schwedisch. Er klang gehetzt und warf Jonas einen verärgerten Blick zu, er ließ sich nicht gerne vor anderen kritisieren. Als das Gespräch beendet war, kritzelte er nachlässig die Skizze einer tragenden Konstruktion auf die Gipsplatte und strich eine andere durch.

»Bist du der Elektriker?«, fragte der Mann mit englischem Akzent, ohne den Blick von der Skizze zu heben.

»Nein.«

»Too bad.« Er fügte ein paar Ziffern hinzu. »So, was willst du?«

»Kannst du noch wen gebrauchen?«

»No, I need the fucking Elektriker!« Der Mann schleuderte den Stift auf den überladenen Tisch. Ein Pappbecher fiel um, und der Kaffeerest spritzte über die Zeichnungen. »Fuck!«

Jonas drehte sich um und ging. Seit zwei Wochen nichts. Er ließ den Blick über das zerfurchte schlammige Gelände schweifen. Der mühsame Kampf der Baumaschinen gegen den nassen Lehm schien unmöglich. Er brauchte bald was. Er hatte keine Ahnung, wie er sonst die Miete zusammenkratzen sollte.

»Was kannst du, Junge?« Ein älterer Typ im Blaumann stand unter einem Vordach und rauchte. Es dauerte eine Weile, ehe Jonas antwortete, er hielt nicht viel von Smalltalk und war nicht sicher, dass dieser Mann ihm geben konnte, was er brauchte.

»Wenn ich was ausschachten soll, musst du mir einfach zeigen, wo.«

Der Mann lachte auf.

»Das ist aber eine seltene Einstellung für Jungs in deinem Alter, ihr wollt euch doch nie schmutzig machen.« Der Mann taxierte ihn nonchalant, die feuchte Zigarette im Mundwinkel.

Jonas war groß, hatte breite Schultern. Die Nase war gerade, die Stirn breit, und die blauen Augen lagen tief in den Höhlen. Das halblange Haar war blond, wie die eher spärlichen Bartstoppeln. Er sah ernst aus. Ein Blick, der nicht auswich.

»Wo hast du vorher gearbeitet?«

»Hier und da.«

»Wir können Leute brauchen auf dem Bau, ein paar Tage diese Woche und bei Bedarf auch nächste. Interessiert?«

»Klar.«

»Ich rede mit Trevor.« Der Mann nahm einen letzten gierigen Zug und schnippte den Zigarettenstummel in eine Pfütze. »Komm am Montag vorbei, für den Papierkram.«

»Wenn wir den Papierkram vergessen«, antwortete Jonas ohne Zögern, »kann ich auch gleich anpacken.« Schlussendlich gab es mehr Geld, wenn er schwarzarbeitete, so funktionierte das eben. Außerdem konnte es mehrere Monate dauern, bis er das Geld bekam, wenn er legal arbeitete, und die Zeit hatte Jonas nicht. »Das ist billiger für euch.«

Der Mann schwieg eine Weile.

»Bist du Schwede?«

»Eh klar. Heja, Zlatan.«

Der Mann grinste.

»Okay, Junge. Rede mit Miroslaw unten an der Baugrube.« Er zeigte Richtung Planierraupen.

»Danke.«

Endlich, dachte Jonas. Er wischte sich über die vom Regen feuchten Augen, zog sich ein Paar Arbeitshandschuhe an und begab sich in den Schlamm zu den anderen Bauarbeitern.

Es lag etwas in der Luft, eine Vorahnung. Eldh ging vor einem Betonfundament in die Hocke. Die Dunkelheit machte es schier unmöglich, die kleine Gestalt inmitten von Müll, Decken und Zeitungen auszumachen. Der Abendwind von der Saltsjö-Bucht erfasste eine Plastiktüte, wirbelte sie durch die Luft und unter das Betongewölbe, ehe sie von einem Ziehharmonikabus Richtung Slussen mitgerissen wurde. Eldh schlug vorsichtig den Zipfel von einem speckigen roten Schlafsack zur Seite. Ein kleines runzliges Gesicht mit zerzaustem Bart und abstehenden grauen Haarbüscheln kam darunter zum Vorschein. Die Augen waren geschlossen, der Mann schien tief zu schlafen.

»Gunnar, wie geht es dir?«

Er machte keine Anstalten aufzuwachen. Schmutz, angetrocknetes Blut und Schwellungen verrieten ein hartes Leben auf der Straße. Eldh hatte seit langem schon ein Auge auf ihn, er gehörte zu den Älteren, aber wie alt er tatsächlich war, konnte sie nicht sagen. Seit vielen Jahren war er auf Södermalm zu Hause, lange bevor Eldh mit ihren Rundgängen im Dienste der Gemeinschaft angefangen hatte.

»Hörst du mich, Gunnar?« Sie rüttelte ihn behutsam.

Noch immer keine Antwort. Der Atem des Mannes war sichtbar in der kühlen Luft, er roch nicht mehr nach Alkohol als sonst.

Aber da war noch etwas.

Ein schwacher elektrischer Geruch.

Ihr wurde eiskalt. Dieser Geruch war Eldh sehr vertraut.

Vorsichtig schob sie Gunnars Augenlider hoch und bekam die Bestätigung. Weiße Augäpfel.

»Mist!«

Das war jetzt das siebte Mal. Alles Penner in der Innenstadt. Die ersten Fälle im vergangenen Jahr hatte sie als Überdosis abgetan. Das kam gelegentlich vor, aber die Unruhe, die Eldh in letzter Zeit beschlichen hatte, war berechtigt. Denn hier ging es nicht um Sucht. Wenn sie eines über Gunnar sicher wusste, dann, dass er nie mit Hochspannung gespielt hatte.

Eldh lehnte sich mit der Stirn an den kalten Beton und fluchte innerlich. Der Geruch war noch da, das bedeutete, dass noch nicht viel Zeit vergangen war. Der, der Gunnar auf dem Gewissen hatte, musste sich noch in der Nähe aufhalten. Sie schloss die Augen und horchte. Die Geräusche von Slussen hallten von den Betonsockeln wider. Menschen, Autos, Schritte, Busse und Handygespräche. Die Schienen der Saltsjö-Bahn sirrten leise, die Bahn war stadtauswärts auf dem Weg nach Danvikstull. Die Windböen vom Riddarfjärd trugen das Klatschen der Wellen an ihr Ohr. Sie nahm die Kapuze ab und ließ ein Geräusch nach dem anderen verklingen. Sie kannte Slussen in- und auswendig, Södermalms Nabel, der Ausgleich für die Klassengesellschaft, wo sie alle sich trafen, reich wie arm. Eine U-Bahn hielt kreischend am Bahnsteig zwei Stockwerke über ihr. Die Weichen wurden gestellt. Ein leichter Regen ging lautlos auf den Asphalt nieder. Sie sortierte die identifizierten Geräusche der Reihe nach aus. Es wurde immer stiller. Das »Die Türen schließen« des U-Bahnfahrers. Weg damit. Im Süßigkeitenautomaten auf dem Bahnsteig fiel scheppernd etwas ins Ausgabefach. Weg. Uninteressante Unterhaltungen. Weg. Das schwache Surren der Hochspannung.

Da war etwas.

Eine kaum merkliche Störung. Eine Abweichung vom elektrischen Rhythmus. Jemand hatte sich am Stromnetz eine Überdosis geholt.

Ein Bus aus Nacka hielt und gab eine Traube lärmender Halbwüchsiger frei, unterwegs in das lockende Nachtleben der Stadt. Eine leere Bierdose traf die Wand ein Stück von Eldh entfernt, das blecherne Geräusch hallte von den Betonpfeilern wider und störte ihre Konzentration. Es würde viel zu lange dauern, das Geräusch wieder zu lokalisieren, aber sie hatte genug gehört, Eldh wusste, wie die Hochspannungsleitungen verliefen. Die vier Gleise hatten je eine, es gab zwei Leitungen im Autotunnel und eine auf der Eisenbahnbrücke. Es war ein Leichtes, an das U-Bahnnetz zu kommen, die unvorhergesehenen Ausfälle zogen keine unnötige Aufmerksamkeit auf sich. Sie küsste sanft die faltige Stirn und zog den Schlafsack über dem alten Mann zu. Auch wenn andere sagen würden, dass er noch lebte, kannte sie die Wahrheit. Jetzt war er nur noch eine leere Hülle. Er hatte diese Welt für immer verlassen.

Sie richtete sich auf, schüttelte die Steifheit aus ihren Gliedern und sammelte sich. Im Tunnel lag eine Transformatorstation zwischen Slussen und Medborgarplatsen. Die hätte sie selbst gewählt.

Jonas war nass bis auf die Haut und fror wie ein Schneider. Er saß in der U-Bahn und versuchte, die Heizung aufzudrehen. Die Kleider waren vollkommen verdreckt, und im Schritt klaffte ein neues Loch. Er hatte lange gearbeitet, die halbe Abendschicht, um möglichst viele Stunden zusammenzubekommen. Von Vorschuss war keine Rede, aber vielleicht wurde ihm das Geld für die Miete rechtzeitig ausbezahlt.

Er hatte gerade die automatischen Türen der U-Bahn-Station Karlaplan passiert, als er einen stechenden Schmerz spürte. Ein weißer Blitz durchschnitt seinen Kopf. Verdammt. Nicht jetzt. Ihm brach der kalte Schweiß aus, und eine plötzliche Übelkeit stieg in ihm auf. Der Blitz geisterte in seinem Hirn herum und blendete ihn von innen, während sich sein Mund mit dem bitteren Geschmack von Metall füllte. Er hatte sich nie an diese grässliche Migräne gewöhnen können, obwohl sie ihn schon sein ganzes Leben begleitete. Sie hatte seine Kindheit zerhackt. Sein Leben zerrissen. In der Pubertät war es noch schlimmer geworden. Manchmal mehrere Male in der Woche. Es war nur eine Frage der Zeit, bis ihm die Beine nicht mehr gehorchten. Jonas fuhr auf der Rolltreppe nach oben, verlor das Gleichgewicht und torkelte gegen ein Bushäuschen. Er bemühte sich, in dem kleinen Teil seines Blickfelds, in dem nicht der gleißend weiße Schmerz flimmerte, die richtige Richtung zu finden. Die Passanten machten ihm Platz, gingen ihm aus dem Weg, hielten sich fern. Er konnte kaum etwas sehen, wankte weiter, stützte sich an einem besprühten Stromkasten ab, tastete sich an der Wand entlang zu seinem Hauseingang. Mit knapper Not gelang es Jonas, den Türcode einzugeben, ehe er im Lift zusammenbrach.

Ihm wurde vage bewusst, dass er auf seinem Bett lag. Er war irgendwie reingekommen, aber bei jedem Versuch, das Flimmern zu fassen zu bekommen, verschlimmerte sich sein Zustand nur. Die Balkontür knarrte und wurde geschlossen. Jemand zog ihm die nassen Kleider aus und deckte ihn zu. Jonas ließ all das geschehen, es war sinnlos, sich dagegen zu sperren; der Schmerz schob die Gedanken beiseite, und er verschwand in der Dunkelheit.

Als er aufwachte, war es Nacht. Er lag ganz still, aus Furcht, die Kopfschmerzen könnten bei der kleinsten Bewegung zurückkommen. Er wagte nicht einmal, die Augen aufzumachen. Jonas hatte keine Ahnung, wie spät es war. Manche Attacken konnten ihn einen ganzen Tag außer Gefecht setzen, andere ein paar Stunden. Draußen regnete es unverdrossen weiter. Ein kalter Luftzug strich über sein Gesicht. Das Fenster war angelehnt, und das ferne Rauschen vereinzelter Autos unten auf der Straße war zu hören. Gedämpfte Stimmen aus dem Fernseher im Wohnzimmer. Langsam öffnete er die Augen ein wenig. Das ging ganz gut. Die Migräne schien vorüber zu sein. Diesmal war er glimpflich davongekommen. Er sah sich um, noch immer ohne den Kopf zu bewegen. Es fiel ihm schwer, sich in der schwarzen Herbstnacht zu orientieren, aber es war vielleicht etwa drei. Nach ein paar Minuten setzte er sich vorsichtig auf, in seinem Schädel hämmerte es schwach, als hätte er einen inneren Bluterguss, aber das Schlimmste war überstanden. Er stand auf, machte ein paar vorsichtige Schritte.

Der Körper tat weh nach der harten Arbeit auf dem Bau. Rücken und Schultern schmerzten. Er hatte von der Schufterei mit dem leicht ätzenden Zement Ausschlag auf den Armen bekommen, eine seltsam glatte Schicht auf der Haut und Blasen an den Händen, die sich in ein paar Tagen in Verhärtungen und Schwielen verwandeln würden. Bis dahin galt es, die Zähne zusammenzubeißen. Und der Regen. Er sehnte sich beinahe nach dem Winter. Lieber Kälte als Regen, dachte er und musterte seine bleichen, aufgequollenen Füße. Der nasskalte Herbst war am schlimmsten.

Er ging ins Bad, spritzte sich Wasser ins Gesicht, pinkelte und zog sich eine Unterhose an.

»Hungrig?«

Jonas gab keine Antwort. Er hatte keinen Appetit, aber er musste etwas essen. Der Kühlschrank war leer, bis auf ein Tetrapak Milch, eine Dose eingelegte Rote Beete und eine halbe Tube Mayonnaise. Er trank den Rest Milch und machte sich nicht einmal die Mühe, ihn auszuspucken, als er merkte, dass sie sauer war.

»Du hättest wenigstens Milch kaufen können, Mama«, nuschelte er gereizt, wusste aber zu gut, wie abwegig das war in Anbetracht ihres Alltags.

»Im Gefrierschrank ist noch Pyttipanna«, sagte sie geistesabwesend vom Wohnzimmer aus.

»Ich weiß«, gab er leise zurück. »Das hab ich ja auch besorgt.«

Die Mikrowelle machte Pling. Jonas setzte sich mit seinem Teller aufs Sofa. Das Kartoffelgericht war außen heiß und innen noch gefroren, aber das musste reichen. Die Programmübersicht für morgen lief auf SVT bestimmt schon seit einer Stunde. Er nahm seiner Mutter die Fernbedienung aus der Hand und wechselte den Sender. Nachdem er das gesamte

Abendprogramm durchgezappt hatte, blieb er bei einer Doku über ein Rudel Hyänen hängen. Er massierte sich die Schläfen und den verspannten Kiefer.

»War's schlimm?«, fragte sie.

»Wie immer«, erwiderte er.

Damit war die Unterhaltung beendet.

Er ließ sich eine halbe Stunde vom Fernseher berieseln und nahm sich dann widerwillig die Seminarliteratur vor, die auf dem Sofatisch gelegen und ihn ans Lernen erinnert hatte. Er schaffte nur ein paar Kapitel. Jonas war mental ausgelaugt, und nachdem er sich eine Weile mit der wunderbaren Welt des Handelsrechts beschäftigt hatte, gab er sich geschlagen. Er hatte keinen Schimmer, was er gelesen hatte. Bevor er sich wieder hinlegte, breitete er seiner Mutter eine Decke über die Schultern. Er wusste nicht, ob sie schlief oder nicht, sie rührte sich nicht und gab keine Antwort auf sein »Gute Nacht«. Dann fiel er ins Bett.

Da kannst du nicht runtergehen!«

Eldh nahm eine Karte aus ihrer Brieftasche und wedelte damit.

»Keine Panik, Junge, ich arbeite hier.«

Eldh steckte ihre Coop-Kundenkarte in die Tasche, stieg die Stahltreppe am Bahnsteigende hinunter und folgte den Schienen. Weitere Einwände blieben aus, und sie war ehrlich erstaunt darüber, dass überhaupt jemand reagierte, das war eher untypisch für Stockholm. Einige andere Fahrgäste folgten ihr mit dem Blick, jedoch ohne sie wahrzunehmen, im öffentlichen Nahverkehr schalteten die Menschen auf Autopilot. Der Tunnel war dunkel, hier und da waren Lampen angebracht, die mit ihrem grellweißen Licht die rauen Wände beleuchteten. Weiter vorn hörte sie einen Zug am Medborgarplatsen losfahren und zwängte sich in einen schmalen Spalt, damit der Zugführer sie nicht sah. Sie zog sich die Kapuze ins Gesicht, und das Licht aus den Wagen zuckte an ihr vorbei. Vor ihr öffnete sich ein enger Durchgang zwischen den Gleisen, die nach Norden und Süden führten. Sie folgte den Stromleitungen, die wie breitspurige Straßen an den Wänden entlangliefen, und schlüpfte in den Durchgang zwischen den beiden Tunneln. Die Leitungen verschwanden in einer verputzten Wand. Eine Tür, übersät mit Verbotsaufklebern und Graffiti, das lädierte Schild oben in der Ecke – *Hochspannung TBS031* –, dort wollte Eldh hin. Sie lehnte die Stirn an die kalte Stahltür und schloss die Augen, horchte auf die hallenden Geräusche in den Tunneln. Diesmal ging es viel schneller. Trotz des schrillen Kreischens der bremsenden Züge, der klappernden Wagen und des Knackens der Weichen hörte sie es wieder; die Störung in der Hochspannung. Dort drinnen hinter der Tür surrte der Transformator mit derselben rhythmischen Verschiebung, die sich jede sechste Sekunde wiederholte.

Eldh holte einen Schlagring aus der Jackentasche und schob ihn auf ihre linke Hand. Sie wartete, bis ein Zug aus südlicher Richtung in einem Streifenmuster aus Licht und Schatten vorbeigefahren war, ehe sie vorsichtig die Klinke prüfte. Die Tür war offen. Ein unmerklich angespannter Ausdruck huschte über ihr Gesicht, als sie die Klinke drückte. Die Stahltür glitt auf, und überraschend geschmeidig schlüpfte sie lautlos durch den schmalen Spalt. Eldh war groß. Nicht dick, aber groß, kräftig und breit wie ein Scheunentor. In ihrer Jugend war sie eine richtige Walküre gewesen, die Männer hatten ihre blonde Erscheinung umschwärmt wie Nachtfalter eine Terrassenleuchte, aber die Jahre hatten ihr Recht eingefordert. Obwohl sie aussah wie um die fünfzig, hatte das Leben immer wieder seine Fallstricke für sie gespannt. Die starren Glieder, die Narben und die gebrochene Nase verrieten den Abgrund hinter den dunkelblauen Augen.

Sie ließ die Tür angelehnt, verharrte reglos und versuchte, den dunklen Raum zu überblicken. Das Surren des Stroms irritierte die Haut, und die Härchen stellten sich unvermittelt auf. Eine Glühlampe leuchtete ein Stück weiter hinten. Mit Kabeln verbundene Metallscheiben waren an Halterungen aufgehängt, die in langen Reihen den Raum vom Boden bis zur Decke bedeckten. Das Stellwerk war eingezäunt, überall hingen gelbe Warnschilder mit dem Blitzsymbol und dem Wort *Hochspannung*. Es roch nach Zigarette oder eher Zigarre. Abgesehen von dem singenden Strompuls war es still. Der Schotter unter Eldhs Schuhsohlen knirschte, als sie zwischen die Transformatorreihen spähte. Sie entdeckte zwei Krokodilklemmen in der hinteren Reihe, ein schwarzes und ein rotes Kabel verliefen um die Ecke. Eldh erahnte eine Gestalt, die in der Hocke am Zaun lehnte. Ein brauner glühender Zigarillostummel lag auf der Erde. Neben der Gestalt standen ein rotkarierter Einkaufswagen und eine zerschlissene Reisetasche, übersät mit alten abgewetzten Stickern verschiedener Sehenswürdigkeiten wie dem Eiffelturm und dem Zuckerhut. Die Tasche war vorn offen, und Eldh konnte darin die Konturen eines eigenartigen Gebildes ausmachen. Es ähnelte dem Innenleben eines Radios mit Transistoren, Metallteilen und Kabeln in verschiedenen Farben. So etwas hatte Eldh noch nie gesehen. Ein dickes schwarzes Kabel führte von der Tasche bis unter die Kleider der Gestalt in halbsitzender Stellung. Ein leises Summen war zu hören, wie eine zufällige Melodie von jemandem, der in seine Arbeit vertieft war – ein Handwerker oder ein Künstler vielleicht. Eldh machte einen zögerlichen Schritt auf die Gestalt zu.

Vor dem Durchgang rollte ein Zug vorbei, ein anderer kam ihm entgegen. Der Luftzug erfasste die Tür und riss sie unvermittelt auf. Instinktiv drehte Eldh sich um, als die Tür gegen die Wand schlug. Dann prallte sie zurück und fiel mit einem ohrenbetäubenden Knall ins Schloss. Als sie sich wieder umwandte, war die Gestalt mitsamt Tasche verschwunden. Sie hörte leichtfüßige Schritte und wie etwas zwischen die Transformatorscheiben gesteckt wurde. Eine Funkenfontäne erhellte mit ihrem lebensgefährlichen Feuerwerk den Raum, ehe es zum Kurzschluss kam und alles erlosch. Es wurde pechschwarz. Der Geruch von verbranntem Metall und der typische, stechende Geruch von ionisierten Partikeln verteilten sich in der Luft.

Eldh duckte sich an die Wand. Es knisterte, und Funken flogen, als der Reststrom in die Anlage floss, aber sie konnte nichts erkennen. Sie hörte Schritte direkt vor sich, holte zu einem Schlag ins Leere aus und erhielt als Antwort einen präzisen Hieb in die Seite. Der nächste Schlag traf ihre Unterarme, die Eldh gehoben hatte, um ihren Kopf zu schützen. Es war ein punktueller, schneidender Schmerz, der vermutlich mit einer Waffe ausgeführt worden war, einem Eisenrohr oder einem Nageleisen. Das Adrenalin blockierte das Schlimmste, als sie der nächste Schlag traf. Nun wusste sie, wo ihr Gegner sich befand. Sie hechtete mit ihrem ganzen Gewicht nach vorn, bekam einen Körper zu fassen und stürzte in den Zaun, der das Stellwerk umgab. Metall traf auf Beton, als die Waffe zu Boden fiel. Eldh konnte sich nicht gut orientieren, im Dunkeln zu kämpfen war nicht ihr Ding. Der Gegner war kleiner und schlanker und befreite sich aus ihrem Griff. Sie ging erneut auf den anderen los, und im selben Moment wurde ihr der Boden unter den Füßen weggezogen. Eldh kam zu Fall und schlug mit dem Kopf auf dem Betonboden auf. Sie sah Sterne. Sie hörte schnelle Schritte, und dass die Tür geöffnet wurde. Draußen war es stockfinster. Der komplette Strom im gesamten U-Bahnnetz musste zusammengebrochen sein. Sie tastete sich voran, bis sie die Krokodilklemmen fand, spuckte in die Handflächen und hielt beide Leitungen fest. Der Reststrom jagte durch das System und in ihren Körper hinein. Nicht zu viel, aber ausreichend. Eldh schloss die Augen und konzentrierte sich. Das konnte man auf verschiedene Arten tun, aber für sie war es am einfachsten, an die reflektierenden Augen einer Katze zu denken, den Rest erledigte ihr Körper von allein, wenn ihre Nachtsichtigkeit einsetzte.

Langsam passten die Augen sich der Dunkelheit an. Der Raum war leer. Ein großer Rollgabelschlüssel lag neben ihr. Sie kam mühsam auf die Füße. Es schien nichts gebrochen. Sie lief in den Tunnel zurück, bog links und wieder links ab auf das südwärts führende Gleis Richtung Medborgarplatsen. Sie musste sich entscheiden. Sie hatten die Tendenz, sich für links zu entscheiden, wenn sie flohen, das hatte sie im Lauf der Jahre festgestellt.

Die kleinen blauen Lampen an den Tunnelwänden leuchteten schwach, ein Reservegenerator musste irgendwo angesprungen sein, und der matte Schein genügte ihren lichtempfindlichen Augen, um den Tunnel so zu sehen, als sei er voll beleuchtet. Weiter hinten flackerte Licht in einem stillstehenden U-Bahnwagen, und Eldh sah, wie ihn jemand umrundete. Sie setzte ihm nach. Einige verblüffte Gesichter nahmen sie in dem unsteten Licht vom Reservegenerator des Zuges wahr. Eldh hastete zum Bahnsteig, auf dem sich die Fahrgäste drängten.

Die Notbeleuchtung schien so grell, dass sie sich die Hand vor ihre lichtempfindlichen Augen halten musste. Es war keine Panik ausgebrochen; die Stockholmer hatten ein dickes Fell, Abweichungen von den Fahrplänen gehörten zum Alltag. Hunderte von Hammarby-Fans brüllten und grölten, vor kurzem musste ein Spiel zu Ende gegangen sein. Sie störten sich am meisten an dem Stromausfall. Die Fangesänge hallten von den gewölbten Wänden wider. Eldh kletterte auf den Bahnsteig. Es roch nach regennassen Jacken und Mänteln. Sie war einen Kopf größer als die meisten, aber sie wusste nicht, nach wem sie suchte. Eine Lautsprecherstimme verkündete etwas Unverständliches, sie konnte nur *Signalstörung* heraushören. Um sie herum stimmte eine Gruppe Jugendlicher neue Schlachtrufe an. Andere antworteten und setzten mit einem donnernden Chor ein. Eine alte Dame mit Einkaufswagen versuchte, sie zum Schweigen zu bringen. Ein Hund bellte. Am mittleren Aufgang entdeckte sie einen Mann, der sich eilig durch die Menge schob. Er trug etwas Schweres. Es war in dem Gewimmel unmöglich zu erkennen, ob es die alte Reisetasche war. Sie musste es darauf ankommen lassen. Eldh drängte sich durch die Menschenmassen, war aber nicht schnell genug. Sie setzte die Kapuze auf und sprang auf die Schienen, um den Weg abzukürzen. Protestrufe folgten ihr, bis sie sich wieder hochstemmte und die Treppe hinaufrannte. Keuchend stand sie vor dem U-Bahneingang und spähte über den Medborgarplatsen. Der Regen hatte zugenommen. Nun sah sie ebenso gut in der Abenddämmerung wie bei Tageslicht. Trotz der schwachen Spannung würde das noch eine Weile anhalten. Björns Trädgård lag verlassen, ebenso wie die Treppen vor der Moschee. Niemand, der davonrannte. Aber dann sah sie ihn.

Er stand an einem Taxi vor dem Hotel Scandic ein Stück weiter die Götgatan runter. Der Fahrer warf eine Tasche in den Kofferraum und schloss die Klappe. Eldh konnte sich gerade noch vor das Taxi werfen, das ausscherte und dicht vor ihr zum Stehen kam. Der Taxifahrer stieg aus und fluchte auf gebrochenem Schwedisch gemischt mit Schimpfwörtern auf Farsi. Sein Blick fiel auf den Schlagring, den Eldh vergessen hatte abzustreifen, und er verstummte. Sie umrundete das Auto, riss die Beifahrertür auf. Ein gepflegter Mann in den Vierzigern starrte sie fragend an. Sie zerrte ihn aus dem Wagen und drückte ihn auf die Motorhaube. Der, auf den sie beim Stellwerk getroffen war, war kleiner gewesen, aber auch dafür gab es eine Erklärung.

»Reiß dich zusammen, Kumpel, ich bin von der Polizei.«

Eldh riss sein Jackett auf, dann sein Hemd. Sie tastete seinen Oberkörper ab, aber da war nichts. Nur ein blasser Brustkorb, übersichtlich behaart. Eldh ließ den verstörten Mann los.

»Verdammt«, murmelte sie. Sie hatte es vergeigt. Der Täter musste noch unten auf dem Bahnsteig sein.

Der Handywecker ging um 5.20 Uhr an. Nach dem Migräneanfall plagten ihn immer noch Kopfschmerzen, als hätte er einen üblen Kater. Jonas musste all seine Kraft aufbieten, um sich aus dem Bett zu stemmen nach den wenigen Stunden Schlaf. Aber er musste. Sie hatten ihm gesagt, dass sie ihn heute auf der Baustelle bräuchten. Die Miete konnte er vielleicht noch ein paar Tage rausschieben, aber Fortum hatte zum zweiten Mal in diesem Jahr gedroht, den Strom abzustellen, und das war schlimmer.

Er schlüpfte in die schmutzige Arbeitskleidung. Seine verdreckten Stiefel lagen vor dem Fußende des Bettes, und eine Spur aus getrocknetem Schlamm führte in den Flur. Er schlang ein paar Cornflakes hinunter und legte die Seminarbücher in eine Plastiktüte, mit etwas Glück konnte er am Nachmittag die Prüfung schreiben. Auch wenn Handelsrecht ihn nicht sonderlich interessierte, kam er normalerweise durch. Die Schule war Jonas immer leichtgefallen. Was er lernte, blieb hängen. Er schnürte seine Stiefel und verließ leise die Wohnung, um seine Mutter nicht zu wecken.

Am Karlaplan duckte er sich hinter einen Mann im Anzug mit Aktenkoffer, schlüpfte durch die Sperren und nahm die U-Bahn in südlicher Richtung zur Baustelle in Blåsut. Die Wagen waren fast leer. Er überflog die Abschnitte über Urheberrecht und Teile der europäischen Patentgesetzgebung, bis er am Ziel war.

Den ganzen Vormittag ging ein kalter, langweiliger Regen nieder. Die Wolken wechselten ihre Grautöne, und heftige Schauer fegten wie zerrissene Vorhänge über die Lehmlandschaft. Jonas mischte Zement, als es klingelte.

»Hej, ich bin's, Rebecka. Alles gut?«

»Ganz okay.« Er schob das Mobiltelefon unter die Kapuze, wo es einigermaßen trocken war, und klemmte es mit der Schulter fest, damit er weiterarbeiten konnte. »Und bei dir?«

»Ist gerade ein bisschen viel, ich habe nur eine Woche und muss Immunabwehr und Zellbiologie lernen. Ich verstehe einfach nicht, wie die dieses verdammte Studium konzipiert haben. Aber ich gönne mir dann eine lange Sexreise nach Gambia, wenn ich Oberärztin bin und mein erstes Kreiskrankenhaus verkauft habe.«

»Du zahlst, ich begleite dich.«

Sie lachte. Dieses leicht raue Lachen, das immer noch Gefühle in ihm weckte. Er schnitt einen Zementsack auf und leerte den Inhalt in den Mischer.

»Das klingt ja schrecklich, bist du nicht in der Uni?«, sagte sie.

»Nein.«

»Hast du heute nicht Prüfung?«

»Ich glaube nicht, dass ich das schaffe. Ich mache sie dann eben das nächste Mal.«

»Dann hast du nächstes Mal aber eine ganze Menge zu tun.«

Es entstand eine Pause.

»Ich habe neulich versucht, dich zu Hause anzurufen, aber das Telefon war tot«, fuhr sie fort.

»Die tauschen da was aus und mussten sämtliche Leitungen im Haus kappen.« Telia hatte vor einem halben Jahr das Telefon abgestellt, weil er die Rechnung nicht bezahlt hatte, aber mittlerweile riefen ohnehin nur noch Telefonverkäufer an, und seine Mutter hatte sowieso aufgehört, mit der Umwelt zu kommunizieren. Er begriff nicht, warum er das nicht schon eher gemacht hatte.

»Auf dem Handy habe ich dich auch nicht erreicht. Wurde da auch der Anschluss ausgetauscht?«

Jonas schwieg. Er leerte einen weiteren Sack in den Betonmischer.

»Im Medizinerhaus ist am Samstag Fete, ich kann dich auf die Liste setzen, wenn du willst?«

»Weiß nicht, ob ich das packe.«

»Ich glaube, deine Mutter würde sich freuen, wenn du mal eine Medizinstudentin mit nach Hause bringst, sie hat einen guten Geschmack, weißt du.«

»Nur weil du vor hundert Jahren durch die Kontrolle gekommen bist, heißt das nicht, dass du das wieder schaffen würdest.«

Kurze Pause.

»Ich habe nicht mich gemeint. Es gibt auch andere Mädchen hier, echt zum Anbeißen. Da sagt keine nein zu einem Kerl mit ein bisschen Dreck unter den Fingernägeln. Hör nie auf damit, auf dem Bau zu jobben. Ein Jurist, der gewillt ist, sich schmutzig zu machen. Lecker.«

»Wie läuft's mit Adam?«, konterte er.

Pause.

Jonas wischte sich über die Stirn. Der nasse Handschuh hinterließ einen Streifen Zementschlamm über seiner Augenbraue.

»Hattest du Migräne?«

»Nein.«

»Nee, klar.« Sie kannte ihn zu gut. »Immer noch so schlimm?«

Er hatte keine Kraft, ihr zu antworten. Er hatte mit den Jahren seinen bescheidenen Teil an Mitleid bekommen, was bei ihm nichts als Ekel hinterlassen hatte.

»Ich muss jetzt weitermachen. Ist noch was?«

Sie schwieg einen Augenblick.

»Wenn du Geldprobleme hast, kannst du dir immer was leihen, das weißt du.«

Jonas füllte die Zementmasse in einen Eimer und ging zur Baugrube.

»Nein, ist nicht nötig, aber trotzdem danke. Wir hören uns.«

»Klar, grüß deine Mutter.«

Die Arbeit in der Baugrube war hart, und der permanente Regen machte alles nur schlimmer. Jonas trug zwei mit Zement gefüllte Eimer und sank mit jedem Schritt tiefer in den Matsch, der sich überall einen Weg bahnte. Die Handschuhe waren durch und durch nass, und in die Stiefel war auch wieder Wasser gesuppt. Miroslaw kürzte Moniereisen, die glühenden Eisenspäne tanzten wie ein Silvesterfeuerwerk um ihn herum. Jonas gab den Zement in eine Gussform und kratzte den Rest mit einem Holzstumpf aus. Der Pole klappte sein Visier hoch und musterte Jonas.

»Es gibt Kaffee.« Er nickte zum Bauwagen hinüber.

»Ein andermal.«

»Du arbeitest hier für drei Schweden. Der Zement ist nie alle.«.

»Danke trotzdem.« Jonas nahm wieder die Eimer.

»No problem, Junge. Mach, was du willst, ich zieh's dir auch nicht vom Lohn ab. Es ist genug Kaffee da, auch für dich.« Miroslaw nahm das Visier ab, verstaute den Trennschleifer in einem schwarzen Müllsack, damit er nicht nass wurde, und ging zum Bauwagen.

Jonas sah ihm nach. Der Regen hatte im Laufe des Nachmittags zugenommen. Er tropfte von seinen Augenbrauen, die ganze Baustelle war in einen grauen Nebel gehüllt. Jonas stellte die Eimer ab und folgte Miroslaw.

Im Bauwagen war es eng. Um die zehn Arbeiter hatten dort Zuflucht gesucht. Es war feucht, warm und roch säuerlich. Der Ton war schroff, aber herzlich. Polnische und russische Schimpfwörter lieferten sich einen Schlagabtausch. Jonas hatte mit den Jahren genug aufgeschnappt, um zu wissen, was sie von dem schwedischen Wetter hielten.

Miroslaw bahnte sich einen Weg zur Kaffeemaschine und goss sich einen Becher ein. Er stellte Jonas seinem Schwager Stanislaw und seinem Neffen vor, der gerade aus Sosnowiec eingetroffen war und Formulare der Steuerbehörde ausfüllte. Der Regen prasselte aufs Dach. Jonas zog die Handschuhe aus. Seine Finger waren bleich und aufgequollen, wie nach einem langen Bad. Der Kaffee war bitter, aber er wärmte. Niemand nahm Notiz von ihm, Arbeitskräfte kamen und gingen, wenn man Aufmerksamkeit wollte, musste man sie einfordern, aber Jonas interessierte das nicht, er war schon immer ein einsamer Wolf gewesen.

Die Arbeit auf dem Bau hatte etwas Substanzielles, das gefiel ihm. Sich abschleppen und abplagen. Er würde das nicht ewig machen, aber bis jetzt war es ganz in Ordnung, und wenn er mit dem Studium fertig war, würde er etwas anderes finden. Als er jünger war, hatte er nicht die nötigen Kontakte, um sich einen gutbezahlten Bürojob neben der Schule zu organisieren. Er konnte keine Unterlagen kopieren in Papas Firma, so wie seine Klassenkameraden. Zu seinem ersten Job auf dem Bau war er zufällig gekommen, als er fünfzehn war. Seither hatte er einfach weitergemacht. Im letzten Semester war ihm ein Nebenjob in einer Kanzlei auf Kungsholmen angeboten worden.

Ein Mentor von ihm hatte ihn empfohlen. Nichts Besonderes, aber ein Schritt in die richtige Richtung. Er hatte alles getan, um sich anzupassen. Opas altes Jackett war viel zu klein, sodass sich Jonas von seinem Ersparten ein weißes Hemd und einen schwarzen Anzug von Dressman gekauft hatte. Man hatte zwar Bemerkungen über seine Nullachtfünfzehn-Garderobe gemacht, aber er hatte sich nichts anmerken lassen. Das ging drei Wochen lang gut. Dann hatte die erste Migräne zugeschlagen. Er hatte unzusammenhängend gestottert und war in Panik davongerannt. Am folgenden Tag hatte sich die Personalchefin per Telefon nach ihm erkundigt. Jonas hatte alles erklärt, und sie hatte versichert, er sei immer noch willkommen, wenn er zurückkommen wolle. Aber er hatte es ihr angemerkt. Das wohlwollende Mitleid. Das Tätscheln auf dem Kopf. Die Tyrannei der Gebildeten und Gutherzigen. Das Gehätschele. Er hasste es. Jonas hatte zugemacht, um durchzuhalten, aber seine dicken Mauern dienten nicht nur als Schutz, sie wurden zu einem Panzer, undurchdringlich in beide Richtungen. Aber dieses Mal war er über seinen Schatten gesprungen und zurückgekommen. Die mitleidigen Blicke hatten sich verselbstständigt im Büro, das hatte er sofort gemerkt. Er war das Bürschchen, das es nicht leicht hatte. Der Junge ohne Geld. Der arme Kränkliche. Er hatte es in ihren Augen gesehen. Das kollektive Mitleid aller Lehrer, Eltern und Schüler. Alles, was er mit rasender Wut auszublenden versucht hatte, seit es seiner Mutter so schlecht ging, war wieder da. Einen Tag später hatte er aufgehört. Er hatte seinen Lohn bekommen plus zwei Wochen extra. Hätte er nicht so dringend Geld gebraucht, hätte er den verfluchten Wohltätigkeitsbeitrag umgehend zurückgeschickt, aber nachdem er die Scheine in der Hand gehalten hatte, konnte er nicht. Es ging einfach nicht. Er durfte seine

Mutter nicht vergessen. Auf dem Bau war das einfacher. Keiner legte Wert darauf, wie man gekleidet war, wo man herkam oder ob man manchmal nicht da war. Freiheit, Gleichheit und grottenschlecht bezahlt.

»Du, Junge«, rief Miroslaw ihm quer durch den Raum zu. »Was ist nochmal ein Gemeldeter? Pole?«

»Nein, die wollen wissen, wo du wohnst.«

»Danke. Napisz Stockholma w tym oknie«, erklärte Miroslaw seinem jungen Neffen, der sich mit der schwedischen Bürokratie herumschlug.

»Czekac«, sagte Jonas und ging zu ihnen. Er überflog die Seiten. »Hier musst du Stockholm reinschreiben.« Er zeigte auf das Formular. »Und Sosnowiec in das Feld hier. Wenn du da gewohnt hast, ehe du hergekommen bist. Dieses Feld musst du auch ausfüllen, sonst kriegst du alles wieder zurück. Czy rozumiesz?«

Es war nicht das erste Mal, dass er Neuankömmlingen half, sich durch den schwedischen Formulardschungel zu schlagen. Ein normal belichteter Einheimischer hätte keine Chance. Jonas studierte Jura, und trotzdem musste man sich auskennen, um diese Formulare zu verstehen. Er half dem jungen Polen, den Rest auszufüllen, und sah die Unterlagen von zwei anderen durch, bis es ihm zu eng wurde in dem Bauwagen.

»Danke«, sagte Miroslaw. »Du bist ein guter Typ.«

»Kein Problem, zrobic.« Jonas warf den Pappbecher in einen Müllsack und ging wieder in den Regen hinaus.

Eldh erwachte widerwillig, weil die Sonne ihre Augen blendete. Ein schmaler Strahl suchte sich seinen Weg durch das einzige Fenster des Zimmers. Sie setzte sich mit einem tiefen Seufzer auf und kramte nach einer Sonnenbrille auf dem Tisch unter Pizzaschachteln, Zeitungen und Getränkedosen. Ihre Augen waren noch immer empfindlich, besonders bei Tageslicht, aber die Sonnenbrille bot ein wenig Linderung. Draußen auf der Straße machte ein Briefträger mit seinem gelben Wagen seine Vormittagsrunde. Sie zog den Vorhang zu und stellte im Radio Kuschelhits ein. Ihre Flanke schmerzte, vermutlich war eine Rippe gebrochen, aber es hätte schlimmer sein können. Die Unterarme taten weh und waren geschwollen, aber es war kein Loch im Stoff. Sie hatte Glück gehabt.

Eldh zog den Pullover aus, tauschte ihren BH und bandagierte ihre Arme. Sie stöberte im Küchenschrank nach einer Kaffeetasse. Aber sie fand nur eine Packung Würfelzucker und einen Blumenteller. Dem Berg in der Spüle wollte sie sich wirklich nicht zuwenden. Ein alter Coca-Cola-Becher musste genügen. Der Kaffee schmeckte wie Rattengift, die Maschine war über Nacht an gewesen, aber man konnte ihn trinken. Sie spülte zwei Aspirin hinunter. Im Gefrierfach entdeckte sie einen Beutel Pommes frites, den sie sich an die Rippen hielt, damit die Schwellung zurückging. Wann sie ihn gekauft hatte, wusste sie nicht.

An den Wänden klebten Zettel, Zeitungsartikel und Stadtpläne von Stockholm, die sie eingehend studierte. Sie waren mit Notizen und Ausschnitten übersät. Sie pinnte eine rote Stecknadel neben Slussen, schrieb das Datum des Vortags und die Uhrzeit 22.15 in ein Notizbuch. Dann nahm sie eine schwarze Nadel von einem anderen Plan und strich einen der vierzig Namen durch: *Gunnar in Unnsjömyren*. Eldh erinnerte sich an ihre erste Begegnung mit ihm. Das musste irgendwann in den Achtzigern gewesen sein, als sie mit ihrer Vorgängerin in der Gemeinschaft draußen gewesen war. Mit seinem zerzausten Bart hatte Gunnar am Kai gesessen. Er hatte an einem lecken Holzkahn gelehnt, der mindestens genauso alt und lädiert war wie er, und sich gesonnt. Die Gegend unterhalb der Münchenbryggeriet war sein Revier. Gunnar war in seiner Jugend Hafenarbeiter gewesen und erzählte manchmal von alten Zeiten. Es hatte viele Jahre gedauert, sein Vertrauen zu gewinnen, aber dann ließ er sie nach und nach an seinen Erinnerungen teilhaben. In kleinen, wohlüberlegten Portionen. Wie der Hafen zum Leben erwacht war, wenn die ersten Boote das letzte Eis durchbrachen. Wie die Brigg Schwalbe Orangen vom Mittelmeer gebracht hatte. Wie die Großstadt entstanden war mit ihren Fabriken und Autos. Sonst war Gunnar zurückhaltend und auf der Hut gewesen. Aber das hatte offenbar nicht gereicht.

Sie steckte weitere Nadeln um, strich Daten an und kritzelte ein paar Namen und Zeilen auf ein anderes Blatt. Dann trat sie einen Schritt zurück und betrachtete das Ganze. Das hier war ihr Job. Jedenfalls beanspruchte dies den Großteil ihrer Zeit. Ein Auge auf sie zu haben. Dafür zu sorgen, dass die Gemeinschaft den Allerschwächsten mit dem Allernötigsten helfen konnte. Aber gelegentlich war sie gezwungen, mit Unklarheiten aufzuräumen, zwischen den Zeilen zu lesen. Und vielleicht hatte sie trotz allem eine neue Spur. Ihr gefiel das nicht.

Eldh kreiste die Fälle ein, bei denen sie eine Überdosis ausschließen zu können glaubte. Sie alle waren aus der Innenstadt, aus Gamla stan oder Slussen, aber es gab kein System, weder was den Ort noch den Zeitpunkt betraf. Sie durchforstete alte Aufzeichnungen auf der Suche nach etwas, das sie weiterbrachte.

Im Zimmer über ihr betätigte jemand die Spülung. Sie stellte fest, dass sie Hunger hatte. Der Kühlschrank unter der Kochplatte war leer, aber sie machte ihn trotzdem aus alter Gewohnheit auf. Dann eben was im Jerusalem.

Nachdem sie einen großen Kebabteller gegessen hatte, kaufte Eldh im 7-Eleven in der Götgatan sämtliche Tages- und Abendzeitungen. Beide Schlagzeilen thematisierten den Tod eines Säuglings in einem Krankenhaus. Aus einem Papierkorb vor dem Göta Lejon fischte sie die Gratiszeitung *Metro* und ging wieder ins Büro. Oder nach Hause. Je nachdem. Eldh schlief im Büro auf dem Sofa, seit die Wohnung in der Tavastgatan vor fast zwei Jahren in eine Eigentumswohnung umgewandelt worden war. Die Gemeinschaft hatte ihr keine Summe in dieser Höhe zahlen wollen, sie musste sich damit zufriedengeben, dass sie für das Büro blechten. Das Problem hatten alle, die durchs Raster fielen. Ohne Personennummer wurde das Leben immer schwieriger, und sie hatte weder die Mittel noch die Kraft, sich eine neue zu besorgen.

Sie begann ihre tägliche Routine damit, die Zeitungen durchzublättern. Ihre Augen brannten, als sie zu lesen versuchte, Überschriften und Untertitel gingen, aber das Kleingedruckte floss ineinander und verschwamm. Die Augen hatten ordentlich was abbekommen am Vortag. Sie war jedes Mal lichtempfindlich, aber es war das erste Mal, dass sich die Sehkraft so drastisch verschlechterte. Sie setzte die Sonnenbrille ab. Ich werde langsam alt, dachte sie. Ich brauche eine Lesebrille.

Ein kaum hörbares Surren aus der Küche riss sie aus ihren Gedanken. Sie holte ein abgegriffenes Mobiltelefon hinter der Abzugshaube in der Küche hervor. Die Kontaktliste war leer und die Sperrfunktion ausgeschaltet. Sie nahm das Gespräch an.

»Können wir uns sehen?«

In der Baugrube ging es zu wie in einem Bienenstock. Leitungen, Rohre und Abflüsse mussten gelegt werden, bevor das Fundament gegossen werden konnte. Die Betonlaster waren im Anmarsch, alle arbeiteten auf Hochtouren.

»Czesc.«

»Czesc, Junge. Hallo, hallo«, gab Miroslaw zurück. »Hab nicht gedacht, dass du kommst.«

»Przykro mi.«

»No problem.«

Ein kleines »Entschuldigung« auf Polnisch glättete meistens die Wogen. Jonas mochte Miroslaw, von seiner schroffen und zugleich freundlichen Art bekam er gute Laune. Er musste hart arbeiten, aber es war auch befriedigend, nicht denken zu müssen und dem Körper freie Hand zu lassen. Miroslaw machte eine Handbewegung, und Jonas grub, schleppte, mischte Beton, schnitt Holz zu und verdrillte Bewehrungsmatten mit Rödeldraht, bis seine Finger taub waren. Seit knapp einer Woche schuftete er im Matsch.

»Hast du noch eine Baustelle für mich?«

»No problem, Junge«, erwiderte Miroslaw. »Lieber spät als nie!«

Jonas trank einen halben Liter Cola in der Frühstückspause und schob ein paar Snickers hinterher. Es war kurz vor zehn. Wenn er die letzte Armierung der Bodenplatte in seinem Abschnitt fertig hatte, konnte er gehen. Er hatte eine Pflichtvorlesung um drei, die er nicht verpassen wollte.

Jonas arbeitete so hart, dass er nichts von den Anzeichen bemerkte, die manchmal den nächsten Anfall ankündigten. Ein schwacher Druck hinter dem linken Auge, Übelkeit oder einen Metallgeschmack. Anzeichen, bei denen er sonst alles stehen und liegen ließ, sich in ein dunkles Zimmer einschloss und hoffte, dass er wegtreten würde, ehe der Anfall richtig schlimm wurde. Aber diesmal war es zu spät. Er stand in der Baugrube mit ein paar Moniereisen, als die Migräne zuschlug, hart und erbarmungslos. Er taumelte ein paar Schritte und sackte im Matsch zusammen.

»Was ist los, Junge?«

Der weiße Blitz irrte umher, hielt inne und dehnte sich aus. Wollte Jonas' Kopf von innen her weiten. Ein flimmernder Schmerz. Er übergab sich, kam auf die Füße und brach wieder zusammen. Das war die schlimmste Attacke seit langem.

»Ich muss nur …«

Er schob Miroslaw von sich weg, der ihm zu helfen versuchte, und ging schwankend weiter. Völlig benebelt suchte er einen Weg, um von der Baustelle wegzukommen. Nach Hause. Weg von sich selbst. Raus aus seinem Kopf.

»Ganz ruhig, Junge!«

Das halbfertige Skelett des Gebäudes schwankte über ihm, er stolperte auf eine Planierraupe zu. Es war unerträglich, er spuckte wieder, presste die Hände, so fest er konnte, an seinen Kopf, damit der Blitz nicht größer wurde. Er wollte sich den Kopf abreißen, wollte, dass es aufhörte, um jeden Preis. Jonas strauchelte über einen Kieshaufen, hörte jemanden rufen, laute Stimmen. Er bemerkte den Eisenträger nicht, der durch die Luft flog. Ein dumpfes, komisches Knacken, der Kopf machte einen Ruck. Dann war es vorbei.

»Willst du Rockstar werden?«

Eldh schwieg. Sie schlürfte ihren Kaffee und wartete ab.

Der Mann ihr gegenüber grinste in sich hinein.

»Ich frage mich nur, ob du eine andere Laufbahn einschlagen willst, und ich finde, ich sollte das als Erster wissen, denn immerhin bin ich trotz allem dein Auftraggeber.«

Sie ignorierte ihn und sah auf die Västerlånggatan. Touristen in Grüppchen schlenderten in Gamla stan durch die Straßen, obwohl die Sommersaison schon lange vorbei war. Sie machten Fotos und kauften schwedische Andenken made in China.

Der Mann bekam sein Pizzastück und ein Leichtbier. Er war in den Fünfzigern, hatte einen passablen Haarschnitt und ein großes Gesicht. Die kleinen Augen blickten aufmerksam, die Nase war wohlgeformt, das Kinn füllig. Er hat sicher richtig gut ausgesehen, als er jung war, dachte sie, aber so lange kannte sie ihn noch nicht.

»Das hier ist doch die letzte Kaschemme in Stockholm«, sagte er fröhlich. Er hatte heute gute Laune. »Aber wenn man Gäste hat, die sowieso nie wiederkommen, muss man sich auch nicht anstrengen.«

»Wir kommen doch wieder.«

»Eben, genau deswegen. Hier können wir keinen zwei Mal

treffen. Nicht mal das Personal ist dasselbe. Hier kommen keine Stockholmer hin.«

Er beugte sich zum Nachbartisch.

»Oder?«, fragte er eine dicke Frau mit weißem Schal.

»Sorry, I don't speak Swedish«, entgegnete sie mit unverkennbar deutschem Akzent.

»Good food, yes? Hier wird gutes Essen serviert, nicht wahr?«, sagte er auf Deutsch.

»Ja, wirklich«, gab sie verwundert zurück. Die Frau hatte nicht mit seiner perfekten Aussprache gerechnet.

»Sind Si zum erschte mol im schönä Stockholm z'bsuech?«, fuhr er mit aufgesetztem Interesse fort.

»Ja, aber bestimmt nicht zum letzten Mal!« Sie zwinkerte übertrieben. Fröhlich und betreten zugleich.

»Das hoffe ich!«

Sie lachten vertraulich.

Er kann immer noch charmant sein zu alten Damen, dachte Eldh.

»Stammen Sie aus der Schweiz?«, erkundigte sich die Frau. Sie musste etwas von seinem Dialekt aufgeschnappt haben.

»Nein, mini dame, ich bin so schwedisch, wie man es nur werden kann. Willkommen.« Er schenkte ihr sein herzlichstes Lächeln, ehe er sich wieder Eldh zuwandte. »Eine Stammkneipe, die eines Rockstars würdig ist, keiner weiß, wer du bist, keine Groupies, hier kannst du ganz du selbst sein. Glückwunsch!« Er zeigte auf seine schlappe Pizza aus der Mikrowelle. »Hungrig? Nimm einen Bissen. Rockstaressen.«

»Ach, hör auf.«

»Aber setz die Sonnenbrille ab. Du siehst einfach lächerlich aus.«

»Nein.«

»Was nein? Absetzen oder lächerlich aussehen?«

Eldh seufzte tief, erhob sich und ging auf die Toilette. Als sie zurückkam, las er seine E-Mails auf dem Handy. Sie wartete, bis er damit fertig war.

»Und, was ist passiert seit neulich?«, sagte er, nachdem er das Telefon beiseitegelegt hatte.

»Ich denke, es gibt da jemanden, der unsere Leute ausbrennt. Ich habe gestern einen gefunden, in Slussen. Da hat jemand zweihundertdreißig Volt durch seinen Körper gejagt.«

Sie wollte nichts von ihrer Verfolgungsjagd erzählen. Er würde ihre Niederlage nur gegen sie verwenden.

»Überdosis?«

»Nein.«

»Kenne ich ihn?«

»Glaube nicht. Er hat sich immer sehr rargemacht. Gunnar aus Unnsjömyren.«

Er hob die Schultern.

»Ist der Rest beunruhigt?«

»Weiß nicht, das ist schwer zu sagen, wenn Sommer ist. Die sind dann ja nicht immer an einem Ort, und es sind auch nicht alle zurückgekommen. Ich glaube nicht, dass es sich schon rumgesprochen hat.«

»Ja, ja. Dann überprüfst du das eben. Sonst noch was?«

»Nein, nur das Übliche, n' bisschen Unordnung. Nicht schlimmer als oben bei euch. Nur nicht ganz so *sophisticated*.«

»Hast du Nachrichten gesehen heute?«

»Bin eben erst aufgestanden.«

Er legte das *Aftonbladet* auf den Tisch. *Ritualmord an Säugling in Krankenhaus* stand auf der ersten Seite.

»Ja, ich habe die Schlagzeile gesehen.«

Er schlug die Seite auf und schob die Zeitung zu ihr rüber.

Sie nahm die Sonnenbrille ab und kniff die Augen zusammen, damit die verschwommenen Buchstaben deutlicher wurden.

»Deine Brille.« Sie streckte die Hand aus.

Er hatte ein modernes Gestell, sie kannte sich nicht aus mit Brillenmarken, aber so eins hatte sie bei jungen Werbetypen schon gesehen.

»Danke.«

Es wurde besser, sie musste ihre Augen nicht mehr so anstrengen.

»Du siehst komisch aus.«

»Musst du gerade sagen. Pilotenbrille? Du solltest dir eine Brille anschaffen, die zu einem alten Mann passt, Elias Borg, du bist keine zwanzig mehr.« Sie schüttelte den Kopf. »In deinem Alter ist es nur peinlich, wenn man in sein will.«

»Du bist ja nur neidisch, weil ich mit Würde altere.«

»Soll ich es lesen?«

»Bitte.« Borg machte eine ausholende Geste und nahm sein Pizzastück, es war schon kalt. Die weißen, gepflegten Zähne glänzten vor Fett, als er in die dick mit Käse belegte Pizza biss.

Eldh überflog ein Interview mit einer Krankenschwester und betrachtete die vielen nichtssagenden Fotos aus dem Karolinska Sjukhuset. In der nächsten Meldung stand *28-jährige Mutter verlor das Bewusstsein* unter einem gepixelten Foto einer jungen blonden Frau.

»Hat das was mit uns zu tun?«

Borg leckte den Zeigefinger an, nahm ein Foto aus seiner Innentasche und zeigte es ihr. Es stellte einen engen Kellerraum dar, mit Pritschen aus Stahl, die im Schein des Blitzlichts kalt aufblinkten. Ein paar Stearinkerzen lagen verstreut auf dem Boden. Ganz hinten war die schwache Kontur eines Kreises zu erkennen. Er deutete auf ein paar kaum sichtbare Zeichen am Rand, die den Fotografen offensichtlich nicht interessiert hatten.

»Wo hast du das denn her?«

»Ich mache meinen Job und du deinen.« Borg lächelte. »Und es sieht ganz danach aus, als hättest du einen neuen Putzjob.«

Sie hatten den Leichnam auf die Seite geschafft und mit einer Plane zugedeckt. Der Hinterkopf war zermalmt, überall Blut, es gab keinen Zweifel, er war tot.

»We can't call the police!« Trevor versuchte, den panischen Miroslaw zu beruhigen. »Wir kennen nicht seinen name, we know nothing! No paper, verstehst du?« Er nahm den Polen beiseite, um nicht noch mehr Aufmerksamkeit auf sich zu lenken. »Wir wandern ins Gefängnis, prison, get it?«

»Nicht meine Schuld, Unfall!«, stammelte Miroslaw. »Call ambulance!«

»Spinnst du? Er arbeitet nicht hier, no papers, no ID!«, knurrte Trevor. »Wenn hier jemand verletzt wird, unsere Verantwortung! You are the fucking Vorarbeiter. Your responsibility.«

Die Plane raschelte, als Jonas sich aufrappelte. Trevor verstummte mitten im Satz. Jonas' Haare waren ein einziges Geschmiere aus Blut, Hirnmasse und Knochenfragmenten. Sein Nacken, sein Pullover und seine Jacke, alles war dunkel, rot und klebrig. Er machte ein paar unsichere Schritte, streifte eine Palette mit Zementsäcken und stürzte. Die beiden Männer erstarrten und sahen, wie Jonas erneut auf die Beine kam. Ein kehliger, gebrochener Schrei lähmte den gesamten Bauplatz, als Jonas die Zementsäcke packte und von sich wegschleuderte, als wären es Kissen.

Dann kollabierte er.

Er hörte Sirenen. Sein Körper schien zu schweben, alles war weit weg, und auf eine merkwürdige Art fühlte er sich behaglich. Sein Nacken war warm und weich, als läge er auf einem Kissen aus Wasser. Blut war in seine Ohren gelaufen.

Die Hektik um ihn herum schien weit weg.

Die Sirenen kamen näher.

Sein Gesicht war mit etwas Klebrigem überzogen. Durch rote Streifen hindurch sah er unscharfe Gestalten, gekleidet in Grün und Gelb, die sich über ihn beugten. Ihr Atem sah aus wie weißer Rauch. Er wurde hochgehoben und flog. Irgendwo blinkte ein blauer Schein.

Dumpfe, klanglose Geräusche. Sein Körper bewegte sich weich in den Kurven, beim Abbremsen und Beschleunigen. Kurze Mitteilungen über Funk: *schweres akutes Trauma, Bluttransfusion, Neurochirurg*. Dunst kam und ging, aus einem Plastikgefäß, die sein gesamtes Gesichtsfeld abdeckte. Infusionsflaschen baumelten über ihm. Ernste, professionelle Mienen. Dunst, der kam und ging.

Kam und ging.

Kam.

Ging.

Es blendete, und er schloss die Augen wieder.

»Mehr Narkosemittel, er wacht auf.«

»Ist schon über dem Grenzwert. Seine Atmung kann aussetzen.«

»Erhöhen und Respirator vorbereiten.«

Jonas' Bewusstsein flackerte wie eine defekte Neonröhre.

An.

Aus.

An.

»Mach die Infusion auf. 25 Gramm Ketamin. Wann kommt der Neurochirurg?«

Pfeifgeräusche in verschiedenen Tonlagen und Rhythmen.

Ein schweres, mechanisches Keuchen.

Aus.

»Wo kommt denn das ganze Blut her? Sind mehrere verletzt?«

»Ich habe keine Angaben. Keinen Namen.«

»Das kann nicht sein Blut sein, angesichts der Verletzung.«

»Soll ich mehr Haare wegrasieren? Hat er vielleicht noch mehr Wunden?«

»Das Hirngewebe ist ja fast intakt, keine verletzten Gefäße. War vor mir schon jemand hier?«

An.

Das Gefühl war wieder da.

Atmung, Herz, Gliedmaßen.

»Warte. Hier ist etwas. Im Cortex. Klammer, Schwester.«

Jemand kramte in seinem Kopf herum. Eigenartigerweise tat es nicht weh.

»Das sieht aus wie ein Splitter.«

Jonas spürte, wie etwas aus seinem Kopf entfernt wurde.

Es fiel klappernd in die Nierenschale.

Sein benebeltes Bewusstsein erwachte wieder zum Leben. Ein primitives, ursprüngliches Gefühl, dass ihm etwas genommen wurde. Meins.

»Das ist kein Splitter, Doktor.«

»Lass mal sehen.«

»Es sieht eher wie ein Implantat aus.«

Jonas schlug die Augen auf. Das Licht war grell. Er blinzelte und sah, wie jemand eine kleine Kapsel ins Licht hielt.

Meine.

Jonas hauchte seinen Armmuskeln wieder Leben ein. Die Finger seiner halb zur Faust geschlossenen Linken bewegten sich.

»Ist das etwa Titan?«

»Sie sieht beschädigt aus.«

Jonas setzte sich mit einem Ruck auf und griff nach der Kapsel.

»Ist er nicht betäubt?«

Panik erfasste den Raum.

»Er hat mehr intus, als ein Pferd abkann!«

Schnaufend setzte Jonas sich auf. Etwas steckte in seinem Hals, er musste würgen. Er zog einen langen Tubus heraus und hustete rasselnd. Jemand versuchte vergeblich, ihn wieder auf die Pritsche zu drücken. Die Ständer mit Blutkonserven und Infusionen fielen um, als er sich hinstellte. Ein Tablett mit Operationsbesteck fiel zu Boden. Er machte ein paar unsichere Schritte auf die Tür zu und verließ den Operationssaal. Das umnachtete Bewusstsein war nur auf eins eingestellt: Flucht.

Jonas rannte durch das Karolinska Sjukhuset wie ein angeschossenes Tier. Seine Instinkte hatten jetzt die Oberhand. Er lief durch die Gänge, immer noch mit dem blutigen grünen Tuch aus dem OP. Die Leute schrien auf, jemand wollte ihn aufhalten. Ein Fenster stand offen, er sprang hindurch und landete ein paar Meter tiefer auf einem Rasenstreifen. Er ließ den Parkplatz hinter sich, riss sich das sterile Tuch vom Leib, überquerte eine Straße, Autos hupten ihn an. Er musste weg, musste irgendein Loch finden, um sich zu verstecken. Er hatte die riesige Baustelle am nördlichen Bahnhofsgelände erreicht und lief weg von den Maschinen und Menschen bis zu den Tunnels der Schnellstraße. Die Bauarbeiter brüllten ihm hinterher. Der spitze Schotter stach ihm in die Fußsohlen. Sein Unterhemd war schmutzig, blutig und am Ausschnitt aufgeschnitten. Die Haare waren vom Ansatz bis in den Nacken wegrasiert. Er lief in einen Servicetunnel und weiter an den grob behauenen Felswänden entlang. Überall braune Pfützen, es tropfte von der Decke. Alles war schwach und in einem seltsamen Grauton erleuchtet, er konnte keine Lichtquellen entdecken. Er hörte Stimmen und bog in einen kleineren Ventilationsschacht.

Er hielt inne und horchte.

Sein Herz hämmerte.

Stimmen unmittelbar aus dem kleinen Raum vor ihm.

Er hielt etwas Scharfes in der linken Hand. Die Knöchel waren weiß, so fest umklammerte er es. Die Metallkapsel aus dem Krankenhaus, knapp zwei Zentimeter lang, leicht spulenförmig mit ein paar Fühlern an den Seiten. Sie erinnerte an einen Käfer und war auf einer Seite eingedellt, wie ein Auto mit Blechschaden. Jonas kam langsam wieder zu sich, doch es fiel ihm schwer, die Gedanken zu fassen zu kriegen, es war alles so schnell gegangen, er gehorchte immer noch seinen Instinkten.

Als die Stimmen endlich weitergegangen waren, steckte er die Kapsel in die Tasche und lief weiter. Er musste ein Versteck finden, musste verschwinden. Weiter vorn war ein schmaler Raum mit roten Spinden, einem Tisch und ein paar Stühlen, der als Umkleide- und Aufenthaltsraum zu dienen schien. Ein plötzliches Hungergefühl trieb Jonas in eine kleine Teeküche. Er schlang alles hinunter, was er finden konnte, einen halben Hefezopf, ein trockenes Brötchen und zwei Tüten Instantsuppe, die er mit Wasser aus einem Spender runterspülte. Noch nie hatte er einen derartigen Hunger verspürt. Er suchte überall, wie ein Spürhund, riss die roten Spinde auf, obwohl sie mit einem Vorhängeschloss gesichert waren. Er warf Kleider und

Schuhe auf den Boden, schüttete gierig eine Packung Salz in sich hinein und verschlang eine Banane und zwei Dosen Makrelen. Der Hunger war grenzenlos. Als hätte er noch nie etwas gegessen. Er leerte den Rest Kaffee aus einer Kanne und erschnüffelte einen Zementsack im Tunnel. Er nahm ein paar Hand voll Mörtel und aß ihn hastig. Es war nicht einfach, den rauen Sand zu schlucken, er verklumpte im Rachen, aber das Geschmackserlebnis war unbeschreiblich. Mit einem langen wollüstigen Seufzer atmete er aus. Jonas hockte sich neben den Sack und mampfte noch eine Hand voll. Dann nahm er in einer Pfütze sein Spiegelbild wahr.

Das blutige Gesicht.

Der graue Zement um seinen Mund.

Nach und nach kehrte sein Bewusstsein wieder zurück. Ein jäher Schreck krallte sich in seinem Brustkorb fest.

Eigentlich sollte er tot sein.

Er konnte das gedämpfte Knacken hören, als die Schädelbasis brach. Das komische Gefühl spüren, als die Hirnmasse austrat und er das Bewusstsein verlor. Der Rest bestand aus Erinnerungsfetzen.

Behutsam tastete er seinen Kopf ab. Angetrocknetes Blut, eine dicke Schorfkruste, aber keine offene Wunde. Nichts tat ihm weh, nicht das kleinste Ziehen. Sein schmutzig braunes Spiegelbild starrte ihn an. Er hockte in einer Grotte und aß Zement. Jonas wurde es eiskalt.

Panisch spuckte er den Rest aus, den er noch im Mund hatte. Er forcierte den Brechreiz.

»He, du! Was machst du da?«

Ein Mann mit Bauhelm stand zwanzig Meter entfernt und leuchtete ihn mit einer Taschenlampe an. Das Licht blendete ihn wie das Fernlicht eines entgegenkommenden Lasters. Jonas kam rasch auf die Beine und lief weiter den Tunnel entlang. Der Mann rief hinter ihm her.

Er rannte tiefer in den Berg hinein. Der Tunnel wurde immer unwirtlicher. Die Wände unbehauen und rau, als hätte ein Riese sie gemeißelt. Er hörte Rufe hallen und Stimmen gellen. Schließlich kam er nicht weiter, sie hatten nicht tiefer gebohrt. Baufahrzeuge standen herum, Leuchten und Werkzeug überall verstreut.

Jetzt sah er den Scheinwerfer.

Sein Puls raste, er konnte sich nirgends verstecken, er hatte sich in eine Sackgasse manövriert. Jonas drückte sich an die Steinwand, versuchte eine Spalte oder Ritze zu finden, in der er verschwinden konnte, aber der Berg blieb unbeweglich. Die Stimmen wurden immer lauter, mehrere Scheinwerfer schweiften suchend umher. Er schloss die Augen und spürte sein Herz wie wild klopfen. Aber er spürte noch etwas anderes, einen Kontakt. Sein Bewusstsein wanderte von der Hand in den Berg. Er konnte die Adern des Urgebirges fühlen, seine Ablagerungen und Risse. Sie sprachen zu ihm. Er blendete alles andere aus und ging an der Wand des Tunnels entlang, hier war sie nicht so widerstandsfähig. Er nahm ein Brecheisen und fuhr mit dem Zeigefinger den dünnen Riss entlang.

Da.

Jetzt fand ihn das Licht.

Er legte seine ganze Kraft in einen einzigen gezielten Schlag mit dem Brecheisen.

Die Wand vor ihm barst. Zwei Felsblöcke lösten sich aus dem Massiv und krachten ohrenbetäubend zu Boden. Eine Wolke aus Schotter, Kies und Staub wirbelte auf. Dahinter tat sich ein neuer Tunnel auf. Jonas kletterte hinein und verschwand.

Eldh fuhr mit dem Opel nach Lidingö raus und parkte vor einem weißen modernen Haus. Sie war dankbar, dass er nicht in einem Reihenhaus wohnte, das hätte sie nicht gepackt. Reihenhäuser machten ihr noch immer Angst, weckten Erinnerungen, die sie nicht an sich heranlassen wollte. Sie holte tief Luft und klingelte.

Ein Mann machte auf.

»Verzeihen Sie, wenn ich mich aufdränge. Ich heiße Viveca Svensson und bin vom Sozialdienst. Ich verstehe, dass Sie tiefe Trauer und Verzweiflung empfinden nach diesem tragischen Vorfall, aber wir sind angehalten, einen Hausbesuch zu machen, wenn ein Kind zu Tode gekommen ist. Ich bitte vielmals um Entschuldigung. Darf ich reinkommen?«

Der Mann gab keine Antwort. Seine Augen hatten rote Ränder und waren geschwollen. Er sah sie an, ohne sie wirklich wahrzunehmen. Schließlich nickte er und trat zur Seite. Sie zog sich in der Diele ihre Schnürstiefel aus und hängte ihren Mantel auf einen Bügel. An der Wand hingen Fotos von dem Paar. Urlaubsmotive, Sonne, Bergwanderungen. Sie jünger als er, blond und natürlich schön mit einem einnehmenden Lächeln. Sie hatte etwas Norwegisches an sich. Im Flur stand ein nagelneuer Kinderwagen mit einer kleinen blauen Fleecedecke über der Lenkstange. Die Angst kam wieder angekrochen. Eldh verscheuchte sie und folgte ihm in die Küche.

»Möchten Sie Kaffee?«, fragte er.

»Ja, danke.«

Er bestückte die Espressomaschine mit einem Pad. Seine Bewegungen waren mechanisch, wie ferngesteuert.

Er war mittleren Alters, hatte dunkle Haare, an den Schläfen leicht ergraut, wirkte ausgezehrt wie nach einer längeren Krankheit, sah aber auf eine diskrete Art gut aus. Eldh kannte sich nicht aus mit Mode, aber seine Kleidung war tadellos und sicher teuer. Das passte zum Haus. Eine der stilvollen Villen auf Lidingö.

In einen Mordfall ist meist die Familie verwickelt, das wusste Eldh. Wenn es nicht der Vater ist, ist es oftmals der Onkel, Exmann, Freund, Exfreund, Bruder oder in seltenen Fällen die Mutter oder Schwester. Auch wenn es um einen Ritualmord an einem Säugling ging. Also war Eldh gezwungen, bei der Familie zu beginnen.

Sie hatte im Netz über ihn recherchiert. Adrian Savin, ein Treffer bei Facebook, vermutlich nicht er, und ein Treffer bei einem Maklerbüro in Östermalm. Ein Autohändler in Texas hieß auch so, ebenso ein junger Osteuropäer, der in blauem Hemd posierte. Abgesehen von ein paar weiteren Fotos, war die Adresse auf Lidingö das Einzige, was sie gefunden hatte.

»Es tut mir wirklich leid.« Eldh holte ein kleines Notizbuch heraus. »Wir haben ein Standardformular, das ich ausfüllen muss, viele Fragen davon betreffen Sie zwar nicht, und ich bitte um Nachsicht.«

Er blieb stumm, stellte eine kleine Kaffeetasse vor sie auf den Küchentisch, trat ans Fenster und sah nach draußen.

Sie blickte sich um. Es war ein kinderloses Haus, ohne Spielsachen und gemalte Bilder. Am Kühlschrank hing ein Ultraschallbild. Eldh schluckte trocken.

»War es Ihr erstes Kind?«

Nach einer Weile nickte er knapp.

»Sind Sie verheiratet?«

»Ja.«

»Seit wann besteht Ihre Beziehung?«

Auf jede Frage folgte langes Schweigen, als sei er umgeben von einer unsichtbaren Mauer.

»Zwei Jahre.«

»Waren Sie vorher schon mal verheiratet?«

Er nickte. »Vor fünfzehn Jahre. Maria nicht.«

»Gibt es Kinder aus der ersten Ehe?«

Er schüttelte den Kopf.

»Irgendwelche Neuigkeiten über den Zustand Ihrer Frau?«

Er schüttelte den Kopf.

»Immer noch im Koma«, sagte sie mehr zu sich selbst. »Es tut mir leid. Gibt es jemanden in Ihrer Familie oder Ihrem Umfeld mit Aggressionsproblemen?«

Keine Antwort.

»Etwas Berufliches? Werden Sie bedroht?«

Er gab keine Antwort, sondern wandte sich um.

»Warum unser Kind?« Die Frage klang ehrlich, nahezu naiv. »Warum?« Tränen traten ihm in die Augen und liefen die eingefallenen Wangen hinunter, sonst war sein Gesicht starr.

Eldh war nicht vorbereitet auf ihre Gefühle, zu vieles erinnerte sie an Dinge, die sie seit langem beschäftigten. Die Sozialarbeiterin war wie weggeblasen.

»Verdammt.« Sie stand auf. Der Vater war wie versteinert, Tränen rannen ihm über das Gesicht. Unbeholfen klopfte Eldh ihm auf die Schulter. Sie hatte einen Kloß im Hals. »Das ist nicht in Ordnung.« Mehr brachte sie nicht heraus. Sie schnürte ihre Stiefel und verließ das Haus.

Jonas gelangte direkt unter der E4 beim Stallmästargården auf die Schnellstraße, nachdem er im Tunnel auf das Tageslicht gewartet hatte. In der Hauptstadt tobte ein Herbststurm. Die wenigen Autos auf den Straßen pflügten mit hektisch arbeitenden Scheibenwischern durch die Wassermassen. Der Regen peitschte Jonas ins Gesicht, aber die Kälte und Nässe machten ihm nichts aus, im Gegenteil, sie gaben ihm das Gefühl, als würde er sich reinigen. Das Unwetter verlieh ihm Sicherheit. Er fühlte sich geborgen und geschützt in dem Aufruhr der Elemente.

Jonas ging durch die verlassenen Straßen in Norrtull und kam zum Sveavägen. Die Abwasserkanäle konnten die plötzlichen Wassermassen nicht bewältigen, der Regen prasselte in die großen Pfützen. Laternenpfähle schwankten unheilvoll bei jeder Sturmböe, eine Reklametafel wurde über den Asphalt gefegt. Er hatte eine orange Regenjacke mit der Aufschrift *Skanska* gefunden, aber keine Schuhe. Er bog in den Park Vanadislunden, wo ihm ein Hundebesitzer begegnete, der einen skeptischen Blick auf seine nackten Füßen warf. Die kahlen Zweige schlugen aneinander, und die Bäume knarrten und knackten in dem schweren Sturm. Der Hund bellte hinter ihm, als er auf die Döbelnsgatan kam. Jonas setzte seinen Weg über den Brunkebergsåsen zum Humlegården fort. Die kaum befahrenen Seitenstraßen lagen öde da. Vor den wenigen Nachtschwärmern, die dem Unwetter trotzten, versteckte er sich in Hauseingängen, um keine unnötige Aufmerksamkeit zu erwecken. Eine Fahne schlug im Wind, als er das letzte Stück die Karlavägens allé hinaufging.

Die Schlüssel waren zu seiner Überraschung noch in seiner Hosentasche, genau wie das alte, strapazierfähige Mobiltelefon. Er verharrte still in der Dunkelheit vor der Flurtür. Draußen heulte immer noch der Sturm. Das Wasser tropfte von seinen Kleidern und bildete kleine Pfützen auf dem Fischgrätparkett. Bis jetzt hatten seine Instinkte ihn angetrieben; Fluchtreflex und Angst, um zu überleben. Aber nun hatte ihn die Wirklichkeit eingeholt.

Seine Mutter saß im Dunkeln am Küchentisch, eine glimmende Zigarette in der Hand.

Er ging in die Küche und blieb in etwas Nassem stehen. Vor dem Gefrierschrank hatte sich eine große dunkle Lache gebildet, es roch verdorben.

»Die haben wieder den Strom abgestellt.«

Jonas erwiderte nichts. Er begann zu weinen, lautlos und ohne Grund. Tränen strömten seine Wangen hinunter und über die Regenjacke und tropften in die Lache vor dem Gefrierschrank.

Sie musterte ihn in der Dunkelheit. Der Blick einer Mutter. Dann schob sie den Stuhl zurück, damit er sich neben sie setzen konnte. Er schlief ein, den Kopf auf ihren Knien.

»Du brauchst einen neuen Friseur«, sagte sie leise, während sie ihm über den Kopf strich.

Dichte Haarbüschel fielen ins Waschbecken. Als er aufgewacht war, hatte er nur einen Gedanken gehabt: dass es ein Traum gewesen war. Aber vor dem Badezimmerspiegel hatte er der

Wahrheit ins Gesicht sehen müssen. Sein Kopf war zum Teil rasiert, es klebten immer noch Blut und Knochensplitter in den Haaren. Er hatte Mühe, sich mit der stumpfen Küchenschere durchzuarbeiten, aber schließlich war der Schnitt einigermaßen gleichmäßig.

Er sah grauenerregend aus.

Der Schorf am Hinterkopf war abgefallen, er spürte nichts von dem Unfall des Vortags. Keine Wundränder, keine Unebenheit. Nichts. Die nackte Angst kroch ihm das Rückgrat hinauf, und er schloss schnell die Badezimmerschranktür mit dem unbekannten Spiegelbild.

Die prachtvolle Herbstsonne strahlte die Fassade auf der anderen Straßenseite an. Vom Küchentisch aus konnte man ein Stück blauen Himmel sehen. Die Küche war geräumig, die Wohnung eigentlich viel zu groß für sie. Die wenigen Möbel, die noch übrig waren, standen an den Wänden, als würde ein letzter Umzug bevorstehen und sie bald abgeholt werden. Seine Mutter hatte nichts gesagt, seit er aufgewacht war, aber sie spähte bisweilen vom Balkon hinein, wo sie stand und rauchte. Jonas hatte angefangen, die Küche aufzuräumen, um sich vor seinen eigenen Gedanken zu schützen. Sowie er an den Geschehnissen des Vortags rührte, kollidierte alles Rationale in ihm. Irgendwie bekam er nichts zu fassen, nichts stimmte. Er wischte den Gefrierschrank gründlich aus, putzte mit Sorgfalt, kratzte angetrocknete Essensreste vom Gitterrost und hielt die Gedanken fern von dem Unfassbaren. Angetaute Reste warf er in den Müll und nahm sich anschließend den Kühlschrank vor, räumte alles aus, wusch die Gemüsefächer aus, schrubbte und scheuerte. Gedankenlos stopfte er alles in sich hinein, was noch übrig war. Eine schrumpelige Karotte, den letzten Rest Mayonnaise aus der Tube, Matjes von letztem Sommer, ein paar Scheiben eingelegte Rote Beete. Der Appetit war zurück. In der Speisekammer entdeckte er Flocken, Zwieback, eine halbe Packung Makkaroni und Mehl. Jetzt räumte er nicht mehr auf, sondern tigerte stattdessen herum wie ein ausgehungertes Tier. Er schlang alles in sich hinein, was ihm in die Finger kam. Backpulver, Trockenhefe, eine halbe Tüte Milchreis.

Seine Mutter stand im Türrahmen und beobachtete ihn.

»Ich krieg das wieder hin mit dem Strom«, sagte er leise, während er ein Paket Vanillesoße ausleckte, die mindestens fünfzehn Jahre alt sein musste. Er erwartete keine Antwort und sagte es mehr zu sich selbst. »Die schulden mir noch Geld.«

Trevor sah aus, als hätte er ein Gespenst gesehen. Verzweifelt versuchte er zu begreifen, was er sah.

Jonas hörte, wie jemand am anderen Ende des Telefons etwas sagte.

Er betrat den Bauwagen und wartete, bis der Engländer etwas Unverständliches in sein Mobiltelefon stammelte und es langsam sinken ließ.

»Du schuldest mir Geld.«

»Ehh, what?«

»You owe me money.«

»Ehh, yeah, ehh, no. Who are you?«

Jonas sagte nichts. Er war nicht hergekommen, um zu streiten. Er wollte nur sein Geld.

Trevors Gehirn arbeitete auf Hochtouren. Eben erst hatte er einen der schlimmsten Tage seines Lebens Revue passieren lassen. Er hatte gesehen, wie ein toter Mann wieder aufgestanden war. Ein Mann, der nicht überleben würde, das hatte das Personal vom Rettungsdienst gesagt. Ein Mann, der später aus dem Krankenhaus getürmt war.

Jetzt stand dieser Mann vor Trevor, als wäre nichts gewesen. Das passte nicht zusammen. Die Polizei war da gewesen, sie hatten das Gelände abgesperrt, die Behörde würde Kontrollen wegen Verdachts auf Schwarzarbeit durchführen. Ein Journalist hatte Fragen gestellt, und die Arbeiter waren in Aufruhr. Er hatte die Kontrolle über die Baustelle verloren, die Betonlaster hatten wieder wenden müssen, und sein Chef kochte vor Wut.

»Sorry, no, ich habe dich nicht eingestellt.« Ihm brach der Schweiß aus. Wenn der Falsche erfuhr, dass der Bursche hier gearbeitet hatte, wanderte er hinter Gitter. »Du arbeitest nicht hier. No contract, no money. Sorry, kid.«

»Gib mir mein Geld.« Jonas trat einen Schritt vor. Nur die völlig überladene Gipsplatte trennte die beiden Männer. Jonas war an die zwei Meter groß und breitschultrig. Gewalt war nie Teil seiner Persönlichkeit gewesen, aber etwas war anders.

»I can't … I've never …« Trevor duckte sich instinktiv.

»Mein Geld«, fauchte Jonas. Es war, als gäbe er ihm damit eine letzte Chance.

»Get the fuck out of here!«

Jonas sah rot. Unbeschreiblicher Zorn brandete in ihm auf und brach alle Dämme. Er packte die Gipsplatte und schleuderte sie zur Seite. Werkzeug, Schrauben und Kleinkram flogen in alle Richtungen.

»I've got no money in here, I swear!« Der Engländer suchte Deckung in einer Ecke.

Jonas hatte sich nie so frei gefühlt. So stark. So klar. Er demolierte alles, was ihm den Weg zu seiner Beute verstellte. Er knüllte einen Sprossenstuhl zu einem Vogelnest zusammen und brach einen Schraubenzieher entzwei, mit dem der Engländer sich zur Wehr setzen wollte, als Jonas' Wut ihn überrollte. Jonas hatte sich nie geprügelt. Da war keine Finesse, keine Choreographie, nur brutale, hässliche, plumpe Gewalt. Er schlug und trat, kratzte und boxte das winzige Insekt grün und blau.

Keuchend stand er vor seiner erlegten Beute. Die Knöchel waren aufgeplatzt, und ein Bleistift steckte bis zur Mitte in seiner Hand, Trevor musste versucht haben, sich damit zu verteidigen. Jonas zog den Stift heraus, er spürte ihn kaum. Er trat in den Regen hinaus. Die Wut hatte ihn noch immer im Griff. Er ließ seinen Blick über das matschige Schlachtfeld schweifen. Dann drehte er sich um, griff das Fahrgestell des Bauwagens und kippte ihn mit einem Schrei um.

Jonas rannte los. Die Wut hatte von ihm abgelassen, aber er spürte immer noch das Adrenalin. Er ließ die Baustelle hinter sich, rannte über die Schnellstraße und durch das Schlachthofviertel. Der Regen schlug ihm ins Gesicht, und die kalte Luft brannte in seiner Lunge. Freiheit pulsierte durch seine Blutbahn. Er war glücklich und hatte Todesangst zugleich. Es war, als hätte er zum allerersten Mal seinen Körper erobert, er konnte atmen. Er querte die U-Bahn-Gleise am Globen und lief in einem wahnsinnigen Tempo über den Gullmarsplan bis ans Ufer von Årstaviken.

An den Brückenpfeilern der Skanstullsbron kam er wieder zur Besinnung. Er hatte einen Menschen misshandelt, der vielleicht nicht mehr am Leben war. Jonas wusste es nicht, er war völlig außer Kontrolle geraten. Weswegen? Wegen Geld? Unmerklich kam die Schuld aus seinem Innern gekrochen und hielt ihn fest umklammert. Das war nicht er. Seine Hände waren blutig. Was hatte er getan? Dunkles, zähes Blut. Unten am Hafen machte er sich hektisch sauber und entfernte alle Spuren. Plastikmüll dümpelte in dem schmutzigen Wasser. Überall waren Flecke, auf den Armen, auf der Brust. In einem letzten verzweifelten Versuch, seine Schuld abzuwaschen, riss er sich die Jacke vom Leib und schrubbte, bis er sauber war. Seine Hände waren unversehrt, keine Wunden, man sah nicht, wo der Stift gesteckt hatte. Dafür gab es keine Logik. Es war, als wäre es nie geschehen.

Zwei Jogger liefen die Strandpromenade entlang, und Jonas suchte zwischen den Betonpfeilern Deckung. Die kalte, raue Oberfläche beruhigte ihn.

Als die Anspannung nachließ, begann er zu schlottern. Er betrachtete seine Hände. Wer war er? Mit zitternden Fingern gab er die Nummer des einzigen Menschen ein, dem er sich anvertrauen konnte.

»Ich bin's. Können wir uns sehen?«

Eldh stand im Fahrstuhl auf dem Weg nach unten in den Keller des Karolinska. Zwei Krankenschwestern plauderten miteinander, Brotdosen in der Hand. Eine Alte im Rollstuhl taxierte Eldh mit verkniffener Miene. Sie zückte ihr Telefon und rief bei der Polizei an.

»Hallo, können Sie mich mit Svensson vom Dezernat für Gewaltdelikte verbinden?«

Sie war kurz davor, Morddezernat zu sagen, aber seit damals waren sie umbenannt worden. Jetzt waren die Morde dem Dezernat für Gewaltdelikte unterstellt. Der Geniestreich irgendeines Politikers, dachte Eldh. Gute Arbeit. Tschüss Steuergelder. Nicht dass ihr das etwas ausmachen würde. Sie zahlte schon lange keine Steuern mehr.

»Christina oder Erik Svensson?«

»Erik.«

»Einen Augenblick.«

Irgendeinen Svensson gab es immer, und Männer waren im Allgemeinen nicht so misstrauisch, besonders bei Frauen.

»Erik Svensson. Raubdezernat.«

»Hallo, hier ist Almqvist von der Technik, bearbeiten Sie den Fall Kindsmord im Karolinska?«

»Nein, das macht Bengt Axelsson.«

»Ach so, dann bin ich falsch verbunden worden, sorry.« Sie beendete das Gespräch und trat im Kellergeschoss aus dem Lift.

Die alte Frau im Rollstuhl musterte sie immer noch misstrauisch, als die Türen sich wieder schlossen. Eldh hatte keine Ahnung, wo sich die Pathologie befand oder ob der Mord tatsächlich dort begangen worden war; was in den Zeitungen stand, entsprach nicht sehr oft der Wahrheit. Sie irrte durch die Gänge bis zur Fahrdienstzentrale, dem Transportdienst des Krankenhauses, der die Patienten in Rollstühlen, Betten und auf Bahren kreuz und quer durch die kilometerlangen Korridore schob. Ein unterbezahltes Taxiunternehmen, die Beine waren die einzige Ressource. Die Mitarbeiter tranken schweigend Kaffee, hauptsächlich Männer, die ausländisch aussahen, und ein paar Frauen im Rentenalter, sie trugen alle verwaschene Berufskleidung. Im Fernseher im Hintergrund lief eine amerikanische Soap.

»Entschuldigung?«, begann Eldh.

Matte Blicke begegneten ihr. Niemand wollte seine Kaffeepause unterbrechen; sie war heilig.

»Ist Raimo hier?«

Erleichtert, weil sie nicht gefragt waren, drehten sich ihre Köpfe gleichzeitig zu einer pfirsichfarbenen Sitzgruppe um. Ein alter, klapperdürrer Mann, der eine Brille mit starken Gläsern trug, löste seinen Blick widerstrebend vom Fernseher. Er wirkte nicht erfreut, sie zu sehen.

»Was willst du?«

Sie standen draußen auf dem Gang. Raimo war klein und sprach mit finnischem Akzent. Er sah verlebt aus, hatte runzlige, lederne Haut. Er erinnerte an einen Alleinsegler, der nach einer Weltumseglung endlich wieder an Land gekommen war.

»Ich muss in den Raum, wo der Kindsmord begangen wurde.«

»Der ist versiegelt. Tatort.«

»Das ist mir egal.«

»Ich habe keine Schlüssel.«

»Dann musst du welche organisieren.«

»Das kann ich nicht.«

»Dann bist du deinen Job nicht wert. Willst du, dass ich Borg anrufe?«

Ein junger Arzt sauste auf einem Roller vorbei. Sie warteten, bis sie wieder allein waren auf dem Gang.

»Ich habe mich am Riemen gerissen. Nimm mir den Job nicht wieder weg, bitte.« Der verzweifelte Blick wurde durch die dicken Brillengläser noch verstärkt. »Ich habe nichts falsch gemacht, das weißt du.«

»Ich weiß nur, dass ich da reinmuss.«

Raimo sah ein, dass er keine Wahl hatte. Da gab es nichts zu verhandeln.

»Warte hier«, sagte er und verschwand wieder in den Aufenthaltsraum. Kurz darauf kam er zurück und ging wortlos weiter. Eldh folgte ihm. Sie hätte sich nie zurechtgefunden in diesem Wirrwarr aus Korridoren, Fahrstühlen und Treppenaufgängen. Eine Viertelstunde später waren sie abermals unten in den unterirdischen Gängen, in einem anderen Teil des Krankenhauses. Der Gang teilte sich, und sie hielten sich links. Hier war es ruhiger. Der Architekt hatte den Wert erkannt, die Lebenden und die Toten voneinander zu trennen und den Verstorbenen einen separaten Bereich zuzuweisen. Patienten, die zu ihren Behandlungen gingen, kamen gar nicht an der Pathologie vorbei. Eine graue Eisentür war mit blau-weiß gestreiftem Klebeband versiegelt. Eldh riss es ab.

»Schließ auf, dann kannst du gehen. Du darfst nicht mit rein.«

»Das will ich auch gar nicht.« Raimo versicherte sich, dass sie allein waren, ehe er den Schlüssel ins Schloss steckte. »Mach die Tür wieder zu, wenn du fertig bist«, sagte er und schlurfte in seinen Birkenstocks von dannen.

Eigentlich war das hier nicht die Pathologie, sondern eher ein Kühlraum für die kürzlich Verstorbenen. Ein Warteraum des Todes. Hierher kamen sie zuerst, dann ging es weiter in die Pathologie oder zu den Bestattungsinstituten. Der Raum war klein und schlicht. Er erinnerte an einen Fahrradschuppen, in dem zig Bahren standen. Unter den weißen Laken zeichneten sich die Konturen der Toten ab. Es war kühl und stickig, und ein durchdringender, süßlicher Geruch lag in der Luft. Eldh nahm Überschuhe, Einweghandschuhe und eine Kamera aus ihrer Manteltasche. Die Bahren waren auseinandergeschoben worden, und auf dem Boden waren Spuren zu erkennen, die an eine Art Ritual erinnerten. Ein Kreis aus hellem Sand, zwei Meter im Durchmesser. Am Rand des Kreises lagen in gleichmäßigem Abstand voneinander vier kleinere Häufchen und ein paar dicke Stearinstumpenkerzen. Fünf Türmchen aus kleinen Steinen, möglicherweise Granit, bildeten ein asymmetrisches Muster innerhalb des Kreises. In jedem Sandhäufchen war eine Vertiefung mit den Resten von etwas Verbranntem. In der Kreismitte hatten die Kriminaltechniker die Konturen eines kleinen Körpers nachgezeichnet. Sie schauderte. Mit Leichen hatte sie keine Probleme, sie hatte mit den Jahren ihren Teil vom Tod abbekommen, aber die Kreidezeichnung auf dem Beton rührte an Gefühle, die sich allmählich aus der Dunkelheit in das Licht des Bewusstseins empordrängten. Eldh schob sie beiseite, das hier war keine therapeutische Reise. Das hier war ein Job. Die Tür wurde aufgerissen, und ein Mann kam aufgeregt herein.

»RAUS!«, brüllte Eldh, ehe der Mann überhaupt den Mund aufmachen konnte. »Das hier ist ein Tatort!«

Automatisch wich er einen Schritt zurück.

»Machen Sie die Tür zu!«, befahl sie. »Sie zerstören Beweismaterial.«

Er zog die Tür hinter sich zu, bis nur noch ein schmaler Spalt offen war.

»Wer sind Sie?« Er hatte jegliche Autorität verloren.

»Almqvist von der Technik hat mich runtergeschickt, um noch ein paar Fotos zu machen. Wenn Sie dazu Fragen haben, wenden Sie sich an Bengt Axelsson. Sie dürfen die Tür auf keinen Fall wieder aufmachen. Ist das klar?«

»Öh. Ich dachte nur, weil das Siegel aufgebrochen war …«

»Machen Sie die Tür zu.«

»Ja. Klar.«

Als sie wieder allein war, ging sie in die Hocke. Ihr linkes Knie knackte. Sie musste sich beeilen, mit etwas Pech würde er Axelsson anrufen, der wiederum die Kriminaltechnik anrief. Es würden Fragen gestellt werden und Verwirrung entstehen, bis klar wäre, dass es keinen Almqvist gab. Aber sie hatte mindestens zehn Minuten Puffer.

Die Techniker hatten von den Bahren die Fingerabdrücke genommen. Eldh konnte Reste von dem Kohlepulver und von den gesicherten Abdrücken erkennen, die vermutlich von den Angestellten stammten, die gerade Kaffeepause machten. Wenn Borg Recht hatte, was allzu oft der Fall war, würden sie weder Fingerabdrücke noch DNA-Material finden.

So etwas hatte sie noch nie gesehen. Dieser ganzen Anordnung lag eine bizarre Logik zugrunde, die den Aufzeichnungen von Strindberg aus seiner alchemistischen Periode glich. Ein makabres Stillleben, einer vergessenen Karte mit Himmelskörpern und chemischen Elementen entsprungen. Einige Komponenten kamen ihr bekannt vor, aber diese Art von Ritus war ihr bisher nicht begegnet. Und warum ein Kind? Sie probierte den Sand und stellte fest, dass es sich um gelöschten Kalk handelte. Die verbrannten Reste waren schwieriger zu identifizieren, Magnesium, Zink und Phosphor, glaubte sie, mit einem leichten Beigeschmack von Gold. Der beißende Geruch, der noch im Zimmer hing, rührte vielleicht daher. Am Rand des Kreises waren undeutliche Spuren zu sehen. Jemand hatte etwas mit dem Finger aufgemalt. Sie setzte die Lesebrille auf, die sie auf der Hinfahrt an einer Tankstelle gekauft hatte, und legte sich umständlich auf die Erde. Ihre Augen hatten sich immer noch nicht wieder erholt. Eldh untersuchte die unscheinbaren Zeichen. An vielen Stellen war von der dünnen Kalkschicht nichts mehr zu erkennen, jemand war daraufgetreten, oder sie war verwischt worden, weil man die Tür auf- und zugemacht hatte. Die Zeichen erinnerten vage an Runen, waren aber verschnörkelter, eher wie vorzeitliche Ornamentik oder verschlungene Muster einer Kunsthandwerksarbeit. Es sah fast wie gewebt aus. Sie machte ein paar Fotos, damit ihr keine Details entgingen.

Borg hatte Recht gehabt, es hatte mit ihnen zu tun, aber was es zu bedeuten hatte, wusste sie nicht. Eldh war noch nicht so lange dabei. Sie brauchte Hilfe.

Rebecka hatte immer noch ihren weißen Kittel an, als sie aus dem Haupteingang des Karolinska trat. Jonas stand im Bushäuschen, die Kapuze tief ins Gesicht gezogen. Trotz der klaren Sonne fror er. Herbstlaub und Bonbonpapier tanzten über die Steinplatten. Sie wollte eine Umarmung andeuten, aber er erwiderte sie nicht.

»Wollen wir reingehen?«

Er schüttelte den Kopf.

»Dann muss ich dich wohl aufnehmen. Du siehst nicht sehr gesund aus.«

»Können wir nicht woanders hingehen?«

»In zwanzig Minuten muss ich bei einer Lungen-OP assistieren. Aber dahinten gibt es einen Coffeeshop für alle mit Krankenhausphobie.«

Sie setzten sich an einen Fenstertisch. Obwohl er ablehnte, kaufte sie ihm einen Kaffee und ein Sandwich. Er war völlig ausgehungert. Rebecka musterte ihn, während er aß. Ein Dutzend Stifte und das Ende eines knallroten Stethoskops ragten aus ihrer Kitteltasche.

»Ich will die Nummer deines Friseurs«, sagte sie. »Meiner ist längst nicht so gut.«

Er schielte zu den anderen Gästen hinüber, voller Angst, wiedererkannt zu werden, aber er hatte keine Wahl. Er musste mit jemandem reden, wenn er nicht verrückt werden wollte.

»Ich weiß nicht, was mit mir los ist.«

Er machte eine lange Pause und suchte nach den richtigen Worten.

»Ist es wegen der Migräne?«

»Nein.« Er betrachtete seine Hände. »Ich hatte gestern einen Unfall. Ich dachte, ich muss sterben.«

Sie berührte seine Hand.

»Bist du verletzt?«

»Nein, das ist es ja gerade.« Er senkte die Stimme und sah ihr in die Augen. »Gestern lag ich da drinnen auf einer Trage.« Er nickte Richtung Krankenhaus. »Mit eingeschlagenem Schädel. Ich würde sterben. Die haben in meinem Kopf rumgefuhrwerkt. Ich habe das gespürt. Aber ich bin abgehauen. Gestern. Ein eingeschlagener Schädel. Mein Schädel.«

Sie versuchte, etwas in seinem Blick zu erkennen, spitzbübischen Schalk, etwas Krankes, Verrücktes, irgendetwas. Aber da waren nur Rastlosigkeit und Angst.

»Hast du Zeitung gelesen?«

Er schüttelte den Kopf.

»Ist das dein Ernst, dass du das warst, der …?«

Er nickte.

Sie lächelte wieder. Dachte, dass er ihr Lächeln erwidern würde. Aber da kam nichts.

Sie seufzte, lehnte sich über den Tisch und nahm seinen Kopf in beide Hände. Befühlte seinen Schädel mit den Fingerkuppen. Jonas schloss die Augen und sog ihren Duft ein. Ihre Finger waren sanft und fachmännisch zugleich, er erinnerte sich an ihre Berührung. Als sie sich wieder setzte, liefen ihm die Tränen über die Wangen.

»Irgendwas ist mit meinen Augen. Im Dunkeln. Ich weiß auch nicht, was das ist.«

In ihrer Tasche vibrierte es. Sie zog das Mobiltelefon heraus und warf einen Blick auf das Display. Rebecka ergriff seine Hände.

»Ich muss jetzt. Es tut mir leid, Jonas, aber ich muss wirklich.« Sie wischte die Tränen von seinen Wangen. Eine Geste voller Zärtlichkeit. »Komm heute Abend um acht zu mir nach Hause, dann können wir reden.«

Der Feierabendverkehr nahm langsam wieder ab. Eldh fuhr mit der grünen Linie westwärts und stieg in der Rådmansgatan aus. Sie setzte sich auf eine Bank, starrte ins Leere und versuchte, sich zu entspannen. Der Menschenstrom, der aus den Wagen quoll, verringerte sich mit jedem Zug. Wenn sie zu intensiv nach ihm suchte, würde sie ihn nie finden, er war zu gewieft und tauchte einfach unter. Südlich vom Brunkebergsåsen war sein Revier: Hötorget, Rådmansgatan und Odenplan. Im Gedränge der Rushhour war es unmöglich gewesen, ihn zu finden, aber früher oder später würde er schon auftauchen. Die Herbststürme und der ständige Regen trugen das Ihre dazu bei, dass sie nicht allzu lange warten musste. Da oben war es kalt, und die Züge verkehrten immer seltener, je später es wurde.

Um kurz nach zehn gab sie auf und nahm einen Zug in westliche Richtung. Von der Warterei tat ihr der Rücken weh, und sie brauchte Bewegung. Eldh fuhr mit der grünen Linie weiter und hielt an jeder Station Ausschau. Nach einer halben Stunde fuhr sie wieder zurück und entdeckte ihn am Odenplan. Er unternahm erst gar nicht den Versuch, sich zu verstecken.

»Weißt du, dass du eine kleine Fotze bist? Weißt du das?«

Ein aufgeschrecktes Paar bemühte sich verzweifelt, ihn zu ignorieren.

Falsche Taktik, dachte Eldh.

Der Penner setzte sich zu dem Paar. Er war fast so groß wie Eldh, aber viel schlaksiger. Er hatte eine rote Stoppelfrisur, die genauso ungepflegt aussah wie alles an ihm, sein verschlissener grüner Parka mit der aufgenähten Deutschlandfahne war viel zu groß für seine magere Erscheinung. Mit stechend-bedrohlichem Blick starrte er das junge Paar an, und sein Oberkörper schwankte leicht. Laut der Anzeige kam die nächste U-Bahn erst in sieben Minuten.

»Von glücklichen Tagen, mein Blut ist in Unruh, bin ich verliebt?« Er lehnte sich hinüber. »In wen?«

Das Paar unterhielt sich gedämpft, als wäre nichts; ein stockendes und forciertes Gespräch, dem niemand zuhörte.

Schon wieder die falsche Taktik.

»In wen?« Der schlaksige Obdachlose forderte eine Antwort.

Als diese ausblieb, durchbrach er die Stille und wiederholte die Frage, die von den blauen Kacheln widerhallte. Das Mädchen fuhr zusammen, und der junge Mann war wie versteinert. Der Penner stand auf, ging den Bahnsteig entlang und wiederholte die Frage immer aggressiver. Die Wartenden wichen ihm aus. Keiner wollte angesprochen werden. Sein stechender schwarzer Blick sprach dafür, dass jeder Widerstand zwecklos war. Der Blick eines Wahnsinnigen würde man heute sagen. Früher nannte man das den bösen Blick, was der Wahrheit näherkam. Schließlich setzte er sich wieder neben das junge Paar.

»In wen?«

»Das weiß ich nicht«, antwortete der junge Mann verzweifelt.

»Der redet!« Der Mann lachte. Er lachte immer mechanischer, bis nur noch die beiden Silben *Ha, Ha* blechern ertönten.

Eldh steckte ihre linke Hand in die Manteltasche und trat ein paar Schritte näher. Sie wollte ihn nicht unnötig erschrecken, dann würde er verschwinden, aber sie wollte auch nicht, dass er zu weit ging. Ein Fehltritt und dem Kerl blühten üble Konsequenzen.

»Ach, in alle, die ein Herz in sich tragen!«, sagte der Mann und zwinkerte der jungen Frau verschmitzt zu.

Ein Zug fuhr aus der anderen Richtung ein, und der Bahnsteig leerte sich. Das junge Paar ergriff die Gelegenheit und floh in den Wagen. Auf ein Mal wollten alle nordwärts.

Mit klarer, heller Stimme sang der Mann:

»Und die Larven stürzen sich kopfüber
von den Bäumen; alles glänzt und blüht,
alles ist von Duft erfüllt und glüht.«

Pause.

»Bist du fertig?«, fragte Eldh.

»Nein, Poet Wennerbom. So hört es auf. Das sollte selbst die Walküre wissen. Alles ist von Duft erfüllt und glüht; Zäsur, Traurig setzt sich Wennerbom im Grase nieder.«

»Ja, ja, schon gut.«

»Gut?« Er schnaubte und ließ seinen schwarzen Blick auf ihr ruhen. »Fröding ist nicht gut! Gut ist nur Mittelmaß, ein Schulterklopfen. Fröding ist verdammt nochmal nicht gut!« Wennerbom war wieder in Rage. Er streckte seine sehnige Hand nach ihr aus.

»Komm mir bloß nicht mit dem Mist.« Eldh schlug seine Hand weg und trat einen Schritt auf ihn zu. Sie war ein bisschen größer als er, aber doppelt so breit. »Ich bin nicht hier, um dir und deinem alten Saufkumpan zuzuhören. Zieh wieder rauf nach Värmland, wenn du Selbstbestätigung brauchst. Wenn ich das nochmal sehe, dass du die Leute anpöbelst, dann ziehe ich dich ab. Keine Psychonummer. Keine Depressionen. Kapiert?«

»Ich will, ich will, ich werde, muss hinaus und Leben trinken, will nicht ersticken hinter diesem Gitter!«

»Können wir diesen Poesiekram jetzt mal lassen?«

»In mir geschmiedet und genietet ist das Gitter, erst wenn ich selbst zerbreche, bricht das Gitter.«

Eldh setzte sich auf eine Bank und wartete, bis er zu Ende rezitiert hatte. Sie klatschte teilnahmslos.

»Applaus ist was für Gaukler«, sagte er missbilligend. »Gustaf hat dieses nervige Geklatsche nie gemocht. Weißt du, was wir mit den Idioten gemacht haben, die ihn beklatscht haben?«

Eldh gab keine Antwort, sondern holte eine kleine Flasche Explorer und ein paar Fotos aus der Innentasche.

»Was hältst du davon?«

Es waren Nahaufnahmen von dem Ritual, auf Eldhs billigem Drucker ausgedruckt.

»Will die Walküre mich für die Gemeinschaft anwerben?«

»Du kannst ja wohl dein Scherflein dazu beitragen, wie alle anderen auch.«

»Der Poet braucht nicht alle anderen. Außerdem will ich kein Scherflein beitragen, wenn es keine gute Sache ist. Ihr redet und redet, und was kriegt ihr dafür?«

»Hilfe, wenn ihr welche braucht.«

»Hilfe?« Er verzog das Gesicht. »Es kümmert doch keinen, wenn es uns an den Kragen geht. Ihr hockt in euren warmen Wohnungen. Komm doch mal raus in die Wirklichkeit und statte uns einen Besuch ab. Wer hat Gunnar geholfen? Wer ist als Nächstes dran?«

»Ich hab's versucht.« Eldh hatte keine Ahnung, woher Wennerbom wusste, was mit Gunnar passiert war, aber sie hatte schon lange den Verdacht, dass es unter den Scheuen ein internes Netzwerk gab, obwohl sie ihre Reviere so gut wie nie verließen.

»Ha. Das ist doch nur die Methode der Gemeinschaft, das schlechte Gewissen zu beruhigen. Borg sagt, was du machen sollst, und du springst. Die Walküre, unsere Beschützerin. Ein lascher Mischling. Danke, nächstes Mal schick ich ’ne Postkarte, wenn wieder einer verheizt wird.«

»Dann macht euch nicht immer so rar. Wer sich helfen lassen will, dem helfe ich auch.«

»Du hast doch keine Ahnung, wie es uns geht.«

»Dann vergiss es doch einfach.« Eldh ließ die Flasche wieder verschwinden. Sie wollte sich nicht noch mehr gefallen lassen von diesem undankbaren Blödmann. Sie hatte trotz allem ihren Stolz. Eldh erhob sich. »Es gibt auch andere, die lesen können.«

»Nicht so gut wie ich.«

»Das vielleicht nicht, aber ich muss keinem in den Arsch kriechen.«

»Jetzt mach mal halblang.« Er änderte seinen Tonfall. »Das haben wir doch nicht nötig. Wir unterstützen uns doch gegenseitig, sonst können wir uns auch gleich von der menschlichen Masse einverleiben lassen.«

»Sag ich doch.«

»Aber nicht so schön. Was hast du denn dem Poeten mitgebracht?«

Sie nahm wieder auf der Bank Platz. Die Flasche wechselte kommentarlos und vorübergehend den Besitzer. Ob der Alkohol oder die Neugierde seine Meinung geändert hatte, ließ sich nicht sagen. Vielleicht war die Loyalität unter ihnen größer, als sie dachte.

Wennerbom betrachtete die Fotos von dem Ritual und fuhr mit dem Finger durch die Luft. Mit der präzisen Handbewegung eines Dirigenten zeichnete er das nach, was er sah. Sein schwarzer Humor war wie weggeblasen.

»Wir bekommen gleich Gesellschaft.« Eldh nickte zur Anzeige.

Skarpnäck 7 Min.

Er machte sich nicht die Mühe zu antworten. Nachdem er sich die Bilder angesehen hatte, ließ er sie aus der Hand gleiten. Er besah sich das, was er in die Luft gemalt hatte, drehte und wendete, prüfte und studierte die Details im leeren Nichts.

»Weißt du, was das ist?«

Wennerbom folgte seinen Armbewegungen mit dem Blick und schloss die Augen. Er ließ die Arme sinken, sein Körper verharrte in einer eigenartigen Pose. Er zitterte kaum merklich. Minuten verstrichen. Der Oberkörper neigte sich langsam nach vorn wie in unendlichem Fall. Eldh steckte die Fotos wieder ein und fokussierte eine Autowerbung jenseits des Gleises. Ein großer Wagen in Silber, geschwungene Formen, das konnte jede beliebige Marke sein. Aber darum ging es ihr gar nicht, es war nur ein einfacher Trick, dem Gehirn einen Streich zu spielen. Eigentlich das gleiche Phänomen, wie wenn man nur noch Sterne sieht, das Gehirn nimmt Dinge in der Peripherie wahr, von denen es nicht weiß, wie es sie deuten soll. Der Uninitiierte sieht tanzende Punkte. Andere sehen sonst was. Am Rand ihres Blickfelds konnte Eldh ahnen, dass die Luft um den Poeten flimmerte wie über einer heißen Teerstraße. Er betrachtete die Webgebilde.

Skarpnäck 3 Min.

Plötzlich war er wieder präsent.

»Hässlich«, sagte er und schraubte die Wodkaflasche auf. »Aber echt. Eine Art Blase. Vier Himmelsrichtungen. Fünf Öffnungen, keine Ahnung, was das mit der Sache zu tun hat. Was lag in der Mitte?«

»Ein neugeborenes Baby.«

»Wirklich?«

Eldh nickte. »Was glaubst du, wozu sollte das gut sein? Endorphine in einem Säugling sind doch gar nicht der Rede wert.«

Der Poet zuckte die Schultern.

»Nur weil ich lesen kann, heißt das nicht, dass ich auch schreiben kann.« Mit zwei gierigen Schlucken leerte er die Flasche. »Perverse gibt's immer. Pädophile und Lustmörder, das meiste ist ohne Sinn in diesem beschissenen Dasein. Wir sind alle Schweine.« Er warf die Flasche weg, und sie zersplitterte an den Kacheln. »So.«

»Wer kann so etwas tun?«, fragte Eldh.

»Keine Ahnung, die Webarbeiten sind aus Bergslagen, vielleicht Dalarna.« Sein Rülpser roch nach Alkohol. Dann hellte sich seine Miene auf. »Übrigens. Ich habe solche Arbeiten schon mal gesehen. Bei den Außerhalben. Vor langer Zeit. Eine völlig andere Arbeit. Eine Verkleidung.«

»Die Außerhalben? Das ist ja keine gute Nachricht. Bist du sicher?«

Die Luft wurde zusammengepresst, und die Druckwelle aus dem Tunnel wehte ihr die Haare ins Gesicht. Der Wind blätterte in einer zerlesenen Gratiszeitung. Der Zug nach Skarpnäck fuhr ein. Drei Männer vom Sicherheitsdienst stiegen aus. Penetrante Obdachlose standen nicht besonders hoch im Kurs bei den Verkehrsbetrieben; jemand hatte wohl angerufen und sich beschwert.

»Hau lieber ab«, sagte Eldh und drehte sich zu dem schlaksigen Poeten um. Aber der Bahnsteig war leer und Wennerbom wie vom Erdboden verschluckt.

»Können wir auf diese Scharade verzichten? Ich bin nicht nach Schweden zurückgekommen, um in irgendwelchen Meetings zu hocken. Erteilt mir das Wort.«

Der Mann, der sprach, trug eine graue, nichtssagende Maske. Die anderen vier an dem massiven, fünfeckigen Tisch trugen identische Masken und graue Mäntel, die jede Individualität tilgten. Nur eine Maske unterschied sich von den anderen. Sie war weiß wie Elfenbein. Sie war es, die antwortete.

»Du leitest das Meeting hier nicht.«

»Wenn ihr plaudern wollt, schlage ich vor, dass ihr einen Buchclub gründet. Wenn wir mit allen Kindern durch sind, fahre ich wieder in die Schweiz, um zu trauern. In zwanzig Jahren komme ich wieder. Den Rest könnt ihr mit meinem Stellvertreter klären. Erteilt ihr mir jetzt das Wort?« Ungehalten klopfte er mit dem Zeigefinger auf den Tisch.

»Ich gehe mit euch diese Liste hier durch. Wenn du etwas zur Tagesordnung hinzufügen willst, musst du warten.«

»Man hat nichts mehr vom Geld, wenn man tot ist.«

»Ich habe nicht vor zu sterben. Ich glaube, das hat niemand hier. Deswegen sind wir doch hier.« Der Mann machte eine ausholende Geste. »Will sonst noch jemand etwas vorbringen, ehe wir weitermachen?«

Ein leises Schnauben war hinter der Maske desjenigen zu hören, der sich echauffiert hatte. Alle Masken waren aus Leder geformt, das gehärtet, lackiert und der italienischen Tradition gemäß bemalt worden war. Unauffällig, aber stilvoll.

Stille. Unter der Decke surrte leise eine Petroleumlampe, die einzige Lichtquelle im Raum, und ein schwacher Kellergeruch hing in der Luft. Es war stickig.

»Beim nächsten Punkt geht es um die Racos AG.« Er las ab. »Aufgrund bislang ungeklärter Liquiditätsprobleme ist das Unternehmen in eine unhaltbare Situation geraten. Die Firmenaufkäufe in Riga, Bratislava und Krakau sind extrem überbewertet worden, und die Verluste werden sich im dritten Quartal deutlich niederschlagen. Umfassende Kürzungen sind zu erwarten. Das Urteil der Börse wird hart sein. Der Quartalsbericht kommt nächste Woche.«

Alle am Tisch schrieben mit, außer dem, der demonstrativ mit dem Zeigefinger auf den harten Firnis trommelte. Der Mann mit der weißen Maske las interne Dokumente von größeren und kleineren Unternehmen vor, die sämtlich in Europa und den USA börsennotiert waren. Ein Londoner Unternehmer war, gemäß eines früheren Beschlusses, an einem Herzinfarkt gestorben, ebenso wie ein Politiker in Brüssel. Drei weitere Namen wurden auf eine Liste gesetzt, ohne dass jemand protestierte.

»Wir haben noch eine andere heikle Sache.« Der Mann mit der weißen Maske legte seine Papiere beiseite und faltete die Hände wie zum Gebet. »Was den jüngsten Vorfall betrifft, haben wir wohl ein Problem. Die Mutter.«

»Lebt sie noch?«

»Sie liegt im Koma. Es ist nicht sicher, ob sie überlebt.«

»Kann sie uns identifizieren?«

»Vermutlich nicht, aber man kann nie wissen.«

»Liquidieren«, sagte der ungeduldige Mann. »Es darf keine ungelösten Probleme geben.«

»Nur wenn sie aufwacht«, antwortete eine schrille Stimme. »Es bringt nichts, wenn wir unnötige Aufmerksamkeit auf uns lenken, vielleicht ist die Natur ja auf unserer Seite.«

Stille.

»Wenn in dieser Angelegenheit niemand etwas hinzuzufügen hat, schlage ich eine Abstimmung vor. Dafür oder dagegen.«

Der Tisch zitterte leicht, als fünf Kugeln in eine Vertiefung in der Tischmitte des massiven Eichenmöbels rollten. Der Raum schien von diesem dominanten Tisch aus konzipiert worden zu sein. Die Machart war typischer Neobarock, Ende neunzehntes Jahrhundert. Gediegen, schön und mit Ornamenten in Form von Bäumen und Blättern. Die Stühle passten zum Tisch, und hinter jedem Platz befand sich eine unscheinbare Tür.

Der Mann mit der weißen Maske hielt fünf Steinkugeln in seiner behandschuhten Hand. Eine schwarze und vier weiße.

»Vier dafür. Einer dagegen. Ich sorge dafür, dass das erledigt wird. Wenn sie aufwacht.« Er ließ die Kugeln in eine andere Vertiefung gleiten, und ein leises Rasseln erklang, als sie sich im Tisch verteilten und zu den Anwesenden in kleine Fächer rollten.

»Nun zum Ergänzungspunkt des Abends. Bitte.« Der Mann in Weiß deutete mit einer Geste auf seinen nervösen Kollegen.

»Seid ihr fertig?« Der Rastlose nahm eine Mappe aus seiner Aktentasche und legte Fotos auf den Tisch. Sie zeigten einen menschlichen Körper auf einem OP-Tisch. Kopf und Haare waren mit einer blutigen Masse bedeckt, man konnte nicht erkennen, um wen es sich handelte. Von der Achsel aufwärts wies die Haut eine rötliche Verhornung auf, die die Form einer ausgestreckten Hand hatte. Er pfefferte einen Zeitungsausschnitt aus dem *Expressen* mit der Überschrift *Wer ist der Höhlenmann?* auf den Tisch. Ein stark gepixeltes Bild, offenbar mit einem

Mobiltelefon aufgenommen, zeigte eine Gestalt im Dunkeln vor einer Felswand. Seine Augen leuchteten wie die einer Katze. Dasselbe blutige, lange Haar. *Schlug ein Loch in die Wand und verschwand*, stand unter dem Foto eines gähnenden Lochs. Die Durchschnittsleser der Abendzeitungen hätten kaum mit der Wimper gezuckt; bearbeitete Bilder und verzweifelte Reportagen, um die Leser bei der Stange zu halten. Alltägliche Kost, amüsant für den Moment, aber am Tisch herrschte eine andere Stimmung.

Der Mann in Grau schwieg und ließ die Worte sacken. Wortfetzen und Unruhe breiteten sich in dem kleinen Raum aus.

»Aber …«

»Dann muss …«

»Wir waren doch …«

Einer hatte sich erhoben, ein anderer wischte sich den Schweiß hinter der Maske ab.

»Meine Herren. Nun zerbrechen wir uns nicht länger den Kopf über Geld. Unser Leben steht auf dem Spiel.«

»Unser Leben? Irgendein Leben steht auf dem Spiel, das muss doch nicht meins sein.«

»Nein, aber es kann deins sein, oder meins, je nachdem. Wenn wir nichts unternehmen, können wir hier rumsitzen und gucken, wer den Schwarzen Peter hat.«

»Einer von fünf, die Chancen stehen also schlechter als beim russischen Roulette.« Das sagte eine tiefe, heisere Stimme, die bisher geschwiegen hatte. »Das habe ich im Krieg schon ausprobiert, und ich habe keine Lust, das zu wiederholen.«

Alle Formalitäten waren wie weggeblasen, niemand bat mehr darum, dass ihm das Wort erteilt wurde.

»Kann das Zufall sein, oder ein Versehen?«

»Es gibt nichts, was darauf hindeutet.«

»Aber wie ist das möglich?« Die schrille Stimme kippte beinahe ins Falsett. »Wir haben uns doch vor fünfundzwanzig Jahren darum gekümmert.«

»Wie auch immer.« Der Mann in Weiß versuchte, die Kontrolle wieder an sich zu reißen. »Es ist in unser aller Interesse, diesen Jungspund loszuwerden. Um den Rest kümmern wir uns dann schon. Wenn er die letzten fünfundzwanzig Jahre überlebt hat, muss jemand von der Gemeinschaft etwas wissen. Bedient euch eurer Ressourcen, dreht jeden Stein um, spürt ihn auf, und beendet sein trauriges Dasein.« Er nahm die Petroleumlampe vom Haken und besah sich eingehend die Fotos. Seine Augen blitzten hinter den schwarzen Löchern auf. Ehe die maskierten Männer durch ihre Türen verschwanden, fügte er, ohne den Blick von den Bildern abzuwenden, hinzu: »Ich informiere den Scharfrichter.«

Eldh sah sie aus der unscheinbaren Tür treten. Eine schäbige schwarze Holztür, die auf das Kopfsteinpflaster des Altstadtviertels führte. Männer und Frauen in tadelloser schwarzer Garderobe. Diskrete Macht. Einige von ihnen erkannte sie wieder, Paul Kron, Lilja und Ehrencrantz, aber die meisten von den zwanzig, dreißig vorübereilenden Gesichtern waren ihr unbekannt. Nur die Wahl der Farben und Ehrencrantz' Trauerflor verrieten, dass sie soeben bei einer Beerdigung gewesen waren. Dass eine der einflussreichsten Personen im Schweden des zwanzigsten Jahrhunderts, ja vielleicht in der Geschichte Schwedens, ihre letzte Ruhe gefunden hatte. Einen Augenblick schienen die Trauernden alle zu einer flüchtig entstandenen Gemeinschaft zu gehören, die in der Zeit weit zurückreichte. Die stillschweigende Übereinkunft einer religiösen Bruderschaft oder einer ethnischen Minderheit nach dem Sonntagsgebet. Aber dann trennten sie sich, die unsichtbaren Bande wurden gekappt, und jeder für sich wurde von den Gassen Gamla stans geschluckt und verschwand in den Stockholmer Alltag, als hätte es sie nie gegeben.

Eldh war noch nie drinnen gewesen. Im Allerheiligsten. Borg hatte nie darüber gesprochen, und ehrlich gesagt spielte das für sie auch keine Rolle. Von außen gab das Gebäude nichts preis, nur gelber Putz und schwarze verrammelte Fensterluken; es hätte seit Stockholms Gründung dort stehen können.

Das Heiligtum. Den kürzlich verstorbenen Patriarchen kannte sie nur vom Hörensagen, sie war ihm nie begegnet, aber die Tochter hatte sie ein paar Mal getroffen. Borg zufolge hatte sie im Verborgenen die Fäden in der Hand, seit Marcus Ehrencrantz' nicht sonderlich schmeichelhafter Alterungsprozess an Fahrt aufgenommen hatte. Die letzten Jahrzehnte hatten alle in Wartestellung verbracht. Die Tochter stand immer noch in der schmalen Gasse. Leichter Nieselregen ging zwischen den ockergelben Häusern nieder. Sie hatte die Augen geschlossen und ihr Gesicht dem grauen Himmel zugewandt. Eldh fragte sich, ob sie erleichtert oder traurig war. Oder beides. Sie war anziehend auf eine androgyne Art, ein dunkler Typ mit kurzen Haaren, aber da war noch etwas anderes, es hatte mit ihrer Haltung zu tun, wie sie dastand, wie sie sich bewegte. Eldh begriff, dass die Leute das faszinierte. Ehrencrantz hatte zweifelsohne Charisma.

Borg trat aus der Tür, spannte seinen Regenschirm auf, den er der trauernden Tochter reichte, und setzte seinen Weg fort, als wären sie sich nie begegnet. Er ging die Treppe hoch und unter den Arkaden entlang, wo Eldh sich im Schatten verbarg.

»Was machst du hier?«, sagte er, ohne sie anzusehen. Sie wusste nicht, wann er sie entdeckt hatte. »Neidisch? Oder beleidigt, weil du nicht eingeladen worden bist?«

Er setzte seinen Weg fort. Eldh folgte ihm die Västerlånggatan entlang und sah ihn zwischen zwei Souvenirläden einen Schnellimbiss betreten. Als sie hereinkam, hatte er zwei Softeis bestellt.

»Welche Streusel möchtest du?«

»Danke, nein.«

»Einmal Schokolade und einmal Tutti-Frutti bitte.«

»Hattest du nicht schon genug Kaffee und Sandwichtorte?«

»Du weißt ja, wie das ist, je reicher, desto geiziger. Besten Dank.« Er reichte Eldh eine Waffel mit Schokoladenstreusel. »Winzige, trockene Schnittchen und Nusstrüffel mit Cognac.« Er aß hungrig sein Eis, die bunten Streusel knirschten zwischen seinen perfekten Zähnen. »Nach dieser ganzen Um-den-Bart-Streicherei brauche ich etwas richtig Süßes. Wenn Macht aufgeteilt wird, hinterlässt das einen schalen Geschmack im Mund.« Er setzte sich auf einen Barhocker am Fenster und löste den Krawattenknoten.

»Ich dachte, das war ein Begräbnis.«

»Eher ein Kräftemessen. Familien und andere Gruppierungen in jeder Ecke des Rings.« In der Västerlånggatan gingen Passanten mit Schirmen und Regencapes vorbei. »Vor uns liegt eine interessante Zeit. Weißt du, dass es nach Stenbecks Tod mehrere Jahre gedauert hat, eine Bestandsaufnahme von seinem Imperium zu machen? Derzeit war es nur ein Bruchteil verglichen mit Marcus Ehrencrantz, allerdings reden wir da nur von dem offiziellen Teil. Rechne noch ein paar geheime Abkommen dazu, nicht erfasste Bestände und Mantelgesellschaften aus der Zeit um die Jahrhundertwende, und du hast einen guten Nährboden für Konflikte.«

»Wird dir die große Ehre zuteil, dich mit der Nachlassaufteilung auseinanderzusetzen?«

»Spinnst du? Die würde ich nicht mal mit der Kneifzange anfassen. Außerdem habe ich viel zu viele Feinde.«

»Bist du immer noch in Sorge wegen Lilja?«

Borg machte sich nicht die Mühe zu antworten und fuhr unverdrossen fort:

»Es wird viele Jahre Streit geben, bis überhaupt jemand den Auftrag kriegt. Und schließlich, glaub mir, ich weiß, wovon ich rede, fällt die Wahl auf irgendeinen blassen Bürokraten, von dem alle meinen, dass sie ihn manipulieren können. Armes Schwein. Keiner kriegt das, was er will, und alle geben ihm die Schuld. Es gibt keinen besseren Weg, um seine Karriere zu ruinieren. Du kannst davon ausgehen, dass die Gemeinschaft eine ganze Weile lang verwundbar sein wird.« Softeis mit Streusel tropfte auf seine Hand. Er leckte sich die süße Soße ab. »Aber das tangiert dich wohl nicht.«

»Scheiße suppt nach unten.«

»Geld auch.«

»Ja, aber Scheiße hat die Tendenz, sich zu verdoppeln. Mit Geld ist das genau andersrum. Früher oder später müssen solche wie ich dafür zahlen. Arbeit. Miete. Leben. Ihr müsst euch nur Sorgen darüber machen, wie hoch der Bonus ist, den ihr verliert.«

»Du hast ja eine hohe Meinung von mir.« Borg wischte sich mit einer Papierserviette Eis von seinem schwarzen Jackettärmel. »Bist du hier, um über eine Gehaltserhöhung zu diskutieren?«

»Nein. Über den Kindsmord.« Sie warf ihr Eis in den Papierkorb. Die Streusel waren ungenießbar. Ein paar Touristen waren eingetreten und lasen die beleuchtete Karte mit den schwedischen Delikatessen Würstchen und aufgetaute Hamburger. »Du hattest Recht«, sagte sie gedämpft. »Das betrifft uns, oder besser gesagt die Außerhalben.«

»Die Außerhalben? Bist du sicher?«

»Das sagt meine Quelle. Die Webarbeiten stammen von ihnen.«

»Das sind ja nicht gerade gute Nachrichten.« Die Munterkeit von der Beerdigung verflog mit einem tiefen Seufzer. »Ich habe auch so schon genug Scheiß auf meinem Tisch. Danke.«

»Die Außerhalben waren vor meiner Zeit. Erzähl.«

»Was soll ich sagen? Anarchisten, Separatisten, radikale Arschlöcher, nenn sie, wie du willst. Wir hatten unser eigenes Achtundsechzig. Aber die haben sich nie die Haare geschnitten. Es gibt immer welche, die meinen, die Gemeinschaft wäre falsch organisiert, und die auf uns herumhacken, obwohl wir versuchen, was Sinnvolles zu machen.«

»Auf euch, die ihr das Ruder in der Hand habt, meinst du?«, sagte Eldh säuerlich.

»Ich sage nicht, dass die Gemeinschaft perfekt ist, aber wir tun, was wir können, im Rahmen unserer Möglichkeiten. Das war früher einfacher, da hatten wir mehr Kontrolle. Aber die Gemeinschaft von heute sieht anders aus, sie ist viel schwieriger zu lenken, ohne dabei in Erscheinung zu treten. Der ganze Computermist. Da lob ich mir doch das gute alte Papier, das kann wenigstens verschwinden.« Er wischte sich die Finger ab. »Es ist keine leichte Aufgabe, unter den Schatten Ordnung zu schaffen, wenn du das meinst, aber wir können nicht mehr zu dem zurück, was vorher war, das kapieren alle, ausgenommen die Außerhalben.« Er schüttelte den Kopf. »Die machen das, was ihnen einfällt, und scheißen auf die Konsequenzen. Die denken, wir haben vor der Menschlichkeit kapituliert. Aber dieser verdrehte Idealismus ist nur ein Vorwand. Die sind wie meine Halbwüchsigen. Sie wollen alles haben, aber nicht dafür bezahlen. Manche werden nie erwachsen.«

»Deine Halbwüchsigen sind nicht bewaffnet.«

»Das ist eine Definitionsfrage«, sagte er erschöpft.

»Kommen die zur Mariä Lichtmess?«

»Meine Kinder?«

»Nein.«

»Die Separatisten? Wohl kaum. Seit fast dreißig Jahren führen wir einen Stellungskrieg. Wir schließen die Augen in der

Hoffnung, dass nichts passiert. Ich wusste ehrlich gesagt gar nicht, dass sie noch in der Stadt sind.«

»Wie stillen sie dann ihren Hunger?« Die Antwort dämmerte ihr in dem Augenblick, als sie die Frage stellte. Das Kind. Hier ging es nicht um eine Triebtat. »Ich habe nicht gedacht, dass ein Kind genug ist«, sagte sie leise.

In seinen Augen war ein Feuer entfacht, eine schwarze Schärfe, er war zu demselben Schluss gekommen. Elias Borg hatte zwei Seiten, eine lächerliche und eine kompromisslose. Er konnte unglaublich ermüdend sein, alberne Späße bis ins Absurde treiben, alte Anekdoten wieder und wieder durchkauen. Aber wenn er wirklich etwas wollte, hatte er eine unerbittliche Durchsetzungskraft, die den Leuten Angst machte. Er verhandelte nicht, er forderte. Und er hatte nicht dank der halbherzigen Scherze seine hohe Position erhalten.

»Mach sie ausfindig«, sagte er. »Ich sorge dafür, dass die Hämmeringe bereit sind.«

»Wo soll ich anfangen?«

»Es gibt da einen Mann namens Järnbrink. Er hat zu jener Zeit gewisse Aufträge erledigt.«

»Ove Järnbrink?«

Borg nickte.

»Schon zu meiner Zeit bei der Polizei war die kleine Ratte ein Spitzel. Ich hatte keine Ahnung, dass er einer von uns ist.«

»Wir sind eine große Familie«, stellte er ironisch fest. »Die Außerhalben hatten einen Krieg angezettelt gegen die anderen Banden. Das war eine Dekade vor deiner Zeit. Die Siebziger, die Befreiung und der ganze Mist, du weißt schon, die Gemeinschaft war gespalten, nicht so wie jetzt. Es gab Gruppierungen, die uns nicht gehorcht haben. Aber diese verfluchten Idioten haben reinen Tisch gemacht, gingen auf eine kriminelle Liga nach der anderen los, bis sie als Einzige übrig waren. Järnbrink hat seine Haut gerettet, indem er seine eigenen Leute verraten hat, aber er musste trotzdem dafür büßen. Die Außerhalben mögen auch keine Ratten. Das letzte Gefecht war die reinste Schlacht, richtig grausam. Järnbrink war einer der wenigen, die mit dem Leben davongekommen sind.«

»Und wann war das?«

»72, 73.«

»Davon ist nichts bis zu uns ins Dezernat vorgedrungen.«

»Wir haben die Sache unter den Teppich gekehrt. Aber es gab noch jede Menge aufzuräumen, und die Feuerwehr musste oft ausrücken. Dein Vorgänger hatte alle Hände voll zu tun. Früher war nicht alles besser, egal, was die Leute sagen.«

»Wo finde ich denn diesen Järnbrink?«

»Ich habe ihm 1975 einen Job organisiert, in einer Reifenwerkstatt am Telefonplan.« Er nahm eine Visitenkarte und schrieb die Adresse auf die Rückseite.

Borg hatte alles im Kopf, es war beängstigend, wie viele Details er abgespeichert hatte. Sie fragte sich, wie viel er mittlerweile gegen sie in der Hand hatte.

»Ich weiß nicht, ob er jetzt noch da ist«, fuhr er fort. »Aber es ist wenigstens ein Anfang. Ich kann mir vorstellen, dass er so einiges weiß. Bevor die Außerhalben Järnbrink freigelassen haben, wurde er gebrandmarkt. Und wenn ich Ove wäre, würde ich versuchen, ein Auge auf meine Feinde zu haben, er hat ja trotz allem immer noch ein paar Finger.«

Als Rebecka aus der Tür trat, schlug sie den Kragen ihres schwarz-weißen Tweedmantels hoch. Sie hatte einen passenden Schal mehrmals um den Hals geschlungen und trug einen Pferdeschwanz. Schon immer hatte Rebecka ein Faible für alles Französische gehabt, und sie sah wirklich wie eine Pariserin aus. Jonas hatte unzählige französische Beziehungsdramen zusammen mit ihr durchlitten. Als sie nach einem Jahr in Lyon wieder nach Hause gekommen war, war es kaum auszuhalten gewesen. Wann immer es ging, bestellte sie auf Französisch, zeigte Touristen den Weg, aß Crêpes und verfolgte die französische Innenpolitik. Jonas hatte festgestellt, dass er seit einigen Jahren die französischen Schauspieler vermisste. Er verband sie mit einer guten Phase seines Lebens.

»Adam ist zu Hause. Können wir ein Stück gehen?«

Während ihrer Schulzeit hatte sie zusammen mit ihren drei Schwestern in der Artillerigatan unten an der Hedvig-Eleonora-Kirche gewohnt. Ihre Eltern waren auch Ärzte. Vor drei Jahren war sie in eine Eigentumswohnung in der Skeppargatan gezogen. In dieser Zeit war auch Adam aufgetaucht. Jonas war erst danach ins Bild gekommen.

Sie gingen schweigend den Narvavägen entlang und nach Djurgården. Ihr üblicher Spazierweg. Er wusste nicht, was er sagen sollte, und sie schien abzuwarten.

»Wie geht es dir?«, fragte sie schließlich.

»Weiß nicht.«

Der Djurgårdskanal lag im Dunkeln. Der böige Herbstwind trieb Risse in die schwarze Oberfläche.

»Das Leben ist mir entglitten. Ich lag im Sterben«, begann Jonas stockend. Es war nicht leicht, die richtigen Worte zu finden. »Jetzt bin ich hier, und mir ging es noch nie besser. Keine Kopfschmerzen, ich kann atmen, es ist, als wäre mein ganzes Leben lang mein Kopf voller Watte gewesen, und jetzt ist alles wie weggeblasen. Frei. Mein Kopf ist gestern eingeschlagen worden. Ich fasse es nicht.«

»Hast du in letzter Zeit schlecht geschlafen?« Sie klang wie eine Ärztin.

»Glaubst du mir nicht?«

»Ich versuche nur zu verstehen.«

»Ich auch.«

Sie passierten schweigend den Haupteingang von Skansen und gingen am Djurgårdskanal entlang, ehe sie den Faden wieder aufnahm.

»Du kannst gestern nicht auf einem OP-Tisch gelegen haben, das ist unmöglich, Jonas.«

»Ich weiß. Aber so war's.« Sie begegneten einem Paar, und er senkte die Stimme. »Es ist aber nicht nur das. Irgendwas ist mit meinen Augen, ich kann im Dunkeln sehen.«

»Was denn?«

»Alles.«

»Nimmst du was ein?«

»Mann, Rebecka! Du kennst mich doch! Ich weiß nicht, warum ich noch am Leben bin! Warum kann ich sehen, dass da hinten an der Brücke eine Alte mit ihrem verdammten Dackel ist. Keine Ahnung! Siehst du sie?«

Bis auf den Schein der Laternen war alles dunkel. Rebecka

schüttelte den Kopf, aber er merkte ihr ihren Zweifel an. Er ging zu einer Parkbank und riss sie aus der Verankerung.

»Warum kann ich so was hier?« Er ließ die Bank fallen, die mit zwei dicken Betonklötzen mit dem Erdboden verbunden gewesen war. Sie sah ihn verblüfft an. Nun lag die Bank auf dem Rücken wie ein totes Tier mit Erde und Kies drum herum. »Wenn ich mir in die Hand schneide, ist die Wunde morgen verheilt, ich kann es dir zeigen.« Er hob die Hand, um sich an dem rauen Beton zu verletzen.

»Das brauchst du nicht, ich glaube dir auch so.«

Ihre Worte deckten sich nicht mit ihren Gedanken, das sah er. Sie betrachtete ihn lange.

»Ich weiß nicht, Jonas, ich weiß einfach nicht.« Sie suchte fieberhaft nach etwas Rationalem, etwas Logischem. »Ich weiß, dass Hormonschwankungen und Tumore merkwürdige Reaktionen des Gehirns hervorrufen können. Das kann auch die Muskulatur beeinflussen.« Sie griff nach seiner Hand. »Wenn du mit mir ins Krankenhaus kommst, können wir Proben nehmen und untersuchen, was passiert ist. Ich kenne gute Ärzte.«

Er schüttelte den Kopf.

»Da gehe ich nicht hin. Das mache ich nicht.«

Jonas litt an Krankenhausphobie, seit er denken konnte. Bei dem Geruch von Desinfektionsmittel zog sich alles in ihm zusammen, und er wollte einfach nur weg. Krankenhäuser hatten etwas Unheimliches. Er hatte oft Albträume von endlosen finsteren Gängen mit blanken Böden. Sogar Krankenhausszenen in Filmen verursachten ihm Übelkeit. Er hörte die Alarmglocken schrillen, wenn ein grünes steriles Tuch auf dem Bildschirm erschien. Manchmal bildete er sich ein, dass Rebeckas Medizinstudium die Ursache für ihr Zerwürfnis gewesen war. Dass schlussendlich der antiseptische Gestank einen Keil zwischen sie getrieben hatte. Er wusste, das war lächerlich und konnte unmöglich der Grund sein, aber diese Gefühle hatte er nicht unter Kontrolle, sie waren Rückgratreflexe, sein innerstes Ich.

Jonas holte die kleine Kapsel aus der Tasche.

»Als ich letztes Mal im Krankenhaus war, haben sie mir das hier aus dem Kopf geholt.«

Rebecka hielt sie in das Straßenlaternenlicht.

»Von dir? Das sieht aus wie ein Implantat, ein kleiner Schrittmacher.« Sie drehte sich zu Jonas um. »Bist du früher schon mal operiert worden?«

»Nicht soweit ich weiß. Ich glaube, ich war öfter im Krankenhaus, als ich klein war. Es hatte mit meiner Migräne zu tun, aber ich erinnere mich nicht daran. Ich war damals erst ein paar Jahre alt.«

Der Wind zerrte an den Baumkronen, und die wenigen Blätter, die sich noch an die fast kahlen Zweige klammerten, raschelten. Ein Dackel kam aus der Dunkelheit und schnüffelte an der umgestürzten Bank.

»Ich denke, wir sollten deine Mutter fragen.«

Eldh betrat die Reifenwerkstatt. Sie lag im alten Industriegebiet von Västberga. Überall lagen Autoteile, Felgen- und Reifenstapel. Es roch nach Gummi, Öl und Schmutz. Ein schlecht eingestelltes Radio rauschte und knisterte. Ein roter Volvo V70 stand oben auf der Hebebühne, und unter einem grauweißen Mazda ragte ein Paar Beine hervor. Sie klopfte auf die Motorhaube. Der Mann unter dem Auto schnaubte und rollte auf einem Brett hervor. Er war klein, glatzköpfig und hatte grobe Gesichtszüge. Ausgefranste Tätowierungen von Pin-ups, Herzen und Messern drängten sich auf den muskulösen Armen. Ihm fehlten ein paar Zähne, sein Gesicht war verschmiert, und das graue Unterhemd, in das er seinen bulligen Oberkörper gezwängt hatte, war einmal weiß gewesen. Der Mann erinnerte an einen alten Stier. Er wischte sich den Schweiß von der Stirn und sah Eldh an.

»Hi, Ove. Lange her.«

Es dauerte, bis er sie wiedererkannte. Es war trotz allem vierzig Jahre her. Er schob sich mit dem Rücken am Auto hoch und hob schützend die Arme. An der linken Hand waren nur noch Stummel zu sehen. Während Vivecas Zeit beim Spezialeinsatzkommando der Polizei hatte ein Gerücht kursiert, das noch immer Bestand hatte. In den Siebzigern hatte man es mit der Behandlung von Verdächtigen nicht so genau genommen. Wenn jemand vor seiner Festnahme gestürzt war und sich verletzt hatte, war das kaum Vivecas Schuld, und die Kollegen hielten damals zusammen gegen das Gesindel.

»Mach dir mal keinen Kopf, Ove. Ich will dir nur ein paar Fragen stellen.«

Er war noch immer sprachlos.

»Hast du nicht gewusst, dass ich zur Familie gehöre?«

Er blieb die Antwort schuldig.

»Enttäuscht?« Järnbrink schwieg fortwährend. »Wenn du dir wegen der Buchhaltung Gedanken machst, kann ich dich beruhigen, ich bin nicht mehr bei den Bullen. Borg hat mich geschickt.«

»Borg?« Järnbrink hatte sich einigermaßen gefasst, aber er blieb defensiv. »Der gleiche Job, andere Auftraggeber«, murmelte er.

»Irgendwer muss ja ein Auge auf solche wie dich haben.«

»Ich habe nichts gemacht, Borg kann sich nicht beschweren, ich habe mir nichts zuschulden kommen lassen.«

»Klar«, sagte Eldh ironisch.

Abgesehen von den Autoteilen stand in der Werkstatt alles Mögliche an Schrott herum, Kühlschränke, Elektronik und Gestelle mit Fellen. Vermutlich Diebesgut. In einer Ecke stand ein Auto unter einem silbergrauen Tuch. Eldh ging darauf zu.

»Das geht dich nichts an.«

Sie atmete hörbar aus und schlug das Tuch zurück. Ein schwarzer Mustang Shelby 500 GT mit silbernen Flammen an den Seiten. Eine Südstaatenflagge hing am Rückspiegel, und ein Miniatur-Elvis stand auf dem mattschwarzen Armaturenbrett.

»Wie ich sehe, laufen die Geschäfte gut.«

»Das ist nicht meiner.«

»Schade. Vielleicht ist es meiner?« Sie machte die Tür auf. »Was, glaubst du, steht im Fahrzeugschein?«

»Was zum Teufel willst du?«

Järnbrink hatte sich zwei Krücken gegriffen und kam schwankend auf sie zu. Die überdimensionalen Muskeln spannten sich an, Verhärtungen und Knubbel rieben gegeneinander, und es fiel ihm schwer, die Gelenke zu beugen. Das war der Preis, den er für seine Eigenart bezahlen musste. Eldh ließ ihn nicht aus den Augen, Ove Järnbrink war kein Unschuldslamm. Solche wie er kannte sie, stark und abgehärtet, Eigenschaften, die früher von Nutzen waren. Während die Maschinen immer mehr die schwere körperliche Arbeit übernahmen, blieben nur noch Wettkämpfe und andere sinnlose Arten, die Kräfte zu messen. Und diejenigen, die unnötige Aufmerksamkeit auf sich lenkten, wurden von der Gemeinschaft bestraft. Viele waren in den Grauzonen der Gesellschaft bei den Schlägertypen, Handlangern und Berufskriminellen gelandet.

Järnbrink zog das Tuch wieder zurecht. Eine Tür von einem kleinen Büro wurde geöffnet, und ein Mann kam heraus. Er hatte einen Bart, war in den Vierzigern und breitschultrig, aber nicht ganz so muskulös wie Järnbrink. Er trug einen Motorblock. Vater und Sohn, dachte Eldh. Der Mann schielte zu ihr hinüber, stellte den Block ab und kramte in einer Werkzeugbank.

»Mach Mittag«, sagte Järnbrink.

Der Sohn schien den gereizten Unterton in der Stimme seines Vaters zu registrieren.

»Ist alles in Ordnung?«

»Klar. Kein Problem, ich rede hier nur ein bisschen mit einer alten Bekannten, das ist alles. Du kannst für heute frei machen.«

Als sie allein waren, setzte Eldh sich auf die Motorhaube des Mazda.

»Und was machst du so, erpresst du Leute? Oder treibst du für das gemeine Gesindel Schulden ein?«

»Warum hackst du auf mir rum? Ich betreibe eine ganz normale Firma und sehe zu, dass wir einigermaßen über die Runden kommen, der Junior und ich. Ich habe inzwischen Enkel. Du weißt ja, wie das ist. Die Jobs wachsen nicht gerade auf Bäumen.«

»Gute Reifensaison.« Eldh nickte zu dem Mustang hinüber.

»Ich habe ein bisschen was auf die Seite gelegt im Laufe der Jahre.«

»Jetzt lassen wir mal den Smalltalk, Ove, es ist mir total egal, was du machst. Wen du für diese Karre auf dem Gewissen hast, interessiert mich einen Scheiß, und ehrlich gesagt weiß ich nicht, wie viel ein Mord heutzutage wert ist, weil ich auf das Gesetz scheiße, genau wie du. Gib mir, was ich haben will, und ich lasse dich in Ruhe. Sonst mache ich dir und deiner Familie das Leben schwer. Du weißt, dass ich das kann.«

Järnbrink starrte sie wortlos an. Er maß sich mit ihr. Eldh hatte das im Boxring schon zig Male erlebt. Sie waren beide gealtert, aber er sah verlebter aus. Vielleicht war es ein jüngerer Teil von ihm, der aufbegehrte und sich für alte Ungerechtigkeiten rächen wollte. Er musste trotz allem zugelassen haben, dass sie ihn mehrmals zusammenschlug. Damals, bevor Eldhs Eigenheiten voll zur Geltung gekommen und sie ein gewöhnlicher Mensch gewesen war. Aber sie hatte das Gesetz hinter sich, und er hatte sich nicht wehren können. Hätte er der Polizei gegenüber sein ganzes Potenzial zum Einsatz gebracht, hätten ihm beide Gesellschaften die Hölle heißgemacht.

Gelassen nahm Eldh den Schlagring aus ihrer Manteltasche und legte ihn neben sich auf die Motorhaube. Sie dehnte ihren Nacken. Wenn er zuerst klare Fronten wollte, hatte sie kein

Problem damit. Sie war jetzt eine andere. Die Muskeln in Järnbrinks Brustkorb zuckten, als er seinen steifen Körper reckte. Er stützte sich nicht mehr auf die Krücken. Sie standen sich ein paar Sekunden gegenüber und fixierten einander. Dann senkte er den Blick, atmete aus und sank wieder auf die Krücken.

»Was willst du?«

»Die Außerhalben. Wo finde ich die?«

Järnbrinks Blick verfinsterte sich. »Und woher soll ich wissen, wo die sind, verdammt?«

»Weil deine Hände noch Finger haben, weil du einen Sohn hast und er eine Familie. Man hat seine Feinde im Blick.«

»Ich weiß überhaupt nichts.«

Eldh richtete sich auf. »Müssen wir das auf diese Weise lösen?«

»Komm schon. Keiner weiß was von diesem Pack. Ich habe keinen Schimmer.«

»Gib mir die Schlüssel für den Mustang.«

»Aber ich weiß doch nichts, verdammt nochmal.«

Eldh nahm einen Schraubenzieher aus einem Werkzeugkasten, der auf dem Boden stand. »Wie schade. Dann gehe ich wohl mal wieder. Ich weiß nicht mehr genau, wie man so einen kurzschließt.« Sie schlug das Tuch wieder zurück. »Aber früher oder später werde ich die richtigen Kabel schon finden.«

»Komm jetzt. Ich weiß nur, dass sie manchmal was an Alain de Spors verkaufen. Er hat was von Skeppsholmen geredet, dass sie da gelegentlich auftauchen. Mehr weiß ich nicht, ich schwöre es.«

Alain de Spors war ein bekannter Hehler. Ein fahrender Händler, der lange Zeit durchs Land gereist war und der vielen der ihrigen Sorte als Pfandleiher diente. Denn in der Welt der Nummernlosen war immer noch Bargeld angesagt. Es gab jede Menge interessante Sachen, die auf den Dachböden verstaut waren, Erinnerungen, für die man einen guten Preis bekam, vorausgesetzt, man verfügte über die richtigen Kontakte.

Dass Alain de Spors mit Kindsmördern zu tun gehabt hatte, war nicht ganz unwahrscheinlich. Alain handelte mit Reich und Arm, mit Oben und Unten, Hauptsache, er konnte Geschäfte machen.

»Skeppsholmen? Dann weißt du ja doch was, Ove.« Sie warf ihm den Schraubenzieher zu. »War doch gar nicht so schwer.«

In der Wohnung war es dunkel. Rebecka versuchte, im Flur Licht zu machen.

»Wir haben keinen Strom.«

»Ach ja, die Leitungen werden ja ausgetauscht.« Sie hängte den Mantel auf und folgte Jonas ins Wohnzimmer. Die Wohnung war zwar groß, aber schmal, und die Zimmer zweigten alle von einer Seite des Flurs ab. Jonas' Zimmer am einen Ende ging auf die Wittstocksgatan hinaus, das Wohnzimmer am anderen auf den Hof. Sie wohnten hier, seit Jonas drei war, lange bevor die Probleme angefangen hatten. Seine Mutter stand auf dem Balkon und rauchte. Die Fensterscheiben vibrierten leicht bei jeder Windböe.

»Wie geht es ihr denn?«

»Wie immer.«

»Zahlt die Versicherung euch denn was?«

»Sie weigert sich hinzugehen.«

»Immer noch? Und Arbeitslosengeld?«

»Dann muss man sich auch eine Arbeit suchen.«

Er machte die Balkontür auf und sagte etwas zu seiner Mutter. Kurz darauf kam sie wieder herein. Sie saßen im Dunkeln auf dem Sofa, ihre Gesichter dem schwarzen Fernsehbildschirm zugewandt. Ein absurder Familienanblick. Seine Mutter hatte noch immer kein Wort gesagt. Wie gewöhnlich war ihr Gesicht verschlossen.

»Hej«, sagte Rebecka.

Endlich brach sie das Schweigen, ohne Rebecka anzusehen.

»Beckis. Lang ist's her«, sagte sie mit einem warmen Unterton, den Jonas seit langem nicht mehr gehört hatte. Der Anflug eines Lächelns.

»So hat mich schon lange keiner mehr genannt.« Rebecka lachte. »Ja, es ist lange her.«

»Seid ihr zwei …?«

»Nein«, unterbrach Jonas sie. Er wollte nicht über ihre Beziehung sprechen. Die war auch so schon kompliziert genug, da hatten Mütter nicht mitzureden. Er holte die Kapsel aus der Tasche. »Hat mir die jemand in den Kopf gepflanzt, als ich klein war?« Für Smalltalk war er nicht in Stimmung.

»Gibt es hier kein Licht?«, fragte Rebecka. »Man sieht hier so schlecht.«

»Tut mir leid, hab ich vergessen.« Er ging in die Küche und durchsuchte die Schubladen, bis er eine Taschenlampe fand. Das Licht flackerte, die Batterien waren schon lange nicht mehr gewechselt worden. Er legte die Kapsel auf den Sofatisch und leuchtete sie an. Eine schwache Reflexion in dem matten Metall. Sechs Stacheln ragten heraus, wie bei einem kleinen Skarabäus oder einer Kidneybohne mit Beinen, in der Mitte eingedellt und ein Bein geknickt. Die Mutter setzte eine riesige Lesebrille auf und berührte vorsichtig die Kapsel, als würde sie jeden Moment hochschnellen und sie beißen.

»War Jonas als Kind im Krankenhaus?«, wollte Rebecka wissen.

Sie nickte.

»Wegen der Kopfschmerzen?«

»Am Anfang nicht. Das kam erst später.« Sie dachte lange nach. Sie brauchte eine Ewigkeit für jede Antwort. »Er ist zu schnell gewachsen. Er wäre über zwei Meter groß geworden.«

»Hat die Hebamme das entdeckt?«

Sie schüttelte den Kopf und würdigte Rebecka immer noch keines Blickes. »Eine Krankenschwester aus einer Spezialklinik. Ich glaube, es war eine christliche Organisation, aber ich erinnere mich nicht mehr. Sie hat uns geholfen.«

Vor Jonas' innerem Auge tauchte eine Momentaufnahme auf. Eine goldene Brosche mit einem Kreuz, die um einen faltigen Hals baumelte, eine gestärkte weiße Bluse und blonde Locken, aber kein Gesicht. Das Bild verschwand ebenso schnell, wie es gekommen war.

»Hat er Wachstumshemmer bekommen?«

»Vielleicht.« Sie zuckte mit den Schultern. »Zuerst Medikamente. Aber die haben nicht angeschlagen.« Sie sprach langsam und widerstrebend, als hätte sie lange Zeit nichts formulieren müssen. Noch immer hatte sie den Blick auf die Kapsel geheftet, die im Schein der Taschenlampe schwach glänzte. »Es gab da ein Forschungsprogramm.« Sie verstummte.

»Und wie alt war er da?« Rebecka tastete sich vorsichtig voran, um das bisschen, was zum Vorschein kam, nicht kaputtzumachen.

»Zwei, drei.«

Schweigen. Es war offensichtlich, dass sie eigentlich nicht darüber reden wollte.

»Musste er operiert werden?«

»Ich weiß nicht. Vielleicht. Das ging fast ein ganzes Jahr so. Viele Krankenhausaufenthalte. Es war keine gute Zeit.« Sie legte Jonas ihre Hand auf den Oberschenkel. »Du wolltest nicht hingehen.« Eine Träne schimmerte, als sie ihr über die Wange lief. Aber ihre Stimme und ihre Miene blieben ausdruckslos.

Jonas war wie paralysiert. Etwas in ihm wollte rebellieren, er wollte aufstehen und wegrennen, Türen schlagen, schreien und weinen. Er begriff, dass seine Mutter die Wahrheit sagte. Auch wenn er sich an nichts erinnern konnte, saß dieses Gefühl tief in ihm. Das Krankenhaus. Die Schmerzen. Der Verrat. Er atmete schwer.

»Hat es was gebracht?«, fragte Rebecka, nachdem sie wieder eine Weile geschwiegen hatten.

»Ja, er ist nicht weiter gewachsen.« Sie senkte den Blick. »Aber es gab Nebenwirkungen.«

»Die Kopfschmerzen?«

Sie nickte kurz.

»Es haben keine Medikamente geholfen. Also entweder das, oder …«

»Oder was?« Jonas stand abrupt auf. »Du hast zugelassen, dass die an mir rumexperimentiert haben! Warum? Warum, Mama? Damit ich nicht groß werde? Mein ganzes Leben habe ich in einem schwarzen Loch voller Schmerz verbracht, nur weil du nicht wolltest, dass ich zu groß werde?«

»Nein. Weil du nicht sterben solltest«, sagte sie ruhig. »Dein Körper hätte sich selbst verbrannt. Er hätte nie aufgehört zu wachsen.«

Jonas wusste nicht, was er sagen sollte. Das war zu viel Information auf einmal für ihn.

»Sagt wer?« Die Frage stand im Raum, aber die Antwort blieb aus. »Sagt wer?«

Rebecka versuchte, das Thema zu wechseln. Einen konstruktiven Weg nach vorn zu finden. Es lag zu viel Schuld und Wut in der Luft. Zu viele Jahre geballte Frustration. »Wo fand denn diese Forschung statt?«, fragte sie vorsichtig. »Im Karolinska?«

»Ja.«

»Erinnerst du dich noch an Namen? An einen Arzt? Eine bestimmte Station? War das auf der Endokrinologie oder Kinderstation? Weißt du das noch?«

Sie fuhr zusammen, als wäre ein Fragment aus der Vergangenheit eben an die Oberfläche gekommen.

»Endokrinologie.« Sie nickte bedächtig. »Da waren wir. Experimentelle Endokrinologie.« Sie spuckte die Silben geradezu aus, das Wort ekelte sie an.

Rebecka hatte den Eindruck, dass Jonas' Mutter gegen ihren Willen in die Vergangenheit zurückversetzt worden war. Sie durchlebte ihre Erinnerungen, die sie verdrängt hatte und die erst jetzt durch die kleine Metallkapsel wieder Gestalt annahmen.

»Du hast seit zwanzig Jahren nicht mehr geredet.« Jonas war verstummt.

»Du hast nicht gefragt«, entgegnete sie und wandte den Blick von dem Implantat ab. Zum ersten Mal an diesem Abend sah sie Rebecka an. Ihr Gesichtsausdruck war finster. »Dr. Schröder.«

»Wer ist das?«

»Er hat das getan.«

Vier Tage lang hatte Eldh an der Skeppsholmsbron auf der Lauer gelegen. Ein alter Prahm unterhalb des Nationalmuseums wurde zu ihrer neuen Basis. Das Boot war schon winterfest gemacht worden, verrammelt und mit Persenningen bedeckt. Auf dem Achterdeck ganz hinten unter einer Plane hatte sie sich einen Unterschlupf gebaut, von dem aus sie die Brücke im Blick hatte. Für den Fall, dass der Bootsbesitzer auftauchte, konnte sie mit der Obdachlosenmasche kommen. Das war alles andere als bequem, aber Hauptsache, diese Kindsmörder kamen nicht davon.

Unter der Woche war Eldh bei den Scheuen oder spürte all das auf, was draußen in der Gesellschaft zu viel Aufsehen erregte. Gelegentlich musste sie in die Rolle des Hämmerings schlüpfen, der Gewaltwirker der Gemeinschaft. Und auch wenn das für sie als ehemalige Polizistin normal war, war es eine andere Welt mit anderen Konflikten und anderen Spielregeln. Da draußen gab es mehr als genug erfahrene Gewaltwirker und weniger Gesetze, nach denen man sich richten musste. Moral und Ethik sahen hier anders aus als in der gewöhnlichen Gesellschaft. Die Willkür war befreiend und beängstigend zugleich, aber das kam Eldh ganz gut zupass.

Halb liegend hatte sie es sich in einem Haufen Persenningen mit ein paar Decken bequem gemacht. Als sie sich nach der Thermoskanne mit lauwarmem Kaffee reckte, raschelten die

Planen. Sie aß ihr restliches Frühstück, bestehend aus einem letzten Schluck Dickmilch, einem halben Blätterteigplunder vom Zeitungskiosk und einer Banane. Eldh leckte sich die Finger ab und klebte für das Fernglas sechs neue Neun-Volt-Batterien zusammen und verband sie in Reihe mit Kupferdraht. Eine simple Konstruktion, selbstgebaut. Sie sah etwas seltsam aus, ein Fernglas mit Prismen, festgeklebt an das Okular und verbunden mit einer Leiterkarte von einem billigen Laser, was aber nicht zu sehr auffiel. Es war eine Art Kaleidoskop mit Reihenschaltung, mit dem sie Veränderungen in den Webarbeiten entdecken konnte. Es war bei weitem nicht wasserdicht und funktionierte nicht bei jedem, aber es war besser als nichts. Das Licht in den Prismen sprang zwischen den Frequenzen hin und her, wodurch das Bild gesplittet und wieder zusammengefügt wurde, dreißig Mal pro Sekunde. Dadurch pulsierte das Ganze und changierte in psychedelischen Farben und Mustern. Wie ein abgehackter LSD-Trip, nur dass man dabei keinen Spaß hatte. Schon jetzt fühlte sie sich seekrank. Eldh verwendete das Fernglas in kurzen Abständen, damit ihr nicht allzu übel wurde. Hauptsächlich fing sie Dinge ein, die ihr Interesse weckten.

Die Nacht war ruhig, nur vereinzelte Spaziergänger, zwei Taxen und ein paar Hundebesitzer. Die Kälte und Feuchtigkeit waren unter sämtliche Kleiderschichten gekrochen, die sie am Leib hatte. Gegen vier war sie für rund eine Stunde eingenickt.

Die Buslinie 65 fuhr ihre erste Tour auf der Insel, während die Jogger zu ihrer morgendlichen Laufrunde aufbrachen. Die Sonne versuchte das diesige Grau zu überlisten, die Möwen erwachten, und der Verkehr am Slussen wurde dichter. Ein Radfahrer und ein paar Autos fuhren vorbei. Die meisten waren auf dem Weg zur Insel, nur die Läufer kamen zurück. Eine

Gruppe junger Kunststudenten querte die Brücke, sie waren deutlich an ihrem Scheißegalgebaren zu erkennen, und den gewollten Farbklecksen auf ihren Klamotten.

Sie wollte gerade pinkeln gehen, als die Polizistin in ihr plötzlich innehielt. Durch die vielen Jahre im Funkstreifenwagen hatte sich bei ihr ein Instinkt ausgebildet, für den es oft keine Erklärung gab. Ein Jungspund, der von der Skeppsholmsseite über die Brücke ging, sprang ihr ins Auge. Seine Körpersprache war wachsam, aber sie hatte eine Selbstverständlichkeit, die Erfahrung und Alter mit sich bringen. Von der äußeren Erscheinung abgesehen hätte sie vermutet, es handele sich um einen älteren Mann, der einen körperlich aktiven Beruf ausgeübt hatte, als Sportler, Soldat oder vielleicht Tänzer. Irgendetwas stimmte hier nicht. Eldh war nicht ganz sicher, meinte aber, ihn gestern etwa um die gleiche Zeit gesehen zu haben. Sie griff wieder zum Fernglas und lokalisierte ihn, als er die Brücke hinter sich ließ und hinter dem Museum verschwand. Sie hatte keine Ahnung, ob da was dran war. Gab es irgendwo eine Unstimmigkeit? Das, wonach sie suchte, konnte man nicht einfach so mit dem Fernglas erkennen, sondern nur dann, wenn sie aktiv auf die Webarbeit Einfluss nahmen.

Eldh stieß die Thermoskanne um, als sie aufstand, fluchte innerlich, steckte das Fernglas in ihre Schultertasche und sprang auf den Kai. Sie lief an der Rückseite des Museums entlang, verschwand hinter dem Hotel Lydmar und wurde am Strömkajen langsamer. Bei den gelben Sightseeingbooten holte sie ihn wieder ein und hielt angemessenen Abstand. Noch immer auf der Hut ging er durch den Kungsträdgården Richtung Innenstadt. Eldh wartete auf eine Gelegenheit, um ihn eingehender zu beobachten, aber je weiter sie sich dem Norrmalmstorg näherten, desto dichter drängten sich die Menschen. Sie musste den Abstand verringern, damit sie ihn im morgendlichen Berufsverkehr nicht aus den Augen verlor, aber es war unmöglich, das Fernglas zur Hand zu nehmen, ohne aufzufallen. Als er in die Biblioteksgatan bog, wurde er langsamer und sah in die Schaufenster der exklusiven Geschäfte. Er zögerte bei einem Juwelier und machte von der Auslage ein paar Fotos mit dem Mobiltelefon. Dann beschleunigte er wieder seine Schritte, ging in den Supermarkt unten bei der U-Bahn-Station, kaufte Milch, Bacon, Käse und Obst. Er bezahlte mit einem Fünfhunderter und ging denselben Weg zurück, den er gekommen war.

Als sie erneut Blasieholmen erreichten, setzte Eldh alles auf eine Karte. Er hatte sich in keiner Weise seltsam benommen, wahrscheinlich arbeitete er auf der Insel, in der Medienbranche oder in sonst einem trendigen Unternehmen, und dass etwas passierte, damit sie reagieren konnte, war nur Wunschdenken. Aber ehe sie die Sache abhaken konnte, musste sie ihn durch das Fernglas beobachten, ohne dass die Passanten ihr die Sicht versperrten. Von der Brücke aus hatte sie die beste Position. Sie ging schneller, überholte den Mann, querte die Straße und blieb gegenüber auf der Brücke stehen. Sie nahm das Fernglas, betrachtete zuerst das Wasser und die Seevögel, um nicht aufzufallen, und schwenkte dann rüber zur Brücke.

Er hatte die halbe Brücke bereits hinter sich gelassen. Sie schaltete den Strom ein, und das Bild begann zu flimmern. Die Bilder legten sich übereinander, übersprangen Lichtfrequenzen und erzeugten eine aktive Überexponierung. Er trug eine dunkle Lederjacke mit einem grünen Kapuzensweater darunter. Dunkle Jeans und Turnschuhe. Die Farben wechselten die ganze Zeit, sie musste die Puzzleteile in Gedanken zusammenfügen, das Licht arbeiten lassen, verstehen, ohne zu verstehen. Er war Anfang zwanzig, eine ungepflegte Erscheinung, sah ausländisch aus, aus dem Mittleren Osten, Nordafrika oder eventuell aus Südamerika. Schwer zu sagen. Am Kiefer entdeckte sie einen Spalt, einen kaum sichtbaren Riss, der nicht ihm gehörte. Ihre Instinkte hatten sie nicht getäuscht. Je weiter er sich ihr näherte, desto deutlicher wurde es. Ein paar Maschen waren aufgegangen. Das Gesicht war geschickt gewebt, keine Frage, aber darunter verbarg sich ein anderer. Es war faszinierend, sie hatte nie zuvor ein so lebendiges Kunsthandwerk gesehen. Hier war kein Nullachtfünfzehn-Weber am Werk gewesen.

Der Blick aus den braunen, wachen Augen begegnete plötzlich ihrem. Eldh drehte das Fernglas weg, aber es war zu spät. Sie war aufgeflogen. Sie trat einen Schritt auf den Fußweg. Der junge Mann blieb wenige Meter vor ihr stehen und schielte über die Schulter. Zwei Männer näherten sich von hinten. Eldh führte auf gut Glück die Hand ans Ohr.

»Stoppt ihn«, sagte sie so laut, dass der junge Mann sie hören konnte.

Er schien seine Optionen abzuwägen. Die Männer kamen auf sie zu, sie wollten vermutlich zum Moderna Museet, aber das konnte der Betrüger nicht wissen. Eldh rührte sich nicht.

»Ich will nur reden«, sagte sie und hob die Hände.

Der junge Mann wartete ein paar Sekunden, ehe er sich über das Brückengeländer schwang und verschwand. Eldh hörte einen Aufprall und stürzte ans Geländer. Er war im Bug eines offenen Sightseeingbootes gelandet, das unter der Brücke hindurchfuhr. Die wenigen Touristen an Bord sprangen erschrocken auf, ein Mann schrie. Die Passanten auf der Brücke blieben stehen.

»Verflucht«, murmelte Eldh, während sie das Fernglas in der

Schultertasche verschwinden ließ. Sie lief über die Straße und sprang auf der anderen Seite über das Geländer. Sie landete hinten im Boot, halb auf einem Sitz. Obwohl sie nur vier, fünf Meter tief gesprungen war, hatte es weh getan. Ihr Knöchel schmerzte, sie wog immerhin über hundert Kilo. Das Boot schwankte. Der junge Mann hatte den Kapitän weggeschubst und gab Gas. Als Eldh wieder auf die Beine kam, steuerte er den Kai an und hielt auf zwei Boote zu. Er schwang sich auf die Reling und machte sich sprungbereit.

»On our left side we have the National Museum. It is currently under construction«, erläuterte die Lautsprecherstimme, dann krachten sie zwischen die beiden vertäuten Boote. Im letzten Moment war der Mann auf das Nachbarboot gesprungen und hing außen an der Reling. Eldh wurde nach vorn zwischen die Sitze katapultiert, rollte weiter und landete neben dem Kapitän. Sie rappelte sich auf. Das Sightseeingboot hatte sich wie ein Keil zwischen die Schiffsrümpfe geschoben. An Bord herrschte Chaos. Verletzte und verängstigte Passagiere schrien, die Besatzung versuchte, sich einen Überblick zu verschaffen. Der Kapitän rief nach dem jungen Guide. Passanten kamen angerannt. Der verkleidete Betrüger hing noch immer an dem anderen Boot. Sie hatte Glück. Vom Bug aus konnte sie auf den Kai klettern, ohne einen Umweg über ein Boot nehmen zu müssen. Eldh hatte ihm den Fluchtweg abgeschnitten. Ihre Glieder schmerzten, die Rippen waren immer noch leicht lädiert, der Fuß war vermutlich verstaucht, und die Schulter hatte auch etwas abbekommen, aber der Adrenalinkick tat seine Wirkung. Als der junge Mann sie auf dem Kai entdeckte, sprang er auf das nächste Boot. Eldh verfolgte ihn, er konnte ihr nicht entkommen, solange sie sich an Land befand. Flink bewegte er sich von Boot zu Boot. Eldh hatte Mühe mitzuhalten, obwohl sie am Ufer entlanglief. Er schwang sich weiter, sicher und geschmeidig wie ein Tier, aber nach fünf Booten war Schluss, der Abstand zum nächsten war zu groß. Eldh griff nach dem Schlagring in der Manteltasche und wartete am Steg auf ihn. Das kühle Metall beruhigte sie.

»Ich will nur reden, mehr nicht.«

Der Betrüger nahm wortlos einen Enterhaken und holte zum Schlag aus, dem sie auswich. Bei der nächsten Attacke zielte er auf den Brustkorb, und diesmal ließ sie ihn treffen. Eldh biss die Zähne zusammen, klemmte den Haken mit dem Arm ein, griff mit der anderen Hand nach dem Stiel und zog ihn zu sich. Der Angreifer verlor das Gleichgewicht, prallte mit ihr zusammen, und sie gab ihm eine Kopfnuss auf die Nase. Er taumelte zurück auf das Boot, Eldh ihm nach. Mit einem Ruck war er wieder auf den Füßen. Eldh schlug mit der Rechten, aber er parierte geschickt. Der Mann knurrte leise, aus seiner Nase rann Blut. Er holte ein kleines Messer hervor. Mist verdammter, dachte sie, das wird weh tun. Sie drängte ihn immer weiter zurück, um ihm keinen Handlungsspielraum zu lassen. Er war schneller, das wusste sie, aber an Deck war es glatt und eng, und sie hielt ihn in Schach. Er hielt ihr das Messer unter die Nase, vielleicht um sie einzuschüchtern, aber Eldh hatte keine Angst davor. Anstatt zurückzuzucken, warf sie sich auf ihn und drückte ihn gegen die Kajüte. Gleichzeitig stieß er ihr die Klinge in die Schulter. Mit ganzer Kraft führte ihre Linke den Schlag. Sie hatte mit einem solchen Haken schon viele Gegner zu Fall gebracht. Aber er war schneller, und sie schlug ein großes Loch in die Fiberglaswand. Er schwang sich auf die Kajüte und trat sie gegen den Kopf, sodass sie rückwärts an die Reling flog. Dann hielt er den Baum fest, kappte das Stag mit dem Messer und versetzte ihm einen Stoß. Mit Müh und

Not wich Eldh dem schweren Baum aus, der auf sie zuraste. Der Betrüger hing ganz außen und grinste spöttisch. Als der Baum unten war, ließ er los und sprang wie ein Trapezkünstler auf das nächste Boot. Er kam auf dem Deck auf, war rasch unten am Kai und rannte durch die Wasserpfützen über den Museumsparkplatz. Ein Hundertmeterläufer hätte kaum mithalten können, und Eldh hatte keine Chance mit ihrem verstauchten Fuß.

Ein Stück entfernt standen zwei ältere Frauen und sahen erschrocken in ihre Richtung. Auch wenn der Tumult bei dem Bootsunfall den Großteil der Aufmerksamkeit auf sich gelenkt hatte, war ihre Schlägerei nicht ganz unbemerkt geblieben. Verdammt.

Eldh setzte ihrem Gegner so schnell sie konnte nach, aber bei den gelben Bootshäusern hatte sie ihn verloren. Sie blieb stehen und schloss die Augen. Bei jedem keuchenden Atemzug stach es in ihrem Brustkorb. Ihr Herz hämmerte, das Blut pulsierte in ihren Ohren. Sie bemühte sich, die unkontrollierten Geräusche ihres Körpers zu verdrängen. Um etwas anderem Platz zu machen. In der Ferne waren Sirenen zu hören. Sie kamen näher. Dass sich die Polizei einmischte, konnte sie überhaupt nicht gebrauchen. Sie atmete tief aus. Das Herz klopfte ihr bis zum Hals, aber sie verscheuchte das Rauschen in ihren Ohren. Geschockte Passanten an der Brücke, der Motor von dem Ausflugsboot, verletzte Passagiere. Wieder tiefes Ausatmen. Sie sortierte weiter. Gesprächsfetzen auf der anderen Seite des Hügels, eine Autotür, die zuschlug, weiter hinten näherte sich die Djurgårdsfähre, aber keine Laufschritte auf dieser Seite der Insel. Er musste noch in der Nähe sein.

Sie machte die Augen wieder auf.

Die Boote hatte sie die ganze Zeit über gesehen, die konnte sie also ausschließen. Sie warf einen Blick hinter die Bootshäuser. Nichts. Die beiden ersten waren abgeschlossen, aber die Tür des dritten war offen. Sie hielt schützend die Arme vor ihren Körper und ging rein. Drinnen lagen ein paar schwarze Kajaks, ein Gummiboot, Segel, Ruder und andere Bootsausrüstung. Sie war schon wieder auf dem Weg nach draußen, als sie schwache Schuhabdrücke entdeckte. Ränder von einem nassen Turnschuh. Er war hier gewesen. Die Spur führte hinein, hörte aber an der hinteren Wand auf. Niemand im Dachgebälk. Sie drehte die Kajaks um. Nichts. Hier war niemand. Wie hatte sie ihn verlieren können? Mist. Ausgerechnet jetzt. Sie war nicht gerade erpicht auf das Gespräch mit Borg. Eldh setzte sich auf einen Stapel mit Segeln, um wieder Atem zu holen. Hatte sie etwas übersehen? Dann war ihr plötzlich alles klar. Der Betrüger war überhaupt nicht verschwunden.

Sie hatte seinen Zufluchtsort gefunden.

Hej, kannst du reden?«

»Klar.« Jonas unterdrückte ein Gähnen.

»Hast du geschlafen?«

»Nein, nein.« Er sah auf die Uhr. 16.22 Uhr. Er hatte mindestens elf Stunden geschlafen, und sein Mund war völlig ausgetrocknet. Er setzte sich auf den Bettrand. Die Unterhaltung vom Vortag hatte ihn so wütend gemacht, dass er es nicht länger mit seiner Mutter in der Wohnung ausgehalten hatte. Die Gedanken gingen ihm einfach nicht aus dem Kopf. Stundenlang war er herumgestromert, während die Nacht von Schwarz zu Grau übergegangen war. Er hatte keine Ahnung, wie spät es war, als er nach Hause kam. Er wusste nicht wohin mit seinem Zorn und der angestauten Frustration. Seit dem Gerichtsverfahren seiner Mutter hatte er seine Gefühle im Zaum halten müssen. Der langwierige Prozess hatte sie allmählich kaputtgemacht, aber es hatte Hoffnung gegeben. Sie war erst nach dem Urteil zusammengebrochen, und aus der Anstalt war eine andere Mutter zurückgekommen. Sie war nicht mehr für ihn da. Er hatte ihr seine eigenen Unzulänglichkeiten nicht anlasten können, hatte niemanden gehabt, dem er seine schlechten Seiten hatte zeigen können. Sie war nicht mehr das Ventil, das er brauchte. Das alle Kinder brauchen. Daran wäre sie zugrunde gegangen. Wieder. Und sie hätten sie ihm weggenommen. Wieder. Als er zwölf Jahre alt gewesen war, hatte Jonas aufgehört, ein Kind zu sein.

»Es gibt keinerlei Hinweise auf eine experimentelle endokrinologische Abteilung in den Achtzigern. Komisch, oder?«, sagte Rebecka. »Heute gibt es zwei endokrinologische Abteilungen, eine für Kinder im Astrid-Lindgren-Krankenhaus und eine für Erwachsene im Karolinska, aber kein Schröder, leider. Aber …« Sie machte eine Kunstpause. »Ich habe mit einer Krankenschwester gesprochen, die seit 1985 auf der Endokrinologischen gearbeitet hat. Sie weiß, wer Schröder ist.« Rebecka war aufgedreht und redete schnell. »Schröder ist vor zehn, fünfzehn Jahren in Pension gegangen. Aber sie meinte, dass er noch in der Stadt wohnt. Irgendwo auf Söder. Er kommt manchmal zu Veranstaltungen. Er war bestimmt ein ziemlich hohes Tier.«

Jonas ging in die Küche. Die bleierne Müdigkeit steckte ihm noch immer in den Knochen. Es juckte ihn in der Achsel, genau wie gestern. Er nahm ein Glas Wasser und musste es acht Mal auffüllen, bis der größte Durst gelöscht war.

»Aber da ist noch etwas anderes, was ziemlich merkwürdig ist. Von einer Behandlung steht nichts in deiner Krankenakte.«

»Habe ich denn eine Krankenakte?«

»Im Karolinska, ja.«

»Und was steht drin?« Er kratzte sich auf der Brust.

»Nichts. Wie du heißt und deine Personennummer. Sonst nichts. Keine Operation, nichts von der Endokrinologie. Keine Ambulanz, keine Krankenhausaufenthalte. Nichts. Dein Name taucht auch sonst nirgendwo auf, das habe ich überprüft. Bist du nie krank gewesen?«

»Weiß nicht. Ich mag Krankenhäuser nicht besonders.« Er ging in den Flur und betrachtete sich im Spiegel. Das große Muttermal an der Achsel schmerzte und hatte rote Ränder. Es schien größer geworden zu sein. »Wie bist du denn an meine Akte gekommen?«

»Frag nicht.« Sie war stolz, das hörte er eindeutig heraus.

»Ist die für alle Medizinstudenten zugänglich? Gibt es keinen Datenschutz?«

»Klar gibt es den. Hör auf jetzt, und würdige das lieber mal. Du hast ja keine Ahnung, wen ich alles durchvögeln musste, um die zu kriegen. Wie auch immer. Wenn die Experimentelle Endokrinologie geschlossen worden ist, hätte deine Akte beim Karolinska landen müssen, oder sie liegt in irgendeinem Archiv und verstaubt.«

»Oder sie ist weg.«

»In Schweden verschwinden keine Akten. Holz, Erz und Bürokratie sind das Rückgrat der schwedischen Industrie.«

»Kannst du sie finden?«

»Ich weiß nicht. Aber zuerst musst du Dr. Schröder finden, er steht bestimmt im Telefonbuch. Ich muss zu einer Obduktion, nackte Körper angucken.«

»Du bist echt krank.« Jonas schlüpfte in seine Hose. Sie war zu eng. Also nahm er eine Jeans und ein T-Shirt aus dem Schrank.

»Was sagt deine Mutter denn?« Rebecka war jetzt wieder ernst.

»Nichts.«

»Ich komme bei dir vorbei, wenn ich Schluss habe.«

»Danke, Beckis.«

»Ach, hör schon auf.«

Er hörte die Herzlichkeit in ihrem Lachen, ehe er auflegte. Jonas wollte die Jeans zuknöpfen, aber sie war auch zu eng. Dann blieben noch Trainingshose und graue Kapuzenjacke.

»Hast du gewaschen?«, fragte er seine Mutter draußen auf dem Balkon. Sie sah ihn an.

»Ich kümmere mich um die Wäsche. Du kannst die Sachen

nicht bei neunzig Grad waschen. Dieses T-Shirt sitzt wie eine Wurstpelle, und die Jeans ist im Eimer. Du hast keine Ahnung, was Kleidung heutzutage kostet.«

Sie wandte sich ab und ließ den Blick über den Hof schweifen, ehe sie antwortete.

»Die Zigaretten sind alle.«

Die Frustration überkam ihn. Sie hatten sich nicht wieder vertragen. Sie hatte zugelassen, dass irgendein verrückter Kurpfuscher ihm die Migräne in den Kopf reingebastelt hatte. Sie hatte sein Leben zerstört.

»Das ist mir doch egal! Wir haben kein Geld! Verstehst du? Ich weiß nicht, ob ich die Miete zusammenkriege. Wir haben nichts mehr, was wir verpfänden können. Ist dir klar, was das bedeutet?«

»Nimm den Fernseher.«

»Das alte Ding nimmt nicht mal mehr die Caritas.«

»Meinen Schmuck.«

»Ist schon weg. Und vor zwei Monaten Omas Ringe. Das waren die letzten. Wenn ich nächste Woche nicht achttausend aus dem Hut zaubere, siehst du die nie wieder. Wir haben nichts mehr von Wert. Ist dir das klar?«

»Dann nimm halt deine Bücher«, fauchte sie.

Jonas verstummte abrupt, drehte sich um und donnerte die Balkontür zu, dass die Scheibe splitterte und die Scherben auf den Boden flogen.

Er musste weg von hier. Sie hatten die Rollen getauscht, als er zwölf gewesen war, aber jetzt konnte er nicht mehr. Er sah keinen Ausweg und brauchte Luft zum Atmen. Es hallte mehr als gewöhnlich, als er die Wohnung verließ. Die Teppiche, Möbel, Bilder, Überbleibsel seines alten Lebens, all das vermisste er jetzt zum ersten Mal seit Jahren.

Eldh nahm das Fernglas zur Hand, stellte das Prisma an und untersuchte die hintere Wand. An einer Seite entdeckte sie das Siegel. Oftmals waren die Siegel mit bloßem Auge gut zu erkennen, sie glichen einer Plakette oder einem schönen Ornament, wohlbekannt bei ihresgleichen, aber ohne Bedeutung für andere. Doch hier hatte jemand ein Stück Wirklichkeit als Schutz darübergewebt. Hübsch, dachte sie. Es fügte sich gut in die Wand ein. Eldh griff nach einem Schraubenzieher und ging zum Parkplatz des Moderna Museet. Bei dem gekenterten Boot stand ein Krankenwagen. Zwei Polizisten sprachen mit den Passagieren. Sie musste sich sputen. Sie schob das Werkzeug unter die Motorhaube eines alten SAAB und hebelte so lange, bis das Schloss nachgab. Bei neueren Automodellen konnte es eine richtige Schinderei werden, um an die Batterie ranzukommen, aber hier war es kein Problem. Unauffällig knackte sie noch fünf weitere Autos und schaltete die Batterien mit den Stromkabeln, die sie stets in ihrer Tasche dabeihatte, schnell in Serie. Zwölf Volt waren im Prinzip nicht gefährlich, aber jetzt war sie bei zweiundsiebzig, das war zwar weniger als bei einer Steckdose, aber absolut ausreichend, um einen Menschen zu töten. Sie ging zwischen zwei Autos in die Hocke, spuckte in die Handflächen und nahm in jede Hand eine Klemme. Es fühlte sich an, als würde etwas zerstört. Es war jedes Mal aufs Neue unbehaglich. Der innere Stoß, wenn sich die Elektrizität in den Körper entlud, schmerzte unbeschreiblich. Abermillionen Zellwände gingen kaputt. Dann kam der Genuss, das Gefühl, ganz oben zu schweben. Sie hatte die meisten Formen der Abhängigkeit bis zum Exzess durchlitten: Alkohol, Drogen, Sex, Tabletten, aber nichts war vergleichbar damit, geladen zu sein. Wo andere nur einen Stromrausch empfanden oder schlimmstenfalls ausgebrannt wurden, wurde aus Eldh die Manifestation reiner Kraft. Das war eine seltene Fähigkeit, und sie wusste, dass sie teuer dafür bezahlen musste, aber das spielte in diesem Augenblick keine Rolle.

Ein weiterer Streifenwagen war bei den Booten eingetroffen. Eine ältere Dame deutete in ihre Richtung. Eldh zog den Mantel aus, setzte sich eine Mütze auf, erhob sich und verschwand langsam zwischen den Bootshäusern.

Jetzt erkannte sie das Siegel auf Anhieb, sie brauchte das Fernglas nicht, wenn sie geladen war. Ein Siegel gewährte nur manchen den Zutritt, keinem Halbblut, wie sie eines war, aber es funktionierte, wenn man sich mit genügend Energie kurzschloss, und im Moment waren ihre Zellen im Fluss wie bei den anderen Wichtigtuern auch. Die Stichverletzung war verheilt. Eigentlich sollte sie Borg kontaktieren, ihm die Gelegenheit geben, die anderen Hämmeringe einzuberufen, aber sie fühlte sich einfach high. Sie setzte ihre Brille ab und steckte sie in ihre Tasche, jetzt brauchte sie sie erst einmal nicht mehr.

Eldh legte die Hand auf das Siegel und wartete. Die Wirklichkeit weitete sich, franste aus und verflocht sich mit einer anderen Textur.

Vor ihr tat sich ein graugrüner Gang auf.

Die Wände pulsierten schwach. Fäden aus Energie, fest zu einem grobmaschigen Gewebe verwoben, bildeten Dach, Wände und Boden. Das Gewebe wirkte weich und geschmeidig, ohne scharfe Kanten und glatte Flächen, alles schien organisch und lebendig. Eldh mochte keine gewebten Räume, es kam sie teuer zu stehen, wenn sie sich darin aufhielt, sie war eigentlich nicht stark genug dafür, aber nun war sie geladen. Licht pulsierte leicht durch die Gewebefasern, das in grün-grauen Farbnuancen durch die Fäden floss. Bisweilen wurden Stöße purer Energie nach oben oder unten ausgesandt, die sich in den Wänden fortsetzten.

Der schmale Gang mündete in eine geräumige Halle, von der aus Öffnungen in verschiedene Richtungen abzweigten. Sie hörte Stimmen. Vorsichtig sah sie sich in dem Raum um. An einer Seite waren kleine Kokons in die Wand gewebt, sie sahen aus wie weiche Schlafkojen in einem U-Boot. In mindestens fünf lagen Decken und Kissen, und sie konnte ein Buch und das Ende von einer Zeitung erkennen. In der Ecke stand ein kleiner Holztisch mit einem Bücherstapel und ein paar Gläsern. Die Tischbeine hatten schon zu verwittern begonnen. Der Raum saugte Energie aus der Materie.

An der anderen Seite gab es mehr Öffnungen. Im ersten Raum lagen Rucksäcke, Seile, Spitzhacken, Schlafsäcke und Kleider, die noch ganz gut in Schuss waren. Alles war durchorganisiert. Entweder lag die Ausrüstung noch nicht lange dort, oder sie war irgendwie geschützt, so etwas kam vor. Der nächste Raum war kleiner. Ein großer Holztisch mit sechs Stühlen, eine alte Anrichte mit Tellern, Gläsern und Besteck, sonst nichts. Dann ein weiterer schmaler Gang, der allerdings von den Stimmen wegführte. Sie befand sich im Herzen des Komplexes. Der Raum war rund, und in der Mitte schwebte eine kleine Sammlung dichtgedrängter Schmuckstücke gleichsam schwerelos wie in einer Schlangengrube aus Gold. Von der Decke und vom Boden verliefen dicke Fadenbündel zur Mitte hin, um für die Struktur Nahrung aufzusaugen. Der gesamte Komplex versorgte sich offenbar selbst. Deshalb sind die Sachen nicht so beschädigt, dachte Eldh.

Weiter kam sie nicht. Wenn sie nicht geladen gewesen wäre, wäre ihr kleines Abenteuer hier zu Ende gewesen. Aber sie musste etwas gehört haben, denn sie reagierte instinktiv, neigte den Kopf zur Seite, sah, wie ein Holzschaft mit Verzierungen an ihr vorbeisauste, bis er ihren Hals berührte. Eldh fuhr herum und packte einen Speerschaft. Ein großer Mann mit blondem Bart und eisblauen Augen stand direkt hinter ihr, er hatte nicht mit ihrer Schnelligkeit gerechnet. Sie zog ihn zu sich und trat ihm mit dem Knie in den Schritt. Er krümmte sich, und sie schlang den Arm um seinen Hals und brachte ihn zu Fall. Er gab nur einen heiseren Grunzer von sich. Eldh spitzte die Ohren. Nahm den Speer und eilte zurück in die große Halle. Sie musste sich Richtung Ausgang den Rücken freihalten, falls etwas schiefging. Aber es war zu spät.

Was dachte sie sich eigentlich dabei? Es war, als würde sie geradezu um Schläge betteln, oder es endete noch fataler, wenn das, was Borg erzählt hatte, stimmte. Zwei Gestalten standen am Ausgang. Ein Mann und eine Frau. Eldh erkannte den Mann an seiner Körpersprache wieder, aber er hatte sein Äußeres verändert. In Wirklichkeit war er untersetzter, tätowiert und muskulös. Die blonde Frau hatte sie noch nie gesehen. An der Wand saß eine ältere Frau mit weißen, adretten Locken auf einem Hocker, und in der Mitte stand die Anführerin mit einer Axt in der Hand. Sie starrten Eldh an.

»Stutz ihr die Flügel.«

Der Mann, der nun seine Verkleidung abgelegt hatte, zog sein Messer aus dem Gürtel und zielte damit auf Eldh. Normalerweise hätte sie nicht so schnell reagieren können, aber

Eldh war high. Das Messer wirbelte auf sie zu, wie durch Sirup hindurch, sie wartete auf den richtigen Moment und hielt es am Griff fest.

»Komm schon.« Sie lächelte und warf es zurück.

Er duckte sich schnell und hechtete auf sie zu. Sie stieß ihm den Speerschaft in die Magengrube, aber er parierte den Schlag und ging zum Angriff über. Die Anführerin nickte der Frau mit den langen blonden Haaren zu, die sie jetzt ebenfalls angriff. Eldh hatte ihre Schwierigkeiten mit dem kleinen, stämmigen Mann auf dem Kai gehabt, aber nun waren die Rollen vertauscht. Eldh wich ihren Gegnern geschickt aus, vereitelte ihre Attacken und traf ihre Schwachstellen. Der Kampf war kurz und intensiv. Eldh brach der Frau mit einem harten Schlag ein paar Rippen und zwang sie mit einem Tritt zu Boden. Der Betrüger verletzte sie mit dem Messer an den Unterarmen und über der Augenbraue. Besessen führte er seine Angriffe aus, aber er war auf einen überlegenen Gegner getroffen. Eldh teilte eine gerade Linke aus. Der Schlagring brach ihm das Nasenbein, er drehte sich und fiel zu Boden. Er rappelte sich wieder auf und schwankte, aber er gab sich noch lange nicht geschlagen. Er schnaubte und spuckte Blut.

»Genug.«

Die Anführerin gebot Einhalt.

»Ich habe nicht damit angefangen.« Eldh war kaum außer Atem. Die Wunden waren schon wieder verheilt, sie fühlte sich fantastisch.

»Du bist bei uns eingedrungen. Das macht dich zu einer Diebin«, erwiderte die Anführerin. Sie war um einiges kleiner als Eldh, durchtrainiert, und wirkte entschlossen. Ihre dunklen Dreadlocks hatte sie sich hochgesteckt und um den Kopf gewickelt.

»Ich habe versucht, mit deinem Mann da draußen zu reden.« Eldh warf den Speer auf die Erde. »Aber er ist abgehauen. Also bin ich ihm nach.«

Die Anführerin taxierte Eldh.

»Dann bist du also Borgs neuer Hund«, sagte sie verächtlich. »Was willst du?«

»Ihr habt einen Weber. Ich will mir seine Arbeit genauer ansehen.«

»Warum?«

»Das geht dich einen Dreck an. Entweder mache ich euch fertig, einen nach dem anderen, und sehe mich dann in aller Ruhe um, oder du lässt mich meine Arbeit machen.« Eldh war nicht zu bremsen. Sie klang unbeirrbar, und ihre bisherige Vorstellung war überzeugend gewesen.

»Ist das alles?«

Eldh gab keine Antwort. Weiter war ihr Plan nicht gediehen. Sie wusste, dass sie sich auf dünnem Eis bewegte, dass sie keine Ahnung hatte, was sie tun sollte, wenn sich ihre Befürchtungen bewahrheiten sollten. Würde sie wirklich mit allen allein fertigwerden?

»Bitte.« Die Anführerin machte eine ausholende Geste.

Eldh nahm die Fotos aus der Tasche und wandte sich demonstrativ ab. Jetzt konnte sie nicht mehr zurück. Sie trat vor die Wand und konzentrierte sich. Mit der Kraft, die nun in ihren Zellen steckte, konnte sie Dinge vollbringen, zu denen sie sonst niemals fähig gewesen wäre. Sie heftete ihren Blick auf das Gefüge und durchdrang immer weiter die Bestandteile, bis sie erkennen konnte, wie der Weber seine Struktur gestaltet hatte. Die dünnen Fäden aus konzentrierter Energie – sie hatte keine Ahnung, wie ein Kernphysiker zu diesen Bausteinen sagen würde, aber es gab dafür einen Namen. Eigentlich konnte man draußen das Gleiche sehen, wenngleich das Gewebe der Natur weitaus subtiler und schwieriger zu deuten war. Sie folgte den Fäden. Es war die gleiche schöne und vollendete Handarbeit wie bei der Maske des Betrügers. Jeder Weber arbeitete anders, jeder hatte sein besonderes Muster, das ihn einzigartig machte, ungefähr so wie ein Fingerabdruck. Sie verglich es mit den Fotos. Die skizzierten Zeichen im Kalk im Kühlraum waren nur eine Spiegelung der Webarbeit, wie mit dem Finger eines Riesen ausgeführt, aber eine Handschrift war unverkennbar, zumindest für den Initiierten. Es gab eine gewisse Ähnlichkeit zwischen den Arbeiten, das konnte sie sehen, aber sie waren nicht identisch. Wennerbom hatte Unrecht gehabt. Es war der falsche Weber. Nicht die Außerhalben hatten den Kindsmord zu verantworten.

Sie drehte sich um. Der Mann mit den eisblauen Augen war wieder auf die Beine gekommen und stand bei den anderen. Eldh hatte sich Hals über Kopf in einen Konflikt gestürzt, der lange vor ihrer Zeit seinen Anfang genommen hatte. Borg hatte die ganze Mannschaft hier reinschicken wollen. Hatte er vorher gefragt? Oder war niemand mehr da gewesen, den er hätte fragen können? Für wen tat sie das hier eigentlich? Sie sollte irgendwie um Entschuldigung bitten, aber sie durfte jetzt keine Schwäche zeigen.

»Könnt ihr mir einen Gefallen tun?«

»Du verlangst viel.«

»Dann muss ich nicht nochmal zurückkommen und wieder anklopfen«, sagte sie lächelnd.

Die Anführerin schwieg.

»Wer von euch ist der Weber?« Eldh hielt die Bilder aus dem Krankenhaus hoch. »Ich weiß, dass es euch egal ist, was da draußen passiert. Eure Entscheidung. Aber ein Kind ist getötet worden, und ich werde den Schuldigen drankriegen. Was ist das hier, und wer kann das getan haben?«

Die Anführerin nickte der Alten auf dem Schemel zu. Eldh trat auf sie zu und hielt ihr die Fotos hin. Die Alte nahm eine Lesebrille aus einer kleinen Handtasche und studierte die Bilder. Sie summte eine kaum hörbare Melodie.

»Unmoderne Muster aus dem vorigen Jahrhundert, vielleicht älter«, sagte sie mit singendem Dalarna-Dialekt. »Ich glaube, das sammelt Energie, damit man früher beim Essen nicht gekleckert hat. Eine Art Lätzchen, kann man sagen. Aber dieser Krimskrams drum herum, was das ist, weiß ich nicht. Ist der neueren Datums?«

»Ein paar Tage alt.«

»Und die anderen?«

»Welche anderen?«

»Da sind mehrere Schichten.«

»Mehrere?«

»O ja«, sagte sie mild. »Das hier ist nur ein Teil. Wie der Ärmel von einem Pullover, von einer fünfteiligen Sequenz, vermute ich. Aber wie gesagt, etwas grob, ein übermütiger Amateur vielleicht?« Sie steckte ihre Lesebrille wieder ein.

»Weißt du, von wem das ist?«

Die Alte schmunzelte.

»Keinen Schimmer, Kindchen.«

Jonas ging den Valhallavägen Richtung Stadion entlang. Die Bibliothek am Karlaplan hatte gerade geschlossen, und er konnte nicht auf die kostenlose Internetnutzung zurückgreifen. Es gab dort schon lange keine Telefonbücher mehr, aber im Institut standen Computer zur freien Verfügung. Es hatte schon wieder zu regnen begonnen. Die Gullydeckel waren mit Laub verstopft, und er musste die Pfützen umrunden. Die Sicherheitsschuhe waren seit seinem Unfall weg, aber er hatte in seinem Schrank noch ein altes Paar Turnschuhe gefunden, die an der Ferse scheuerten. Er ging zur U-Bahn hinunter und fuhr zwei Stationen bis Universitetet.

Der Hunger hatte wieder an ihm zu nagen begonnen. Es war nicht der gewöhnliche Hunger, der mit Essen gestillt werden konnte, sondern der andere, tiefe Hunger, und Jonas sah sich verstohlen nach Containern mit Bauschutt um. Er wappnete sich. Diesmal würde er nicht schwach werden, er war schließlich kein Tier.

Im Institut war es ruhig. Das blaue Hochhaus, in dem die Juristische Fakultät untergebracht war, hatte nichts von der klassischen Architektur, die Jonas mit dem Jurastudium verbunden hatte. Er war sogar ein bisschen enttäuscht, als er das erste Mal das Gebäude betreten hatte. Keine düsteren Säulengänge mit lateinischen Inschriften. Keine Büsten von alten Richtern und keine endlosen Regale, vom Boden bis zur Decke mit Gesetzestexten vollgestellt. Nur schlichte, modernistische Räume im Stil der Sechzigerjahre. Der Wohlfahrtsstaat. Zwangssterilisationen, sexuelle Befreiung, Armutsbekämpfung und geheime NATO-Abkommen, ein einziger Mischmasch. Es war eine merkwürdige Zeit in der schwedischen Geschichte der Gegenwart. Das machten wohl auch gerade die Chinesen und einige andere Gesellschaften durch, dachte Jonas, hinlänglich vielen ging es hinlänglich besser, und deshalb konnten sie über die schweren Verstöße hinwegsehen. Keine Gesellschaft ist perfekt. Er wollte nicht länger auf den Fahrstuhl warten und ging zu Fuß in den sechsten Stock.

Jonas gehörte zu den wenigen, die keinen eigenen Laptop hatten, sodass er sich immer an einen Computer vom Institut setzte. Die Säle wurden langsam leerer, die Studenten waren auf dem Weg nach Hause zu ihren Nudelgerichten.

Er loggte sich ein und suchte nach dem Namen Schröder.

Abgesehen von dem deutschen Bundeskanzler Gerhard Schröder gab es eine Reihe von Schweden mit diesem Namen. Einige Schauspieler hatten Schröder geheißen, es gab Dichter, Fabrikanten und einen bekannten Tennisspieler, aber der einzige Arzt hieß Karl und war 1938 in Deutschland geboren. Jonas kannte sich nicht besonders gut aus mit Computern. Einen eigenen hatte er nie besessen, und Laptops hatten irgendetwas an sich, was ihm gegen den Strich ging, auch wenn er nicht genau sagen konnte, was. Er suchte auf der Seite des Karolinska, fand jedoch keinen Schröder, und auch nichts über eine Experimentelle Endokrinologie in den Achtzigern.

Widerwillig wurde er von einem Automaten mit Sandwiches und Süßigkeiten angezogen. Sein Magen knurrte und grummelte, aber Jonas unterdrückte seinen Appetit. Nur nicht nachgeben. Mit Hunger konnte er leben, das war normal.

In den Telefonverzeichnissen fand er alle mit dem Namen Schröder, die in Stockholm wohnhaft waren. Er notierte sich in einer alten *Metro*-Gratiszeitung Telefonnummern und Adressen, googelte die Namen und strich die wieder aus, bei denen das Alter nicht passte. Dann besann er sich, es konnte sich dabei um Kinder oder entferntere Verwandte des Arztes handeln, am besten, er berücksichtigte alle. Er schlug eine andere Seite auf, damit er wieder Platz zum Schreiben hatte. Ein grob gepixeltes Bild von einem blutüberströmten jungen Mann, der ihn aus weißen, reflektierenden Augen anstarrte. Er zuckte instinktiv zurück und schlug die Zeitung so abrupt zu, dass er beinahe den Bildschirm umgestoßen hätte. Sein Herz hämmerte wie wild. Seine Faust hatte eine Delle in der Tischplatte hinterlassen. Er versuchte, seine Atmung wieder in den Griff zu kriegen, und saß wie versteinert. Ein junger Mann mit indischem Aussehen musterte ihn von seinem Arbeitsplatz weiter hinten. Jonas blätterte wieder zu dem Artikel zurück. Er war unmöglich wiederzuerkennen. Oder? Das Bild war schlecht. Die blutigen Haare bedeckten das halbe Gesicht, und die Schatten entstellten seine Gesichtszüge. Man sah eigentlich nur seine Augen. Sie leuchteten wie Katzenaugen. Die Bildunterschrift lautete: *Wer ist der Höhlenmann?* Sonst nichts.

Der indische Student packte zusammen und verschwand. Nun war er allein. Rasch schrieb Jonas alle Nummern und Adressen von sämtlichen Schröders aus Stockholm und der Umgebung auf und riss seine Notizen aus der Zeitung. Er überlegte, nach Hause zu fahren und die Zeitung zu verbrennen, aber im selben Moment sah er ein, wie sinnlos das wäre. Stattdessen warf er sie in den Altpapiermüll neben dem Süßigkeitenautomaten. Der Geruch von Süßigkeiten drang in seine Nase. Ihm war flau im Magen. Eine Kokoskugel starrte ihn durch die Plexiglasscheibe an und wollte seine Aufmerksamkeit.

Iss mich.

Nur eine. Das konnte er akzeptieren. Eine Kokoskugel ist noch menschlich. Kaffeetrinken ist zivilisiert. Er nahm eine Zehnermünze und warf sie in den Schlitz. Erst nach dem dritten Mal nahm der Automat sein Geld. Er blinkte, und ein Motor sprang an. Der Automat klackte, dann wurde es still. Nichts passierte. Die Kokoskugel glänzte durch Abwesenheit. Wieder und wieder drückte er den Knopf, bis er seinen Geist aufgab. Nichts. Er hatte für eine Kokoskugel bezahlt! Er versetzte der Maschine einen Stoß, und sie antwortete mit einem enervierenden Pfeifen. Jonas packte den Automaten und riss ihn aus der Wand. Das Pfeifen verstummte abrupt, und wo die Maschine verankert gewesen war, bröckelte der Putz. Er schob die Hand in die Ausgabeklappe und riss die ganze Front mit einem Ruck ab. Süßigkeiten, Sandwiches und Gebäck kullerten über den Boden. In aller Ruhe nahm er sich eine Kokoskugel, packte sie aus der Folie und aß sie genüsslich.

Dann sprang ihm der Münzbehälter ins Auge.

Er schob den Gedanken beiseite. Das war nicht er.

Jonas betrachtete das Chaos um sich herum. Er musste hier weg. Auf halbem Weg zur Tür hielt er inne. Niemand würde ihn jemals verstehen. Das war schon immer so gewesen. Damals nicht und heute auch nicht. Er ging zu dem zerstörten Automaten. Der Münzbehälter war in einer Metallkassette im Innern des Automaten befestigt, aber für ihn war es ein Leichtes, sie herauszubiegen. Fünfer- und Zehnermünzen sprangen über den Boden. Er zog seine Kapuzenjacke aus, knotete daraus einen Sack und sammelte seine Beute ein. Münzen, Schokoladenkekse, pappige Brötchen und Süßigkeitentüten. Was er nicht mehr tragen konnte, stopfte er in sich hinein. Er machte sich nicht einmal die Mühe, die Folie abzumachen. Er war voller Energie. Jonas schielte zu den Putzbrocken auf der Erde, schob den schwachen inneren Protest beiseite und schlang sie ebenfalls hinunter.

Eldh hatte damit begonnen, sich zu entladen. Das Gefühl der Unbesiegbarkeit, das sie erfüllt hatte, nahm ab und rann ihr zwischen den Fingern hindurch. Jeder Herzschlag war eine schmerzliche Erinnerung daran, dass das Wunderbare nicht ewig andauerte. Diese Phase war die heikelste, die Versuchung, sich wieder neu zu laden, noch ein bisschen länger im Himmel zu bleiben, war immens.

Sie nahm zwei Gabeln aus der Küchenschublade, ging zur Steckdose in der Wand und leckte sich über die Handflächen. Noch spürte sie den Schmerz nicht. Den grausamen Schmerz, der sie an ihre Vergänglichkeit erinnerte, an ihren eigentlichen Platz auf dieser Welt. Sie bog die Gabelzinken nach außen, zog die Strümpfe aus und ging in die Hocke. Sie zitterte. Sie hatte das so oft schon mitgemacht. Aber es war unmöglich, dem Schmerz zu entkommen, sie konnte sich nicht länger überlisten, früher oder später würde er sie einholen, und dann wurde es nur noch schlimmer. Das wusste sie sehr gut. Ihr ganzes Leben war sie gelaufen. Um ihr Leben gerannt. Fort von ihrem Leben. Es war ein Wunder, dass sie überhaupt noch da war. Jetzt spürte sie die ersten Stiche. Die peripheren Kollapse im Nervensystem. Der Schmerz war im Anmarsch. Noch war es nicht zu spät, die Linderung wartete hinter der Plastikkappe. Sie schloss die Augen, führte die Gabeln zitternd an die Steckdose, überlegte, aber ließ das Besteck zu Boden sinken. Von dem Schmerz wurde sie wieder nüchtern. Nun war es sinnlos weiterzulaufen.

Jedes Mal, wenn eine neue Attacke wie ein pulsierender Blitz ihr das Rückgrat hinaufschoss, schlug sie mit dem Kopf gegen die Wand.

Eine kurze Pause.

Sie ging ins Bad und durchsuchte den Badezimmerschrank mit den Tablettenschachteln. Alvedon half nichts, da könnte man auch ein Pflaster auf einen Armstumpf kleben, sie brauchte etwas Stärkeres. Die Schrammen vom Kampf mit den Außerhalben begannen schon sich zu öffnen. Von der Braue tropfte Blut. Die nächste Schmerzwelle rollte an. Sie war stärker und setzte ihre Beine außer Gefecht. Sie ging zu Boden und bemühte sich während der Attacke zu atmen. Kleine grüne Sterne tanzten vor ihren Augen. Böse, gemeine Sterne. In den Fliesenfugen klebten Staub und Haare. Ein Silberfischchen krabbelte über den Boden. Noch war es auszuhalten.

Eine kurze Pause.

Treo Comp, wo waren die Treo Comps? Sie warf alle Schachteln ins Waschbecken, fand das Schmerzmittel mit dem roten Dreieck und konnte die Tabletten gerade noch mit Baileys hinunterspülen, ehe der nächste Schub kam. Es erinnerte sie daran, wie es war zu gebären. Kinder. Ein seltsames Gefühl, zuerst befand man sich in einem Zustand der Ruhe, bevor einen mit einem Schlag unfassbare Schmerzen übermannten. Aber dieser Schmerz bewegte sich auf Zellniveau. Jeder Schmerzrezeptor im ganzen Körper schien zu zerspringen. Kinder. Vielleicht erinnerte sie das an Zellgifte. Den Kampf gegen den Krebs hatte Eldh bislang noch nicht ausfechten müssen, aber er war wohl unvermeidlich im Hinblick auf ihre anhaltende Abhängigkeit. Sie leerte die Flasche und verscheuchte die Gedanken an das Kind.

Die Tabletten und der Alkohol betäubten die Spitzen, aber es gab nur einen Weg, das Gift aus dem System zu verbannen. Einmal hatte sie den fatalen Fehler gemacht, auf den Schmerz zu warten, bis er kam, sich auszuruhen und zu schlafen. Das würde sie kein zweites Mal tun. Das hatte das Leiden um eine Woche verlängert.

Sie versorgte die Wunde an der Augenbraue mit Leukostrip und verband die Schnittwunde an der Schulter so gut es ging. Im Schrank über dem Ventilator lag eine große Streichholzschachtel, die sie zusammen mit einer Signalrakete, die unter dem Sofa lag, in ihre Sporttasche warf. Dann wankte sie zum Sport. Sicherheitshalber kaufte sie im Tabakladen an der Ecke alle Streichholzschachteln auf und vier Liter Milch dazu.

Ein alter armenischer Ringer mit tiefem Haaransatz und verschrumpelten Ohren namens Barsegh betrieb den Boxclub. Eldh ging seit vielen Jahren dorthin, und manchmal war er ihr Sparringspartner. Barsegh stellte keine unnötigen Fragen. Die Sporthalle lag in einem Keller in der Kocksgatan und war eng, staubig und musste dringend renoviert werden. Tagsüber war Eldh meist allein. Boxen war nicht mehr so beliebt wie früher, inzwischen wurde nur noch vor dem Spiegel trainiert, und niemand war mehr bereit, die Zeit aufzuwenden, die dafür erforderlich war. Es ging nur noch um die Fassade. Wunderkuren und Tanzgymnastik war die neue Medizin.

Barsegh füllte eine Wasserflasche für sie und ging in sein kleines Büro, er sah sie nicht zum ersten Mal in diesem Zustand.

»Lauter!«, rief sie. »Dreh die Musik auf!«

Die ersten Tritte in die Pedale auf dem Fahrrad waren unerträglich und fühlten sich an, als wären ihre Beine gebrochen. Im Büro drehte Barsegh die Musik auf volle Lautstärke. Eine Ballade aus den Achtzigern dröhnte aus den Verstärkern. Vor ihren Augen flimmerte es, als sie ihre Muskeln zwang, Blut und Sauerstoff umzuwälzen. Die Musik umschloss sie wie eine weiche, behagliche Schicht. Sie kannte keine einzige Band, aber die gesichtslose Titelliste der Schmusehits war die größte technische Errungenschaft des gesamten vergangenen Jahrhunderts.

Sie nahm eine Handvoll Streichhölzer und begann zu kauen. Der Phosphor schmeckte salzig und säuerlich, und das Kauen half ihr, nicht an die Schmerzen zu denken. Sie spuckte die Holzsplitter in einen Papierkorb, den Barsegh ihr hingestellt hatte, brach den Effektsatz ab und leerte den Inhalt in einen Liter Milch. Phosphor, Kalzium und Magnesium waren am wichtigsten, damit die Synapsen wieder funktionierten. Der Schweiß rann aus den Poren, ihr Gesicht war grau, fast weiß. Das Fahrrad knirschte unter ihrem Gewicht. Sie focht einen Kampf gegen den Schmerz aus. Alles andere verschwand. Der Schmerz. Das Jetzt. Schließlich gab es nur noch die Erinnerung.

Sie wacht mit einem Ruck auf. Die Sonnenwärme glüht noch auf ihrer Haut. Der Sand ist warm. Es ist still. Das Bärchenhandtuch liegt unordentlich neben ihr. Sie setzt sich auf. Es geht kein Wind. Wie schön es ist, denkt Eldh und ruft ihren Namen. Sie will es ihr erzählen. Ihr beibringen, das Schöne am Leben zu sehen. Zu verstehen. Aber es kommt keine Antwort. Allmählich macht sie sich Sorgen. Der Name hallt über den See. Kein Rascheln, kein Kichern. Nur Stille. Die Wasseroberfläche ist spiegelglatt. Die Kiefern zu beiden Seiten wachsen himmelwärts und nach unten ins Wasser. Der dunkle blaue Himmel. In Panik watet sie in den See hinein. Der Name hallt über die Landschaft. Das Schilf wiegt sich hinter dem Himmel. Nein. Das ist kein Schilf.

»Gut, dass du dich fit hältst.«

Sie gab keine Antwort. Nach zwei Stunden ununterbrochen auf dem Trimmrad wurde es langsam besser. Die Beine waren taub vor Milchsäure, aber die Schmerzspitzen waren weg. Mit dem dumpfen Schmerz konnte sie eine ganze Weile lang leben.

»Du musst zur Polizei gehen. Du musst eine Zeugenaussage machen.« Borg klang verärgert.

»Was meinst du?«

»Deinen Ausflug auf Skeppsholmen.« Er musste sich anstrengen, um die laute Musik zu übertönen. »Ich räume nicht gern hinter dir her. Das ist dein Job. Ich musste Abrahamsson von den Kriminalern dafür gründlich schmieren. Die wollten schon eine blonde, hochgewachsene Frau in den Fünfzigern zur Fahndung ausschreiben.«

»Wie schmeichelhaft.«

»Das ist kein Spiel. Was glaubst du denn, was du da machst?«

»Deine Befehle ausführen.«

»Und das machst du auch weiterhin. Du wirst heute Nachmittag einen Ermittler vom Raubdezernat treffen, der Henrik Brink heißt und frisch von der Polizeischule kommt.« Er warf ihr eine Mappe zu und fuhr fort: »Verwende diese Identität, und erzähl ihm von dem Handtaschendieb, den du verfolgt hast.«

»Handtaschendieb?« Sie drosselte ihr Tempo, trat weiter in die Pedale und überflog den Inhalt der Mappe.

»Tu einfach, was ich dir sage!« Borg schrie gegen Lionel

Richies hohe Stimme an. »Das hier ist doch kein blöder Lift! Läuft in solchen Kaschemmen sonst nicht Bunga-Bunga-Musik?«

»Wenn du Mitglied wirst, kannst du dir die Musik aussuchen.« Sie zog das Tempo wieder an.

»Ja, warum nicht?«

»Du musst eben öfter herkommen.«

»Männer können ruhig einen kleinen Bauch haben, das ist kein Grund, sich zu schämen. Ohne den würde ich meine Stellung verlieren.« Er hatte plötzlich seine gute Laune wiedergefunden. Es war reiner Eigennutz, der hinter der raschen Stimmungsschwankung steckte.

Eldh konnte sein selbstgefälliges Lächeln spüren, ohne ihn anzusehen.

»Das passiert sowieso bald. Lilja sitzt dir im Nacken, und das weißt du. Er ist hungriger als du.« Sie trank einen Schluck Wasser, sprang vom Fahrrad ab und bandagierte ihre Hände. »Und in deiner Welt werden Nachnamen immer eine Rolle spielen. Er hat einen Stammbaum und du nicht.«

»Was ist da draußen auf Skeppsholmen passiert?«, fragte er, ohne auf ihren Kommentar einzugehen. »Du siehst grauenvoll aus.«

»Bist du hier, um mir Komplimente zu machen?« Sie zog sich Handschuhe an. »Oder willst du eine Abreibung?«

»Du weißt ja, ich bin nicht der richtige Kerl für dich. Du brauchst einen mit weniger Charisma.«

»Mit weniger Bauchfett vielleicht.«

»Au, touché, ich ergebe mich.«

Manchmal wollte sie ihm einfach nur mit einem linken Haken die grinsende Fresse polieren. Borg konnte sie auf die Palme bringen, und dann spielte nichts von alledem, was er für sie getan hatte, eine Rolle. Sie begann, den Sack mit Schlägen zu malträtieren.

»So wie du aussiehst, kann ich mir schon denken, wie der andere aussieht. Wen hast du denn gejagt?« Er zuckte zusammen, als wäre ihm gerade etwas eingefallen. »Ich hoffe, du hast nicht versucht, es allein mit den Außerhalben aufzunehmen?«

Eldh gab keine Antwort. Die dumpfen Schläge hallten in der Halle wider.

»Entweder bist du dümmer, als du aussiehst, oder ich habe dich weit unterschätzt.«

»Die Außerhalben haben nichts mit dem Kindsmord zu tun.«

»Ja und nein, schätze ich.« Er musterte sie, als sie auf den Sack losging. »Bist du dir da sicher?«

»Ja, es sei denn, sie haben noch mehr Weber, aber das bezweifle ich.«

»Was weißt du noch? Was machen die so?«

»Warum willst du das wissen?«

»Neugierde.«

»Sie kümmern sich um ihre Angelegenheiten und wir um unsere, so willst du das doch. Sie stecken nicht hinter dem Kindsmord.«

Er schwieg eine Weile. Ihre Schläge vermischten sich mit dem Takt einer schmachtenden Rockballade.

»Wir haben ein ganz anderes Problem am Hals.«

Er klingt gestresst, dachte Eldh, aber versucht es zu verbergen. »Wir oder du?«

»Beides. Irgendjemand ist da draußen auf Krawall gebürstet und zieht jede Menge Aufmerksamkeit auf sich. Unser Problem, du löst es.«

»Ich dachte, das mache ich sowieso schon.«

»Nein, das hier ist was Größeres.«

»Geht's auch etwas genauer?« Die Arme pausierten, bei jedem Schlag taten ihr die Muskeln weh. Ein schöner Schmerz.

»Ein Krankenhaus, eine Baustelle und ein Tunnel. Sagt dir das was?«

»Dann haben die Zeitungen also Recht?«

»Die haben keine Ahnung, aber sie drucken Extraausgaben.«

»Und, ist da was Wahres dran?«

»Weiß nicht. Aber irgendwer irrt da draußen rum und richtet jede Menge Schaden an. Wir müssen das unter Kontrolle bringen, ehe es aus dem Ruder läuft.«

»Ist er bei der Gemeinschaft registriert?«

»Nein, eigentlich hätten wir ein Auge auf so einen wie ihn. Ich habe keine Ahnung, wo er herkommt. Komisch, dass er uns durch die Lappen gegangen ist.«

»Und was sagt Ehrencrantz?«

»Sie ist der Meinung, dass du deinen Job machen sollst.«

»Das tue ich. Aber ich habe jetzt schon alle Hände voll zu tun. Erst der Kindsmord, dann der Irrläufer.«

Eldh wusste sehr gut, wie es war, ein Irrläufer zu sein. Ihr eigenes Erwachen war gelinde gesagt äußerst schmerzhaft gewesen. Hätte Borg sie nicht rausgefischt, wäre sie heute nicht mehr am Leben, das war ihr durchaus bewusst. Die erste Woche war die kritischste gewesen, danach verschlechterte sich die Prognose mit jedem Tag. Selbstmord, irreversible Wahrnehmungsstörungen oder eine zu hoch dosierte Medikation, je nachdem, wer zuerst den Irrläufer in die Finger bekam, die Gemeinschaft, die Polizei oder die ärztlichen Betreuer. Sie müsste alles andere zurückstellen und nach dem neuen Kerl suchen, das war ihre Pflicht, aber der Kindsmord ließ ihr keine Ruhe. Das durfte sie nicht ignorieren, das hatte sie gelernt. »Die Gemeinschaft muss noch einen zusätzlichen Ermittler stellen.«

»Sei nicht kindisch.«

»Ich kann das jetzt aber nicht einfach vernachlässigen.«

»Warum kann das denn nicht warten?« Er verlangte eine Antwort, aber Eldh schwieg. »Was weißt du, was ich nicht weiß?«

»Ich weiß, wer es nicht war«, sagte sie abweisend. Sie wollte sich vor ihm nicht rechtfertigen, es war nicht ihre Art, so zu arbeiten.

»Glückwunsch. Werte das als Durchbruch, und hake es ab.«

»Vergiss es.«

»Das ist ein Befehl. Du kannst das Kind sowieso nicht retten, dafür ist es zu spät.« Er begegnete ihrem Blick. »Zuerst die Zeugenaussage auf dem Präsidium, danach findest du den Jungen. Melde dich bei mir, wenn du ihn hast. Dann kannst du mit den anderen Sachen weitermachen.« Borg warf ihr ein Handtuch zu. »Und spar dir deine Kräfte, in einem halben Jahr ist Mariä Lichtmess.«

Ein alter Mann stieg aus der U-Bahn aus und ging am St. Eriksplan hoch. Er nahm seinen Rucksack und verschwand unbemerkt im Atlasbezirk nach unten. Es ging ein frischer Wind, aber das war ihm egal. Es war schon schlimmer gewesen. Wind und Wetter hatten ihr Bestes gegeben, um ihn kleinzukriegen, jedoch ohne Erfolg. Die kalten Kriegswinter würde er nicht so schnell vergessen. Als der Fluss im September schon zugefroren war. Der letzte Winter hatte ihn drei Zehen von seinem linken Fuß gekostet, aber mehr nicht. Nein, an das Wetter gewöhnte man sich. Er ging unter der St. Eriksbron hindurch, querte die Straße und begab sich durch ein Loch im Zaun auf das Bahngelände. Am Fundament der Brücke legte er sein Gepäck ab und untersuchte die Fallen. Ein X-2000-Zug sauste vorbei. Ein kleines Kaninchen zappelte in einer Schlinge, die anderen waren leer. Die fetten Zeiten waren vorbei, die Kaninchen waren mit den Jahren schlauer geworden und mieden seine Fallen. Von Ratten gar nicht zu reden, die fing er fast nie, obwohl er sie überall sah. Er brach dem Kaninchen das Genick, nahm seinen Rucksack und folgte den Schienen.

Unter der Barnhusbron hatte er einen kleinen Verschlag zwischen den Gleisen und der Umgehungsstraße am Klarastrand gebaut. Bevor der Winter kam, war er nicht oft oben an der U-Bahn, aber am Vorabend war er drüben am Odenplan gewesen. Das war das Territorium der anderen, und er suchte keinen unnötigen Streit. In letzter Zeit machten Gerüchte die Runde, viele waren vorsichtiger als sonst. Aber der arrogante Schreihals hatte sich nicht darum geschert. Einer aus Värmland. Der Alte hatte den Poeten zusammen mit der Walküre unten am Bahnsteig sein Unwesen treiben sehen. Unbemerkt hatte er sich davongestohlen. Er mochte sie nicht. Für andere war die Walküre so etwas wie eine Autorität, sie ließen es zu, dass sie sich einmischte, aber er nicht. Frauen rissen einen ins Verderben, das wusste er.

Routiniert zog er dem Kaninchen das Fell ab und nahm es aus. Er riss ein Stück Wellpappe von einem Karton ab und rieb es zwischen seinen Fingern, bis es glühte. Eine Kante rollte sich nach oben, und die Flamme erlosch. Er blies, bis sie wieder Feuer fing, und warf ein paar Stöckchen hinein. Als das Feuer stetig brannte, legte er ein Kühlschrankgitter darüber und legte den Kaninchenbraten darauf. Ein Güterzug fuhr nordwärts. Die Wagen des Regionalzugs ratterten vorbei. Er bevorzugte richtige Züge. Mit alten Dampfloks. Die Strecke zwischen Mora und Leksand hatten sie noch für die richtigen Züge gebaut. Er drehte das Kaninchen mit seinen geschwollenen Fingern um. Der Zeigefinger und der Ringfinger fehlten. Den kleinen Finger hatte es nicht ganz so übel erwischt, da fehlte nur die Fingerkuppe. Er legte ein paar zersägte Bretter ins Feuer und besah sich seine Hand. Die Explosion hatte noch monatelang in seinen Ohren nachgehallt, aber die verstümmelte Hand hatte ihm nie Probleme bereitet, das war merkwürdig. Der Werksbesitzer hatte gut gezahlt und dafür gesorgt, dass er wieder Arbeit bekommen hatte. Man hatte diejenigen zu schätzen gewusst, die gut mit Dynamit umgehen konnten, und er war nicht der Einzige seiner Art auf dem Hof gewesen. In der Woche darauf war er wieder da gewesen, war auf Krücken gehumpelt, hatte im Windbruch aufgeräumt und gesprengt. Einmal Flößer, immer Flößer. Das war das Einzige aus der alten Welt, was er vermisste. Die Flößerei. Und vernünftige Züge.

Der Alte hörte ganz in seiner Nähe kleine Räder quietschen. Wie hatte er das überhören können? Eine alte, zerschlissene Reisetasche, festgezurrt auf einem rotkarierten Einkaufswagen, stand plötzlich da. Aufkleber von verschiedenen Reisezielen waren auf der ganzen Tasche verteilt. Ein roter Sticker aus London mit einer Melone. Das einzige fremde Land, das er besucht hatte, war Norwegen, kurz vor dem Krieg, um einen entfernten Verwandten zu treffen. Ein Zigarillostumpen landete auf den Steinen. Der säuerliche Rauch drang in seine Nasenlöcher. Er sah auf.

»Was machst du hier?«, fauchte er. »Hier ist besetzt.«

Das waren seine letzten Worte, ehe ein elektrischer Stromstoß seinen alten Körper durchzuckte und ihn ausbrannte.

Der Besitzer der Reisetasche beugte sich über den zappelnden Obdachlosen und leckte gierig die flüchtigen Aussonderungen auf, die aus den schmutzigen Poren drangen, atmete tief an Ohren und Mund ein, damit ihm nichts entging. Dann entfernte der Täter die Kabel von dem alten Körper. Er schloss die Reisetasche, setzte sich bequem auf einen Stein, steckte sich einen neuen Zigarillo an und riss einen Schenkel von dem Kaninchenbraten ab. Unter der krossen Haut war das Fleisch durch. Der Angreifer nagte in aller Ruhe an dem letzten Fang des Alten, während die alten Augen weiß wurden. Aus seiner Luftröhre kam ein Pfeifen und Röcheln. Lebendig, aber dennoch tot. Sein altes Leben war vorbei.

»Flößerteufel.«

Zähe Spucke mit knusprigem Kaninchenfleisch landete auf der Wange des Alten, lief in seinen ungepflegten Bart. Dann packte der Angreifer seine Sachen zusammen und verschwand hinter einem Stellwerk weiter hinten auf dem Rangierbahnhof. Kurze Zeit später tauchte die Gestalt auf der anderen Seite wieder auf, komplett verändert. Geschlecht, Alter und Kleidung, alles war anders. Aber die festgezurrte Reisetasche war immer noch dieselbe.

Ich weiß nicht, was in mich gefahren ist, Konstabler«, sagte Eldh. »Oder vielleicht sagt man gar nicht mehr Konstabler?« Sie kicherte verlegen. »Ich habe wohl etwas zu viel Pippi Langstrumpf gesehen.«

»Henrik ist in Ordnung«, erwiderte der junge Polizeibeamte und lächelte nachsichtig.

»Ach so, ja klar.«

Eldh saß im Polizeipräsidium auf Kungsholmen in einem gesichtslosen Raum mit einem Tisch, ein paar Stühlen und heruntergelassenen Jalousien. Seit sie dort gearbeitet hatte, waren über dreißig Jahre vergangen, doch es hatte sich nicht viel verändert. Fast alle Kollegen waren längst in Pension, aber es war am besten, den Ball so flach wie möglich zu halten. Eldh hatte sich zum ersten Mal seit langem geschminkt und ein Kleid angezogen. Die Verletzungen von dem Kampf hatte sie neu verbunden, sie wollte nicht wie ein Haudegen aussehen, sondern sympathisch wirken.

»Vielleicht war es der Stress, ich weiß es nicht, aber ich wollte nicht, dass der Kerl meine Sachen klaut. Bei mir ist alles eine Zeitlang ein bisschen chaotisch gewesen, und ich war etwas neben der Spur.«

»Sie sind also hinter ihm her ins Boot gesprungen?«

»Ja, das bin ich.« Sie versuchte, rot zu werden, und trank einen Schluck Kaffee aus dem Pappbecher, den er ihr gegeben hatte. »Ich hatte die Uhr meiner Großmutter in der Tasche, die ich aus der Reparatur geholt hatte. Ich habe an nichts anderes gedacht, wie soll ich einer fast Neunzigjährigen erklären, dass irgend so ein Bürschchen sie genommen hat? Da bin ich durchgedreht.«

»Und nach dem Zusammenstoß, sind Sie ihm da gefolgt?«

»Ja. Er hatte sich auf einem Boot verschanzt, aber ich habe ihn entdeckt. Er wollte die Tasche an sich reißen und hat mich mehrmals geschlagen, aber ich habe Kontra gegeben. Dann hat er aufgegeben und ist weggerannt.«

»Warum sind Sie nicht gleich zur Polizei gegangen?«

»Ich wollte sehen, wo er hinläuft, ich war so, Entschuldigung, sauwütend, dass ich ihn finden und danach die Polizei verständigen wollte. Eine Djurgårdsfähre hatte angelegt, und ich dachte, er hätte sich an Bord versteckt, und bin ihm nach, aber da war er nicht. Und mein Telefon war weg, es muss mir aus der Tasche gefallen sein. Dann, ich weiß, das klingt komisch, aber bevor ich zu meiner Großmutter gefahren bin, war ich in einem Café. Und habe mich haufenweise mit Gebäck vollgestopft. Krank, was? Ist das normal? Dass man so wird?«

»Jeder Mensch reagiert anders auf Stress, Susanne, das kann man so nicht sagen.« Der Polizist gab etwas in seinen Computer ein. »Und wie sah der Täter aus?«

Eldh beantwortete seine Fragen so detailliert sie konnte. Sie wusste, was es Borg gekostet hatte, die Fäden zu ziehen, und er würde ihr das noch oft genug unter die Nase reiben. Am besten, sie verhielt sich hier so korrekt wie möglich. Gleich nach der Presse war die Polizei das größte Problem für sie. Korruption und Beziehungen konnten sie nur ein Stück weit voranbringen. Der Rest musste innerhalb des Rahmens der Bürokratie gehandhabt werden. Schweden hatte ohne Zweifel seine

Unschuld verloren, was Bestechungsgelder betraf, aber das war noch gar nichts verglichen mit Russland.

Eldh bemerkte eine gewisse Bewunderung bei dem jungen Polizisten. In gewisser Weise war er stolz auf die Frau mit der blanken Wut, die sich nicht von einem Dieb ins Bockshorn hatte jagen lassen. Sie hoffte, dass das hier bald überstanden war. Er berichtete von Taschendieben, Banden aus Europa, die nun auch Stockholm unsicher machten, und riet ihr, in Zukunft vorsichtiger zu sein. Eldh lächelte und nickte, füllte ein paar Formulare aus und gab ihre Identität an, die sie von Borg bekommen hatte. Dann bedankte sie sich und verließ das Präsidium.

Als er nach Hause kam, war Rebecka schon da. Sie unterhielt sich mit seiner Mutter am Küchentisch. Seit dem Prozess hatte er sie nicht so viel reden gehört. Er blieb im Flur stehen und horchte. Einen Moment lang tauchte seine Mutter aus seinen Kindheitstagen vor seinem inneren Auge auf. Damals, bevor alles den Bach runtergegangen war. Sie war zwar keine Glucke gewesen, aber er erinnerte sich noch an den Geruch von Dampf und warmem Stoff, wenn sie seine Hemden gebügelt hatte, an ihr stramm sitzendes Jackett und ihren forschen Schritt, wenn sie zur Arbeit ging. Auch wenn sie wieder nach Hause kam, war diese Energie noch zu spüren. Sie war stets auf Zack. Gab ihm, was er brauchte, selbstverständliche Liebe ohne Firlefanz. Aber das war lange her. Bevor die ganzen Gerichtsverfahren die Mutter, die er einst gehabt hatte, allmählich zerschlissen hatten.

Jonas war noch zu jung gewesen, um wirklich zu verstehen, was sie durchgemacht hatte. Unterschlagung. Er konnte die Bedeutung des Wortes nicht richtig begreifen. Unterschlagung. Das klang trotz allem irgendwie schön, wie etwas Positives. Das war seine erste Reaktion gewesen. Seine Mutter hatte ihm klarzumachen versucht, dass alles ein einziges Missverständnis gewesen war, dass sie unschuldig war. Aber als sie schließlich nicht mehr in Revision gehen konnte, wusste er nicht mehr, wem er glauben sollte. Dem Gesetz oder ihr? Wer hatte Unrecht? Die Welt oder sie? Er hatte sich für die einfache Antwort entschieden. Sie hatte ihn hintergangen, vielleicht nicht mit Absicht, aber sie hatte einen Fehler gemacht. Die andere Alternative war noch undenkbarer. Der Staat macht keine Fehler. *Vor dem Gesetz sind alle Menschen gleich*, das hatte sie selbst immer gesagt. Aber viel später, als er das Gymnasium abgeschlossen hatte, dämmerte es ihm, dass er die falsche Entscheidung getroffen haben könnte. Er hatte in Opas alten Büchern herumgestöbert und war bei Arthur Koestlers *Sonnenfinsternis* hängengeblieben. Er hatte sich neben den Bücherstapel auf die Erde gesetzt und die haarsträubende Geschichte über die Scheinprozesse in der Stalinzeit in einem Rutsch durchgelesen, wie der loyale Staatsanwalt der Partei plötzlich selbst angeklagt und zum Tode verurteilt wird. Wie seine Ideale zunichtegemacht werden durch Verrat am System. Mitten in einem Satz hatte Jonas innegehalten. Was, wenn sie unschuldig war? Schon bei dem Gedanken wurde ihm schwindelig. In dem Augenblick hatte er beschlossen, Jura zu studieren. Er musste es selbst verstehen. Koestlers Buch lag immer noch auf seinem Nachttisch. Ein paar Jahre später hatte er die Eignungsprüfung für die Zulassung mit 1,9 bestanden und sich im darauffolgenden Semester an der Juristischen Fakultät immatrikuliert.

Jonas schloss leise die Tür, warf sein Bündel mit Münzen und Süßigkeiten auf das Bett und ging in die Küche.

»Ich habe dich gar nicht kommen hören.« Rebecka stand auf und umarmte ihn. »Ich habe dich anzurufen versucht, aber dein Telefon ist aus.«

»Der Akku ist leer.«

»Du siehst größer aus. Warst du beim Training?«

Bei ihr wusste man nie, ob sie ihn auf den Arm nahm. Er blieb ihr die Antwort schuldig.

Rebecka hatte ein paar Teelichter und Thai-Food mitgebracht. Irgendwie hatte sie es geschafft, dass es in der leeren Küche auf einmal gemütlich war.

»Es gibt noch was zu essen, wenn du magst. Wir haben schon ohne dich angefangen«, sagte sie.

»Ich habe schon gegessen. Trotzdem danke.« Er hatte einen faden Gipsgeschmack im Mund, aber er war satt.

Er setzte sich an den Tisch, warf seiner Mutter zwei Schachteln Camel Silver zu und nahm sich die Zeitungsseite mit seinen Notizen vor. Sie begegnete seinem Blick. Sie hatten sich nicht als Freunde getrennt, aber das war jetzt Schnee von gestern.

»In Stockholm gibt es zweihundertsechsundsechzig, die Schröder heißen. Dreiundzwanzig wohnen auf Södermalm. Vierzehn sind Männer. Neun volljährig. Das ist doch ein Anfang? Wenn wir nicht fündig werden, suchen wir eben einen anderen Weg.« Er strich die Zeitungsseite mit den Telefonnummern glatt. »Können wir dein Telefon nehmen?«, fragte er widerstrebend. Jonas hasste es, andere um Hilfe zu bitten. »Ich gebe dir dann das Geld.«

»Ja, klar«, sagte Rebecka. Sie griff nach ihrem Telefon und wählte einen Adressensuchdienst aus. Sie gab den Namen ein und erhielt so alle Nummern. Jonas kam sich wie ein Idiot vor. Sie stellte das Telefon auf Lautsprecher und legte es auf den Tisch. Jonas nahm einen Aschenbecher und schob ihn zu seiner Mutter hinüber.

»Hej, mein Name ist Rebecka Kjellberg, ich rufe vom Karolinska Sjukhuset an. Ich möchte Dr. Schröder sprechen.«

»Tut mir leid. Da haben Sie sich verwählt.«

Jonas atmete aus. Er schwitzte stark, und in seinen Ohren rauschte es. Irgendwo da draußen gab es vielleicht eine Antwort. Eine Erklärung. Aber er war nicht sicher, ob er sie wirklich finden wollte.

Vier weitere Gespräche verliefen im Prinzip genauso ab. Beim fünften landeten sie auf der automatischen Mailbox. Das sechste war erfolgreich.

»Das kann mein Onkel sein, Magnus Schröder, suchen Sie ihn?«, antwortete eine junge Frau. Es klang, als wäre sie mit der U-Bahn unterwegs.

»Hat er vor zwanzig Jahren im Karolinska gearbeitet?«

»Ich glaube schon, aber ich bin da nicht so auf dem Laufenden, tut mir leid.« Gemurmel am anderen Ende.

»Haben Sie vielleicht seine Nummer?«

»Ja, Moment bitte.«

Bei jedem Telefonat hatte Jonas sich etwas notiert oder den Namen von der Liste gestrichen. Jetzt kreiste er Magnus Schröder und eine Festnetznummer ein, die die Frau bestätigte. Rebecka bedankte sich für die Hilfe und beendete das Gespräch. Sein Puls beschleunigte sich. Sie waren fast am Ziel. Ein Luftzug drang durch die kaputte Balkontür. Zigarettenrauch hing in dünnen Schwaden in der spärlich erleuchteten Küche. Die halbe Schachtel war bereits aufgeraucht. Jonas war nicht der Einzige, der nervös war.

Die ersten fünf Freizeichen kamen ihm wie eine Ewigkeit vor.

»Magnus Schröder.«

Jonas' Herz machte einen Satz.

»Mein Name ist Rebecka Kjellberg. Ich bin Studentin am Karolinska. Bin ich da richtig bei Dr. Schröder?«

»Kommt darauf an, was Sie wollen.« Er klang etwas trocken, aber nicht unfreundlich. Ein alter Akademiker. Jonas' Mutter deutete auf das Telefon und nickte. Ihr Blick hatte sich verändert, er war aufmerksamer, sie hatte die Stimme wiedererkannt.

»Ich arbeite an einem Forschungsprojekt und habe Kontakt zu einem Ihrer ehemaligen Patienten von der Endokrinologie«, fuhr Rebecka fort. »Aus der Zeit ist ja niemand mehr da.«

Es entstand eine Pause. Im Hintergrund lief eine Quizsendung im Fernsehen.

»Wenn es um Komplikationen geht, habe ich persönlich nichts damit zu tun. Im Karolinska bin ich nicht mehr tätig.« Er schien abzuwarten.

»Nein, nein, überhaupt nicht«, zwitscherte Rebecka. »Ich interessiere mich nur für Ihre Forschung und würde mich gerne mit jemandem unterhalten, der sich eingehend mit der Materie beschäftigt. Aber vielleicht haben Sie dafür auch gar keine Zeit, da habe ich vollstes Verständnis. Sie verfügen ja wirklich über ein hervorragendes Renommee.« Schmeicheleien öffneten allgemeinhin die meisten Türen.

»Na ja.« Er klang selbstzufrieden. »Da lässt sich möglicherweise ein Zeitfenster finden.«

»Hätten Sie heute Abend Zeit?«, fragte Rebecka.

»Heute Abend?«

Sie warf einen Blick auf den Zettel, auf dem Jonas Name und Adresse eingekreist hatte.

»Ich wohne auf Söder, beim … Mariatorget«, sagte Rebecka. »Wenn das in Ihrer Nähe ist, könnten wir das gleich heute Abend erledigen.«

»Also …« Er klang nicht besonders kooperativ. »Wir können aber auch im Laufe der Woche noch einen Termin finden.«

»Entschuldigung, dass ich so beharrlich bin. Ich stecke wirklich in der Klemme.« Sie lachte. »Ich habe eine Teilprüfung, die ich morgen abgeben muss. Wenn wir uns heute ganz kurz treffen, können wir uns später noch eingehender unterhalten.« Sie klang sehr resolut.

»Ich weiß nicht.«

»Ich kann auch was Süßes zum Kaffee mitbringen. Oder Whisky, wenn Ihnen das lieber ist.«

»Lieber Letzteres.« Er lachte trocken. »Aber nicht lange.« Er nannte ihr die Adresse und den Türcode. »Wie heißt denn der Patient eigentlich?«

»Hellemyr, Jonas.«

Langes Schweigen. Vielleicht dachte er nach.

»Es ist doch besser, wenn wir das ein anderes Mal machen. Diese Woche bin ich schon ziemlich verplant«, sagte er schließlich. Er hatte einen anderen Ton angeschlagen.

Rebecka versuchte, ihn doch noch zu überreden, aber er blieb stur. Sie dankte ihm für seine Hilfe, nahm ihre Brille ab und rieb sich die Nasenwurzel. Sie schielte leicht.

»Ist mir doch egal, wenn er sich drückt«, sagte Jonas und schrieb den Türcode neben Schröders Adresse. »Wir fahren trotzdem hin.«

»Warum schreibst du mit links?«, fragte Rebecka.

»Wieso?«

»Hast du dich an der Hand verletzt?«

»Nein.« Jonas war nicht klar, worauf sie hinauswollte.

»In der Schule warst du Rechtshänder. Aber seit wir uns im Karolinska getroffen haben, machst du alles mit links.«

Jonas betrachtete seine Hände. Sie hatte Recht, den Stift hielt er in der Linken, und es fühlte sich ganz natürlich an. Er ließ den Stift los, als hätte ihn der Schlag getroffen.

»Weiteratmen. Ganz ruhig, es ist alles gut.« Sie nahm seine Hände, aber er zog sie weg. »Das ist bestimmt ganz normal. Schon bald wirst du eine Antwort bekommen.«

Die Katze war in einen kleinen Holzkäfig gesperrt. Sie stieß einen langen Klagelaut aus und drückte sich gegen die Gitterstäbe, sodass ihr Fell abstand. Ihr langgezogenes, kehliges Flehen klang fast menschlich auf dem Dachboden. Der Mann hatte den Kopf zur Seite geneigt und betrachtete das Tier. Er hatte einen Skizzenblock in der Hand und fing die Kopfhaltung des gequälten Tieres mit wenigen Strichen gekonnt ein. Nach einer Weile verstummte die Katze. Der Mann stupste das Tier mit einem Stöckchen an, woraufhin es wütend fauchte, und piesackte es so lange, bis die Katze ihre Position in dem engen Käfig änderte. Zufrieden schlug er ein neues Blatt auf und zeichnete weiter. Das langgezogene Jammern wurde von dem Klingeln eines alten Bakelittelefons unterbrochen, das neben dem grob verputzten Schornstein stand. Nach dem dritten gedämpften Klingeln legte der Mann seinen Block aus der Hand, nahm ab, klopfte zweimal mit dem Fingernagel auf den Hörer und hörte aufmerksam zu. Als das Telefonat beendet war, zog er sich dunkle Kleidung an und setzte eine dünne Holzmaske in hellem Beige auf, die fast hautfarben war. Trotz des anonymen Ausdrucks wirkte sie durch die Maserung irgendwie lebendig. Schließlich griff er nach einem Futteral, das eigentlich für eine Angel oder einen Golfschläger vorgesehen war, setzte die Kapuze auf und verließ das Haus.

Sie fuhren mit dem Taxi in die Maria Prästgårdsgata. Jonas bezahlte mit einer Handvoll Zehnkronenmünzen. Im English Pub kaufte Rebecka eine Flasche Whisky unter dem Ladentisch. Sie gab ein großzügiges Trinkgeld. Rebecka hatte das Talent, dass sie mit fast allem durchkam. Lächelnd nahm sie die Flasche, die in eine Plastiktüte gewickelt war, und ging.

Jonas' Puls wollte sich nicht beruhigen. Sein Herz schien zu zerspringen. Ohne Rebecka wäre er nie so weit gekommen. Sie hielt seine Hand fest umklammert und führte ihn den Fußweg entlang bis zum Hauseingang. Er nahm den Zettel mit dem Code. Seine Hand zitterte. Im Fahrstuhl war es eng, und das Ziehharmonikagitter klemmte. Die Drähte knackten, als der Fahrstuhlkorb langsam nach oben fuhr. Jonas schloss die Augen. Zu viele Gedanken bestürmten ihn.

Die Klingel schnarrte.

Ein älterer Mann in Hemd und Pullunder öffnete.

»Dr. Schröder?«

»Ja, oder genau genommen Professor. Was kann ich für Sie tun?«

»Ach so, Professor, Verzeihung.« Rebecka lächelte und hielt ihm ihre Hand hin. »Rebecka Kjellberg. Ich habe Sie angerufen. Entschuldigen Sie, dass ich mich so aufdränge. Aber Sie sind der Einzige, der mir helfen kann.« Sie klimperte mit ihren langen Wimpern und schenkte ihm ihr hübsches Lächeln.

Schröder wirkte nicht sonderlich erfreut.

»Und wer ist er?«

»Jonas Hellemyr. Ich dachte, es ist besser, wenn ich nicht den Vermittler spielen muss, dann entstehen nur Missverständnisse. Außerdem können wir hierbei ein bisschen Hilfe gebrauchen.« Sie hielt ihm die Flasche hin. »Eine halbe Flasche ist auch für mich zu viel.«

Er schwieg einen Augenblick, dann gab er nach. Es war, als hätte er einen grundsätzlichen Entschluss gefasst.

»Ja, dann kommen Sie mal rein.«

Die Wohnung war mit Möbeln vollgestopft, überall stapelten sich Zeitungen und Bücher, lagen Ausschnitte, Fotos und andere persönliche Gegenstände aus einem ganzen Leben herum.

»Nach dem Tod meiner Frau bin ich hierhergezogen.« Er deutete mit einer entschuldigenden Geste auf die Unordnung. »Es ist nicht leicht, ein ganzes Haus in vier Zimmern unterzubringen. Ich stelle alle Sachen regelmäßig um. Passen Sie auf, das Klavier. Es steht da etwas unglücklich. Ich weiß auch nicht, warum ich es mitgenommen habe«, murmelte er vor sich hin. »Sie hat gespielt, ich nicht.«

Sie folgten ihm durch die Diele und ein zugestelltes Wohnzimmer in eine kleine Bibliothek. Pauker und Streicher schallten ihnen in voller Lautstärke entgegen. Jonas hörte eigentlich keine klassische Musik, aber er erkannte den dritten Satz aus Dvořáks *Aus der Neuen Welt*. Die vielen Stunden mit Großvater hatten ihre Spuren hinterlassen.

Schröder stellte den Plattenspieler ab und bat sie, auf einem schmalen Ledersofa Platz zu nehmen. Auf der einen Seite, die freigeräumt war, lag eine graugescheckte Katze und auf der anderen ein dicker Stapel mit Ärzteblättern und wissenschaftlichen Zeitschriften. Er verfrachtete den Stapel umständlich vom Sofa auf das Fensterbrett.

»Das ist Higgins' Platz, aber er hat nichts gegen ein wenig Damengesellschaft«, sagte Schröder und setzte sich in den Sessel gegenüber. »Was brennt Ihnen denn so auf den Nägeln?«

Rebecka kam gleich zur Sache.

»Jonas war Teil einer Versuchsgruppe für Kinder, die an Großwuchs leiden, in den Achtzigern. Erinnern Sie sich noch daran?«

»Na ja, alle, die auf der Endokrinologie behandelt worden sind, kamen aus verschiedenen Kliniken, das heißt nicht, dass er, also Sie, in meiner Abteilung gewesen sind. Wir haben uns um die besonders schwierigen Fälle gekümmert.«

»Jonas' Mutter kann sich noch sehr gut an Sie erinnern.«

»Ach ja?«

»Und Sie erinnern sich nicht an Jonas? Er war zwei Jahre alt, als der Eingriff durchgeführt worden ist.«

»Ich kann mich leider nicht an alle Kinder erinnern.« Er nickte Jonas zu. »Sie verändern sich auch mit den Jahren.«

»Waren es denn viele?«

»Etwa zehn im Jahr in meiner Abteilung.« Er schien auf der Hut zu sein. »Es kommt darauf an, wie man zählt.«

»Das muss 1989 gewesen sein.«

»Wie gesagt, es waren viele Kinder, da ist es schwierig, sich genau zu erinnern.«

Jonas verlor die Geduld. Er holte die Kapsel hervor und legte sie auf den Tisch. »Erkennen Sie die wieder?«

Der Professor erstarrte.

»Woher haben Sie die?«

»Was spielt das für eine Rolle?«

Der alte Mann blinzelte hinter den dicken Brillengläsern. Er schwieg lange. Dann erhob er sich.

»Ich glaube, jetzt ist Zeit für unseren Kaffee. Eis?« Er ging in die Küche.

Rebecka griff Jonas' Hand und drückte sie beruhigend. Die Katze sprang auf seinen Schoß und legte sich hin. Jonas wusste nichts über Katzen. Das Tier war ihm nicht geheuer. Es wollte etwas von ihm, das er ihm nicht geben konnte. Schröder kehrte mit Gläsern zurück und schenkte drei große Drinks ein. Seine Reserviertheit war wie weggeblasen, als er zu erzählen begann. Er wirkte erleichtert. Vielleicht schwang ein leiser reuevoller Unterton mit.

»Ich habe seit vielen Jahren mit niemandem mehr darüber gesprochen. Aber jetzt ist es wohl so weit.« Er lächelte entschuldigend. »Die Details können ja erst mal unter uns bleiben. Das gilt auch für Ihre Seminararbeit, wenn Sie die immer noch schreiben wollen.« Er trank einen großen Schluck. »Im Karolinska haben wir in den Siebzigern schon Kinder und Erwachsene mit Hormonstörungen behandelt. Mit Diabetes, Wachstumsproblemen, Struma und Akromegalie. Bekannte Krankheitsbilder, die therapiert wurden. Aber wir haben auch einige Patienten gehabt, die mit atypischen Symptomen zu uns gekommen sind.«

»Die da wären?«

»Seltsamer Wuchs, Muskelmetabolismus, Mutationen des Hör- und Sehzentrums. Unter anderem. Die anderen Abteilungen haben ja ihre Zebras zu uns geschickt.«

»Zebras?«, fragte Jonas.

»Ja, Erkrankungen, die wir in der Form noch nie gesehen hatten, wir haben sie so genannt, Verzeihung, ich vergesse, dass Sie nicht vom Fach sind. Zuerst haben wir vermutet, dass es sich um eine Art erbliche Akromegalie handelt. Das kann unter anderem zu einer Vergrößerung der Füße, Hände und des

Kinns führen, auch im Erwachsenenalter. Wir haben die Patienten geröntgt, ob vielleicht ein Tumor dahintersteckt und die Hypophyse sich verändert hat. Aber ohne Resultat. Wir haben untersucht, ob Umweltgifte wie PCB oder DDT eine Rolle spielen, oder Medikamente. Aber auch da sind wir zu keinem Ergebnis gekommen. Finanziert durch private Gelder haben wir eine neue Abteilung aufgemacht, die Neuroendokrinologie, für die Sonderfälle. Diese Abteilung habe ich über fünfzehn Jahre lang geleitet.«

»Und waren Sie erfolgreich?«

»Sehr. Wir konnten eine ganze Reihe interessanter Krankheiten beschreiben. Allerdings nicht bei diesen Fällen. Sie müssen bedenken, dass sich das alles über einen langen Zeitraum erstreckt hat und es nur wenige Fälle gab, maximal ein paar pro Jahr. Wir haben diejenigen rausgegriffen, die wir diagnostizieren konnten, und ihnen eine adäquate Behandlung zuteilwerden lassen.«

»Und die, die Sie nicht diagnostizieren konnten?«

»Ja, was haben Sie mit Ihren Zebras gemacht?«, sagte Jonas. Er wirkte verärgert.

»Wir haben getan, was wir konnten, und den Zustand der Patienten stabilisiert. Oft waren sie psychisch labil und kamen aus problematischen Verhältnissen. Von der Gesellschaft verstoßen, mit allen möglichen Wahnvorstellungen. Die haben wir dann nach Wittsättra verlegt, in eine Spezialklinik auf Långholmen.«

»In Ihren Zoo?«

Schröder nippte an dem Whisky, ohne Jonas zu beachten, und nahm die Kapsel in die Hand.

»Dann hat sich alles verändert. 1983 haben wir zu einem Konzern für Medizintechnik Kontakt bekommen, der uns mit völlig neuer Technologie ausgestattet hat. So etwas hatte ich noch nie gesehen. Da haben wir unglaubliche Fortschritte erzielt. Wir haben die Abnormitäten unter Kontrolle bekommen und hemmen können.«

»Im Karolinska?«

»Nein. Ich war gezwungen, die Klinik zu verlassen, weil eine komplett neue Forschungseinheit eingerichtet wurde, das Experimentelle Neuroendokrinologische Labor, ENEL. Es unterlag der strengsten Geheimhaltung.«

»Warum das?«

»Es war börsennotiert, das bedeutete immer Geheimhaltung. Sie wollten ihre Ergebnisse unter Verschluss halten, und für mich war das die einzige Chance, mich weiterzuentwickeln.«

»Wie heißt die Firma?«

»Hieß. Dynamo Labtech. Sie sind in den Neunzigern infolge der Finanzkrise in Konkurs gegangen.«

»Bin ich da operiert worden?«

Schröder nickte.

»Sie waren mein letzter Patient.«

»Und woher kamen die Patienten?«, wollte Rebecka wissen.

»Die meisten kamen über meine Kontakte am Karolinska. Die, die keine Fortschritte machten. Dynamo hatte eigene Kanäle. Fragen Sie mich nicht.« Schröder schien sich raushalten, seine Rolle kleinreden zu wollen, als wolle er sich selbst davon überzeugen, dass er nichts falsch gemacht hatte.

»Was ist dann passiert?«

»Die Forschung ist 1989 eingestellt worden, und Dynamo ging kurz darauf in Konkurs. Ich musste wieder zurück ins Karolinska, in die Neuroendokrinologie. Dann wurde die Abteilung ebenfalls geschlossen.«

»Warum?«

»In den Neunzigern sind die Politiker ans Eingemachte gegangen und wollten auch bei Dynamo Labtech ihre Finger im Spiel haben. Als meine Abteilung wieder in die Endokrinologie eingegliedert wurde, sind auf einmal die Geldgeber abgesprungen. Die Politiker haben sich zu sehr eingemischt. Nach ein paar richtig guten Jahren musste ich also wieder bei null anfangen, und da bin ich in Pension gegangen.«

»Welche Geldgeber?«

»Die Stiftung, die Wittsätra betreibt. Die haben unsere Grundlagenforschung finanziert. Die Marcus-Ehrencrantz-Stiftung für bedürftige arme Menschen. Einer von diesen vielen Fonds vom Anfang des vorigen Jahrhunderts, die noch immer über gigantische Summen verfügen.«

»War die Stiftung auch an Dynamo beteiligt?«

»Nein. Nicht soviel ich weiß.«

Es wurde still. Jonas trank einen großen Schluck.

»Warum wurde ich denn operiert?«

»Deine Mutter wollte das so.«

»Und warum?«

»Das müssen Sie sie fragen. Damit Sie wieder normal werden, nehme ich an. Erwachsene Patienten haben an unseren Studien teilgenommen, aber ihre Beschwerden waren bereits zu ausgeprägt. Einige wenige Symptome konnten wir behandeln, aber die meisten haben wir nur gelindert. In Einzelfällen konnten wir Abnormitäten blocken. Aber bei Ihnen war das anders. Sie waren ein junger Patient. Bei Ihnen war die Krankheit noch nicht zum Ausbruch gekommen. Und wir konnten den Ausbruch verhindern.« Er sah Jonas mit einem schwachen Lächeln an. Vielleicht lag ein bisschen Stolz darin.

»War ich das einzige Kind?«

Schröder nickte.

Schweigen.

»Und wie geht es Ihnen jetzt?«

»Es geht mir gut. Heute geht es mir gut. Aber das hat nichts mit der hier zu tun.« Jonas zeigte auf die Kapsel.

»Die hilft mehr, als Sie denken. Sie haben auch so eine.«

»Nicht mehr.«

Schröder runzelte die Stirn.

»Ist das Ihre? Hat Ihr Körper sie abgestoßen?«

»Das kann man so sagen.«

»Wann war das? Sind die Beschwerden zurückgekommen?« Er stellte das Glas auf einen Schachtisch neben sich. Eine angefangene Partie. Schwarz war am Zug.

»Also, ich weiß nicht, warum Sie Beschwerden dazu sagen. Mir ist es noch nie besser gegangen.« Jonas wurde ärgerlich. »Ihr verdammtes Kopfweh ist weg, wenn Sie das meinen.«

»Sie haben von Veränderungen des Sehzentrums gesprochen, wie kommt es dazu?«, fragte Rebecka und legte Jonas beruhigend die Hand auf den Oberschenkel. »Liegt es an den Hormonen? Lässt sich dadurch auch das schnelle Wachstum von Gewebe und Muskelmasse erklären?«

»Wenn ich das wüsste, hätte ich einen Nobelpreis. Ich habe keine Ahnung. Die Forschung wurde eingestellt, es kamen keine neuen Patienten mehr. Das ist ein abgeschlossenes Kapitel.«

»Gibt es sonst niemanden, der daran arbeitet? Was ist denn aus den Wissenschaftlern bei Dynamo geworden?«

Es klingelte an der Tür.

»Das weiß ich nicht.« Schröder zuckte mit den Schultern und erhob sich mühsam. »Die haben nach vorn geschaut, wie ich. Wie gesagt, ein abgeschlossenes Kapitel.«

Die Katze erhob sich von Jonas' Schoß, reckte sich und folgte Schröder in die Diele. Rebecka streichelte Jonas' Wange.

»Beruhige dich. Wir holen alles, was er weiß, aus ihm heraus, dann kannst du dich immer noch aufregen.«

Sie hatte Recht. Er war hier, um eine Antwort zu bekommen, nicht, um mit dem Finger auf ihn zu zeigen. Jonas nahm die Kapsel in die Hand und betrachtete sie. Sie hatte ihm so viel Ärger, so viele Schmerzen bereitet. Er steckte sie wieder in die Tasche, schloss die Augen und atmete tief durch. Wenn er alle Fakten hatte, würde er sie zur Rede stellen, aber jetzt noch nicht.

Jonas hörte, wie die Haustür aufging. Er musste Ruhe bewahren, sich beherrschen. Aber er mochte weder Schröders Ton noch die Art, wie er ihn ansah. Die Nachbarn in der Wohnung über ihm sahen die Nachrichten im Fernsehen. Eine Mikrowelle machte Pling. Schröder sagte seinen Namen, dann ein dumpfer Schlag und ein Aufprall. Schritte in der Diele. Die Tür wurde leise geschlossen. Jonas machte die Augen wieder auf.

Hastig stand er auf und ging in die Küche, wobei er Rebeckas fragenden Blick ignorierte. Sie hatte offenbar nichts gehört. Er machte ein paar Schritte in die Küche, bis er ein Stück vom Eingangsbereich sehen konnte. Dort standen zwei Männer. Zu ihren Füßen ein Körper. Schröder. Der eine ging neben dem Professor in die Hocke, der andere stieg über ihn hinweg und betrat die Wohnung. Die Katze drückte sich an die Wand und fauchte. Ein Schauer lief Jonas den Rücken hinab. Er versteckte sich hinter dem Türpfosten.

»Was machst du denn da?«, fragte Rebecka.

Jonas bedeutete ihr mit einer Geste, still zu sein, und sie warf ihm einen skeptischen Blick zu. Dann ging alles sehr schnell. Ein hochgewachsener Mann mit kahlrasiertem Schädel und einem Gummiknüppel kam in die Küche. Rebecka erblickte ihn und stand erschrocken auf. Als er zur Bibliothek ging, überrumpelte Jonas ihn. Er schob den Mann in die Küche zurück gegen die Spüle. Der Schlagstock fiel auf den Linoleumboden. Der Angreifer schlug Jonas ins Gesicht, aber er brachte den Mann zu Fall. Sofort war er wieder auf den Beinen und zog ein Messer. Der Schnitt brannte in Jonas' Gesicht. Es ging alles so schnell, es gab keine Zeit zum Nachdenken, der Mann stürzte sich auf ihn. Jonas bekam einen Küchenschrankgriff zu fassen, riss die Tür ab und zog sie seinem Gegner über den Kopf. Als der Mann taumelte, schlug Jonas ein zweites Mal zu. Die Tür bekam einen Riss, und er stürzte. Diesmal stand er nicht wieder auf. Das alles hatte sich in wenigen Sekunden abgespielt. Jonas registrierte, wie der Mann in der Diele, mit Lederjacke, Sonnenbrille und langem Pferdeschwanz, eine Pistole aus dem Hosenbund zog. Sie wechselten einen Blick. Jonas hechtete in die Bibliothek. Eine Pistole. Eine richtige Pistole. Was hatten sie hier zu suchen?

Rebecka versteckte sich hinter dem Sofa. Sie hielt Schröders Mobiltelefon in der Hand, ein altes Rentnermodell, mit dem sie zu telefonieren versuchte. Jonas schüttelte den Kopf, legte den Zeigefinger auf die Lippen, nahm ihr das Telefon ab und steckte es in die Tasche. Es gab zwei Wege nach draußen. Entweder durch die Küche oder das Wohnzimmer. Er riss das Kabel aus einer Stehlampe und schloss die Enden an der Heizung kurz. Bei dem Kontakt mit dem Metall zischte es, und die Sicherungen flogen heraus. In der Wohnung wurde es pechschwarz.

»Wir müssen hier raus«, flüsterte er. »Halt dich an mir fest.«

Jetzt, wo die Wohnung komplett dunkel war, konnte er besser sehen. Irgendwo hörte er Schritte, vor der Küche fiel ein Stapel Zeitungen um. Jonas führte Rebecka vorsichtig durch das Wohnzimmer. Zwei afrikanische Masken starrten sie von der Wand an. Ein Baugerüst vor dem Fenster nahm die halbe Sicht. In der Küche Schritte. Sie drängten sich am Klavier vorbei und erreichten die Wohnungstür. Es gab einen Knall. Jonas und Rebecka schrien auf. Jonas hatte noch nie einen Pistolenschuss gehört, jedenfalls nicht in echt. Er war lauter, als er es sich vorgestellt hatte. Schärfer. Noch ein Schuss. Die Holztür splitterte. Sie drückten sich an die kurze Seite des Klaviers und suchten Deckung. Die Saiten vibrierten, als die nächste Kugel das Instrument durchschlug. Der Adrenalinspiegel stieg. Jonas brüllte und schob das Klavier auf den Schützen zu. Er rammte den Mann und presste ihn gegen die Wand. Die Sonnenbrille zerbrach. Die Hand des Gegners zuckte, dann hielt sie still. Die Pistole fiel mit einem schiefen Akkord auf die Tastatur.

An Rebecka gewandt fragte Jonas: »Bist du okay?«

Sie nickte. Sie hatte ihre Brille verloren und saß zusammengekauert an der Wand. Jonas machte die Wohnungstür auf und linste nach draußen. Es war, als hielte das ganze Haus nach den Schüssen den Atem an. Er hörte Schritte, die sich schnell nach oben entfernten. Federnde, zielstrebige Schritte. Dahinter schwere Schritte, Stiefel, Keuchen. Die Polizei konnte unmöglich schon eingetroffen sein, und es würden auch keine neugierigen Nachbarn nach einem Schusswechsel aus ihren Wohnungen laufen. Er schloss die Tür und schob das Klavier davor.

Rebecka saß in der Hocke und fühlte Schröders Puls.

»Er lebt.«

»Es kommt jemand herauf. Wir können vielleicht über das Baugerüst verschwinden. Komm. Schnell.«

Sie rannten ans Fenster. Beide dachten rational, für Angst war jetzt keine Zeit.

Jonas wurde von einer Kugel getroffen. Seine Flanke

schmerzte. Er fuhr herum. Mehrere Schüsse pfiffen ihm um die Ohren, aber er hörte es nicht knallen. Irgendwer schoss von draußen. Glas splitterte, Bücher wurden zerfetzt, eine Salve durchlöcherte die Wand. Die afrikanischen Masken wurden zerfetzt. Ein stechender Schmerz im Brustkorb, in der Hand und der Schulter. Eine unsichtbare Kraft zog und zerrte an ihm. Er registrierte, wie Rebecka zusammenzuckte und umfiel. Dann wurde es wieder still. Papierschnipsel, Staub und Holzsplitter stoben durch die Luft wie bei einem Schneeschauer. Es sah schön aus. Durch die zerschossenen Fenster piff leicht der Wind.

Jonas wollte zu Rebecka kriechen, aber sein Körper gehorchte ihm nicht. Sein Arm rührte sich nicht, es stach in seiner Lunge, und bei jedem Atemzug drang Flüssigkeit in seine Kehle. Sie schmeckte nach Eisen und Blut.

Rebecka lag in einer abnormalen Haltung auf dem Rücken über einem gelben Staubsauger. Er konnte die Panik in ihren weit aufgerissenen Augen sehen. Sie änderten ihren Fokus, sonst regte sie sich nicht. Die dunklen Flecken auf ihrem Pullover wurden allmählich größer. Er wollte ihren Namen sagen, doch er konnte nicht. In seiner Brust rumorte und blubberte es. Er spuckte Blut und Speichel und rutschte zu Rebecka hinüber. Er sah ihr in die Augen. Ihr Atem wurde immer schwächer.

»Ich bin hier«, nuschelte er kaum hörbar.

Ihre Lippen bewegten sich ohne einen Laut. Sie riss die Augen auf und erwiderte flehend seinen Blick. Sie begriff. Er robbte noch näher heran. Wollte sie durch seine Nähe beschützen, es für sie leichter machen.

Jonas hörte, wie die Tür hinter dem Klavier aufgeschoben wurde. Jemand versuchte, ins Wohnzimmer zu kommen. Ein urzeitliches Gefühl nahm in seinem benebelten Hirn Formen an. Er musste sich verteidigen. Und sie. Er wollte sich aufrappeln, brachte seinen malträtierten Körper aber nur in halbsitzende Position. Ein Nebelschleier umgab ihn, alles war verschwommen, Hör- und Sehvermögen ließen ihn im Stich.

Eine Gestalt mit blassem, glattem Gesicht durchquerte die Diele. Sie bewegte sich mit der geschmeidigen Eleganz eines Raubtiers. In der Hand hielt sie ein Schwert. Sie sah sich in der Dunkelheit um, stieg über den Verletzten und hockte sich neben den Mann in der Küche. Jonas begriff nicht, was sich da abspielte. Die Gestalt mit dem blassen Antlitz nahm den Kopf des Mannes in beide Hände und atmete ein paar Mal tief ein, roch gierig an seinem Gesicht wie ein Tier. Fuhr mit seiner behandschuhten Hand über das Gesicht, steckte die Finger in den Mund und saugte daran. Dann drehte er sich um und musterte Jonas.

Langsam näherte sich die Gestalt, sie schlich eher, und sah Jonas mit schiefgelegtem Kopf an. Es kamen mehrere Leute in die Wohnung und bauten sich hinter dem Blassen auf. Die Männer hielten respektvoll Abstand von ihrem Anführer. Sie fürchteten sich vor ihm.

Das ist der Tod, dachte Jonas.

Es gab keinen Weg zurück.

Jonas' Körper weigerte sich, seinen Fluchtinstinkten zu gehorchen. Jetzt erkannte er, dass die Gestalt eine Maske trug. Eine unpersönliche Holzmaske mit Löchern für die Augen. Die scharfe Schwertspitze strich über Jonas' Bartstoppeln am Hals. Das Blatt war aus hellem Holz, die Schneide dünn und hart. Die Maserung verlief in Längsrichtung. Leichter Regen wehte zu den zerschossenen Fenstern herein. Stumm betrachtete die Maske ihn und schien ihn zu taxieren. Sein Arm gehorchte ihm nicht, aber Jonas zwang seine Hand zitternd in die Höhe, um die Schwertschneide abzuwehren. Der Tod musste warten, so war das nicht geplant. Aber er hatte keine Kraft. Jeder Atemzug zischte und brodelte aus einer Wunde im Brustkorb wie bei einem platten Fahrradreifen.

Der Mann mit der Maske setzte sich rittlings auf Jonas und rammte das Schwert bis zum Griff durch seinen Handrücken. Es brannte, aber mehr nicht. Die Schmerzen fühlten sich alle gleich an, die einzelnen Verletzungen wurden von dem Schmerz in seiner Gesamtheit überlagert. Aber plötzlich wurde seine Hand eiskalt. Dann wieder heiß und wieder kalt. Der Mann hatte einen Handschuh abgelegt und die durchbohrte Hand ergriffen. Seine Nerven liefen Amok. Kälte und Hitze im Wechsel. Es fühlte sich an wie elektrische Schläge. Unkontrollierte Spasmen brachten Jonas' Arm zum Zappeln wie ein Fisch auf dem Trockenen. Dann endete der Schmerz so plötzlich, wie er gekommen war, und wurde von einem drastischeren und ohnmächtigeren Gefühl abgelöst; einer körperlichen Wahrnehmung von innerer Zersetzung. Jonas spuckte Blut und wollte die Hand wegziehen, aber er hatte sie nicht unter Kontrolle, als existiere seine Hand nicht mehr. In den Löchern hinter der Maske konnte er ein schwarzes Augenpaar ausmachen, das ihn musterte. Die Leere kroch seinen Arm hinauf. Jonas schrie auf.

Dann passierte es. Ein Schatten glitt durch das Fenster. Glassplitter, die Männer hinter dem Anführer wurden unruhig. Vage nahm Jonas ein chaotisches Gerangel wahr. Der Maskenmann drehte sich um. Schläge und Tritte wurden ausgeteilt, eine schmale Axtklinge blitzte auf, mehrmals waren ein dumpfer Aufprall und Grunzer zu hören. Die Gestalt mit der Axt beobachtete aufmerksam den Kampf, der schon bald wieder vorbei war. Eine Frau mit Dreadlocks stand zwischen den überwältigten Männern und keuchte. Sie strich sich ein paar Zöpfe aus der Stirn, bevor sie Jonas' Gegner fixierte. Ein paar Mal griff sie ihn an, aber er wehrte sie ab. Schläge, Tritte, die Axt, sie gab alles, aber der Mann mit der Maske hielt sie problemlos auf Abstand, er war noch nicht zu seiner vollen Form aufgelaufen. Er war eindeutig der Bessere von ihnen beiden. Jonas witterte eine zweite Chance. Jetzt oder nie. Er belastete erst ein Bein, dann das andere, es stach und schmerzte, aber er zwang seinen Körper, sich zu bewegen. Es war nur eine Frage der Zeit, bis der Maskenmann mit diesem Spiel aufhören würde. Er hatte die Frau bis ans Fenster direkt neben Jonas manövriert. Unter größter Anstrengung kam er auf die Beine. Ein Arm war nicht mehr zu gebrauchen, aber der andere gehorchte seinen Impulsen. Er hechtete sich auf seinen Feind, packte seinen Arm und drückte ihn gegen das Fensterbrett. Der Maskenmann war keinesfalls außer Gefecht gesetzt, sondern lediglich überrascht. Jonas stieß einen Schrei aus und hievte seinen Gegner mit aller Kraft aus dem Fenster. Die Gestalt wirbelte durch die Luft, drehte sich kontrolliert wie ein Turmspringer und landete wie eine Katze auf allen vieren auf einem Autodach drei Stockwerke tiefer.

Durch eine plötzliche Explosion flogen Jonas Holzsplitter vom Fensterrahmen um die Ohren.

Die Frau mit den Dreadlocks zog ihn vom Fenster weg. Es hagelte Einschläge im Fensterbrett und im Bücherregal gegenüber.

»Im Park ist ein Schütze.«

Die Waffe musste einen Schalldämpfer haben, die Schüsse krachten nicht, sondern entluden sich stumpf.

»Wer bist du?«, keuchte Jonas. »Was ist hier überhaupt los?«

»Wir müssen weg, bevor er zurückkommt.« Die Frau verfügte über eine selbstverständliche Autorität. »Ein zweites Mal kommst du nicht davon.«

»Was hat das mit mir zu tun?«

»Alles. Komm jetzt.«

»Wer sind die?«

»Erklär ich dir später. Komm jetzt.«

»Nicht ohne Rebecka.«

Sie lag ein Stück weiter im Raum zwischen einem umgestürzten Bücherstapel. Sie war vom Staubsauger runtergerutscht, aber ob sie noch atmete, konnte er nicht erkennen. Er kroch auf sie zu.

»Ein Mensch?« Die Frau hielt Jonas zurück und sah ihm in die Augen. »Sei nicht dumm. Der Schütze sieht im Dunkeln, genau wie du. Wenn du aus der Deckung gehst, bist du tot. Ihre Chancen stehen besser, wenn sie liegen bleibt. Die Polizei ist unterwegs.«

In der Ferne heulten Sirenen, sie hatte Recht. Das Rationale war zwar noch da in ihm, aber er war kurz vor einem Zusammenbruch. Die Tränen machten ihn blind.

»Halt durch, Rebecka, halt durch. Alles wird gut.«

Sie schoben sich an der Wand entlang und flohen durch ein Fenster, das zum Hof zeigte, wo die Fassade renoviert wurde. Sie kletterten am Gerüst nach unten und stahlen sich durch einen anderen Eingang. Die Frau hatte Jonas gestützt, aber als sie die Rosenlundsgatan erreichten, hinkte er allein weiter. Seine Kleider waren ein einziges blutiges Lumpenknäuel. Die Frau hatte ihre Axt unter ihre schwarze Lederjacke geschoben. Sirenen waren überall im Viertel zu hören. Ein Streifenwagen schoss rasend schnell quer über die Fahrbahn, das Blaulicht tanzte über die Fassade. Sie liefen zum Ringvägen, aber anstatt weiterzugehen, hielt sie inne. Sie wartete auf etwas, spähte in beide Richtungen und warf mehrmals rasch einen Blick über die Schulter.

»Wo willst du hin?«

»Warte«, sagte sie ruhig.

Es fühlte sich wie eine Ewigkeit an, sein Herz raste noch immer, aber die Entschlossenheit der Frau beruhigte ihn. Ein blauer Ziehharmonikabus fuhr den Ringvägen entlang und hielt bei Rot. Die Frau zog Jonas mit sich und stellte sich hinter den Bus an den Auspuff. Ein stechender Ethanolgeruch stieg Jonas in die Nase.

»Lüfte dich ordentlich aus.« Sie schüttelte ihre Jacke aus und ließ sich sauberpusten. »Du bist dran.«

Ein Taxi hielt hinter ihnen. Die Scheinwerfer explodierten in seinen Augen, und er sah nichts mehr. Jonas war ein gehetztes Tier. Alles war weiß, die Sirenen kreischten in seinem Kopf. Er versuchte wegzurennen, aber die Frau hielt ihn fest. Sie war überraschend stark.

»Polizei!«

»Vor der Polizei brauchst du keine Angst zu haben.« Die Ampel sprang auf Grün, der Bus fuhr an. Sie hielt ihn fest, und er stand in der Ethanolwolke, bis das Taxi zu hupen begann. »So, jetzt können wir.«

Die Frau überquerte die Straße, und Jonas hinkte ihr hinterher. Er war immer noch geblendet von den Taxischeinwerfern. Weiße Flecken tanzten vor seinen Augen. Ein Auto kam angerast und hupte wütend. Die Frau war wieder neben ihm und zog ihn von der Straße.

»Du musst lernen abzublenden«, sagte sie, als sie in den dunklen Schatten verschwanden. Sie legten sich auf einen Hügel im Tantolunden und spähten auf den Ringvägen hinab. Der

Boden war mit feuchtem Laub bedeckt, und auf der schlammigen Rasenfläche stand das Wasser. Es tropfte von den Zweigen. Keiner sagte etwas. Streifenwagen und Krankenwagen fuhren vorbei. Jonas fror, oder sein Adrenalinspiegel sank. Er schlotterte. Ein Jogger mit Kapuze lief die Straße entlang und blieb beim Zebrastreifen stehen.

»Was machen wir hier?«, wollte Jonas wissen.

»Still!«, zischte die Frau zwischen zusammengebissenen Zähnen und legte sich bäuchlings auf die Erde. »Bleib liegen!« Sie folgte dem Läufer mit dem Blick. Er ging langsam über den Zebrastreifen und drehte den Kopf hin und her, als würde er etwas wittern. Sein Gesicht wurde von der Kapuze verdeckt. Er ging halb über die Straße, drehte plötzlich um und lief Richtung Zinkensdamm. Die Frau blieb mehrere Minuten liegen, bevor sie ihre Stellung änderte. Ohne den Blick von der Straße zu nehmen, machte sie Dehnungsübungen. Sie blieben noch lange im Park, bis sie Entwarnung gab.

»Ich glaube nicht, dass sie uns auf den Fersen sind. Wir verschwinden.«

Ich möchte um Verzeihung bitten. Das wollte ich nur sagen. Entschuldigung. Ich hatte kein Recht dazu. Das hat niemand. Kinder sind heilig. Es tut mir leid.« Eldh drehte sich um und ging die Treppe runter zu dem Opel, der draußen am Zaun stand.

»Kommen Sie rein.«

Eldh zögerte. Sie war nicht hierhergekommen, um Kontaktpflege zu betreiben, sie musste es einfach loswerden. Das, was sie die ganze Zeit umtrieb; sie schuldete dem Mann eine Entschuldigung. Er hatte vor kurzem sein Kind verloren, und sie hatte sich aufgedrängt. Zum ersten Mal seit ihrer Kindheit schämte sie sich so, dass es weh tat. Sie wollte es gern ungeschehen machen.

»Ich weiß nicht«, gab sie zurück.

Adrian Savin sah sie an. Der gleiche leere Blick, die gleiche Langsamkeit. Er ging ins Haus und ließ die Tür offenstehen. Lange blieb Eldh auf dem Kiesweg und überlegte, ehe sie eintrat.

Er stellte einen Espresso vor sie hin auf den Glastisch. Eldh machte sich nichts aus dem neuen Kaffeetrend. Kaffee vom Herd war immer noch unschlagbar, Perkolator und Filterkaffee waren okay, aber nicht diese kleinen säuerlichen Aufstoßer aus Italien.

»Danke.«

Schweigend saßen sie da. Sie ließ ihren Blick durch das Wohnzimmer schweifen. Es sah aus wie aus einer Immobilienanzeige. Designmöbel, zwei schöne Aquarelle mit Fjällmotiven, Kerzenständer aus Zinn und ein offener Kamin. Nur die verblühten Orchideen auf dem Fensterbrett störten das Bild. Eldh wechselte den Platz, damit sie den Kinderwagen in der Halle nicht sehen musste. Das Preisschild hing noch daran.

»Wie geht es Ihrer Frau?« Sie probierte den Kaffee. »Hat sich ihr Zustand verändert?«

Er schüttelte den Kopf, setzte sich in einen Sessel und starrte auf die Veranda.

»Das tut mir leid«, sagte sie und trank widerwillig ihren Kaffee aus.

Das Schuldgefühl, das sie hierhergetrieben hatte, flaute allmählich ab. Er erwartete nichts von ihr, und es entstand eine Pause. Ihre Anspannung ließ nach, und der Schmerz von der Entladung machte sich bemerkbar, aber sie war sogar dankbar dafür. Sie empfand Mitleid, und der Schmerz diente als Ausgleich. Beide hingen ihren Gedanken nach, keiner machte Anstalten, das Schweigen zu beenden. Eldh hatte keine große soziale Ader; in Gesellschaft nicht zu reden gefiel ihr.

Wolkenfetzen jagten über den Himmel, und die Sonne versank hinter den orangen Birken.

»Möchten Sie ein Glas Wein?«

»Haben Sie auch ein Bier?«, fragte sie.

»Nein, leider.«

»Wein ist in Ordnung.«

Er entkorkte eine Flasche in der Küche und schenkte zwei Gläser voll. Der Wein sah teuer aus. Auf dem Sofa neben ihr lag ein Stoffhase, der ihr bisher nicht aufgefallen war. Sie nahm ihn in die Hand. Er war weich, zwei Knöpfe bildeten seine Augen, die ihm irgendwie einen menschlichen Ausdruck verliehen. Fröhlich und doch traurig. Kalle Kaninchen. So hatte ihrs geheißen. Thomas hatte es gekauft. Sie schauderte unfreiwillig und legte das Kuscheltier weg. Adrian musterte Eldh und schien sie jetzt erst richtig wahrzunehmen.

»Haben Sie eigene?«

Sie nickte.

»Hatte.« Betreten, weil sie ihre eigene Trauer erwähnte, aber erleichtert, nicht das Allerheiligste verleugnen zu müssen.

»Wollen Sie darüber reden?«

»Nein.«

Er nickte knapp. Er verstand.

Es war dunkel, als sie sich mühsam aufrappelte und die Schmerzen aus dem schwerfälligen Körper schüttelte. Niemand hatte Licht gemacht, während die Natur langsam das Licht gedimmt hatte. Lange hatten sie so in der Dunkelheit dagesessen, jeder für sich. Das hatte ihr gutgetan. Eldh ging in die Halle.

»Danke«, sagte sie und schnürte ihre Stiefel.

Er löste den Blick von seinem Garten, sah sie an und nickte bedächtig.

»Ich habe zu danken.«

Jonas lief hinter der Frau mit den Dreadlocks her. Sie hielt auf ein schwarzes Motorboot zu, das an den Årstabroarna vertäut lag. Sie half Jonas in das Boot, legte ab und steuerte geübt über die Bucht von Årsta. Angst beschlich Jonas. Bislang hatte er nur ans pure Überleben gedacht, und er verspürte gleichzeitig Furcht und Euphorie. Ein fiebriges, exaltiertes Gefühl hatte ihn angetrieben, Minute um Minute, Sekunde um Sekunde, Atemzug um Atemzug. Bilder aus der Wohnung drängten sich in sein Bewusstsein. Die Schüsse, das Klavier, der Mann mit der Maske. Jetzt wurde ihm klar, was er da erlebt hatte. Er zitterte. Der Nieselregen mischte sich mit den Gischtspritzern der Wellen und benetzte sein Gesicht. Der Fahrtwind riss und rupfte an den Dreadlocks der Frau. Wenn sie nicht gewesen wäre, wäre er jetzt tot. Er sah Rebecka vor sich, wie sie auf dem Staubsauger lag und nach Luft schnappte. Der Krankenwagen war sicher nur Sekunden, nachdem sie abgehauen waren, eingetroffen. Er hatte das Martinshorn gehört. Rebecka war stark. Sie war jung. Sie musste es schaffen. Etwas anderes kam nicht in Frage. Von Schröders Wohnung bis zum Södersjukhuset waren es nur ein paar lächerliche Häuserblöcke. In diesem Augenblick wurde sie bestimmt operiert. Sie würde überleben.

Rhythmisch schlugen die Wellen gegen den Rumpf. Es hatte etwas leicht Hypnotisches, sich von dieser Perspektive aus der Stadt in der Nacht zu nähern. So nah und dennoch so unnahbar. Die Frau mit den Dreadlocks drosselte das Tempo, umrundete Långholmen, fuhr unter der Västerbron hindurch und glitt langsam an den dunklen Schatten am Ufer entlang. An der Spitze von Långholmen steuerten sie eine hölzerne Anlegestelle mitten im Riddarfjärden an. Sie stellte den Motor ab, und sie glitten auf die Liegeplätze zu. Die Möwen scherten sich nicht um die neue abendliche Gesellschaft. Sie kreischten, aber verstummten rasch wieder.

Sie hatten auf der Fahrt geschwiegen, und Jonas hatte Zeit gehabt, die Frau zu betrachten. Sie tat alles mit sicherer Hand. Zögerte nie, alle Entschlüsse waren gefasst. Sie war relativ klein, hatte breite Schultern, war durchtrainiert, aber schlank, zwischen dreißig und vierzig. Ihre innere Selbstsicherheit überstrahlte ihr mädchenhaftes Aussehen.

Als sie angelegt hatten, spannte sie ein kleines Verdeck über das Boot und spähte über die Bucht.

»Hast du ein Telefon?«

Jonas schüttelte den Kopf.

»Gut.« Sie holte einen Verbandskasten hervor und setzte sich neben ihn. »Zieh deinen Pullover aus.«

»Ich glaube nicht, dass das nötig ist.«

Sie seufzte. Die Frau mochte keine Widerworte. Vorsichtig riss sie den Pullover an den Einschusslöchern auf und zog ihn ihm über den Kopf. Sie hatte warme Hände. Behutsam betupfte sie mit einem Tuch die Schussverletzungen. Es würden keine Narben zurückbleiben. Auf dem Rücken waren weder Ein- noch Austrittslöcher zu sehen.

»Unglaublich. Dass das so schnell heilt, habe ich noch nie gesehen. Die Hand.«

Er hatte noch immer kein Gefühl in der Hand. Im Arm schmerzte und pochte es unheilvoll, und die Hand reagierte nicht auf seine Impulse. Sie hätte auch amputiert sein können. Die Schwertverletzung war noch nicht verheilt. Sie blutete nicht, aber sie sah scheußlich aus. Die Frau zog mit einer Pinzette ein paar Holzsplitter heraus, säuberte die Wunde und legte Kompressen auf.

»Zu welcher Sippe gehörst du denn?«

»Sippe?«

»Ja.«

»Ich weiß nicht, was du meinst.«

»Ich dachte, du wärst so ein trantütiger Mischling.« Sie wickelte eine Bandage um seine Hand. »Kein Vollblütiger.«

Jonas zog die Hand zurück.

»Ich weiß nicht, wer du bist, und ich verstehe kein Wort von dem, was du da redest.«

Sie versuchte, seine Gedanken zu erraten. Er hatte das Gefühl, dass sie ihm nicht glaubte, aber so tat als ob.

»Okay. Ich heiße Leander.«

»Jonas.«

»Hej, Jonas.«

Ihre Autorität machte ihm Angst. Er hatte gesehen, wie sie sich mit einer Axt gegen sechs bewaffnete Männer gestellt hatte.

»Wer bist du?«

»Die Retterin in der Not.«

»Warum?«

»Weil ein Freund mich darum gebeten hat.«

»Was hat das mit mir zu tun?«

»Das erfährst du morgen. Du kannst ganz beruhigt sein, hier kommt keiner rein, ohne dass ich es merke. Schlaf jetzt.« Sie holte eine Decke aus der Plicht und warf sie ihm zu. Legte sich auch eine um die Schultern, setzte sich auf den Platz des

Steuermannes und spähte in die Dunkelheit. Der Wind war abgeflaut, und die Wellen wurden immer flacher. Das Boot schlug leicht gegen den Anleger, und der Rumpf summte leise. Die Stadt ruhte geheimnisvoll in der Nacht. Mariaberget, Slussen, Gamla stan, Stadshuset, Kungsholmen. Straßenlaternen säumten wie Perlen auf einer Kette das Ufer, wo rote Autoscheinwerfer entlangglitten. Vereinzelt erleuchtete Fenster. Ein Vorortzug rauschte über die Centralbron.

»Was wollten die von Schröder?«, fragte Jonas nach langem Schweigen.

»Wer ist das denn?«

»Der aus der Wohnung.«

Sie hob die Schultern. »Keine Ahnung.«

Jonas sah sie fragend an.

»Was haben die da gemacht?«

Leander musterte ihn, als wäre er total bescheuert.

»Dich gesucht.«

»Mich?«

»Ja.«

»Wer denn?«

»Ich weiß nicht, eine von den alten Sippen.«

Jonas verstand nicht, was sie damit meinte. Sie musste ihn mit jemand anderem verwechseln. Das war die einzig mögliche Erklärung.

»Ich glaube, ich bin nicht ihr Mann.«

»Ruhe jetzt. Dein altes Leben ist vorbei. Du kannst keinen mehr kontaktieren. Du fängst ein neues Leben an. So ist das. Schlaf jetzt. Morgen wirst du mehr erfahren.«

Jonas wollte protestieren, aber der schrille Klingelton eines Mobiltelefons unterbrach ihn.

Leander sah sich um.

»Du hast gesagt, du hast kein Handy.«

»Habe ich auch nicht!« Doch stellte Jonas fest, dass das Klingeln von ihm kam. Er nahm ein Telefon aus seiner Tasche. Ein großes weißes Rentnermodell. »Das ist das Handy von Schröder.«

Es klingelte weiter.

Leander fasste einen schnellen Entschluss.

»Wenn du herausgefunden hast, wer es ist, legst du auf. Du sagst nichts. Klar?«

Jonas nickte, nahm den Anruf an und hörte zu. Dann beendete er die Verbindung.

»Das war ein gewisser Elias Borg.«

Leander hatte geschwiegen. Nach dem Telefonat hatte sie die SIM-Karte entfernt und das Mobiltelefon ins Wasser geworfen. Sie hatte nicht länger auf seine Fragen geantwortet, und schließlich war Jonas in zwei Decken gehüllt auf der kalten Plicht eingeschlafen. Als er aufwachte, ging die Sonne auf. Er war durchgefroren und steif in den Gliedern. Sein Arm pochte. Ein roter, wolkenschwerer Himmel hing über der Stadt. Das Meer war ruhig, und die Möwen kreischten. Das Boot schaukelte in der Bucht. Noch immer saß Leander auf dem Platz des Steuermannes. Sie schien zu schlafen, aber ihre Augen waren nicht ganz geschlossen. Als sie bemerkte, dass er wach war, machte sie das Boot los und vertäute es zwischen den Kähnen am Söder Mälarstrand. Sie bat ihn zu warten und verschwand. Eine halbe Stunde später tauchte sie mit einer Tüte Kleider wieder auf. Schwarze Cargohosen, ein T-Shirt und eine graue Kapuzenjacke, die getragen aussah. Er rubbelte sich mit seinen alten Sachen die angetrockneten Blutreste ab, stopfte sie in eine Plastiktüte, knotete sie zu und warf sie in den nächstbesten Container.

Leander war immer noch wortkarg. Das lag zweifelsohne an dem Anruf. Sie schlugen die Kopfsteinpflasterstraße zum Mariaberget ein, gingen Richtung U-Bahn am Ryssgården und gerieten in den Berufsverkehr. Nach all den Vorsichtsmaßnahmen waren sie nun wieder mitten im Gewimmel. Jonas sah sich um, die Erinnerung an die schrecklichen Szenen in Schröders Wohnung war noch frisch. Sie setzten sich auf eine Parkbank an einem Obststand und warteten. Jonas stellte keine Fragen, er würde sowieso keine Antworten erhalten. Wer war sie, und in was für eine makabre Auseinandersetzung war er da geraten? Vielleicht war es noch nicht zu spät, um die Polizei zu verständigen. Jonas hatte die Kapuze ins Gesicht gezogen, es kam ihm so vor, als starrten ihn alle an. Jeder konnte hinter jedem her sein.

Die Leute hetzten zur U-Bahn. Die Busse schoben sich durch die Menschenmassen, hupten Fahrradfahrer an, ließen Fahrgäste aus- und einsteigen. Angestellte der Stadt in Warnwesten leerten Papierkörbe und sammelten Abfälle auf. Ein paar Alkoholiker grölten in der Gegend herum. Einer von ihnen, eine ältere Frau, pinkelte ungeniert in den Innenhof des Stadsmuseet. Niemand nahm Notiz von ihr. Sie holte eine Bierdose aus ihren Rockfalten und setzte sich neben Jonas und Leander. Bedachte sie mit einem zahnlosen Grinsen und öffnete ihren Schatz. Sie stank nach Alkohol, Urin und schien sich lange nicht gewaschen zu haben.

»Ist das der Junge?«

Leander nickte.

»Sieht nicht gerade vielversprechend aus.«

Jonas wurde klar, dass die Alte über ihn redete.

»Du hast mich da gestern in was reingeritten«, sagte Leander.

»Ich habe nicht gewusst, dass es so unschön werden würde«, entschuldigte sich die Alte.

»Aber das wurde es«, entgegnete Leander verdrossen. »Borg und die Gemeinschaft hängen da mit drin.«

»Ja, ja, Mädchen«, moserte die Alte. »Keine voreiligen Schlussfolgerungen.«

»Entschuldigung«, unterbrach Jonas, »worüber redet ihr überhaupt?«

»Sie verfügen über Ressourcen, von denen ich bis dato nichts wusste. Es muss jemand aus einer der Sippen gewesen sein, die ihm an den Kragen wollen.«

»Vielleicht, vielleicht auch nicht.«

»Redet hier auch mal jemand mit mir?«, zischte Jonas wütend.

»Ja, ist ja gut«, sagte die Alte grinsend und tätschelte ihm den Oberschenkel. Sie trank einen großen Schluck aus der Dose. »Willst du?«

Jonas machte Anstalten aufzustehen, aber sie hielt ihn fest.

»Ruhig, Junge, ruhig.« Sie gluckste und trank wieder. »Ja, ja, jetzt ist es an der Zeit.« Die Alte erhob sich. »Entweder du kommst mit mir, dann kann ich deine Wissenslücken vielleicht schließen und dir Antworten geben. Die wirst du nicht mögen, aber immerhin, es sind Antworten.« Ihr Grinsen war schwarz und schmutzig, es fehlten ein paar Zähne. Sie musterte ihn ernst und geheimnisvoll zugleich. »Oder du bleibst hier auf der Bank sitzen, und die Gesellschaft kümmert sich um dich. Das Leben geht seinen gewohnten Gang. Wie immer. Du hast die Wahl. Nicht mehr und nicht weniger.«

Sie warf die Bierdose weg und ging in die U-Bahnstation mit Leander im Schlepptau. Jonas blieb sitzen. Hatte er den Verstand verloren? Wo war er nur gelandet? Waren diese Menschen echt, oder spielte sein Hirn ihm einen Streich? Hatte er überhaupt eine Wahl? Er musste die Antworten finden. Jonas stand auf und folgte den Frauen.

Sie gingen zu den Gleisen der roten Linie und setzten sich auf eine Bank. Die Alte hielt eine Kapsel in der Hand. Sie gehörte Jonas. Er befühlte seine Taschen. Sie gluckste.

»Du denkst, du bist wie die anderen.« Sie machte mit ihrer schmutzigen Hand eine Geste zu den Menschen, die vorbeieilten. »Auf dem Weg zu ihren Jobs, stets bestrebt, nützlich zu sein. Aber so bist du nicht.« Sie warf ihm die Kapsel zu. »Vor langer Zeit wärst du nicht einmal als Mensch bezeichnet worden. Es gab über ein Dutzend Namen für solche wie dich und mich. Aber wir sind keine Menschen. Wir sind die Verborgenen.«

Sie ließ ihre Worte sacken.

»Ich selbst nenne sie allerdings lieber Wesen, denn das sind wir wirklich.« Sie zeigte ihre Zähne, vielleicht sollte es ein Lächeln sein. »Und du, mein kleiner Junge, du bist nicht allein. Von denen gibt es da draußen eine ganze Menge. Viele wissen das gar nicht. So wie du.« Sie tippte ihm mit ihrem knochigen Finger auf die Brust. »Meistens sind die schon so unrein, dass das kaum auffällt. Wir nennen sie Mischlinge. Sehen aus wie normale Leute. Einer ist ein bisschen größer, ein anderer stärker, ein dritter ist schnell, und wieder andere denken sich pfiffige Sachen aus. Wie gesagt, die meisten wissen gar nichts von dem bisschen Erbgut, das sie mitgekriegt haben. Winzig kleine Unterschiede.« Sie ließ ihren Blick über das Gedränge auf dem Bahnsteig schweifen. Eine U-Bahn rauschte vorbei. »Dann gibt es die, die plötzlich Dinge sehen, deren Existenz sie bis dato in Frage gestellt haben, Dinge, von denen sie nichts wissen wollen. Die herausfinden, dass die Welt größer ist. Anders. Reicher. Wahnsinn. So wird das in deiner Welt genannt.« Sie stand auf und drehte sich um die eigene Achse. »Wahnsinn!« Sie lachte, bis sie husten musste. Es rasselte und pfiff in der Lunge, aber das schien niemand zu bemerken, die Menschenmasse schob und drängelte weiter. Sie beruhigte sich wieder. »Man bekommt Tabletten. Elektroschocks. Sie gehen rein und wühlen. Randalieren und zerstören. Manche werden verrückt, kapseln sich ab oder werfen sich vor den Zug, wenn sie feststellen, dass die Welt spinnt. Andere übergehen das und leben damit, in dem Glauben, sie seien allein.«

»Du musst mich da mit jemandem verwechseln.«

»Sind mit dir nicht komische Sachen passiert?« Die Alte sah ihn belustigt an, als spräche sie mit einem Kind.

Er kam sich irgendwie nackt vor. Was konnte sie schon von ihm wissen? Es war, als sähe sie einfach durch die Mauer hindurch, die er sich zum Schutz gegen seine Umwelt errichtet hatte. »Es kann ein Tumor sein. Hormone«, murmelte er. Aber das war nicht seine, sondern Rebeckas Antwort.

»Ja, klar!« Sie schmunzelte. »Oder auch nicht.«

Die U-Bahn Richtung Ropsten fuhr ein.

»Komm jetzt, wir dürfen nicht zu spät kommen.« Jonas blieb sitzen, er war sich nicht sicher, ob er noch mehr von ihrem Wahnsinn mitbekommen wollte.

»Wenn du bleibst, kriegst du von der Gesellschaft die Antwort. Tumor? Ja, warum nicht?« Sie pustete ihm einen Luftkuss zu. »Viel Glück!«

Leander stieg hinter ihr in den Wagen. Sie drehte sich um und musterte Jonas sachlich, wertfrei. Er hatte sie agieren sehen, sie hatte ihm das Leben gerettet, sie strahlte Sicherheit aus, handelte rational. Auf die Alte konnte er verzichten, aber auf sie nicht. Er musste sich anhören, was sie zu sagen hatten. Er quetschte sich noch in den Wagen, als die Türen sich gerade schlossen. Die Alkoholfahne sorgte für Platz im Wagen. Nach Gamla stan war ihre Wagenhälfte leer.

»Du verstehst, wir versuchen ja auch denjenigen zu helfen, die wir finden, aber oft ist es zu spät. Dann haben wir noch die Kernfamilie.« Sie sah Leander vielsagend an. »Verborgene, geboren von Verborgenen. Starke. Die lernen, mit ihren Fähigkeiten umzugehen. Sie zu verbergen. Sie zu nutzen. Politiker, Chefs, Wissenschaftler. Oder Sportler, wie die Tärnabysippe.« Sie nahm seine Hand zwischen ihre. »Und dann gibt es dich. Weiß der Teufel, wo du herkommst.« Sie klopfte auf seine Hosentasche. »Aber irgendwer hat sich große Mühe gegeben, dich vor dir selbst und der Umwelt zu verstecken.« Sie stand abrupt auf. »Wir müssen hier raus. Beeil dich! Bloß nicht zu spät kommen!«

Sie stiegen am T-Centralen aus und fuhren mit der Rolltreppe zur Vasagatan hinauf. Jonas wusste nicht, was er sagen sollte. Ihm kam alles wie ein Traum vor. In ihren Worten lag eine grausige Wahrheit, das spürte er. Aber sein Gehirn weigerte sich, und er blieb stumm. Sie blieben vor dem Systembolaget am Klarabergsviadukten stehen, die Spirituosenhandlung machte gerade auf. Die Alte steckte ihm einen zerknitterten Hunderter zu.

»Und jetzt, mein Junge, kaufst du ein bisschen Wein für deine Mutter.«

Eldh zwängte sich in ihren kleinen Opel, knüllte den Strafzettel zusammen und stopfte ihn zu den anderen ins Handschuhfach. Das war einer der wenigen Vorteile, keine Personennummer zu haben, sie konnte parken, wo sie wollte. Das Auto hatte sie jetzt seit fünfzehn Jahren. Es regnete rein, die Felgen rosteten vor sich hin, und ein Scheibenwischer war kaputt. Der Innenraum war ein Witz für jemanden von ihrer Größe, und das Auto sprang nicht an, wenn es draußen zu kalt war. Kurz gesagt, sie sollte sich ein neues anschaffen. Aber sie stand auf diese Hassliebe. Ihr kleiner Deutscher. Sie wollte ihn fahren, bis er abkratzte.

Der Regen trommelte gegen die Windschutzscheibe. Sie machte den Motor an und drehte die Heizung voll auf. Schon nach wenigen Sekunden waren die Scheiben beschlagen. Die Lüftung funktionierte nur sporadisch. Sie wischte mit ihrem Mantelärmel den Dunst weg und kurbelte das Fenster herunter. Regen tropfte durch den Schlitz. Ihr Körper protestierte noch immer nach der Entladung, aber sie war ruhiger geworden nach dem Besuch bei dem trauernden Vater, es war, als wäre etwas in ihr zur Ruhe gekommen.

In der morgendlichen Rushhour fuhr sie auf die Götgatan, ignorierte die Schmusehits und stellte Mix Megapol ein. Sie musste in die Gänge kommen. Der einsame Scheibenwischer arbeitete auf Hochtouren. Am Hochhaus Skatteskrapan war

Stau, aber das gab ihr Zeit zum Nachdenken. Die Weberin der Außerhalben hatte behauptet, der Mord sei nicht der einzige gewesen, und was hätte sie schon davon gehabt, nicht die Wahrheit zu sagen? Die Feindschaft zwischen den Separatisten und der Gemeinschaft hatte ihren Ursprung vor ihrer Zeit, viele Details waren ihr unbekannt. Die Außerhalben waren unberechenbar und gefährlich, sie wollte so wenig wie möglich mit ihnen zu tun haben. Die große Politik, darum konnten Borg und die anderen Ränkeschmiede an der Spitze sich kümmern. Seit der Death-Metal-Welle in den Neunzigern hatte sie nichts mehr über Ritualmorde in Schweden gelesen. Aber gab es da vielleicht andere Verbindungen, die sie übersehen hatte? Eldh las die Tages- und Abendzeitungen jeden Tag. Letztere interessierten sie mehr. Wenn die Leute seltsame Dinge gesehen hatten, dann stand nie etwas darüber im *Svenska Dagbladet*. Aber mit den Boulevardblättern war das anders, die nahm niemand richtig ernst. Eldh konnte zwischen den Zeilen lesen. Die Gratiszeitung *Metro* hatte ein Foto von dem jungen Mann abgedruckt, hinter dem sie her war, und im *Expressen* hatte sie ein Interview mit einem polnischen Bauarbeiter in Johanneshov gelesen, der miterlebt hatte, wie ein toter Mann wieder zum Leben erweckt worden war. Eldh hatte eins und eins zusammengezählt. Sie wollte gerade über die Skanstullsbron fahren, um sich bei den Bauarbeitern umzusehen, als sie es sich anders überlegte. Der Pole musste warten. Sie hatte eine Idee. Sie machte eine scharfe Kehrtwendung über die durchgezogene Linie und landete auf der Busspur auf dem Ringvägen. Wasser spritzte. Autos hupten. Sie drehte das Autoradio auf volle Lautstärke und fuhr zum Södersjukhuset.

Früher hätte sie alles genau so gemacht, wie Borg gesagt hatte, alles stehen und liegen gelassen, um seine Probleme zu lösen, aber jetzt war sie älter, nicht mehr so übereifrig, das Stöckchen zu apportieren. Wenn sie etwas regelte, geschah das unter ihren Bedingungen. Der junge Irrläufer musste warten.

Sie parkte vor der Säuglingsstation, lief durch den Regen und betrat das Krankenhaus. Eldh hatte der uneingeschränkte Gehorsam gegenüber Behörden stets fasziniert. Der Polizei, Politikern und den Medien begegneten die meisten mit gesunder Skepsis, Türen wurden geschlossen, die Menschen hüteten ihre Zungen, aber bei anderen staatlichen Behörden war die Zurückhaltung wie weggeblasen. Eldh hatte ihre Steckenpferde. Kam man vom Zentralamt für Arbeitsbedingungen, sangen die Leute wie die Nachtigall, öffneten ihre Büros und führten einen herum. Aber heute musste eine andere schwedische Perle herhalten, das Zentralamt für Statistik.

Eldh ging zur Information, bat darum, mit der Leiterin zu sprechen, und erläuterte ihr Anliegen. Sie wusste, dass es Zeit brauchen würde, Geduld und ein schlechtes Gewissen. Die Leiterin, eine spröde, kleine Frau mit akkurater Pagenfrisur war beschäftigt und ganz und gar nicht in Stimmung für administrative Zusatzarbeit. Falls es Eldh nicht möglich sei, an einem anderen Tag wiederzukommen, müsse sie warten. Eldh hatte nichts dagegen einzuwenden, das war Teil ihres Plans. Sie nahm einen Stuhl, der unbequem aussah, und setzte sich. Es durfte nicht lässig aussehen, das Wichtigste war, erschüttert und harmlos zu wirken. Eldh beherrschte die Kunst des Wartens, dies hatte sie dem endlosen Nichtstun im Streifenwagen zu verdanken, aber nicht heute, entspanntes Warten erregte kein Mitleid. Jedes Mal, wenn die Frau vorbeiging, änderte sie ihre Sitzposition, seufzte leise, folgte ihr mit untertänigem Blick. Nach einer guten Stunde registrierte sie eine leichte Veränderung. Ein genervter Blick, ein Seufzer, ein entschuldigendes Lächeln und nach weiteren Minuten ein halbes Versprechen, ja, bald. Kurz vor Mittag wurde sie hereingebeten.

»Was sagten Sie, woher Sie kommen?«

»Vom Zentralamt für Statistik, Viveca Larsson, hej.« Ihr Händedruck war schlaff.

»Weshalb sind Sie hier?« Die Leiterin rückte ihre Brille zurecht.

»Ich trage Daten vom Gesundheits- und Sozialamt und von der Stadtverwaltung zusammen, und wir haben Zahlenmaterial bekommen, das wir manuell überprüfen müssen.« Eldh nahm einen Laptop aus ihrer Aktentasche und fuhr ihn hoch. »Wir sammeln Daten über Kindstodfälle in Schweden, und uns fehlen Informationen über pränatale Todesfälle von hier.«

»Was brauchen Sie denn?«

»Die WHO arbeitet mit neuen Standards, und wir erstellen eine Vorstudie über die vergangenen sechs Monate. Wenn man Erbkrankheiten und Todesfälle während der Geburt ausschließt und den Zeitraum auf bis zu drei Tage nach der Entbindung begrenzt, wie hoch ist da die Sterberate des letzten halben Jahres hier im Södersjukhuset?«

»Das habe ich schon im System abgespeichert.«

»Wie gesagt, wir haben anscheinend falsche Zahlen bekommen, deswegen bin ich ja hier.«

Die Leiterin seufzte hörbar und nahm ein paar Ordner aus dem Regal.

»Nach meinen Informationen liegt das letzte Datum drei Wochen zurück«, sagte Eldh und öffnete ein leeres Dokument, das von der anderen Seite des Schreibtisches nicht einsehbar war.

»Nein.« Die Leiterin schüttelte den Kopf. »Das ist nicht richtig.«

Eldh hatte Glück. Die Kindstodfälle lagen der Leiterin offenbar sehr am Herzen, und sie wollte Eldh wirklich helfen. Den gesammelten Daten nach zu urteilen wich die Statistik ab. Dreihundert Fälle pro Jahr in Schweden, die niedrigste Rate weltweit, einhundert davon wurden auf Erbkrankheiten zurückgeführt oder waren die Folge von Komplikationen während der Geburt. Dann blieben noch zweihundert Fälle, davon rund vierzig in Stockholm, das machte drei pro Monat. Im Oktober waren es sieben gewesen. Ungewöhnlich viele. Die Leiterin machte eine Ausnahme und druckte die Statistiken von sämtlichen Krankenhäusern in Stockholm aus und reichte Eldh den Ausdruck. Die Zahlen des Karolinska Sjukhuset würden etwas abweichen, erklärte die Leiterin, aber das habe nichts zu bedeuten. Solche Spitzenwerte gäbe es in jeder Statistik. Diejenigen, die in Schweden auf die Welt kämen, könnten ihrem guten Stern oder sonst wem dafür danken. Eldh hoffte, dass die Leiterin Recht hatte.

Der Opel röchelte, als sie den Rückwärtsgang einlegte und sich vor dem Büro in der Kocksgatan auf einen Parkplatz für Rollstuhlfahrer quetschte, die Kupplung schleifte schon wieder. Sie warf die Schlüssel auf den Tisch und legte sich aufs Sofa. Ihr Rücken schmerzte noch immer von der Autofahrt, und ihre Gelenke knackten, als sie sich reckte. Sie nahm die Liste mit den verstorbenen Säuglingen zur Hand. Sieben Fälle im Oktober. Das waren mehr als doppelt so viele wie normal. Das musste nicht unbedingt etwas heißen. Ein Peak in der Statistik. Aber wenn die Weberin der Außerhalben die Wahrheit sagte, dann war das letzte Ritual möglicherweise eines von mehreren. Hatte es bereits weitere Morde gegeben, die nicht als solche aufgedeckt worden waren? Ihr Blick blieb an der Wand mit den Stadtplänen von Stockholm hängen. Übersah sie etwas? Zwei Fälle im Södersjukhuset, einer im Danderyds Sjukhus und vier im Karolinska, fünf mit dem Ritualmord. Warum im Karolinska? Sie schloss die Augen und dachte nach.

Trotz des nasskalten Herbstwetters tummelten sich auf der Treppe am Sergels torg alle möglichen verkrachten Existenzen. Die Alte hatte sich mit ihren Weinflaschen ein Stück weiter oben auf die breite Treppe gesetzt. Sie schmatzte hörbar, als sie den Verschluss aufschraubte und gierig den billigen Wein trank. Leander blieb auf Abstand. Sie schien nicht beunruhigt, aber sie war wachsam. Jonas setzte sich neben die Alte, die vor sich hin brabbelte. Halbsätze, Laute und Gekicher.

»Ich mache eine wissenschaftliche Tiefenanalyse.« Sie lachte auf. »Am liebsten würde ich weinen, aber ich kann nicht. Dann kommt vielleicht wer, und den muss ich dann erwürgen. Guck! Männer sind süß, Frauen grausam zueinander.« Jonas wartete darauf, dass sie etwas Sinnvolles sagte. Dass sie sein Problem löste, aber dazu war sie nicht zu bewegen.

»Was ist hier eigentlich los?«, fragte er schließlich.

Sie gab keine Antwort und brabbelte weiter. Er nahm einen neuen Anlauf.

»Warum ausgerechnet ich?«

Sie verstummte mitten im Satz und musterte ihn.

»Warum nicht?«

»Was meinst du damit?«

»Du stellst die falschen Fragen«, fuhr sie ihn barsch an. »Das ist doch klar. Du, weil du du bist. Also los, bessere Fragen.« Sie verfiel wieder in ihr zusammenhangloses Genuschel.

Jonas blieb stumm. Die Alte war unberechenbar, von ihren Stimmungsschwankungen wurde ihm übel. Die Aggressivität brodelte unter der Oberfläche, jeden Moment konnte sie ausrasten, aufstehen und für immer verschwinden, und er würde unwissend und fragend zurückbleiben. Und dennoch war etwas an ihr, das ihm irgendwie bekannt vorkam, wie eine blasse Erinnerung, aber er konnte nicht genau sagen, was es war. Sein Arm schmerzte zusehends, und es fiel ihm schwer, sich zu konzentrieren; er fühlte sich, als hätte er Fieber, aber er biss die Zähne zusammen. Durch diese sonderbare Frau war ein Spalt in seinem Dasein geöffnet worden, durch den er sich um jeden Preis hindurchzwängen musste.

»Wer bist du?«

»Was für eine jämmerliche Frage.« Sie verdrehte die Augen. »Traurig. Aber ganz ruhig, Junge, du bekommst eine Antwort von mir.« Sie blickte auf die gepflasterten schwarz-weißen Dreiecke des Platzes. »Ich bin der letzte Dreck der verborgenen Welt. Genau wie die menschlichen Brüder und Schwestern da unten. Die Junkies. Sie leben in ihrem Unglück vor den Augen aller. Ich gehöre zu den Scheuen, dem Gesindel. Wir müssen uns durchschlagen, von Tag zu Tag, bewegen uns ganz knapp außerhalb des Blickfelds der anderen. Wir sind verdammt, dort zu leben, weil wir ganz einfach nicht existieren. Keine Namen und keine Nummern, die das System verwenden kann, ohne dass die Logik sich selbst ein Bein stellt. Deswegen sind wir ausgegrenzt.« Sie wischte sich mit ihrem Jackenärmel die Rotze ab. »Unsere Spezies ist zu klein, als dass wir uns über andere erheben könnten, wir genießen keine Vorteile, im Gegensatz zu ihr da.« Sie nickte zu Leander hinüber. »Aber wir können gerade so viel sehen und hören, dass wir andauernd daran erinnert werden, dass wir nirgends zu Hause sind. Manche haben noch ein Fünkchen Grips, andere nicht.« Sie bedachte ihn mit ihrem zahnlosen Grinsen. »Wenn ich zur oberen Schicht des Bodensatzes zähle, kannst du dir den Rest selber zusammenreimen. Nein, wir lenken dieses Land nicht wirklich.« Sie gluckste. »Andere würden sagen, dass wir Vermischte sind. Gestreckte. Unreine. Aber das ist nicht die ganze Wahrheit. Sicher, viele von uns sind Irrläufer, Mischlinge, Staubkörner im Wind, aber uns hat es schon immer gegeben. Wir haben auf euren Holzzäunen gesessen, an euren Türen gebettelt, sind von Kirchspiel zu Kirchspiel vagabundiert und haben mit dem Finger auf die unbequeme Wahrheit gezeigt. Wir haben uns zum Narren gemacht und uns blamiert. Das bin ich!«

Sie lachte und verfiel wieder in ihren schleppenden Dalarna-Dialekt, der immer undeutlicher wurde. Sang etwas, von dem er kein Wort verstand. »Du weißt, es gibt Verborgene und Verborgene. Viele leben offen damit, sind Teil der Gemeinschaft. Sie zahlen Steuern, erhalten die Hilfe, die sie brauchen, um das System zu hintergehen. Job, Wohnung, eventuell eine Personennummer. Jetzt rede ich von den Mittleren, von denen, die ihre Fähigkeiten richtig einzusetzen wissen. Die noch bei Verstand sind.« Sie führte die klebrige Flasche an den Mund und trank noch einen Schluck. »Auch dort gibt es Schichten, die Mittleren sind ja zahlreich. Es gibt die, die lenken, und die, die buckeln.«

»Du meinst, es gibt ein System im System.«

»Bravo.«

»Arbeitest du für die Gemeinschaft?«

Die Alte brach in schallendes Gelächter aus.

»Nein, mein kleiner Junge, wir Scheuen sind nur ihr schlechtes Gewissen, über die sie bei Bedarf ein paar Almosen streuen.«

»Aber ihr habt mich gerettet.« Jonas nickte Leander zu. »Wenn ihr nicht zu dieser Gemeinschaft gehört, warum helft ihr mir dann?«

»Du mit deinen miserablen Fragen!« Sie wurde plötzlich aggressiv und sah ihn aus ihren blutunterlaufenen Augen an. »Aber weil du es bist, werde ich es dir hinter vorgehaltener Hand sagen.« Ihre Stimmung schlug wieder um, und sie lächelte liebenswert, schälte sich aus ihrer schmutzigen Jacke, legte sie über ihre Köpfe und schlürfte den restlichen Wein aus der Flasche. Der Gestank ihres Atems war kaum zu ertragen. »Ich kann das nämlich«, flüsterte sie. »Es gibt Vögel, Fische und die Mittleren. Ich bin Fisch, ich krieche über den sumpfigen Grund, aber da oben.« Sie gestikulierte mit der Flasche in der Hand zum Himmel. »Da oben schweben ein paar Vögel, sie sind das Gegenteil von mir. Stark, unnahbar, rein, inzestuös. Die machen sich rar, halten sich fern von uns, fern von den Mittleren und tanzen auf unseren krummen Rücken. Die wollen den ganzen Kuchen für sich, geben nicht eine Rosine ab und lassen uns nicht mal die Krümel. Sie haben das Ruder in der Hand. Ohne Wenn und Aber. Die machen keine halben Sachen. Und diese Aasgeier da«, sie machte eine Kunstpause, »wollen dich tot sehen. Sie stürzen sich wie aus dem Nichts auf dich und wollen dir mit ihren scharfen Klauen die Gedärme rausreißen. Und das, mein Junge, reicht, damit ich dich unter meine ausgefransten Fittiche nehme und dich die ganze Nacht lang verhätschele.« Jonas' Augen tränten, er hustete, der Gestank war nicht auszuhalten. Die Alte kicherte und zog mit einem Ruck die Jacke weg, wie ein Zauberer auf einem Kindergeburtstag. »Kuckuck!«

Jonas musste ein paarmal tief durchatmen. Alles drehte sich vor seinen Augen, und in seinem Arm pochte es. Er konnte sich keinen Reim darauf machen. »Wer hat denn versucht, mich umzubringen?«

»Total blöde Scheißfrage! Das weiß ich doch nicht!«

»Wieso nicht?« Jonas war wütend. Er hatte keine Lust mehr auf dieses Spiel.

»Weil ich es nicht weiß!«, schrie sie. »Ich kenne die Antwort nicht!«

Ein nervöser Typ mit fahrigen Bewegungen weiter unten auf der Treppe schielte sie unter seiner speckigen Jeanscap verschreckt an. Er war dünn und ausgemergelt. Ein Goldzahn blitzte auf, und ein paar alte Vagabundentätowierungen lugten unter dem Pulloverärmel hervor. Ein Fuß wippte einen imaginären Rhythmus. Ein paar Teenies fuhren mit ihrem Skateboard über die Rampe. Die Augen des Mannes flackerten ziellos umher. Die Alte folgte ihm interessiert mit dem Blick. Jonas hatte das Gefühl, dass sie wusste, wer er war. Ihr Blick verfinsterte sich, als der ausgezehrte Mann aufstand und Richtung T-Centralen verschwand. Aber Jonas war das egal, er wollte eine Antwort.

»Dann überleg doch einfach mal, verdammt«, fluchte er.

»Ja, ja, nur die Ruhe, Junge.« Sie stellte die leere Flasche ab und nahm eine neue aus der Plastiktüte. Sie las das Etikett und nickte anerkennend. »Der hier ist gut!« Sie lächelte Jonas an. »Ein paar aus der Sippe haben jetzt lange genug dieses Land gelenkt. Einige haben ein Ass im Ärmel, andere nicht. Klar können wir drüber nachdenken, aber das sind ja nur Vermutungen.« Ihr Blick wanderte zu der großen Uhr an der Kaufhausfassade von Åhlens. »Ich habe dein Gequengel jetzt satt. Eins nach dem anderen. Sonst wirst du noch so wie ich!« Sie tippte ihm an die Stirn und kicherte. Dann stand sie auf, strich die bauschigen Röcke glatt, als wären sie aus feinster Seide, und nickte Leander zu.

Jonas hätte beinahe das Gleichgewicht verloren, als er aufstand. Ihm war schwindelig.

»Ich brauche eine Dusche«, stellte Leander fest, nachdem sie sich zu den beiden gesellt hatte.

»Geht nur. Der Junge muss schlafen. Halt ihn aus allem raus, bis wir uns wiedersehen. Ich habe noch einiges zu erledigen. Bring ihm bei, richtig mit sich selbst umzugehen. Schau, was er kann. Ich halte die Ohren offen.«

Die Stimmung war angespannt. Sie saßen am Tisch und warteten, ein Platz war leer. Ein Zeigefinger trommelte ungeduldig auf die lackierte Tischplatte. Einer der Männer rauchte sein drittes Zigarillo, und der säuerliche Rauch hing in dünnen Schwaden unter dem weißgekalkten Gewölbe. Nach einer Weile ging in dem fünfeckigen Raum eine kleine Tür auf. Eine Gestalt mit grauer Maske und Mantel trat aus den Schatten und nahm ihren Platz ein.

»Die außerplanmäßige Zusammenkunft kann beginnen.« Der Mann mit der weißen Maske legte ein Portraitfoto auf den Tisch. »Jonas Hellemyr. Geboren am 8. Dezember 1987. Aufgewachsen in Stockholm in der Lützengatan 12. Mutter: Eva Hellemyr, geboren 1959, Anwältin für Steuerrecht, seit 1999 arbeitslos, wegen Unterschlagung zu neun Monaten Haft verurteilt, die sie 2001 im offenen Vollzug verbüßt hat. Vater unbekannt.« Die Männer am Tisch warfen sich durch ihre Masken verstohlene Blicke zu. »Gestern hat er mit Professor Magnus Schröder Kontakt aufgenommen.«

»Schröder? Ich dachte, Poltawa wäre stillgelegt«, sagte der Mann mit dem Zigarillo.

»Das stimmt.«

»Und was wollte er?«

»Jonas Hellemyr war Teil des Testprogramms.«

Es wurde totenstill.

»Was?«

»Das ist Wahnsinn.« Der Mann blies den Zigarillorauch durch die kleinen Löcher an der Nase aus.

»Ist das wirklich wahr?«

»Ja. Laut Schröder schon.«

»Direkt vor unseren Augen? Gibt es dafür Beweise?« Der Mann drückte das Zigarillo in einem faustgroßen Stück Bergkristall aus und griff nach einem neuen Zigarillo.

»Nein, es wurde gründlich aufgeräumt. Es ist nichts mehr übrig. Der Beschluss war einstimmig.«

»Ist Schröder ein Problem?«

»Jetzt nicht mehr.«

»Was weiß Paul Kron?« Die belegte Stimme beteiligte sich an der Diskussion.

Schweigen.

Der Mann in Weiß blieb ausnahmsweise die Antwort schuldig.

»Das müssen wir klären«, sagte er schließlich.

»Beeinträchtigt das Narva?«

»Nein. Das Personal ist komplett neu. Das Gleiche gilt für das Testmaterial. Es gibt keine Verbindung mehr.«

»Was ist gestern passiert?«

»Schröder hat Kontakt mit der Gemeinschaft gesucht und ist wiederum von Hellemyr kontaktiert worden. Wir haben Leute hingeschickt, um sowohl Schröder als auch Hellemyr zu liquidieren, noch bevor die Gemeinschaft reagieren konnte.«

»Das hat ja nicht so gut geklappt«, sagte der Rastlose und schüttelte den Kopf. »Soll denn der ganze Mist den Bach runtergehen, nur weil man ein paar Jahre mal nicht da ist? Ich vermisse die Alpen. Da fahren wenigstens die Züge nach Fahrplan.«

»Er hat einen Helfer gehabt.«

»Und wer soll das sein?«

»Eine Frau, wir wissen nicht, wer.«

»Brauchen wir einen neuen Henker?«

»Ich denke, wir können davon ausgehen, dass sich so etwas nicht wiederholt. Der Henker hat seine Aufgabe bislang tadellos erfüllt.«

»Das wäre eine gute Gelegenheit für einen Wechsel.«

»Ich bin dafür, dass er weitermacht. Sollen wir abstimmen?«

Alle schwiegen. Es war ein stiller Machtkampf.

»Also gut.« Der Vorsitzende unterstrich seinen Sieg, indem er mit dem Fingerknöchel auf die Tischplatte klopfte. »Die Verpflichtung bleibt bestehen.«

»Wann kommt das Kind?«, fuhr der Ungeduldige fort.

»Eins nach dem anderen.«

»Verflucht nochmal«, brummte der Mann. Er war schlanker als die anderen. Der graue Umhang verdeckte den Körper, aber die Schultern waren schmaler. Sein Ton war schroff. »Wenn wir uns vor fünfundzwanzig Jahren darum gekümmert hätten, wäre das nicht passiert. Es gäbe keine ungelösten Probleme.«

»Ich bin da nicht Vorsitzender gewesen«, kam die Antwort prompt.

Vorwurfsvolles Schweigen trat ein, und eine Welle des Misstrauens breitete sich in dem kleinen Raum aus. Finstere Blicke wurden hinter den Masken getauscht. Es existierten keine Freundschaften innerhalb der Versammlung, die auf anderen Prämissen fußte.

»Wir haben Seuchen, Hungersnöte, Weltkriege und den Zusammenbruch der Gesellschaft überstanden. Das hat unserer Position nie etwas anhaben können. Wir haben schon Schlimmeres durchgemacht als das hier. Was das Kind betrifft, werdet ihr informiert, wie immer.«

»Das kann doch nicht so schwer sein, ein verdammtes Kind zu gebären.«

»Das Kind kommt, wenn es kommt.« Der Mann mit der weißen Maske bedeutete mit einer Geste, dass die Diskussion beendet war. »Zurück zur Tagesordnung. Das Problem Hellemyr.« Er verteilte an die Anwesenden je eine Mappe. »Das ist unser Angriffswinkel. Seid kreativ. Bedient euch sämtlicher Kanäle, um das Material zu verbreiten, und nutzt eure Auslandskontakte, wenn nötig. Schweden ist zu klein, um unterzutauchen. Es ist Zeit, diese kleine Ratte mal so richtig auszuräuchern.«

Sie mieteten sich in einem kleinen schäbigen Hotel in einer Seitenstraße am Park Tegnérlunden ein. Leander gab sie als Paar aus und bezahlte bar aus einem stramm gerollten Bündel Fünfhunderter. In Jonas' Kopf prallten die Gedanken aufeinander, wanden und krümmten sich wie in einem Fiebertraum. Es gab weder Anfang noch Ende. Das alte Leben hing an ihm wie ein rostiger Anker, aber der Rest wollte loslassen und sich mit in den Mahlstrom fortreißen lassen, der an ihm zerrte und zog. Er legte sich aufs Bett und versuchte, seine Gedanken zu ordnen. Im Arm pochte es unheilvoll. Leander zog sich ihre Stiefel aus, hängte die schwarze Lederjacke auf und faltete die anderen Kleidungsstücke auf einem Stuhl zusammen. Dann ging sie ins Bad, um zu duschen.

Sein Kopf schmerzte, aber nicht so wie sonst, als die Migräne seine Gedanken in Fetzen gerissen hatte. Es war schwerer greifbar, verwirrender, aber das gleiche Gefühl, nicht selbst entscheiden zu können. Sein ganzes Leben war zerhackt gewesen, in Phasen mit oder ohne Schmerz. Als Kind hatte er nur die Lichtblicke wahrgenommen, der schwarze Schmerz war nur sporadisch gekommen, eine Pause im Leben, denn er hatte stets für das Licht gelebt. Früher hatte er noch Spiel und Spaß geliebt, aber die ersten Schuljahre hatten alles verändert. Er erinnerte sich noch an den Pausenhof. Eine asphaltierte Fläche mit aufgemalten weißen Vierecken, Schaukeln und einem eingezäunten Labyrinth aus Holzwänden. Das Labyrinth. Seine Mutter hatte ihn schon am ersten Tag allein in der Schule gelassen, sie hielt nichts von einer langen Eingewöhnungsphase und riss das Pflaster mit einem Ruck herunter. Das war zu jener Zeit ihre Philosophie gewesen. In der Pause war er gleich zum Labyrinth gelaufen, das auf ihn eine besondere Anziehungskraft ausübte. Er hatte die größeren Kinder beim Spielen, Herumtoben, beim Fangen und Versteckspielen beobachtet. Aber das hatte ihn nicht interessiert. Er wollte das machen, was die Mutigsten machten. Sie balancierten oben auf den Wänden des Labyrinths. Seine Mutter hätte ihm das nie erlaubt. Er folgte den Kindern mit dem Blick, wie sie dort oben in den Wolken herumspazierten. Jonas war in der Innenstadt aufgewachsen und oft kränklich gewesen, sein Platz war unten auf der Erde bei den Kleinkindern im Sandkasten. Es dauerte mehrere Tage, bis er sich ins Labyrinth wagte, aber er hatte ein Auge auf die anderen und verfolgte die verbotenen Spiele im Himmel und die Kämpfe auf der Planke, das war die Stelle, an der man nicht durchkam. Wie man auch ging, am Schluss musste man an der Planke vorbei, einem langen Holzbalken, vor dem die Kinder in Trauben standen und sich gegenseitig herausforderten. Olof ging in die Dritte und war der ungekrönte Plankenkönig. Er war klein, gedrungen, rothaarig und hatte eine große Lücke zwischen den Schneidezähnen. An Olof kam keiner vorbei.

Jonas war allein, die anderen Kinder waren schon abgeholt worden, und er wartete auf dem Schulhof auf seine Mutter. Er wartete immer am längsten. In dem Splitt auf dem Asphalt lagen klebrige Eisstiele und Kaugummipapier. Es hatte zu dämmern begonnen. Zitternd wagte er sich auf die Planke und machte ein paar unsichere Schritte.

Am folgenden Tag traute er sich zu den anderen Kindern hinauf. Er begann in der Mitte und balancierte auf den Wänden, aufgeregt, weil er etwas Verbotenes tat. Seine Wangen glühten, und sein Herz schlug wie wild vor Angst und Freude. Am Ende der Pause hatte er die Planke erreicht. Olof war da, und einer nach dem anderen wurde von den Schubsern und Knüffen des roten Königs zu Fall gebracht. Dann war er an der Reihe. Jonas trat einen Schritt vor. Sein Atem ging stoßweise. Olof war hochkonzentriert, die verschwitzten Haare klebten an seiner Stirn, sein Mund war geöffnet, und Jonas konnte den Blick nicht von der Zahnlücke abwenden. Olof kam näher. Die Kinder kreischten. Die Lücke wurde zu einem schwarzen Loch, ihr Sog erfasste Jonas. Der Schmerz explodierte, um ihn herum wurde es dunkel, und er fiel.

Finsternis. Stille. Eine harte Pritsche. Gedämpfte, besorgte Stimmen. Seine Mutter, die ihn auf den Arm nahm und ihm beruhigende Worte ins Ohr flüsterte, trug ihn behutsam aus dem abgedunkelten Krankenzimmer und hielt ihm eine kühlende Hand an die glühend heiße Stirn. Er hatte eine tiefe Platzwunde am Kopf, aber sie machte ihm keine Vorwürfe. Einige Wochen darauf passierte es wieder im Klassenzimmer, als er Figuren aus grünem Papier ausschnitt. Die Explosion, der Schmerz, die Finsternis, die Schulschwester und Mama. Als dann wieder die Fußballmannschaften ausgewählt wurden, blieb Jonas als Letzter übrig. Verschmäht und gedemütigt stand er abseits auf dem Schotterplatz. Olof überließ ihn der anderen Mannschaft, obwohl seine Mannschaft kleiner war, Olof wollte ihn nicht haben. Seitdem hatte Jonas nie wieder einen Fußballplatz betreten.

Die Zeit verging, die Anfälle kamen, und allmählich wurde er von allen Spielen ausgeschlossen. Kinder sind grausam und haben kein Mitleid. Sie leben im Jetzt. Es braucht Zeit zu begreifen, dass auch die anderen Bedürfnisse haben. Jonas hatte diese Zeit nie bekommen. Keiner wollte einen Freund haben, der sich plötzlich vor Schmerzen übergeben musste und nicht mehr mitspielen konnte. Jonas lernte schnell, wie das funktionierte. Aus ihm wurde ein Einzelgänger. Einsam und stark. Lange vor allen anderen wurde er erwachsen. Und weil Jonas groß war, wurde er in Ruhe gelassen, wurde nicht gemobbt, und er suchte ebenfalls nie Streit. Seine Mutter hatte keine Zeit gehabt, aber sein Großvater war für ihn da gewesen. Opa und die Bücher. Das war seine Welt. Die Märchen und die großen Erzählungen. Nach der Schule ging er dorthin, aß belegte Brote mit Bücklingpastete und staunte über Opas umfangreiche Bibliothek. Die Jahre verstrichen, und die Klassiker erwachten zum Leben. Zwischen den Anfällen traten sie ins Licht. Lagerlöf, Kafka, Hemingway, Woolf, Dostojewski, Strindberg und Johnson warteten geduldig, bis es ihm wieder besser ging, wie echte Freunde.

Bilder aus vergangenen Zeiten zogen vor seinem inneren Auge vorbei. Die Schule, Opas Beerdigung, der Gerichtsprozess, das Gymnasium, Rebecka, die Baustellen, die Uni, der Matsch, das Krankenhaus, Schröder, Rebecka, der Maskenmann. Rebecka. Er wachte schweißgebadet auf. Der Schmerz strahlte vom linken Arm bis in die Schulter aus. Die roten Ziffern des Radioweckers zeigten 15.44 Uhr.

»Ich glaube, du hast Fieber. Wir müssen deine Hand anschauen lassen«, entschied Leander.

»Nicht ins Krankenhaus.«

»Nein, ein Arzt kann da nichts machen, du brauchst richtige Hilfe.« Sie machte systematisch ein paar Übungen auf dem Teppichboden. Bizeps-Curls, Sit-ups, Rückenstrecker.

»Der mit der Maske, wer ist das?« Das anonyme, helle Gesicht schwebte über Jonas wie ein Albtraum, der ihn nicht losließ. Als würde die Maske ihn beschatten.

»Er ist der, der die Drecksarbeit für sie erledigt.«

»Für wen?«

»Sie nennen sich das Tribunal, mehr weiß ich auch nicht. Eine uralte Sekte, die kaum jemand kennt. Ich habe das auch nur gerüchteweise gehört.« Sie hörte mit den Sit-ups auf, erhob sich und reichte ihm ein Handtuch. »Wir hatten Glück, wir hatten eine zweite Chance. Eine dritte kriegen wir nicht. Geh jetzt duschen«, forderte sie ihn auf. »Für deine Hand liegt im Bad eine Plastiktüte. Dann müssen wir weg hier.«

Das warme Wasser tat gut. Die Unruhe und die wirren Gedanken ließen von ihm ab, und der schlimmste Schmerz lockerte seinen lähmenden Griff. Im Abfluss lagen dunkle Haare. In einer Ecke der Duschkabine wellte sich der gelbfleckige Linoleumboden. Jonas wischte den beschlagenen Spiegel ab. Wen sah er da eigentlich? Die Kurzhaarfrisur war rausgewachsen, die Bartstoppeln waren dichter geworden. Die blauen Augen hatten etwas zu verbergen.

Leander saß auf der Bettkante und schliff ihre Axt mit einem kleinen Wetzstein. Die beigefarbenen Gardinen waren zugezogen.

»Bist du auch eine von den Verborgenen?« Es war komisch, das zu fragen.

Sie nickte.

»Hast du das immer gewusst?«

»Geboren und aufgewachsen in Stockholm. Meine Eltern waren beide Verborgene, und ich wurde mitten in die Gemeinschaft hineingeboren.«

»Dann ist das also erblich?«

»Ja. Meine Vorfahren kommen wie meine Eltern auch aus

Härjedalen, und ich habe ihre Eigenheiten geerbt.« Sie prüfte die Schneide mit dem Finger. »Aber wenn wir uns mit Menschen vermischen, dann verschwindet immer mehr von diesen Eigenheiten. Sie können über mehrere Generationen im Verborgenen ruhen, aber auch ganz plötzlich aufflammen. Ein Irrlicht. Ich dachte, du bist so was.« Sie legte den Stein aus der Hand und schnallte sich ein Lederholster um. »Meistens sind es Wesenszüge, Details, an der Grenze zum Menschlichen. Du bist anders. Solche Züge erhält man durch reinen Erbgang.«

»Meine Mutter ist keine Verborgene.«

»Sicher?«

»Ja.«

»Und dein Vater?«

»Habe ich nie gesehen. Meine Mutter ist auf einer Dienstreise nach London schwanger geworden, mehr weiß ich nicht. Keine Fotos, kein Geld, keine Briefe, er steht nicht einmal in meiner Geburtsurkunde. Ich habe das alles schon mal recherchiert.«

»Dann solltest du das vielleicht nochmal machen.«

»Und diese Gemeinschaft, kann die mir nicht helfen?«

»Wer wusste davon, dass du zu Schröder wolltest?«

»Keiner. Nur Rebecka, Mama und ich. Kurz bevor wir hingegangen sind, haben wir angerufen.«

»Sonst niemand?«

»Nein.«

»Sie können ihn abgehört haben, oder du bist denunziert worden. Aber das spielt eigentlich auch keine Rolle. Schröder war mit Borg in Kontakt. Und Borg ist die Gemeinschaft. Also nein, zu denen kannst du nicht gehen.« Sie nahm die Axt in die Hand und steckte sie in das Holster auf ihrem Rücken unterhalb der Schulterblätter.

»Was ist mit Rebecka? Weißt du was?«

»Nein. Im Radio sagen sie nichts, und die Polizei hält auch dicht. Wir sehen uns später die Nachrichten an. Die bringen bestimmt noch was. Aber kein Internet und kein Telefon. Nichts, was man orten kann. Klar?«

Jonas nickte und zog sich wieder an. Die Kleider waren immer noch klamm von seinem Schweiß. Auf den Kompressen auf seiner Hand waren dunkelbraune Blutränder zu sehen.

»Wer ist Borg?«

»Er steht in der Gemeinschaft ganz oben. Wäscht Geld, mauschelt und beutet die Schwachen aus. Er ist ein Schwein.« Leander schnürte sich ihre Stiefel.

»Denkst du, dass er versucht hat, mich umzubringen?«

»Nicht direkt, aber indirekt vielleicht.« Ihr Ton wurde vertraulicher, sie sprach leiser. »Man kann ihm einfach nicht trauen. Er braucht Schwäche, um zu leben.«

Jonas musste die Schnürsenkel lockern, damit ihm seine Sneakers passten, sie waren nun noch enger als vorher. Leander nahm das *Bitte-nicht-stören*-Schild von der Klinke, und sie verließen das Hotel. Auf der Straße stand ein Kastenwagen mit eingeschalteten Warnblinkern, sonst war alles ruhig. Auf dem Weg zum Norra Bantorget kamen sie an einem Asiamarkt vorbei. Ein schneidender Wind kühlte seine feuchte Haut. Das tat gut, aber schon bald klapperte Jonas mit den Zähnen. Vor einem Tabakladen blieb Leander abrupt stehen. Jonas folgte ihrem Blick. Auf beiden Titelseiten war dasselbe unscharfe Bild von ihm unter der Schlagzeile: *Amokläufer* abgedruckt.

Jonas erstarrte. Der gemeine schwedische Mitbürger in ihm wollte den Arm heben und *Stopp!* rufen, *halt, das stimmt nicht, das muss geklärt werden!* Behörden gegenüber hatte er mit der Zeit ein gewisses Misstrauen entwickelt, aber so ging das einfach nicht. Nicht in Schweden. Oder? Ein Abgrund hatte sich aufgetan. Es gab keine Gerechtigkeit. Schweden war anders. Er war ein anderer. Alles hatte sich verändert.

»Hör auf zu glotzen. Geh über die Straße, und guck dir die Schuhe im Schaufenster an«, befahl Leander.

Jonas konnte sich nur schwer von dem Foto losreißen, aber dann zog er die Kapuze ins Gesicht und überquerte die Straße. Im Schaufenster sah er, wie Leander den Tabakladen betrat und mit einem Armvoll Zeitungen wieder herauskam. Eine Frau im Schuhgeschäft starrte ihn an. Er wandte sich ab und ging eilig weiter. Auf der Vasagatan war es schlimmer. Wo er auch hinsah, starrten die Leute ihn an. Er war einen Kopf größer als die Passanten, er konnte sich nirgends verstecken. Er war ein gejagtes Tier. Eine andere Schlagzeile sprang ihm ins Auge: *Er tötete seine Exfreundin*. Das gleiche Bild. Rebecka. Nein. Das konnte nicht stimmen. Sie kann nicht tot sein. Sie darf nicht tot sein. Ein Streifenwagen parkte hinter der nächsten Kreuzung vor einem Kebabrestaurant, und zwei Beamte stiegen aus. Die Schlagzeilen waren überall. Sein Herz hämmerte wie wild, er bekam kaum noch Luft. Ein Mann sah Jonas in die Augen und folgte ihm mit dem Blick, bis sie aneinander vorbeigegangen waren. Auf der Straße herrschte reges Treiben. Er befand sich mittendrin. Er stieß mit einem Kind zusammen, der kalte Schweiß stand ihm auf der Stirn. Die Panik wollte ihn übermannen, er musste rennen, fliehen, aber überall wurde er angeglotzt.

Eine warme Hand griff nach seiner und führte ihn besonnen auf eine Seitenstraße am Centralen. Leander setzte ihn auf einen Stromkasten und begegnete seinem unsteten Blick.

»Atme.« Sie hielt seine Hände. »Wir stehen das jetzt durch. Wir gehen wie jedes x-beliebige andere Paar nach Skeppsholmen rüber. Vollkommen unbemerkt. Schau mich an. Du bist da sicher. Versprochen. Okay?«

Jonas nickte. Ihr fester Blick beruhigte ihn.

Eldh war nach Johanneshov rausgefahren, um Borg zu besänftigen. Sie musste etwas haben, wenn er auftauchte, und so hatte sie wenigstens angefangen, nach dem jungen Irrläufer zu suchen. Sie war auf einer Baustelle durch den Matsch gestapft und hatte versucht, die Arbeiter zum Reden zu bringen. Der Regen fiel in senkrechten Schnüren vom Himmel. Die Zeitungen, die sie mitgenommen hatte, zerfledderten bei der Nässe schon fast. Und es würde noch schlimmer kommen. Eine bleigraue Wolkenbank mit dunkelblauen Flecken näherte sich. Keiner wollte reden, die ausländischen Arbeiter hatten Angst, den Mund aufzumachen. Ein Pole nahm sie hinter einem Bauwagen zur Seite. Er wollte anonym bleiben.

»Hast du diesen Mann hier gesehen?« Eldh deutete auf das Foto mit den reflektierenden Augen aus der *Metro*-Zeitung.

»Yes. Think so. Er war hier. Guter Typ. Ihn hat es richtig übel erwischt. Ist durchgekommen. Crazy.«

»Weißt du, wo er wohnt?«

»Nein.«

»Wie er heißt?«

»John, Jon, Jonni oder so was. Wir haben ihn Junge genannt. Du weißt, schwedische Namen klingen irgendwie alle gleich. Sorry.«

Sonst wollte sich keiner äußern. Wer den Mund aufmachte, riskierte seinen Job. Eldh stand im Regen, Matsch bis zu den

Knien, und bekam das bestätigt, was sie schon vermutet hatte. Der Höhlenmann war jung, ein Schwede zwischen zwanzig und dreißig, der schwarz auf dem Bau arbeitete. Und der einen Unfall gehabt hatte. Er war ins Krankenhaus gebracht worden und von dort geflohen. Gute Wundheilung war bei den Verborgenen im Regelfall nichts Besonderes. Er konnte jetzt überall sein. Was tat sie hier eigentlich?

Eine innere Unruhe hatte sie befallen und ließ nicht mehr locker. Mit den Scheuen stimmte etwas nicht. Sie hatte so viele Jahre damit verbracht, ihnen zu helfen, hatte in verfahrenen Situationen einen klaren Kopf behalten, den Durchblick gehabt, war zur Stelle gewesen und hatte geschlichtet. Hatte zwischen den Welten als Filter gedient. Ihre Beschützerin hatte Wennerbom sie höhnisch genannt, aber da war etwas Wahres dran. Sie war die Einzige, die sich wirklich Gedanken machte oder die da war. Natürlich, sie wurde dafür bezahlt, aber trotzdem wurde sie den Verdacht nicht los, dass sie sie verraten hatte. Vielleicht war es der Verlust von Gunnar, der ihr mehr zu schaffen machte, als sie gedacht hatte. Hätte sie es verhindern können? Hätte sie nicht schon früher begreifen müssen, dass ein Mörder die Schwächsten unter ihnen auslöschte, die Wehrlosesten ausnutzte, die, die allen egal waren? Warum wollte die Gemeinschaft, dass sie nach außen hin reinen Tisch machte? War es die Sorge um den Irrläufer oder war er ein Störfaktor in ihrer Welt? Sollte sie für die Mittelklasse aufräumen oder sich um die Ihren kümmern?

Aber Eldh war keine Entrümplerin.

Sie traf ihre Entscheidungen selbst.

Nachdem sie den Matsch von ihren Stiefeln am Vorderreifen abgestreift hatte, fuhr sie wieder in die Stadt zurück. Es hatte durch das Autofenster geregnet, und der Sitz war feucht.

Sie musste sich vorbeugen, um etwas durch die beschlagene Scheibe erkennen zu können. Der einsame Scheibenwischer quietschte, und sie stellte das Radio lauter.

Sie fand einen Parkplatz vor dem Büro und ging in die Herberge in der Högbergsgatan, die Wohnstatt. Um diese Jahreszeit wurde es voller. Wegen des Regens und der Kälte waren die wenigen Plätze in den Stockholmer Herbergen heiß begehrt. Durch die Krise in Europa waren die Arbeitslosen gezwungen, auf der Suche nach Arbeit bis in den hohen Norden zu gehen, aber so wie die Träume von Gold und grünen Wäldern waren auch diese an dem harten schwedischen Fels zerschellt. Jeder Hauseingang, Müllraum oder Ventilationsschacht ohne pedantischen Hausmeister war hart umkämpft. Ein Hoch auf Schweden, die EU und die Wahlfreiheit, dachte Eldh, als sie sich zwischen ausgezehrten Rumänen, Bulgaren und Schweden in der Wohnstatt drängte. *We are all united.* Stumm begrüßte sie den Sozialarbeiter an der Rezeption, einen jungen Mann mit schwarzer Brille, frisch von der Schule, dessen Namen sie sich nicht gemerkt hatte.

»Ist Barbro da?«, fragte sie.

Er sah in einem Kalender nach.

»Sie hat in zehn Minuten Sitzung.«

»Super«, entgegnete sie und trat ins Büro.

Eldh besuchte die Herbergen der Stadtmission schon so lange, dass sich die Leute nicht mehr darüber wunderten, wer sie war und was sie dort wollte. Alle nahmen an, dass sie zu der Organisation gehörte. Wer würde sich auch sonst um Obdachlose kümmern? Ein typisches kleines Büro, mit Ikeamöbeln, roten und schwarzen Ordnern, Fotos von den Kindern und einer Topfpflanze aus Plastik. Barbro telefonierte, aber winkte Eldh herein und gestikulierte Richtung Besucherstuhl. Seit

Ewigkeiten war Barbro die Leiterin hier und ging in ihrem Beruf auf. Nach einer schweren Zeit als Drogensüchtige in den Sechzigern hatte sie beschlossen, sich den von der Gesellschaft Verstoßenen zu verschreiben. Sie war dick, hatte Narben und trug stets ein Jeanshemd. Eldh konnte sich nicht mehr erinnern, als wen sie sich bei ihrem ersten Besuch bei Barbro ausgegeben hatte, vielleicht als jemand von der Kirche oder einer Wohltätigkeitsorganisation, aber die Zeiten, in denen Eldh ein Alibi brauchte, waren vorbei. Sie kümmerte sich um die Bedürftigen, das war genug. Gelegentlich steckte sie Barbro ein Bündel Geldscheine zu, damit sie bei den Statuten ein Auge zudrückte, mit denen Eldhs Schützlinge niemals in Kontakt kommen durften. Die Sozialbehörden wussten nicht, wie sie mit diesen Fällen umgehen sollten, oftmals richteten sie mehr Schaden als Nutzen an, Untersuchungen, Zwangseinweisungen; die hartgeprüften Scheuen wussten, was Zwangssterilisation bedeutete. Sie machten sich rar. Barbro nahm Eldhs Obolus dankbar entgegen, sie hatte in ihrer Einrichtung viele Löcher zu stopfen.

»Viveca.« Sie umarmte Eldh.

»Sind heute welche dabei?«

»Keine Neuen. Hast du schon im Ersta und Maria geschaut?«

»Ja, aber da ist kaum was los. Ich habe keine Ahnung, wo die alle stecken.«

Barbro machte ein Fenster auf und nahm ihre Zigarettenschachtel. Sie bot Eldh eine an.

»Ich will eigentlich aufhören.«

»Das wollen wir alle«, erwiderte Barbro und steckte sich eine an. »Du musst ein Laster haben, das du steuern kannst, das gibt dir ein Gefühl von Kontrolle.«

»Ich habe auch so schon genug, glaub mir.«

Barbro drängte sich nicht auf. Es gab nicht viele, die solchen Verlockungen widerstehen konnten, das konnte in der Welt, in der sie lebten, den Unterschied zwischen Leben und Tod bedeuten.

»Ach übrigens, ist Gunnar nicht einer von deinen?«

»Doch«, antwortete Eldh.

»Hat er Familie?«

»Glaube nicht.«

»Wir haben noch ein paar Sachen von ihm, die Sanitäter wollten nicht seinen ganzen Kram mitnehmen.«

»Ich habe nicht gedacht, dass er hier schläft.«

»Nein, das ist auch lange her, aber ein paar von unseren Jungs haben ihn gestern Nacht unten in der Strömung gefunden und ihn hier abgeliefert. Er ist jetzt in der Psychiatrie.«

»Ich kümmere mich um seine Sachen, bis es ihm wieder besser geht«, sagte Eldh. Sie wusste, das würde nie passieren. Gunnars Wesen war ausgebrannt, von ihm war nur noch die Hülle übrig. Dass schwächere Verborgene Strom missbrauchten, war keine Seltenheit. Ein Scheuer war eigentlich nur ein dahinsiechender Verborgener in seiner letzten Phase. Paradoxerweise wurden sie am Schluss überempfindlich, registrierten Dinge, die sonst nur an ihnen vorbeirauschten. Radiowellen, Energie, Lichtfrequenzen und Partikel wurden plötzlich sichtbar. Gleichzeitig bekam ihr Verstand Risse. Erinnerungen, Realitätswahrnehmung, all das ließ sich immer schwieriger fassen. Strom war ein Mittel, um die Symptome zu lindern, die Welt in Schach zu halten und einen kurzen Moment allen Eindrücken zu entfliehen. Manche lutschten an Neun-Volt-Blöcken, um die schlimmsten Schmerzen zu kappen, andere nahmen Autobatterien oder Stromkästen mit geregelter Spannung. In ihren Jahren auf der Straße hatte Eldh fast alles gesehen und mit Abhängigkeiten eigene Erfahrungen, auch wenn ihr Körper anders reagierte. Denn der Strom hatte seinen Preis. War die erste lindernde Wirkung vorbei, wurden die Scheuen nur noch näher an den Abgrund gestoßen. Sie wurden noch empfindlicher und brauchten umso stärkeren Strom. Eine Überdosis aus einer Buchse in der Wand brachte bestenfalls einen infernalischen Höllentrip, der vielleicht ein paar Tage anhielt, oder ihr Wesen brannte sofort aus. Die Ärzte nannten das chronische dissoziative Fugue, Wesensveränderung mit totaler Amnesie oder Wernicke-Korsakow-Syndrom, das besser auf alte Säufer passte. Aber das waren alles nur Bezeichnungen, über die tatsächliche Ursache war nichts bekannt. Aber in Gunnars Fall ging es um etwas anderes, um Verborgene, die Verborgene töteten.

Der Neue mit der schwarzen Brille klopfte an und trat ein. Er wirkte unsicher.

»Einer der Bewohner ist total dicht. Was sollen wir jetzt machen? Er darf dann ja eigentlich nicht rein, oder?« Es war offensichtlich, dass Theorie und Praxis direkt vor seiner Nase kollidierten.

»Wie schlimm ist es denn?«

»Zwei müssen ihn tragen.«

Barbro erhob sich langsam. Ihre Hüfte machte ihr Probleme.

»Wer ist es denn?«

»Zimmer 16. Der, den sie Pferdehändler nennen. Ich weiß nicht, wie er heißt.«

Es war einer von Eldhs Leuten.

»Er soll erst mal seinen Rausch ausschlafen«, entschied Barbro. »Einmal ist keinmal. Dann reden wir mit ihm. Ich habe jetzt eine Sitzung.«

»Ich erledige das«, sagte Eldh.

Sie hatten den Pferdehändler auf einer Bank in der Diele abgelegt. Er war schmächtig, trug fleckige Jeanskleidung, hatte eine Rockerfrisur und einen Goldzahn. Sie versuchte, ihn zu wecken, aber er war vollkommen weggetreten, und sein Atem ging ruhig. Er roch streng nach Alkohol. Keine sichtbaren Verletzungen. Vorsichtig hob Eldh ein Augenlid an. Das Auge war schlierig. Sie fluchte. Nicht noch einer. Eldh lud sich den sehnigen Körper auf die Schulter, trug ihn auf sein Zimmer im zweiten Stock und legte ihn behutsam aufs Bett. Der Pferdehändler war immer ziemlich autonom gewesen. Er hatte nie Schwierigkeiten gemacht, war immer gut drauf und gerne mit anderen zusammen gewesen, für einen Scheuen sehr ungewöhnlich. Im Winter hatte Eldh ihm meistens mit einem Dach über dem Kopf geholfen, aber abgesehen davon hatten sie keinen Kontakt gehabt. Im Normalfall blieb er bis Mariä Lichtmess, wanderte dann landeinwärts, wenn der Schnee geschmolzen war, und kam vor dem nächsten Winter zurück. Wo er sich in der Zwischenzeit aufhielt, wusste sie nicht.

Im Zimmer roch es sauer. In einer Ecke lag ein vollgestopfter Stoffbeutel, und überall türmte sich Zeug zu kleinen Haufen. Münzen, Haargummis, Kautabaksdosen, Kronkorken und jede Menge anderer Plunder. Der Pferdehändler war zu seinem Spitznamen gekommen, weil er Sachen sammelte und tauschte. Die meisten sahen aus, als hätte er sie aus der Mülltonne geklaubt, aber er hatte sie sorgfältig sortiert. Sie filzte ihn und fand zwei alte Münzen in seiner Hosentasche. Ein Fünförestück von 1944 und ein Zweiörestück aus Bronze von 1896 mit der Gravur *Des Brudervolkes Wohl* und einem Portrait von Oscar II. Sie fragte sich, wie er zu diesen Geldstücken gekommen war. War er Bahnarbeiter gewesen, oder waren es seine ersten Almosen? Sie wusste nichts über den Pferdehändler und seine Verhältnisse. In der Innentasche seiner Jeansjacke waren eine Dose mit Kautabak und ein Messer, eine Sami-Schnitzarbeit aus Rentierhorn. Um den Hals trug er den Schlüssel von einem Stromkasten, der mit gelbem Klebeband umwickelt war. Vielleicht hatte er eine Überdosis genommen. Sie hoffte, dass es so war. Dann würde sie sich besser fühlen. In ein paar Stunden würde die Iris wieder zu sehen sein, aber sein Wesen war für immer verschwunden, und die drei tätowierten Punkte zwischen Daumen und Zeigefinger hatten keine Bedeutung mehr; das Vagabundenleben des Pferdehändlers war vorbei. Sie strich ihm seinen verschwitzten schwarzen Rockerpony aus dem Gesicht und ging. Auch wenn er keiner mehr von ihnen war, Respekt verdiente er dennoch.

»Barbro hat ein paar Tüten für dich dagelassen«, sagte der junge Sozialarbeiter.

Er holte Gunnars Habseligkeiten, zwei Plastiktüten und einen roten Daunenschlafsack, in einen schmutzigen Bademantel vom Hotel St. Paul gewickelt. Eldh überließ den Schlafsack jemandem, der ihn gebrauchen konnte.

Die, die den Pferdehändler hergebracht hatten, standen vor dem Eingang und teilten sich eine Zigarette.

»Wo habt ihr ihn gefunden?«

»Hinter dem Cityterminal.«

Eldh nickte dankend und schlug den Mantelkragen hoch. Nasses Laub wirbelte auf dem Bürgersteig vorbei. Ein Auto hupte. In der Ferne heulten Polizeisirenen. Die Berufstätigen hatten Feierabend und machten sich mit zugeknöpften Jacken und gesenkten Blicken auf den Heimweg. Die Herbstdämmerung senkte sich über die Stadt. Eldh kaufte sich eine Capricciosa mit Béarnaise-Sauce und ging nach Hause ins Büro.

Als sie über die Skeppsholmsbron gingen, war sein Fieber gestiegen. Jonas fror und schwitzte gleichzeitig, und eine Eiseskälte strahlte von seinem Arm bis in die Brust aus. Die Erinnerung an Rebecka in Schröders Wohnung, am Boden, mit dem Tode ringend. Sie war fort. Es war seine Schuld. Leander ging noch immer voran. Der Wind hatte aufgefrischt im Laufe des Nachmittags, und draußen auf Saltsjö spazierten Gänse. Eine Djurgårdsfähre schob sich durch das aufgewühlte Wasser. Es wurde dunkel. Am Kai direkt hinter der Brücke blieben sie stehen. Leander redete mit einem Mann, der plötzlich und wie aus dem Nichts aufgetaucht war. Er war mindestens ebenso groß wie Jonas und hatte einen blonden Bart.

»Was Neues?«, fragte Leander.

Der Mann schüttelte den Kopf.

»Keine Neugierigen. Weder hier noch auf der anderen Seite«, sagte er in dem breiten Dialekt von Nordschweden. Seine Stimme war tief und rau.

»Bleib hier. Viele suchen nach dem Jungen.«

Der eisblaue Blick des Mannes streifte Jonas. Er nickte kaum merklich und verzog sich in die Schatten. Sie gingen weiter bis zu den Bootshäusern hinten bei den Booten und passierten ein paar Jugendliche auf dem Kai. Jonas stolperte über ein Tau, und Leander musste ihn festhalten, sonst wäre er ins Wasser gefallen. Ein schwarzgeschminktes Mädchen fing seinen erschöpften Blick auf und sah ihnen nach. Leander machte mit Jonas einen Umweg, damit sie unbemerkt das Bootshaus betreten konnten.

Drinnen musste er sich an einem Kanu abstützen, um nicht zu fallen. Alles war verschwommen, und die Welt geriet vor seinen Augen ins Wanken. Leander bat ihn zu warten. Er legte sich auf eine Plane und klapperte mit den Zähnen. Leander war verschwunden. Alle möglichen Gedanken stürmten auf ihn ein. Erinnerungen, Eindrücke, Sorgen, alles vermengte sich zu einem fiebrigen Albtraum. Rebecka. Was hatte er getan?

Eine trockene kleine Hand legte sich auf seine Stirn. Jonas konnte sich nicht rühren, sein Körper zuckte unkontrolliert, nur die Augäpfel bewegten sich. Ein runzliges Gesicht musterte ihn. Es gehörte einem alten Menschen; dünne graue Locken, ordentlich hinter die Ohren gekämmt. Finger glitten wie Fühler über seine Haut. Die kleinen, wässrigen Augen schienen durch ihn hindurchzusehen. Die Alte kam ihm vage bekannt vor, etwas in ihren Augen hatte er schon einmal gesehen. Sie erinnerte ihn an jemanden. Orangefarbene Fäden wuchsen dort, wo sie ihn berührte. Ein Netz begann seinen Körper zu umspannen, feine Maschen, das Gewebe wurde immer dichter und änderte seine Farbe hin zu weißen, gelben und roten Nuancen. Er begriff, dass er sich selbst sah, nicht seinen Körper, sondern etwas anderes, mindestens ebenso Natürliches. Seine pulsierende Energie.

»Der Junge kann ja sehen«, gluckste die Alte.

»Er steckt voller Überraschungen«, gab Leander verbissen zurück.

Dann entdeckte er die hässliche Narbe an der Hand. Das Netz war kaputt, und eine dunkelgrüne Infektion hatte sich an den Fäden entlang ausgebreitet, die ausgefranst waren und drohten auseinanderzufallen. Es sah aus, als würde er von innen verfaulen. Sein Arm war gefühllos, und ein eisig-lähmender Krampf zog sich bis zum Herzen. Jonas war starr vor Schreck und begann zu hyperventilieren. Die Plane raschelte, als er versuchte aufzustehen.

»Hilf mir!«, stieß er hervor.

»Das ist richtig übel. Der Junge geht vor die Hunde. Schade um so einen prächtigen Kerl.«

»Kannst du ihn wieder hinkriegen?«

»Nur mit neuem Material. Du hättest eher kommen sollen.«

»Ich wusste nicht, dass es so schlimm ist. Was brauchst du?«

»Ich weiß nicht, ob ich das flicken kann. Alles, was wir haben, mindestens. Vielleicht kann ich dafür sorgen, dass es sich nicht ausbreitet. Vielleicht.« Die Alte summte vor sich hin.

»Ich weiß nicht.«

»Entscheide dich jetzt, meine Kleine. Wir haben bald keine Wahl mehr.«

Leander seufzte tief.

»Nimm dir, was du brauchst. Wir evakuieren umgehend.«

»Trag ihn rein, sei so gut.«

»Ist das denn machbar?«

»Ja, ja doch.« Sie feixte. »Dieser Junge kommt überall rein, vorausgesetzt, er bleibt am Leben. Ich glaube, er ist einer mit reinem Erbgang.«

Leander führte Jonas bis zur Wand und legte seine gesunde Hand auf das Siegel. Ein schwacher elektrischer Stoß. Wie in einem Nebel nahm er wahr, wie aus der Holzwand Fäden und Licht wurde und sie sich wie ein Tunnel wölbte. Überall elektrische Impulse. Es sah wie eine elektrische Strickarbeit aus mit komplizierten Mustern und Variationen, von einer Schönheit, die auf Jonas' fiebriges Hirn eine beruhigende Wirkung hatte.

Alles um ihn herum schimmerte in den warmen Nuancen des Waldes. Der Boden gab nach wie weiches Moos, und es existierten keine scharfen Kanten und geraden Linien, was sehr angenehm war. Der behagliche Tunnel mündete in einen großen Raum, in dem ein paar schlichte Möbel standen.

»Maersk«, sagte Leander barsch.

Ein kleiner muskulöser Mann von dunkler Hautfarbe sprang behände aus einem Kokon in der Wand und legte ein Buch vor sich auf einen kleinen Tisch. Für Jonas sah seine Gestalt wie eine Mischung aus Körper und Energie aus. Auch Leanders Gestalt hatte sich verändert.

»Was haben wir denn hier?«

»Ein Problem«, entgegnete sie. »Ein großes. Hilf mir. Dann machst du alles für den Umzug fertig.«

»Wie lange werden wir weg sein?«

»Bis auf weiteres. Alles muss mit. Wir machen hier dicht.«

»Dicht?« Er war offensichtlich verwirrt. »Nach allem, was wir dafür geopfert haben? Warum?«

»Weil ich es sage.«

Maersk stöhnte auf, aber schluckte seinen Protest hinunter.

Sie schleiften Jonas in einen weiteren Raum, in dem das Licht so hell strahlte, dass es ihn blendete. Ein Bündel reine Energie schwebte in der Mitte, mit Fäden, die sich vom Boden und von der Decke bis ins Zentrum erstreckten. Die kleine Alte ohrfeigte ihn.

»Komm raus da, Bürschchen, das kostet dich mehr, als es wert ist. Teil dir das bisschen ein, was du noch hast. Du wirst es noch brauchen.«

Widerwillig trat Jonas aus der leuchtenden Erscheinung. Er wusste nicht, wie, alles geschah instinktiv. Nun war der Raum anders, nicht mehr so hell. Auch die Webstruktur sah er nicht mehr. Die Wände schillerten in einem leichten Grün, sie wirkten realer. Der Schmerz kehrte zurück. Als die Alte mit ihren Fingern über sein Gesicht fuhr, spürte Jonas, wie ihn eine bleierne Müdigkeit übermannte. Sie sang ein Volkslied in ihrem melodischen Dalarna-Dialekt, er kannte die Melodie. Allmählich fiel die Angst von ihm ab, und der Schüttelfrost ließ nach. Jonas fühlte, wie die Alte in seinem Wesen herumfuhrwerkte. Das war äußerst unangenehm, ein Übergriff. Instinktiv wollte er sie von sich wegstoßen, niemand sollte ihn je wieder operieren dürfen, aber er war zu schwach.

»Ja, ist gut, ja«, flüsterte sie, als sie in ihn drang und seine Fäden zu fassen bekam. Die Alte schien Energie aus dem kleinen Wirrwarr aus glänzendem Metall zu spinnen, das die Mitte des Energiefeldes bildete, und fügte diese Energie mit seiner eigenen zusammen. Flammen loderten, als sie das kranke Gewebe auftrennte und neue Fäden festknotete. Langsam akzeptierte er den Schmerz, ließ sich von ihm treiben und ihn sich entfalten. Er hatte das ganze Leben mit dem Schmerz gelebt, und er hatte ihn gelehrt, damit umzugehen. Es ging vorüber. Eine einfache Wahrheit, doch es war nicht leicht, sie sich stets zu vergegenwärtigen. Aber der Schmerz würde ihn nicht besiegen. Sein Atem ging ruhiger, die Muskeln entspannten sich. Durch ihren Singsang glitt er in einen Zustand zwischen Träumen und Wachen.

Eldh stellte den Fernseher an und leerte den Inhalt der Plastiktüten auf den Sofatisch. Das war alles, was Gunnar hinterlassen hatte. Ein ganzes Leben. Sie schnitt die Pizza in Stücke, gab die Béarnaise-Sauce darüber und kramte in seinen Sachen. Streichholzschachteln, Reklamekugelschreiber, eine Taschenlampe und ein paar Bonbons. Ein altes Schwarz-weiß-Foto mit unscharfen Rändern. Es zeigte einen Mann, eine Frau und ein kleines Kind mit hochgesteckten Zöpfen, das auf dem Schoß des Mannes saß. Er trug einen Hut und einen abgetragenen Anzug, die Frau stand daneben, in einem Kleid und mit Kopftuch. Alle blickten ernst in die Kamera. Gunnar, irgendwann Anfang des letzten Jahrhunderts. Was seiner Familie wohl zugestoßen war? War seine Frau auch eine Verborgene, oder war das sein Geheimnis? Was war mit dem Kind geschehen?

Aus einem gelben Fernsehstudio wurde die Ziehung der Lottozahlen auf Gotland übertragen. Gunnar hatte ein Paar billige Hausschuhe hinterlassen, ungetragen. Vorn waren ein Schwert und ein Buch aufgestickt. Sie kannte das Emblem, wusste aber nicht, woher. Ein Schlüssel zu einem Stromkasten, in gelbes Klebeband gewickelt, der sie an den des Pferdehändlers erinnerte. Sie hatte nie gesehen, dass Gunnar Strom benutzt hatte, und er hatte auch keine Symptome in dieser Richtung gezeigt. Also wozu dann dieser Schlüssel? Sie nahm ein Bonbon und schnippte das Papier in den Karton mit den angebissenen Rändern der Pizza. Das Pfefferminzdragee war scharf. Schließlich waren noch eine alte Zigarrenkiste aus Pappe übriggeblieben, mit sechshundert Kronen in abgegriffenen Scheinen, und ein Plastikbeutel mit Briefmarken. Die meisten waren abgestempelt und von dem Kuvert abgerissen worden, hauptsächlich schwedische Marken mit Königen, Sportlern und bekannten Gebäuden, erbaut in den Zwanzigerjahren bis in die Gegenwart, aber auch ältere Briefmarken waren darunter. Abgenutzt und zerfleddert, als hätte sie jemand im Laufe der Jahre immer wieder in die Hand genommen.

Im Fernsehen wurde die Ziehung der Lottozahlen abrupt durch die Werbepause unterbrochen. Das gefiel Eldh. Werbung war immer am schönsten. Keine beschwerlichen Untertitel, nur Fassade. Nicht nachdenken, kaufen. Eine Geradlinigkeit, die ihr zusagte. Als die Nachrichten anfingen, stellte sie den Fernseher leise. Sie nahm noch einen Bonbon und studierte sorgfältig das Foto.

Auf einmal fiel ihr auf, dass die Stimme des Nachrichtensprechers anders klang als sonst, exaltierter und nervös. Sie heftete ihren Blick auf den Bildschirm. Auf wundersame Weise hatte Eldhs kleiner Röhrenfernseher sämtliche digitalen Veränderungen überstanden. Das Bild war ein wenig in die Länge gezogen und blaustichig, aber ihr genügte das. Es gab eine Sondersendung über etwas so Seltenes wie einen Amokläufer in Schweden. Eldh stellte wieder lauter. Die Polizei hatte wenig darüber verlauten lassen, worum es bei den Schießereien gestern Abend auf Söder gegangen war, aber nun änderte sie ihre Taktik. Ein Amokläufer befand sich in Stockholm auf freiem Fuß, und die Bevölkerung wurde um Hinweise gebeten, um ihn zu fassen. Ein körniges Foto von einem jungen Mann wurde gezeigt. Der Verdächtige, Jonas Hellemyr, ein fünfundzwanzigjähriger Rechtsextremist, der auf der Jagd nach Drogen seine Exfreundin und einen Arzt getötet hatte. Zwei Nachbarn waren eines gewaltsamen Todes gestorben, als sie der jungen Frau zu Hilfe eilten. Es kam nicht oft vor, dass sie mit Namen und Bild so rasch an die Öffentlichkeit gingen. Eldh legte das Foto von Gunnar aus der Hand und hörte aufmerksam zu. Hellemyr war ein Waffennarr, ein Eigenbrötler, der über lange Zeit tablettenabhängig gewesen war. Das Interview mit einem ehemaligen Klassenkameraden bestätigte das Bild eines introvertierten jungen Mannes mit jeder Menge aufgestauter Wut. Er hatte Jura studiert, und ein IT-Verantwortlicher gab an, dass Hellemyr diverse rechtsextreme Seiten im Netz besucht habe. Abgesehen von Waffen und Munition hatte die Polizei Zeichnungen von selbstgebastelten Bomben in seinem Computer gefunden. Das war viel Information für einen recht glaubwürdigen Sender. Die Medien hielten im Regelfall solche Details erst einmal zurück. Sie konnten unmöglich die ganzen Fakten überprüft haben. Die Sondersendung wirkte überhaupt sehr übertrieben und forciert. Eldh kannte das zwar von weltbewegenden Ereignissen oder großen Katastrophen, aber ein potenzieller Mörder in Stockholm? Lag das wirklich im Interesse der Bevölkerung? »I didn't know this could happen in Sweden«, sagte ein schockierter indischer Austauschstudent in einem Live-Interview auf dem Campus der Universität. Ein Reporter berichtete vor Ort. Er stand vor der versiegelten Wohnung auf Södermalm. Die schwarz-weißen, körnigen Bilder des Verdächtigen sagten nicht sonderlich viel aus. Ein junger Mann mit Stiernacken und kantigem Unterkiefer. Die Nase war markant, unter der breiten Stirn ruhten zwei tiefliegende Augen, die ernsthaft dreinblickten. Die schlechte Aufnahme und die Kontraste unterstrichen dies noch.

Eldh ging zur Toilette. Die Wunden von der Schlägerei mit den Außerhalben heilten allmählich ab, aber die Rippen schmerzten jedes Mal, wenn sie hustete. Vor dem Fernseher wechselte sie ein paar Kompressen an ihrem Unterarm und zappte durch die Programme.

Mehrere Kanäle brachten Sondersendungen und änderten das reguläre Programm. Es wurde über das Heranwachsen des Sonderlings auf Östermalm mit der alleinstehenden Mutter berichtet. Bilder von seiner damaligen Schule, ein Klassenfoto, ein Junge mit finsterem Blick wurde herangezoomt, einen Kopf größer als die anderen, sein Wohnviertel, beunruhigte Nachbarn, Bilder von seinem Rechner, beschlagnahmte Waffen und Tablettenschachteln. Ein Arzt erläuterte, wie anabole Steroide verschiedene Funktionen des Gehirns beeinträchtigten und zu plötzlicher Aggressivität führen konnten. Ein Geistlicher sprach über das Böse. Alle versuchten eine Erklärung für das zu finden, was passiert war. Bei einem sentimentalen Interview mit einer Freundin der Exfreundin musste Eldh den Ton ausstellen. Die Medienlandschaft hatte sich verändert, Einzelpersonen und Emotionen hatten überhandgenommen auf Kosten von Fakten und Informationen. Seit über einer Stunde wurde auf allen Kanälen immer das Gleiche wiedergekäut, nur in anderer Verpackung.

Während sie wartete, dass ihr alter Computer in die Gänge kam, stellte sie die Kaffeemaschine an. Wie die meisten Verborgenen mochte Eldh keine Computer. Sie bekam von ihnen zwar keine größeren Beschwerden wie viele andere, aber schnurlose Netzwerke und Antennen konnten unangenehme Zuckungen hervorrufen. Eigentlich ging es vor allem darum, dass sie eher spät auf den fahrenden Zug aufgesprungen war. Sie hatte nichts gegen Technik, aber sie war vielleicht einfach faul. Sie surfte ein wenig und druckte ein paar Bilder aus, aber das war auch schon alles.

Dann ging sie auf Flashback, um ein bisschen Klatsch und Tratsch zu lesen. Hier war man im Gegensatz zum Fernsehen gezwungen, selbst zu denken. Die Anschuldigungen hatten oft einen pseudopolitischen Absender, das meiste entbehrte jeder Grundlage, alles war subjektiv, aber wenn man zwischen den Zeilen las, erhielt man gewisse Informationen, die die Presse aus ethischen Gründen nicht publizierte. Sie fand weitere Bilder von Hellemyr. Bilder von der Exfreundin, deren Name ebenfalls genannt wurde. Rebecka Kjellberg, fünfundzwanzig Jahre, Medizinstudentin und Klassenkameradin von Hellemyr auf dem Gymnasium. Der Ermordete, der Arzt Magnus Schröder, war ein Wissenschaftler vom Karolinska im Ruhestand. Sie scrollte wieder nach oben. Professor Schröder. Das war sicher kein Zufall. Eldh wusste sehr wohl, wer das war.

Neue Bilder flimmerten im Hintergrund über die Mattscheibe, es war etwas passiert. Ein Polizeihubschrauber stand über den Dächern von Gamla stan. Eldh stellte den Ton wieder an. Eine Polizeijagd war im Gange, die Bewohner wurden gebeten, ihre Häuser nicht zu verlassen. In einem Live-Interview erzählte ein schwarzgeschminktes Mädel völlig aufgelöst, dass sie den Gesuchten draußen auf Skeppsholmen gesehen hatte. Die Einsatzkräfte waren unterwegs.

Jonas hatte keine Ahnung, wie viel Zeit vergangen war, aber es kam ihm vor, als wäre er zu sich selbst zurückgekehrt. Die Alte saß im Schneidersitz, seine Hand auf ihren Knien. Sie webte noch immer, aber sein Schmerz und Fieber waren fast weg. Vertieft in ihre Arbeit brabbelte sie leise, und ihre runzligen Gesichtszüge hatten sich entspannt. Das Licht im Raum war schwächer geworden, es herrschte Dämmerung. Jonas spürte, wie ihn Boden, Wände und Decke beanspruchten. Anfangs war es nur ein vages Gefühl, ein Hungergefühl, das von außen kam und mit der Zeit immer greifbarer wurde. Der Raum nahm ihn in sich auf. Das Metall, das in der Luft hing, fiel dumpf zu Boden. Ein formloser Klumpen Schlacke war alles, was übrigblieb.

»Es tut mir leid, mein kleines Kerlchen, aber mehr kann ich dir nicht geben. Jetzt hängt alles von dir ab.«

»Danke.« Seine Stimme war ein Flüstern. »Wie heißt du?«

»Liv.«

»Danke, Liv.«

»Bitte.« Sie schenkte ihm ein warmes Lächeln. Die Lücke zwischen ihren Schneidezähnen verlieh der Alten einen etwas kindlichen Ausdruck.

»Wo bin ich?«

»In meiner Webarbeit. Gefällt sie dir?«

»Sie ist wunderbar, die schönste, die ich je gesehen habe.«

»Danke. Aber schon bald wird sie zerfallen.«

»Für immer?«

»Früher oder später. Das ist nur eine vorübergehende Blase in der Natur. Eine kleine Dreingabe von mir.« Sie zwinkerte ihm zu. »Aber man muss auch etwas dafür tun, sonst geht es ein. Und ich musste dieses Mal viel nehmen.«

»Aber du hast doch dein Herzblut da reingesteckt.«

»Schon«, entgegnete sie in ihrem singenden Dialekt. »Aber manchmal macht es einfach Freude, etwas zu erschaffen.« Sie lächelte Jonas an. »Gebrauchsgegenstände sind dazu da, dass sie benutzt werden, und manchmal gehen sie eben auch kaputt. Das gehört zum Leben dazu.«

»Und was passiert jetzt mit mir?«

»Das weiß ich nicht. Entweder hält meine Flickarbeit oder nicht. Das sehen wir dann schon.« Sie lächelte mitfühlend. »Du hast die ganze Zeit einen Namen wiederholt, ich glaube, das hat dich vor dem Tod bewahrt. Eine Rebecka, ist sie deine Freundin?«

Er bekam einen Kloß im Hals, als er ihren Namen hörte. Er musste an Rebecka denken.

»Nein«, sagte er schließlich.

»Ist sie wichtig für dich?«

Er nickte. Seine Stimme versagte, und er flüsterte kaum hörbar: »Sie ist meinetwegen tot.« Er spürte einen Stich, als er das sagte, und ihm traten die Tränen in die Augen. »Entschuldigung.«

»Ja, schon gut. Menschen werden geboren, Menschen sterben, das ist Teil des Lebens.« Die Alte strich ihm mit ihrer trockenen Hand über die Stirn. »Das ist ein schwacher Trost, ich weiß, aber so ist das, daran kannst du nichts ändern. Was du mit der Erinnerung an sie machst, darauf kommt es an, du kannst dafür sorgen, dass sie nicht vergebens gestorben ist.« Liv erhob sich langsam und ging mit kleinen Schritten aus dem Zimmer.

Kurz darauf kam der Mann namens Maersk herein und half Jonas nach draußen. Der Schein der moosgrünen Wände hatte sich in eine kalte Fläche verwandelt, die brannte, wenn man sich ihr näherte. Es kribbelte in den Fußsohlen. Um ihn herum herrschte reges Treiben. Eine Frau, die er bisher noch nicht gesehen hatte, trug zusammen mit Leander Gepäck hinaus. Sie war groß, ein heller Typ, und erinnerte Jonas an den Mann, den er am Kai getroffen hatte. Leander nannte sie Vang.

Es war erleichternd, den gewebten Raum zu verlassen und wieder ins Bootshaus zu gehen. Er atmete ein paar Mal tief durch. Es war, als würde er nach langer Zeit unter Wasser wieder an die Oberfläche kommen.

»Dir fehlt Sauerstoff«, bemerkte Maersk und lud sich einen Seesack auf den Rücken. »Da drinnen gibt es keine Luft. Dein Körper begreift das erst jetzt.«

»Schneller«, befahl Leander. »Das Gewebe fällt in sich zusammen. Ist noch jemand drinnen?«

Maersk schüttelte den Kopf.

»Gut. Wir packen zusammen und verschwinden.« Leander öffnete die Tür und trat in die Dunkelheit hinaus auf den Kai.

Geschäftig gingen sie raus und rein. Überall im Bootshaus lagen Taschen, Rucksäcke und Seile. An einer Wand lehnte eine schwarze Armbrust. Jonas versuchte zu helfen, aber er hatte keine Kraft. Die Hand pochte wie eine offene Wunde, und der Arm war noch immer taub. Der Schwindel kam, sobald er aufstand. Leander riet ihm, sitzen zu bleiben. Zusammen mit Vang trug sie das letzte Kanu hinaus, und Jonas blieb allein zurück. Er lehnte den Kopf an die Wand und schloss die Augen. Draußen tobte inzwischen ein gehöriges Unwetter, der Wind zerrte an dem kleinen Bootshaus. Jonas hörte ein Funkgerät knistern.

»Polizei am Eingang.« Die Stimme klang wie der Nordschwede auf dem Kai.

Nach der zweiten Durchsage zog Jonas das Funkgerät aus allem möglichen Krimskrams auf einer Hobelbank heraus. Vor ein paar Jahren hatte er ein ähnliches Modell auf einer Baustelle in Märsta benutzt, als er für einen Sprengmeister aus Finnland gearbeitet hatte.

»Es ist niemand mehr hier, nur ich.« Er wusste nicht, wie er das erklären sollte. »Ich bin der Kranke. Kommen.« Er erhielt keine Antwort.

Es blieb eine Zeitlang still, und Jonas fragte sich, ob er die falsche Frequenz verwendet hatte, aber dann bekam er Antwort.

»Verstanden.«

Er wartete, aber es kam nichts mehr. Jonas machte die Tür auf und spähte nach draußen. Der Wind rüttelte an der Tür. Es knarrte und ächzte, die Boote schlugen aneinander, und die Stagen peitschten rhythmisch gegen die Masten. Das Licht hatte gewechselt, es war grauer, farbloser; obwohl es draußen dunkel war, sah er nicht schlechter, nur anders. Er spähte über den Kai, konnte aber weder Leander noch die anderen ausmachen. Er würde den Wind nicht übertönen können, selbst wenn er brüllte. Er zog die Tür wieder zu und wartete.

Das Funkgerät blieb still. Jonas suchte ein Versteck im Bootshaus, als die alte Frau plötzlich aus der Wand trat.

»Entschuldigung.«

Sie sah sich um, schien etwas zu suchen.

»Ich weiß nicht, wo die anderen sind«, sagte Jonas. »Aber da draußen ist die Polizei.«

»Wie schön«, sagte sie und streckte ihm ihre Hand entgegen. »Liv.«

»Öh, Jonas«, gab er abwartend zurück.

»Sehr erfreut.« Sie lächelte liebenswürdig.

Die Tür ging auf, und Leander trat ein.

»Die Polizei ist auf dem Weg«, sagte Jonas und warf ihr das Funkgerät zu.

Leander schlug auf eine Büchse, die auf der Bank stand. Sie knisterte.

»... schwedisches Aussehen, in den Zwanzigern. Zeugen können den Gesuchten auf Skeppsholmen gesehen haben. Alfa bleibt an der Brücke. Kommen.«

»Verstanden«, lautete die Antwort. »Beta fängt bei den Booten an. Kommen.« Der Polizeifunk brach ab.

Leander steckte sich Ohrhörer rein und wechselte die Frequenz.

»Wir hauen ab«, sagte sie. »Jetzt. Ende.«

Sie trat zu Liv und ergriff ihre Hände.

»Guten Tag, das freut mich«, sagte die Alte schmunzelnd. »Liv.«

»Liv, hör mir zu.« Leander nahm einen schwarzen Anorak aus ihrem Rucksack und zog ihn rasch der alten Dame an. »Wir machen eine kleine Bootsfahrt. Signe will, dass du mitkommst. Ich bin eine Freundin von Signe.«

»Wie schön.« Ein sorgenvoller Ausdruck huschte über ihr Gesicht, aber sie lächelte noch.

»Kannst du allein gehen?«, fragte Leander an Jonas gewandt.

»Ich glaube schon.«

»Folge mir.«

Leander nahm Liv bei der Hand und ging hinaus. Sie hielten sich dicht an den Bootshäusern und bogen zum Anleger ab. Der Wind fegte einen Plastikeimer über den Asphalt. Ein Stück weiter konnte Jonas sehen, wie schwarzgekleidete Männer mit Taschenlampen ein Boot durchsuchten. Ein schwarzer Lieferwagen parkte daneben. Zwischen den heulenden Windböen konnte er die Rotorblätter eines Helikopters ausmachen. Leander eilte an den Booten entlang. Ohne Vorwarnung zog sie Jonas und Liv zwischen zwei Bootshäuser. Sie umfasste den Schaft der Axt unter der Jacke. In einigen Metern Entfernung tauchte ein Polizist mit gezogener Maschinenpistole auf, dann noch zwei. Fünf schwarzgekleidete Polizeibeamte in voller Montur kamen näher. Sie hatten die anderen offenbar nicht entdeckt. Die Beamten brachen die Tür des benachbarten Bootshauses auf, drei Männer gingen rein, die anderen zwei blieben draußen hinter der Ecke stehen. Jonas hörte, wie sie das Bootshaus durchsuchten, sie waren jetzt ganz nah. Dann geschah etwas. Ein Stück entfernt wurde eine Tür aufgeschlagen, ein Schatten glitt hindurch. Die Polizei reagierte, nach ein paar knappen Kommandos huschten sie dichtgedrängt an der Lücke zwischen den beiden Bootshäusern vorbei. Sowie sie vorüber waren, trat Leander vor. Es stürmte und toste, alle Geräusche wurden vom Wind geschluckt. Sie deutete auf eine alte Schute. Jonas nahm Liv bei der Hand, eilte über den Steg und duckte sich hinter einer Persenning. Die Polizeibeamten verschwanden durch die offene Tür beim Skeppsholmsgård. Leander trat zurück in die Schatten, ohne die Beamten aus den Augen zu lassen. Jonas und Liv schlichen zur Schute. Wie aus dem Nichts tauchte Maersk auf und zog sie in die Plicht. Auf der anderen Seite der Reling lagen drei schwarze Kanus und eine Jolle beladen mit Gepäck und schaukelten auf dem Wasser. Vang half erst Liv in ein und dann Jonas in ein anderes Kanu, während Maersk den Kai im Auge behielt. In dem Gebäude, in das die Polizei hineingegangen war, blitzte ein Licht auf, und der Wind trug Rufe und Anweisungen zu ihnen herüber. Kurz darauf tauchte der bärtige Nordschwede auf. Obwohl Jonas in der Dunkelheit gut sehen konnte, war es schwierig, ihn auszumachen. Seine Bewegungen waren geräuschlos und effizient. Durch seine Kleidung hob er sich nicht von der Umgebung ab, sein Gesicht getaucht in graue Farbschattierungen.

Sie hatten Rückenwind und paddelten nach Djurgården hinüber, wobei sie sich dicht am Ufer hielten, um nicht entdeckt zu werden. Ein Polizeihelikopter war über dem Skeppsholmsgård tiefer gegangen und suchte mit Scheinwerferlicht die Bootshäuser und den Kai ab. Sie waren in letzter Sekunde entkommen. Jonas lag im Kanu auf dem Gepäck und blickte in den schwarzen Himmel. Ihn umgab ein einziger undurchdringlicher Nebel, und er klapperte wieder mit den Zähnen. Sie fuhren durch den Djurgårdskanal, bis sie die Bucht Lilla Värtan erreichten, wo der Wind wieder auffrischte und ihnen die Gischt ins Gesicht spritzte. Aber da hatte Jonas schon das Bewusstsein verloren. Sie umrundeten die Landzungen Blockhusudde, Biskopsudde und Waldemarsudde bis zu der kleinen Insel Beckholmen mit dem großen Trockendock. Nachdem sie bei harten Wetterbedingungen ganz Djurgården umrundet hatten, waren sie nur einen knappen Kilometer von der Stelle entfernt, wo sie gestartet waren. Wenn sie jemand in ihrem alten Unterschlupf beobachtet hatte, waren sie in Sicherheit. Niemand konnte wissen, wo sie jetzt waren.

Eine junge Frau in weißem Kittel führte Eldh durch die Korridore im Seniorenheim. Kunstblumen, vereinzelt Bilder, Dienstpläne und Türöffner. Betagte Bewohner in Rollstühlen. Die Pflegerin redete ununterbrochen, aber Eldh hatte gleich auf Durchzug gestellt. Sie kamen an einem Aufenthaltsraum mit rotkarierten Tischdecken vorbei. Im Fernsehen liefen die Nachrichten, Bilder von Skeppsholmen und dem Amokläufer Hellemyr zuckten vorbei. Der Regen trommelte gegen die Scheiben. Ein junger Mann saß über eine Schale mit Pudding gebeugt. Der Löffel war mit langsamen, abgehackten Bewegungen auf dem Weg zum Mund, aber der überraschte Gesichtsausdruck schien die Absicht dahinter nicht zu verstehen. Als wären Körper und Hirn voneinander getrennt worden, ohne zu wissen, warum. Eldh fiel es schwer, ihren Blick von dem Kampf zwischen Löffel und Mund loszureißen, sie kam sich wie eine Schaulustige vor.

»Wie bitte?«, sagte Eldh.

Die Frau wiederholte ihre Frage.

»Ich bin eine Angehörige«, gab Eldh zurück. »Glaub ich. Wir haben uns lange nicht gesehen.«

Sie waren vor einer Tür stehengeblieben.

Ein Aquarell mit einem Motiv aus den Schären hing an der Wand. Ein Seehund streckte seinen Kopf aus den Wellen. Ein alter Mann mit Rollator ging an ihnen vorbei, als befände er sich auf einem endlosen Spaziergang. Schritt für Schritt, zielsicher und abwesend zugleich, mit gesenktem Blick, als würde ihn nur das Alter noch durchs Leben tragen.

»Wir wissen sehr wenig über ihn. Sie können gerne zu uns ins Büro kommen und mehr erzählen. Wir haben nicht mal eine Personennummer.«

»Gern. Wenn er es ist.«

Die Pflegerin nickte. »Ich muss Sie vorwarnen, sein Zustand ist bedenklich. Aber wir hoffen, dass das nur vorübergehend ist.« Trotz ihres jungen Alters besaß sie sämtliche Eigenschaften, die ihren Beruf auszeichneten, Effizienz, Herzlichkeit und Mitgefühl. Sie lächelte verschmitzt. »Susanne, ich gebe Ihnen beiden ein bisschen Zeit zusammen. Drücken Sie einfach auf den Knopf, wenn etwas sein sollte.«

Bei ihrer Ankunft hatte Eldh ihre persönlichen Daten angeben müssen und dieselbe Identität verwendet, die Borg ihr für das Verhör bei der Polizei gegeben hatte. Eigentlich sollte sie kein zweites Mal darauf zurückgreifen, aber für dieses Treffen um eine neue zu bitten, wäre sinnlos gewesen. Mit den Konsequenzen musste sie sich später auseinandersetzen. Die Pflegerin ging Richtung Aufenthaltsraum.

Eldh zögerte, ehe sie die Tür öffnete. Ihre sonst so selbstverständliche Zielstrebigkeit war wie weggeblasen. Sie wusste nicht, was sie wirklich hierhergetrieben hatte. Die Regel lautete: Hatte man ihre Welt erst einmal verlassen, gab es nichts mehr, was man tun konnte. Die Verantwortung hörte auf, wenn es kein Risiko mehr gab. Die Gemeinschaft war keine Wohltätigkeitsorganisation, das hatte Borg wieder und wieder deutlich gemacht, aber ihr war es dennoch gelungen, die Grenzen auszuloten. Die Herberge, Unterstützung von den Behörden, ärztliche Versorgung; die Scheuen hatten es besser, seit sie sich darum kümmerte, das musste sie einfach glauben. Weder Borg noch Ehrencrantz fanden Gefallen daran, dass sie ihre Prioritäten festlegte, das war ihr durchaus klar, aber wenn man sich nicht der Schwächsten annahm, die sich selbst nicht zu helfen wussten, was hatte das alles dann überhaupt für einen Sinn? Dann konnte man ebenso gut allem seinen freien Lauf lassen, selbst seinen Mann stehen, der Stärkste gewinnt. Es wäre interessant zu sehen, wie diese Schreibtischtyrannen über die Runden kommen würden. Diese Diskussion würde sie nie gewinnen, aber für Eldh war der Glaube lebensnotwendig, dass sie tatsächlich helfen konnte. Andere sollten nicht das durchmachen, was sie erlebt hatte, das gab ihr Kraft. Sie sah dem Mann mit dem Rollator nach. Es schien, als hätte er sich keinen Meter gerührt. Die immergleichen Schritte, der immergleiche Kampf. Schließlich trat sie ein.

Gunnar saß auf dem Bett, die Hände gefaltet, und starrte vor sich hin. Es war nicht leicht, ihn wiederzuerkennen. Sie hatten ihm den struppigen Bart abrasiert und seine Haare geschnitten. Seine Haut war blass und runzlig, vielleicht war es das erste Mal seit hundert Jahren, dass sein Kinn Tageslicht zu sehen bekam. Ohne die ganzen Kleider und Bündel war er dünn und schmächtig wie ein Vogeljunges. Der Raum war kahl und nüchtern. Es gab keine persönlichen Dinge darin, nicht einmal einen Mantel oder Schuhe. Alles, was er bei sich gehabt hatte, hatten sie weggeworfen. Die einzigen Überbleibsel seines Lebens lagen in einer Plastiktüte in ihrem Büro.

»Hej, Gunnar.«

Er sah sie an. Ohne sie wiederzuerkennen, nur der Kopf bewegte sich, bis der unscharfe Blick auf ihr ruhte. Die blassblauen Augen waren trübe und die Pupillen gräulich. Es hatte nicht lange gedauert, und er hatte den grauen Star, oder was es war, bekommen.

»Erkennst du mich nicht?«

Keine Antwort.

Eldh trat ans Fenster.

Gunnars Blick war starr und gleichgültig. Der Regen rann die Scheibe hinab. Draußen waren die Umrisse von Fichten zu erahnen.

Er war stets schwer fassbar gewesen, aber dennoch freundlich. Mehrere Jahre hatte sie gebraucht, um ihn kennenzulernen. Sie hatte die wenigen Sätze und Kommentare zusammengefügt, die ihm im Laufe der Zeit entschlüpft waren, hatte sein Leben zu einer für sie lebendigen Geschichte zusammengesetzt und zusammenphantasiert. Manchmal meinte sie, ihn besser zu kennen als jeder andere. Es waren nur Phantasien, aber es hatte sich gut angefühlt. Es hatte das Bedürfnis nach einer eigenen Familie erfüllt, die sie nicht besaß. Als hätte sie auf einmal einen neuen Verwandten, sie hatte ein Gefühl von Zugehörigkeit verspürt.

Er hatte sich immer noch nicht bewegt.

Eldh setzte sich auf die Bettkante neben ihn und nahm seine kleine Hand in ihre. Sie öffnete die faltige Handfläche und legte vorsichtig eine Briefmarke hinein. Sie war orangebraun und abgegriffen. Ein Mann im Anzug, eine Zwei und ein Satz in einer Sprache, bei der es sich, wie sie nun wusste, um Persisch handelte. Er betrachtete die kleine Briefmarke.

»Wer hat dich ausgebrannt, Gunnar? Wer?«

Sie suchte seinen Blick.

Der alte Vagabund blieb stumm. Jemand lachte draußen auf dem Gang.

Eldh nahm die Schwarz-Weiß-Fotografie seiner Familie und hielt sie ihm hin.

»Komm schon, Gunnar. Wach auf. Sag was.«

Eldh hoffte auf eine Regung, ein Blinzeln, irgendetwas, das

darauf schließen ließ, dass er im Innern mit sich rang. Der Regen tropfte ohne Unterlass auf das Fensterblech.

»Gunnar? Wer war das?«

Endlich sah der alte Mann sie an. Aber da war nichts. Gunnar nahm weder etwas wahr, noch verstand er etwas. Er war fort. Ein Teil von ihm funktionierte noch, der Teil, der sein Überleben gewährleistete, aber den anderen, der mit seiner Persönlichkeit und seinen Erinnerungen verbunden war, gab es nicht mehr.

Eldh wusste nicht, was sie erwartet hatte. Sie sah das nicht zum ersten Mal. Die Behandlungen, die Medikamente, die Elektroschocks. Auch wenn es sinnlos war, wollte sie glauben, dass irgendwo in Gunnar noch etwas existierte. Verborgen unter Schichten von geschädigtem Hirngewebe, ein schwacher Schimmer von ihm selbst. Ein leises Echo, das sie hervorlocken könnte. Wenn auch nicht für alle sichtbar, dann wenigstens für sie, es würde dem Dasein mehr Bedeutung verleihen.

Aber Gunnars Miene war so unbarmherzig wie die eines toten Fisches. Borg hatte Recht. Sie trug ihm gegenüber keine Verantwortung mehr. Eldh küsste die frisch rasierte Wange und ging.

Die Pflegerin passte Eldh ab, als sie an der Anmeldung vorbeiging. Sie wäre lieber darum herumgekommen.

»Und war er es?«

»Nein.«

»Das tut mir leid.«

»Mir auch.«

Aber ehe Eldh sich verabschiedete, fügte sie hinzu: »Er hat eine alte Briefmarke. Mein Onkel war Philatelist, ich glaube, ich habe sie in einem von seinen Katalogen gesehen. Schauen Sie doch, was sie wert ist, und gewähren Sie ihm noch ein paar letzte Jahre in Würde.«

Jonas wurde wach und sah sich um. Er lag auf einer Pritsche in einem kalten Raum mit Stahlwänden. Durch ein kleines rundes Fenster konnte er den bewölkten Himmel sehen. Unter ihm gluckerte es leise. Zum ersten Mal seit langem spürte er, dass er seine Gedanken unter Kontrolle hatte. Er war lange zwischen Fiebertraum und Schlaf hin- und hergependelt. Der Maskenmann war die ganze Zeit da gewesen, hatte mit schiefgelegtem Kopf gewittert und ihn beobachtet, taxiert und vermessen, seine Hand genommen und ihn in die Finsternis eingeladen, wo Rebecka wartete. Dazwischen Licht, Wärme, Wasser trinken, Leander mit ihrem verschlossenen Gesicht, die neben ihm wachte, dann Fieber, neue Träume, wolkenverhangener Himmel und die Maske.

Er lag ganz still und versuchte, zu sich zu kommen. Er wusste nicht, wie lange das so gegangen war, er fühlte sich schwach, wie nach einer langen Krankheit. Mühsam stemmte er sich hoch auf die Bettkante. Die Hand war verbunden, er konnte die Finger und den Arm bewegen, aber der Arm war taub. Mit unsicheren Schritten schleppte er sich zu der dicken Stahltür. Die Angeln knirschten widerwillig, und er trat auf einen schmalen, gelbgestrichenen Gang, der in einen kleinen Speisesaal mit ein paar Tischen und Bänken an den Wänden führte.

»Aha, du bist auf.« Maersk saß auf einem Stuhl und las ein Buch. »Warte. Ich lese nur noch das Kapitel zu Ende.«

Durch die zugezogenen dünnen Gardinen konnte Jonas das Meer und weiter hinten die steilen Klippen und den Fährterminal von Södermalm sehen. Er war also noch in Stockholm.

»Wo ist Leander?«

»Die sind unterwegs. Ich bin jetzt dein Kindermädchen.« Er legte das Buch beiseite und streckte ihm die Hand entgegen. »Maersk.« Er hatte ein sympathisches Gesicht, einen dunklen Teint, schütteres Haar und ein schelmisches Lächeln. Die Nase war rot und geschwollen, als hätte er kürzlich eine tätliche Auseinandersetzung gehabt. »Hast du Hunger, oder willst du gleich ein Eis?«

»Gerne Wasser.« Jonas hatte eine trockene Kehle. »Dann brauche ich was zu essen. Egal, was.«

»Gut.«

Maersk holte zwei Kühltaschen und ein Kanister mit Wasser. Er war gut durchtrainiert oder war es zumindest gewesen, und ein paar alte, verblasste Seemannstätowierungen schmückten seine kräftigen Arme.

»Das Frühstück auf der M/S Valhall hat fünf Sterne.« Er deckte Brot, gekochte Eier, Kefir und Kaffee auf. »Wenn du Grütze willst, kann ich welche machen.«

Jonas hatte keinen rechten Appetit, er war rasch satt, aber trank viel Wasser. Maersk gab ihm einen Becher. Es knirschte zwischen den Zähnen, als er einen Schluck nahm. Er spuckte aus. Es war, als würde er sauren Sand trinken.

»Was zum Teufel ist das denn?«

»Gelöschter Kalk«, grinste Maersk. »Keine Geschmackssensation, aber dein Körper braucht das. Man gewöhnt sich dran. Hier, ich schenke dir nach.«

Jonas schob den Becher weg.

Nach dem Frühstück zeigte Maersk ihm das Boot. Die M/S

Valhall war ein alter Trawler, der für Reparaturarbeiten im Trockendock lag. Der Besitzer, der mittlerweile zusammen mit einem Klan baskischer Verborgener in Spanien wohnte, war ein alter Freund von Leander. Den Winter über konnten sie an Bord bleiben. Außer ein paar Tischen, Bänken, Pritschen und einer provisorischen Küche gab es nichts. Die Ausrüstung, die sie mitgebracht hatten, war verstaut, damit sie im Bedarfsfall rasch aufbrechen konnten. Jonas wollte nach draußen an Deck, aber er wurde von Maersk aufgehalten. Er durfte sich unter keinen Umständen draußen zeigen, wenn er frische Luft wollte, musste er sich vor ein Ventil stellen.

In der zweiten Nacht schlief er besser. Die Träume weckten ihn nicht mehr auf, aber sein Körper fühlte sich schlapp und schwer an. Maersk kredenzte ihm das gleiche Frühstück und bestand darauf, dass er den gelöschten Kalk trank.

»Kalzium, Magnesium, Phosphor und Kohle plus Spurenelemente und Wasser, das sind deine Bestandteile.« Er stellte eine Tüte von einem Baumarkt vor ihn hin. »Du isst Lebensmittel und nimmst bestenfalls das zu dir, was du brauchst. Das ist jetzt anders. Wir Verborgene brauchen andere Nahrungsbausteine und mehr von allem, und deine Zellen verbrennen viel mehr Energie als bisher. Du hast neue Gene aktiviert. Du willst ganz andere Sachen essen als die, die du gewohnt bist, und kannst auf anderen Wegen deinen Bedürfnissen nachkommen. Probier einfach, und nimm das, was dich stark macht. Du musst viel aufholen.« Er stellte Schachteln mit Gips, verschiedenen Lösungsmitteln und anderen Tuben vor ihn hin. »Hier, Fensterkitt, mein persönlicher Favorit!«

Maersk nahm wieder sein Buch zur Hand und legte sich auf eine Bank.

»Márquez ist besser«, sagte Jonas, als er den Buchumschlag von Mario Vargas Llosas *Tante Julia und der Kunstschreiber* sah.

»Márquez? Das war doch eine Eintagsfliege. *Hundert Jahre Einsamkeit* und danach nix mehr. Steinbeck hingegen, das ist einer, der produktiv war.« Maersk deutete auf eine Papiertüte. »Wenn du Lektüre brauchst, kannst du dich einfach bedienen. Leider kein Steinbeck.« Maersks Dialekt ließ sich schwer einordnen. Er klang mal schwedisch, mal englisch, bisweilen norwegisch. Seine Sprache war perfekt, aber sie klang eigenartig. »Ich habe gerade eine schwedische Phase, in der Tüte sind vor allem Tunström, Lotass und Torgny Lindgren. Ich glaube, ich muss noch tiefer in eure literarische Provinz vordringen, bis ich aus euch Schweden klug werde. Das ist doch völlig krank, dass ich mich immer noch ausgegrenzt fühle.«

»Woher kommst du denn?« Jonas entdeckte einen Gedichtband von Tranströmer, den er noch nicht gelesen hatte.

»Ich?« Maersk legte sein Buch auf den Bauch. »Ich bin ein kleiner Fischerjung«, sang er laut auf Dänisch. »Ich bin der Quotenausländer in dieser arischen Bruderschaft hier.«

Jonas lachte. Zum ersten Mal seit langem.

»Du scheinst dich ja gut integriert zu haben.« Er schraubte die Tube mit Fensterkitt auf und roch zurückhaltend daran.

»Ja, verflucht. Die Liebe hat mich hergeführt. Dann war sie vorbei, aber ich bin geblieben. So ist das. Ich bin inzwischen mehr Schwede als Däne. Aber ich sage immer noch, was ich denke, das ist der einzige Unterschied. Die dänische Direktheit ist das einzige Erbe, das mir geblieben ist.« Er warf sich in die Brust. »Wenn der Tag kommt, an dem ich ängstlich wie ihr Schweden werde, dürft ihr mich umbringen.« Er vertiefte sich wieder in sein Buch.

»Und was ist mit der Liebe passiert?« Jonas drückte etwas

Fensterkitt auf seinen Finger und probierte vorsichtig. Maersk hatte Recht, es schmeckte.

»Wir haben uns in einem Zirkus kennengelernt, sie hat Klarinette gespielt. Hat sich mit dem dänischen Akrobaten verlobt, was für ein Witz. Sie ist weitergezogen, ich bin geblieben. Das ist viele Jahre her.«

»Hast du sie wiedergesehen?«

»Nein, der Zirkus ist weiter nach Russland, das war in der Stalinzeit, seitdem habe ich nichts mehr gehört. Sie ist wohl im Gulag gelandet, wie alle anderen.«

Eines Nachmittags entdeckte Jonas Liv an Deck. Er hatte sie seit der Flucht nicht mehr gesehen und wusste nicht einmal, dass sie an Bord war. Sie stand in dünnen Kleidern an der Reling und wirkte verwirrt. Eigentlich durfte er nicht im Freien sein, aber Jonas brachte es nicht übers Herz, die Alte so hilflos stehen zu lassen. Er setzte die Kapuze auf und ging zu ihr. Sie erkannte ihn nicht wieder, aber lächelte höflich und stellte sich vor. Hinter dem gutmütigen Lächeln sah Jonas die Schwärze. Sie hatte gelernt, mit ihrer Situation umzugehen. Er hatte das Gleiche miterlebt, als seine Großmutter an Demenz erkrankt war. Jonas war noch klein gewesen, aber er hatte intuitiv verstanden, dass sie sich tief in ihrem Innern ihres Mankos bewusst war und dass diese Erkenntnis weh tat. Er erinnerte sich nicht mehr genau, wann sie gestorben war. Er musste sieben oder acht gewesen sein, aber da hatte er sich schon längst von ihr verabschiedet. Die Beisetzung war nicht mehr so dramatisch gewesen, die richtige Oma war für ihn schon lange vorher gestorben.

Jonas nahm Liv behutsam bei der Hand und führte sie in die Messe. Er brühte ihr einen Kaffee auf und setzte sie auf einen Stuhl.

»Ist Signe hier?«, fragte sie zaghaft.

»Ich glaube nicht.«

»Nein, ist ja klar, nein. Wie dumm von mir.« Sie lächelte vage. »Sie ist ja in die Stadt gefahren.«

»Vielleicht.«

»Ich verstehe wirklich nicht, warum sie mit Vater nach Mora muss. Solche großen Volksversammlungen machen die Menschen kaputt. Das ist nicht normal. Mutter hat Recht, da gibt es nichts zu holen.« Sie schlürfte ihren Kaffee. »Wie heißt du, mein Freund?«

»Jonas. Du hast mir das Leben gerettet.«

»Hab ich das? Schön. Ich heiße Liv.«

Schweigend tranken sie ihren Kaffee.

Jonas bemerkte, dass Liv sich verändert hatte, sie wirkte jünger, ihre Stimme war eine Spur heller, die Unruhe noch greifbarer. Sie wandte sich mit ihrem wässrig-blauen Blick an ihn, aber es war, als spräche sie mit jemand anderem in ihren fernen Erinnerungen.

»Hast du die Kate verkauft? Ich will nicht wegziehen. Das ist unser Zuhause, ich will nicht weg. Mutter wird niemals einwilligen.« Die alte Frau klang wie ein Kind, naiv und vorwurfsvoll. Und es antwortete jemand aus der Vergangenheit auf ihre Repliken, aber diese Antworten konnte Jonas nicht hören, nur die von Liv. »Wie, Amerika? Wir kommen ja nicht mal hier zurecht! Wo ist das Geld, das du bekommen hast? Sag schon? Vater, du musst es mir sagen, ich kann dich vor Mutter schützen, wenn sie nach Hause kommt, aber du musst mir antworten! Wo ist das Geld?« Sie sah ihn an. Jonas wusste nicht, was er tun sollte. Ihr Blick wurde finster, als die Erinnerung wieder zurückkehrte. »Alleine? Du willst alleine fahren? Und was ist mit uns? Wie sollen wir zurechtkommen? Sollen wir uns wieder den ganzen Winter im Wald verstecken, in Berghütten, bis du wiederkommst, um uns zu holen? Hast du dir das so gedacht?« Liv brach in Tränen aus. »Mutter wird nie für Svedberg arbeiten, das weißt du. Ich auch nicht! Niemals! Niemals Svedberg! Er tut mir weh.«

Maersk kam mit zwei Einkaufstüten herein.

»Liv, um Himmels willen, was machst du denn hier?«

Die Erinnerungen zerplatzten, und sie war wieder im Jetzt. Verwirrt, aber im Jetzt. Sie lächelte unsicher.

»Guten Tag, ich heiße Liv«, murmelte sie.

»Hej, grüß dich, alte Socke!«, gab Maersk entwaffnend zurück. Sein breites Lächeln beruhigte sie. »Komm, Liv, jetzt schauen wir erst mal, dass du wieder ein bisschen zur Ruhe kommst. Ich habe neue Wolle für dich.« Er redete leise auf sie ein und half ihr in ihre Kabine.

»Sie hat einen ganzen Hobbyraum voll mit Nadeln und Garn«, sagte Maersk, als er in die Messe zurückkam. »Damit ist sie erst einmal beschäftigt. Kinderarbeit in Bangladesh ist nichts dagegen.«

»Wie geht es ihr jetzt?«

»Es geht ihr schlechter, wenn sie gewebt hat. Dich zu flicken war offenbar keine Kleinigkeit. Ich hoffe, du bist das auch wert, sie ist jetzt wirklich ganz schön abwesend. Hoffentlich findet sie bald wieder in die Realität zurück. Kinderbetreuung und Altenpflege, das ist mein Los. Einmal Ausländer, immer Ausländer. Hast du Hunger?«

»Wer ist Signe?«

»Ach, ist es so schlimm? Das ist ihre Schwester. Die Einzige, die sie nicht vergessen hat. Weißt du, wir haben Liv in den Siebzigern auf einem alten Hof in Dalarna zusammen mit einer Clique Grünzeug gefunden. Wenn die alten Schachteln wüssten, was sie in all den Jahren direkt vor ihrer Nase getrieben hat. Es ist, als würde man in den Kopf einer Geisteskranken steigen. Unglaublich schön und düster zugleich. Es ist immer noch ein beliebtes Reiseziel für Verborgene, total verrückt!«

Jonas stand im Dunkeln am Fenster und spähte zwischen den Gardinen hinaus. Der Wind pfiff, und das Boot schaukelte auf den hohen Wellen. Inzwischen war er wieder ein bisschen auf den Boden der Tatsachen zurückgekehrt, hatte sich trotz allem so akzeptiert, wie er war, und sich mit dem abgefunden, was passiert war. Oben auf der Danviksklippe hatten sie gesessen und die Aussicht auf die Stadt genossen. Er war gerade siebzehn geworden, Rebecka war ein paar Monate älter gewesen. Der gleiche schwarze Humor, die gleiche Lakonie, mit der sie der Welt begegneten, die gleiche Wellenlänge. Als sie seine Hand berührt hatte dort oben auf dem Fels, hatte seine Haut die Berührung sofort wahrgenommen. Eine andere Bedeutung. Sinn. Veränderung. Das Unwiderrufliche. Die Sonne hatte den Stein gewärmt, auf dem sie saßen. Grasbüschel, Zigarettenkippen. Ihre suchenden Lippen. Der erste unbeholfene Kuss, bei dem die Zähne gegeneinanderschlugen. Ungewohnte Formen, die noch nicht zueinanderpassten. Die Danviksklippe.

Die Trauer brach mit Gewalt aus ihm heraus. Seit ein paar Tagen wurde er von einer unbeschreiblichen Trauer übermannt, die ohne Vorwarnung kam und ging, bisweilen begleitet von Erinnerungen, bisweilen nur von einer leeren, bodenlosen Sehnsucht. Er konnte es nicht steuern. Die Gefühle überwältigten ihn, setzten alles außer Kraft und verzerrten sein Gesicht. Erinnerungen. Verblasste Spuren, die nur in ihm selbst weiterlebten. Er musste sie bewahren.

Die Dunkelheit hatte sich herabgesenkt, aber Straßenlaternen, Autoscheinwerfer und erleuchtete Fenster enthüllten die unsichtbaren Konturen der Stadt. Seine Tränen versiegten allmählich.

Rebecka.

Es tut mir leid.

Die Finnlandfähre verließ den Hafen. Das riesige Fahrzeug löste sich vom Terminal und glitt auf das schwarze Wasser hinaus. Er wischte seine Tränen mit dem Ärmel weg. Was ging da draußen vor sich? Er dachte an seine Mutter. Was glaubte sie eigentlich? Jonas konnte die Bilder von den Titelseiten nicht abschütteln. Es war ein Albtraum. Die Presse würde sie nie in Ruhe lassen. Sie würde das nicht noch einmal verkraften. Er hatte sich über zehn Jahre um sie gekümmert, er wusste nicht einmal, wann sie zuletzt die Wohnung verlassen hatte. Aber früher oder später musste sie rausgehen, um sich ein paar Lebensmittel zu besorgen. In seinem Zimmer lagen ein paar hundert Kronen in Münzen, und er hoffte, dass sie sie fand. Mehr konnte er jetzt nicht tun. Jemand hatte es auf ihn abgesehen. Wut machte sich bemerkbar. Nicht mehr Verwirrung und Angst, die ihn so lange gequält hatten. Er wollte das nicht länger hinnehmen.

Leander war kurz zurückgekommen. Sie hatte nicht darüber reden wollen, was in den Nachrichten gesagt und von der Presse geschrieben wurde. *Nur Blödsinn, vergiss es*, hatte sie gesagt, ehe sie wieder verschwunden war. Die Antwort blieb sie ihm schuldig, aber dank ihrer Gefasstheit und Zielstrebigkeit riss er sich zusammen. Leander hatte irgendeinen Plan. Hinter dem Vergnügungspark Gröna Lund, der im Dunkeln lag, konnte er die Konturen von Skeppsholmen ausmachen. Und die Boote, wo ihre Flucht begonnen hatte, die Straßenlaternen, einen Jogger. Plötzlich schauderte er, und die Härchen auf seinen Unterarmen stellten sich auf. Er sah sich suchend nach einer Erklärung um, fand jedoch nichts. Als sich sein Puls wieder beruhigt hatte, ging er zu Bett. Im Traum befand er sich zusammen mit Rebecka in einem chinesischen Restaurant. Sie waren die einzigen Gäste an einem großen runden Tisch und aßen lange Nudeln aus einem Holzeimer.

Maersk drehte sich einen Joint. Er warf sein Buch in die Papiertüte und nahm ein anderes heraus. »Du hast Recht, Márquez ist besser. Willst du Gras?«

»Nein. Aber hast du was Hochprozentiges?«

»Was ist das denn für eine blöde Frage? Ich bin Däne.« Maersk schenkte ihm schnell einen großzügigen Whisky ein.

»Wieso sind die den ganzen Tag unterwegs?«, wollte Jonas wissen.

»Sie stellen Nachforschungen an, es geht um einen Coup.«

»Einen Überfall?«

»Jepp.«

»So macht ihr das also.«

»Nur wenn es nötig ist.« Er zündete sich den Grasjoint an.

»Geht es um Geld?«

»Wir brauchen Gold.«

»Wozu das?«

»Liv hat keine Kraft mehr, um zu weben. Du hast alles aufgebraucht, was wir hatten.« Er nahm einen langen Zug. »Wir päppeln sie auf. Wenn sie wieder auf den Beinen ist, kann sie auch wieder weben.«

Jonas begriff nicht. »Was soll sie denn weben?«

»Zuerst kriegen wir alle einen kleinen Nachschlag, dann wird sie dir ein neues Gesicht verpassen.« Er behielt den Rauch lange in der Lunge, ehe er ihn durch die Nase blies. »Am besten, du legst dich aufs Ohr. Es kommen ein paar anstrengende Tage auf dich zu.«

Die Stadt lag im Dunkeln. Ein Läufer mit einer länglichen Tasche auf dem Rücken trainierte am Söder Mälarstrand. Sein Gesicht wurde von der tief ins Gesicht gezogenen Kapuze verdeckt, nur der dampfende Atem stieg aus dem Schatten auf. Der Verkehr war zum Erliegen gekommen. Die Abgase stauten sich zwischen den Autos. Gedankenverloren saßen die Fahrer am Steuer und starrten vor sich hin. Der Herbst wurde allmählich vom kalten, dunklen Winter abgelöst. Der Jogger überquerte Slussen, lief die Fjällgatan entlang Richtung Danvikstull, blieb stehen, kehrte am Fährterminal um und schlug den Weg stadteinwärts ein. Irgendetwas an ihm war merkwürdig. Es war nichts Offensichtliches, aber dennoch speziell. Er war gut gebaut, aber nicht stämmig, und bewegte sich entspannt und geschmeidig. Wie ein Jagdhund, der auf Beute aus war.

Der Läufer erreichte Riddarholmen, blieb am Ufer stehen und witterte. Trotz der langen Strecke beruhigte sich seine Atmung schnell. Der Wind kam vom Stadtzentrum mit all seinen Gerüchen. Der Sportler wiegte den Kopf hin und her, sog die Gerüche ein und ordnete sie. Gerüche, die vom Mälaren hereinwehten; Wasser, Schilf und Diesel mischten sich mit Abgasen, Müllgestank, Essensdünsten und dem Geruch von braunem

Laub. Passanten waren den Kai entlanggegangen und hatten Parfum, Körpergeruch, Pheromone und Gefühle zurückgelassen. All das suchte sich einen Weg unter seine Kapuze.

Dann lief er weiter. Kungsholmen, Vasastan. Norrtull, Brunnsviken, Lilljansskogen, Värtahamnen. Hin und wieder hielt er inne. Witterte, sog die Luft ein, überlegte. Die Straßen wurden immer leerer, die Autos seltener, die Dunkelheit kompakter. Draußen auf Djurgården löschte er seinen Durst an einem abgestellten Springbrunnen, dann ging die Jagd weiter, den Strandvägen entlang bis nach Skeppsholmen.

Kalter grauer Dunst hing über dem schwarzen Wasser und schob sich zwischen Brücken, Häuser und Bäume. Eine kleine Insel mitten in der Stadt. Boote und Museen. Nostalgische Idylle. Der Jogger lief am Kai entlang, bis ihn der Nebel am Bootsanleger schluckte. Nachdem er Kastellholmen umrundet hatte, blieb er unvermittelt vor dem Skeppsholmsgård stehen und ging ein paar Schritte zurück. Drehte um und ging unterhalb des Moderna Museet auf und ab, als hätte er etwas verloren. Ein älteres Paar kam vorbei und schielte verstohlen zu der Gestalt hinüber, die auf der Erde herumschnüffelte. Der Läufer hielt inne, legte den Kopf schief und sah zu ihnen auf. Das Paar machte kehrt und flüchtete in die Dunkelheit. Jetzt war der Kai menschenleer. Er schlenderte weiter und glitt zwischen die Bootshäuser, setzte das Futteral ab, das er sich auf den Rücken geschnallt hatte, nahm ein schmales Holzschwert heraus und machte die Tür auf.

Die Laufrunde war zu Ende.

Dann wollen wir doch mal sehen, was du kannst.«

Jonas stand zusammen mit den Außerhalben vor dem Gittertor einer Schrotthalde und schaute auf Berge von gestapelten Autowracks. Nachtfalter und Mücken umschwärmten die Lampe, die den Hof erhellte. Maersk warf eine Fußmatte über den Stacheldraht, war mit zwei federnden Schritten oben auf dem Zaun und rollte sich auf die andere Seite ab. Leander folgte ihm problemlos. Irgendwo aggressives Bellen. Zwei Wachhunde stürzten kläffend aus dem Dunkel, der Geifer triefte ihnen aus dem Maul. Maersk machte einen Schritt auf sie zu, bellte heiser und begann zu knurren. Sprungbereit blieben die Bestien zwei Meter vor ihm stehen. Maersk brummte gedämpft, ging langsam mit gesenktem Kopf auf sie zu, bis er direkt vor ihnen stand, packte den Kopf des einen Hundes und zwang ihn auf den Rücken. Er leistete keinen Widerstand und winselte wie ein Welpe. Der andere machte Sitz. Als Maersk sich umdrehte und zurückging, folgten ihm die Hunde untertänig.

»Das ist alles nur eine Frage des Ranges.« Er setzte ein listiges Lächeln auf und sah zu Leander hinüber. »Funktioniert bei Menschen leider nicht so gut.«

Jonas stand zusammen mit dem bärtigen Nordschweden Matteus noch draußen. Er war derjenige der Außerhalben, mit dem er sich besonders schwertat. Matteus war schweigsam, machte nie Smalltalk und reagierte auf Leanders Anweisungen immer kurz angebunden. Jonas war kein sonderlich sozialer Typ, das wusste er wohl, aber in Matteus hatte er seinen Meister gefunden. Der unbehagliche eisblaue Blick durchdrang Jonas.

»Du zuerst«, sagte Matteus.

Jonas studierte den Zaun. Er war mindestens vier Meter hoch.

»Denk nicht so viel.« Leander stand auf der anderen Seite. »Tu's einfach.«

Jonas prüfte den Stahldraht und zog sich ein Stück daran hoch. Der Zaun schwankte unheilvoll. Obwohl seine rechte Hand gefühllos war, ging es leichter als vermutet. Er schaffte es bis nach oben, hievte sich auf die andere Seite und ließ sich wie ein Sack Kartoffeln fallen.

»Willkommen«, sagte Leander. »Matteus, halt die Augen offen.«

Wortlos schwang sich der Nordschwede über den Zaun, kletterte behände auf einen Haufen Autowracks und bezog oben seinen Posten.

»Dann legen wir mal los«, entschied sie. »Was kannst du sehen?«

»Wo denn?«, wollte Jonas wissen.

»Hier.«

»Einen Schrottplatz. Autos, Gerümpel, ein Haus. Ich weiß nicht, was du meinst.«

»Kannst du im Dunkeln sehen?«

»Ja, seit dem Unfall. Nicht mehr so viele Farben, sie sind irgendwie schwächer, verblichener, aber sonst ist es eher so, als wäre es bewölkt.«

»Okay, gut. Deine Vorfahren lebten nördlich vom Polarkreis.«

Sie machte sich eine Notiz im Geiste, hakte Eigenschaften auf einer imaginären Liste ab. »Im Dunkeln sehen zu können ist nichts Außergewöhnliches. Viele bekommen den Star oder erblinden, wenn sie zu oft davon Gebrauch machen, aber ich denke, das trifft nicht auf dich zu. Kannst du Maersk sehen?«

Der Däne stand in einiger Entfernung und zielte mit einem Gegenstand auf sie. Ein plötzlicher Schein blendete Jonas. Nur Flimmern, er sah gar nichts. Hörte Maersk nur lachen.

»Du musst lernen abzublenden.«

Jonas schnaubte. Vor seinen Augen tanzten weiße Sterne. »Wie denn?«

»Tu's einfach, denk nicht so viel nach. Sag Bescheid, wenn du wieder sehen kannst, dann versuchen wir's nochmal.«

Sie mussten die Prozedur mehrmals wiederholen, versuchten, etwas zu finden, um das Sehen im Dunkeln zu steuern, eine Visualisierung, eine Metapher, ein inneres Bild, das helfen konnte, aber jedes Mal, wenn Maersk den abmontierten Scheinwerfer anstellte, konnte Jonas nichts mehr sehen.

»Wir probieren es später«, beschloss Leander.

Sie gingen weiter und blieben vor einem Container mit alten Autobatterien stehen.

»Halt die mal.«

Maersk drückte ihm eine Batterie in die Hand.

»Die hier auch. Sag, wenn's zu schwer wird.« Er gab Jonas eine Batterie nach der anderen, bis er keine mehr oben auf den Stapel legen konnte.

»Wozu brauchen wir die denn?« Jonas sah Leander fragend an. Es war unbequem, so viel zu halten, aber eigentlich nicht besonders schwer.

»Wie viel?«, fragte Maersk.

»Drei- bis vierhundert Kilo.«

»Du kannst sie wieder zurücklegen.« Sie deutete auf den Container. »Kannst du den vom Fleck bewegen?«

»Wieso?«

Sie seufzte. »Willst du denn nicht wissen, was du kannst?«

»Keine Ahnung.« Jonas mochte es nicht, dass Leander ihn so vorführte. Er kam sich wie ein Hund vor. Oder wie ein Kind. Er hatte immer schon seine Schwierigkeiten mit Autoritäten gehabt.

»Aber ich«, sagte sie. »Das, was du kannst, gibt uns auch Hinweise darauf, wer du bist und wo du herkommst. Ich will wissen, wie stark du bist. Verstehst du?«

Jonas stemmte sich widerwillig gegen den Container und versuchte, ihn anzuheben. Er sackte in dem weichen Boden ein, aber der Container rührte sich nicht.

»Na los, hau rein!«

»Mach ich doch!«

»Okay. Siehst du Maersk da hinten?«

»Ja.« Der Scheinwerfer ging an, und das gleißende Licht machte ihn erneut blind. »Verflucht.«

»Das heben wir uns für später auf.«

Matteus schlug Alarm, ein Auto näherte sich. Jonas hatte nichts gehört und gesehen, aber wenige Minuten später tauchte ein Wächter auf. Doch da waren sie schon weg.

Sie hatten in der Bucht ein kleines Motorboot bei einem stillgelegten Industriegebiet zurückgelassen und stiegen den schmalen Pfad zum Ufer hinab. Die Klippen fielen senkrecht zum schwarzen Wasser ab.

»Nachtschwimmen!«, rief Maersk.

Das war eine Provokation. Sie sahen sich an. Matteus knöpfte ohne ein Wort seine Jacke auf. Leander hielt Maersks Blick stand, sie lachte. Dann rannten sie beide auf den Abgrund zu.

Die müssen verrückt sein, dachte Jonas, da geht es mindestens zwanzig Meter steil nach unten, und es ist mitten in der Nacht. Leander war schneller, sie stieß sich ab und sprang. Maersk sprang hinterher und schrie wie ein Wahnsinniger. Es war höher, als Jonas angenommen hatte. Der Schrei dauerte mehrere Sekunden an, ehe er einen matten Aufprall hörte und dann noch einen. Matteus stopfte seine Kleider in einen Beutel und warf ihn den beiden hinterher. Nackt stand er an der Felskante. Kalter Wind auf seiner Haut. Mit gestreckten Armen, den Kopf voran, schoss er wie ein Speer elegant in die Tiefe, bis er die Wasseroberfläche mit einem leisen Plätschern spaltete. Jonas konnte Maersks begeisterte Rufe hören, aber er dachte nicht daran, ihnen zu folgen. Er nahm den sicheren Weg.

Die zweite Nacht war besser. Jonas bekam seine Kräfte nach und nach in den Griff. Leander zeigte ihm weiterhin verschiedene Dinge, die er hochheben oder stemmen sollte. Sie schien das zu amüsieren, und er ließ ihr den Spaß. Die Anstrengungen zehrten an seinen Kräften, aber es gefiel ihm auch, sie voll auszureizen und noch ein Stück weiter zu gehen. Sie lehrte ihn, mit seinem Körpergewicht umzugehen und seine neugewonnene Stärke richtig einzusetzen. Leander ging mit ihm zu einer Kiesgrube hinter der Schrotthalde. Dort standen ein paar verlassene Wellblechschuppen hinter gigantischen Kieshaufen und ein Turm am Rand der Grube. Sie liefen die lehmigen Lastwagenspuren entlang. Leander schielte zu ihm hinüber, grinste schief und wurde schneller. Jonas nahm die Herausforderung an, und sie durchquerten mit hohem Tempo die Grube und rannten auf der anderen Seite wieder hoch. Der Kies rutschte unter ihren Sohlen, Jonas sackte bei jedem Schritt ein. Keuchend warf er sich zu Boden, als sie oben ankamen.

»Ich bin kein Läufer«, sagte er und schnaufte.

»Du warst kein Läufer. Aber jetzt bist du einer. Es ist die Milchsäure, die den Menschen behindert, aber nicht in deinem Fall, du spürst sie zwar, aber du spaltest sie in dem Moment, in dem sie sich bildet. Dass du dich dagegen sträubst, passiert nur in deinem Kopf. Aus alter Gewohnheit. Komm jetzt! Lass los!«

Sie liefen weiter über die Hügel, bis Jonas übel wurde. Leander lag die ganze Zeit einen Schritt vor ihm, sie war schneller, leichter, schwebte mit fliegenden Zöpfen gleichsam über den Boden. Sie beendeten die Runde mit einem steilen Anstieg und einem Sprint zurück zum Schrottplatz. Noch nie war Jonas so viel gerannt, nicht einmal als Kind. Die schweren Atemzüge, das Blut, das in seinen Adern pulsierte, all das war ungewohnt, aber schön. Er fühlte sich lebendig.

Matteus trat aus den Schatten auf den Platz, während Maersk mit den Hunden spielte, die er Perikles und Sturm getauft hatte. Er rief Jonas und stellte den Scheinwerfer wieder an. Das Licht traf Jonas völlig unvorbereitet. Sein Gesichtsfeld wurde auch diesmal wieder weggeätzt, und es dauerte lange, bis er wieder etwas sehen konnte. Länger als vorher. Er hörte Maersks heisere Lache.

»Super. Danke.«

»Auf geht's, Junge, jetzt rennen wir«, forderte Leander ihn auf.

»Ich sehe doch gar nichts.«

»Das wird schon bald besser. Wir sehen uns auf dem Boot«, sagte sie zu den anderen. »Nehmt den Abtreter wieder mit. Wir laufen nach Hause.«

Jonas warf Leander einen Blick zu, als hätte sie einen Witz erzählt. Als ihm klar wurde, dass sie es ernst meinte und er bis nach Beckholmen mehr als zwanzig Kilometer weit laufen sollte, protestierte er lautstark: »Können wir jetzt endlich aufhören mit diesen Spielchen und herausfinden, wer hinter mir her ist?«

»Das war keine Frage.« Ihr Ton wurde barsch. »Du musst wissen, was du aushältst, wenn du da draußen überleben willst. Wir haben es hier nicht mit Dilettanten zu tun. Ein Amokläufer, nach dem gefahndet wird, läuft nachts nicht draußen rum. Der Einzige, der dir im Weg steht, bist du selbst.«

In den folgenden Nächten verlangte Leander ihm noch mehr ab. Sie lotete seine Grenzen aus, zwang ihn weiterzumachen, wenn er aufgeben wollte. Aus dem Spiel war Ernst geworden. Er hatte nach und nach seine Kraft ausgebaut, aber sie wollte wissen, wo die Grenze war. Sie standen vor demselben Container mit Autobatterien.

»Heb ihn hoch, dann gehen wir nach Hause.«

»Du weißt, dass ich das nicht kann.«

»Du musst dein altes Ich loslassen. Dein Kopf ist es, der dich daran hindert. Nicht denken, einfach machen.«

Nachdem er drei Nächte in die Mangel genommen worden war, war er erschöpft, physisch und psychisch am Ende. Er sehnte sich nach seiner harten Pritsche, aber er würde Leander noch eine letzte Chance geben. Er konzentrierte sich. Ließ seine Gedanken vorbeiziehen, bis sie verblassten. Die zerquetschten Autowracks rückten in die Ferne, so wie Leander und die Hunde. Er war jetzt allein. Rein. Leer. Er atmete tief ein und stieß die Luft wieder aus, spannte die Muskeln an. Mit ganzer Kraft packte er zu. Der Container schien eine Sekunde zu vibrieren. Die Adern an seinen Schläfen traten hervor, er tat noch einen Ruck. Nichts. Er gab auf.

Leander schnaubte verächtlich.

»Du blutest.«

Er hatte sich in die rechte Hand geschnitten, aber er spürte nichts. Er hatte es gar nicht gemerkt, sein Tastsinn war ihm abhandengekommen, seit Liv ihn geflickt hatte, aber er hatte sich an das unförmige Anhängsel gewöhnt. Es führte seine Bewegungen aus, und er konnte die Finger spüren. Er betrachtete die blutige Hand. Die Verletzung heilte bereits ab.

»Jetzt nicht mehr.«

Forschend sah Leander ihn an.

»Willst du wissen, wie viel du aushältst?«

Sie schlug ihn vorsichtig mit einem Besenstiel auf den Bauch. Als der Stiel zerbrach, fühlte er einen brennenden Schmerz, und ein hellroter Abdruck blieb zurück. Leanders Blick hatte sich verändert, der Mund stand halb offen. Sie probierte ein dickeres Brett aus, mit dem gleichen Resultat.

»Das tat weh.«

»Im Kopf, ja. Du denkst zu viel. Wäre das Styropor, hättest du keinen Gedanken daran verschwendet. Du bist kein empfindlicher, kleiner Wicht, du bist jetzt ein anderer.« Ihre Augen funkelten, als sie ein Eisenrohr in die Hand nahm. »Das hier ist jetzt Styropor.«

»Hör auf. Ich will nicht mehr.«

»Wovor hast du Angst?«

»Vor nichts! Sind wir jetzt fertig?«

»Wenn du den Container hochheben kannst, gebe ich Ruhe.«

Jonas kochte vor Wut. Er hatte die Nase voll. Sie ging zu weit. Er trat vor den Container, damit sie endlich ihren Mund hielt. Er wählte eine Stelle aus, an der der Boden hart war. Ging in die Hocke, den Rücken gegen das kalte Metall gedrückt, und packte den Container weiter unten.

»Hau ruck!«

»Hör auf«, brauste er auf.

»Na los jetzt, mach schon!«

Sie rammte ihm das Eisenrohr so fest sie konnte in die Magengrube. Das Metall tönte, als das Rohr an seinem Körper abprallte. Es brannte wie Feuer, als würde ein innerer Damm brechen. Jonas wuchtete brüllend den Container hoch und kippte ihn um. Die Autobatterien wurden durch die Gegend geschleudert, als der Container in ein Buswrack krachte.

»Was machst du da, verdammt?«, schrie er.

Sie lachte schrill. »Du spürst den Schmerz nur im Kopf, verstehst du? Dein Kopf setzt dir Grenzen. Lass dich einfach fallen! Sei frei!« Lächelnd hob sie das Eisenrohr auf. »Styropor«, flüsterte sie ihm ins Ohr und rannte los.

Sie kletterte an einem beschädigten Kran hinauf, und er folgte ihr. Er wusste nicht, warum, aber es war ein primitives Verlangen, sie zu überwältigen, zu zeigen, wer der Stärkere war. Jetzt war es anders. Sein Körper war nun sein Freund. Er konnte sich ohne Schwierigkeiten mit einem Arm festhalten, sich wie ein Turner hochziehen, seine Kraft einsetzen. Aber Leander besaß ein Gleichgewichtsvermögen und eine Wendigkeit, von der er weit entfernt war. Sie bewegte sich wie eine Katze, vollkommen angstfrei. Als sie weit oben angelangt waren, wurde er langsamer. Seine Wut war fast wieder verraucht. Oben angekommen lief Leander auf dem Kranarm entlang. Dann verlor sie das Gleichgewicht und stürzte. Jonas blieb das Herz stehen. Sie fiel rückwärts, schnellte wie ein Klappmesser nach vorn und bekam in letzter Sekunde das Gestänge zu fassen, schwang auf ihn zu und hängte sich mit den Kniekehlen ein, den Kopf auf seiner Augenhöhe. Ihre langen Zöpfe baumelten in der nächtlichen Brise.

»Ich hab geschummelt, beim Zirkus.« Sie sah auf kindliche Art glücklich aus. »Wie viele Kilos?«, schrie sie hinunter.

»Wir reden von Tonnen!«, brüllte Maersk von unten zurück.

»Aus einer Bergregion.« Sie war wieder ernst. »Um dir zu helfen, muss ich wissen, was in dir steckt. Wenn ich raten sollte, würde ich sagen, dass deine Familie aus Lappland kommt, Torneå, vielleicht Lule. Das sagt eine Menge darüber aus, wo wir mit der Suche anfangen sollen. Familienforschung ist nicht so mein Ding, aber ich kenne jemanden, der da ganz fähig ist.« Sie zog Jonas' Pullover hoch und befühlte seine Haut. Jonas hatte einen dunkelroten Striemen auf der Seite, eine kleine Schwellung, mehr nicht. »Weißt du, was bei einem normalen Menschen passiert wäre?«

Jonas atmete schwer. Seine Gefühle waren ein einziges Wechselbad.

»Weißt du, wo Maersk hin ist?«

Er spähte nach unten. Matteus saß noch immer auf seinem Autodach. Die Hunde entdeckte Jonas neben einem Traktor. Maersk winkte vom Fahrersitz aus und stellte die Scheinwerfer an, die auf ihn gerichtet waren.

Ohne nachzudenken, wechselte Jonas sein Sehvermögen. Der Hintergrund wurde schwarz, die Autowracks, die Haufen, alles lag im Dunkeln, das Licht war grell, aber es blendete ihn nicht.

»Gut«, meinte Leander. »Das wird schon.«

Jonas hatte sich beruhigt. Er fühlte sich rein. Frei.

Er switchte wieder um auf Sehvermögen im Dunkeln und begab sich wieder nach unten auf den Platz. Mit dem Schrott waren sie fertig. Jonas löste das Vorhängeschloss vom Tor und ließ die anderen hindurch. Maersk klopfte ihm auf die Schulter und stapfte mit den Hunden an ihm vorbei, die brav bei Fuß gingen. Die Stimmung war gelöst. Sie unterhielten sich, und zum ersten Mal in seinem Leben empfand Jonas Freude darüber, er selbst zu sein.

»He, du«, rief Maersk hinter ihm.

Jonas drehte sich um, und in seinem Gesicht explodierte grelles Licht.

»Anfänger.«

Alle grölten. Sogar Matteus.

Eldh lag auf dem Sofa, die Lesebrille auf der Nase, und arbeitete sich durch den Zeitungstapel. Besonders die Abendzeitungen hatten sich auf den Amokläufer gestürzt und am laufenden Meter Beilagen gedruckt. Nach wenigen Tagen war die Presseethik wie weggeblasen, und von allen war ein Bild mit Namen erschienen. Die Mutter des Täters war die zweitwichtigste Spur. Welche Verantwortung tragen die Eltern für das Handeln ihrer Kinder? Welche Rolle spielen Erbgut und Umfeld bei solchen Wahnsinnstaten? Fragte man den Pöbel auf Flashback, hätten die Zwangssterilisierungen nie aufhören dürfen. Unscharfe Fotos von einer rauchenden Mutter an einem zersplitterten Balkonfenster. Sie hatte eingesessen, eine Straftäterin als Mutter, das war fast zu schön, um wahr zu sein. Eldh legte die Zeitung aus der Hand. Sie rieb sich die müden Augen und griff nach einer Tageszeitung. Die hatten offenbar in dieselbe Kerbe geschlagen, aber einen besseren Artikel geschrieben und eine anschaulichere Grafik veröffentlicht. Schröders Wohnung auf Södermalm. Die vier Mordopfer mit Bild. Die Freundin, die erfolgreiche Medizinstudentin. Der brillante und beliebte Professor. Zwei Alltagshelden, die zufällig vorbeigekommen waren und versucht hatten zu helfen, aber mitten in die Hölle eines mit Anabolika vollgepumpten Mörders geraten waren. Seine Waffe. Vereinzelte Zitate der ausländischen Presse, für die es ein gefundenes Fressen war, dass selbst im heiligen Schweden Wahnsinnsmörder herumliefen. Die Welt war jetzt eine andere. Das FBI würde Expertisen über Serientäter beisteuern. Hellemyrs Kontakte in der rechtsextremen Szene, wo er im Netz unterwegs war und andere potenziell gewalttätige Gruppierungen.

Eldh blätterte weiter und landete bei den Traueranzeigen. In den letzten Jahren war sie unfreiwillig in ihren Bann gezogen worden. Das musste wohl am Alter liegen. Immer mehr aus ihrer Generation waren darunter vertreten. Die Vierzigerjahrgänge. Ehemalige Kollegen, der eine oder andere entfernte Bekannte. Ein konkretes Bild, das die Veränderung deutlich machte. Dass sie ein Leben für ein anderes abgestreift, ein Leben verloren hatte. Und dennoch eine neue Chance bekommen hatte. Wenn Emma nicht gestorben wäre, säße sie nicht hier. Kein einziger Tag verging, an dem sie nicht zu einem nichtexistenten Gott betete, dass er ihr eigenes Leben gegen das ihrer Tochter eintauschte. Aber sie wusste, dass niemand ihr je zuhören würde.

Sie überflog die Inschriften mit ihren banalen Symbolen.

Ein Segelboot. Eine Schwalbe. Ein Kreuz. Kann das für ein ganzes Leben stehen? Können wir auf etwas so Simples reduziert werden? Auf Emmas Stein standen nur die Jahreszahlen. Fünf erbärmliche Jahre. Fast unbedeutend. Ein Schritt auf der Karriereleiter. Ein Passus. Fünf Jahre. Ein ganzes Leben. Ihr Leben. Das einzige, das zählte. Das waren die Jahre gewesen, in denen Eldh wirklich gelebt hatte. Was sie nun tat, war nur eine Zwischenstation; sie würde nie eine Grabinschrift bekommen.

Plötzlich schauderte sie. Sie dachte, sie hätte sich vertan, und musste die Inschrift mehrmals durchlesen.

Unser geliebter Mann, Vater und Großvater
Emanuel Thomas Pettersson
6/2 1942-12/10 2013
Dein Streben hat ein Ende.
Der Schmerz ist fort, und du ruhest nun für immerdar.

So viele Jahre waren vergangen. Sie hatte eine ganze Welt hinter sich gelassen, Menschen, Erinnerungen, Möglichkeiten, aber all das hatte sie nun eingeholt.

Thomas war tot.

Sie saßen in einem zerbeulten Volvo V70 in einem Parkhaus im Zentrum von Skärholmen. Maersk hinter dem Steuer mit Handschuhen, einem falschen Schnauzbart, Kappe und Brille. Leander daneben mit Kopftuch, Jonas auf der Rückbank. Die Stimmung war angespannt, keiner sagte ein Wort. Die Uhr zeigte 11.17 Uhr. Eine Frau mit drei lärmenden Kindern ging mit einem leeren Einkaufswagen vorbei, das kleine Mädchen winkte Leander zu. 11.22 Uhr. Mit hoher Geschwindigkeit kam ein Auto angefahren. Leander sah sich um. Kein Mensch war zu sehen. Sie nickte in Maersks Richtung, der die Scheinwerfer aufblendete. Das Auto kam auf sie zu, eine Tasche wurde aus dem Fenster geschleudert und landete ein Stück entfernt zwischen zwei geparkten Wagen. Jonas konnte zwei großgewachsene Gestalten mit Strumpfmasken erkennen, als das Auto vorbei- und im Parkhaus nach oben fuhr. Leander stieg in aller Ruhe aus und ging mit einer leeren Plastiktüte die Beute holen. Auf einmal tauchten zwei Männer vom Wachpersonal auf dem Parkdeck auf und rannten auf Leander zu. Jonas konnte nicht verstehen, was sie sagten, sein Herz pochte zu laut. Maersk suchte etwas im Seitenfach der Tür. Leander nickte hektisch und zeigte die Rampe hinauf. Daraufhin liefen die Wachmänner weiter. Maersk rollte langsam vorwärts, ließ Leander einsteigen, und sie verließen das Parkhaus. In einiger Entfernung hielten sie auf einem Parkplatz an und warteten.

Die ersten Sirenen waren schon zu hören. Ein Einsatzwagen brauste auf das Parkhaus zu, während auf der anderen Seite des Parkplatzes ein Streifenwagen auf dasselbe Ziel zuhielt.

Zwei Handwerker in fleckigen Blaumännern und mit einem Müllsack über der Schulter überquerten den Parkplatz. Jonas erkannte sie wieder. Die Kofferraumklappe ging auf, und die Säcke wurden hineingeworfen. Vang und Matteus nahmen ihre Plätze neben Jonas ein, dann fuhren sie weiter.

Sie nahmen die E4 Richtung Zentrum, und auf Höhe Sergeltorp kamen ihnen zwei Streifen mit Blaulicht entgegen. Sie zogen sich im Auto um, legten die Kappen, Jacken und Arbeiterkleidung und alles Auffällige ab. Noch immer hatte keiner ein Wort gesagt. Sie stopften die Kleider in Säcke und warfen sie in einem Wohnviertel in die Recyclingcontainer. In einer Parkgarage am Messegelände Älvsjö wechselten sie das Fluchtauto. Vang knackte einen silbernen Audi und einen kleinen schwarzen Seat. Es schien, als hätte sie ihr Leben lang nichts anderes getan, was irgendwie so gar nicht zu der großen blonden Frau passte. Vang hatte etwas Aristokratisches an sich, eine kühle, schöne, unantastbare Aura, die einfach nicht mit Autodiebstählen zusammenging.

»Wer willst du sein?« Leander hielt zwei Masken von den Teletubbies hoch.

»Tinky Winky oder Laa-Laa?«, warf Maersk ein.

»Muss das sein?«, wollte Jonas wissen.

»Er kann auch ohne fahren. Sein Ruf ist sowieso schon ruiniert«, fand der Däne.

Leander warf Maersk einen vielsagenden Blick zu.

»Ja, das muss sein. Du bist die meistgesuchte Person in Schweden. Der letzte Diebstahl wurde von zwei großen Tätern begangen, einem Mann und einer Frau. Der nächste von zwei maskierten Männern. Verstehst du? Wir wollen so wenig auffallen wie möglich.«

»Wieso muss ich dabei sein?«

»Wir helfen dir, du hilfst uns. Das ist nur gerecht. Du kannst ja dein Glück bei der Gemeinschaft versuchen, wenn wir dir nicht gut genug sind. Das ist deine Entscheidung.« In Leanders Blick lag Belustigung. »Es macht echt Spaß, die Gesetze zu brechen, das kann ich dir sagen.«

Jonas nahm die gelbe Maske.

»Aha«, sagte Maersk und drehte die lila Maske in den Händen. »Dann bin ich also der Schwule.«

Sie schlüpften in farblich passende Kleidung und fuhren mit dem kleinen Seat zum Farsta Centrum. Leander hielt vor dem Eingang auf den Taxiparkplätzen. Es hatte angefangen zu regnen. In Sichtweite die Nordschweden im Audi.

»Na los, Laa-Laa«, sagte Maersk.

»Schnauze.«

Sie zogen ihre Masken auf und stiegen aus. Maersk hatte eine Sporttasche dabei. »Der Lilafarbene hat eine Handtasche. Warum habe ich keine Handtasche bekommen?«, fragte er Leander, ehe er die Tür zuschlug. »Verdammte Stümper.«

In dem großen Einkaufszentrum war nicht viel los, der mittägliche Ansturm war vorüber. Alte Frauen mit Rollator und Kinderwagenmamis, die Kaffee tranken, beherrschten das Bild. Maersk ging mit Jonas im Schlepptau die Hauptpassage entlang. Ein kleines Mädchen hielt sich an einem Wagen fest und starrte ihnen mit offenem Mund nach. Als Maersk stehen blieb und in das Juweliergeschäft spähte, ergriff das Mädchen die Gelegenheit beim Schopf, lief zu ihm und umklammerte sein Bein. Jonas spürte, wie Panik ihn ergriff. Sie sollten einen Überfall durchführen, jede verschwendete Sekunde brachte ihn dem Gefängnis einen Schritt näher, oder vielleicht geschah sogar Schlimmeres, er durfte jetzt nicht gefasst werden, es gab zu viele offene Fragen. Als Maersk das Kind hochhob, kreischte es vor Verzückung. Weitere Kinder strömten herbei. Jonas brach unter der Maske der Schweiß aus. Die Kinder zupften an seinen Kleidern, schmiegten sich an seine Beine, hängten sich an seine Arme. Er wusste nicht, was er machen sollte. An den Händen in den gelben Arbeitshandschuhen klebte der Schweiß. Er wollte aufgeben und abhauen. Maersk strubbelte den Kindern durchs Haar, ließ sich umarmen und von einer Mutter mit einem dicken Kind auf dem Arm fotografieren. Dann machte er sich von den Kindern los und rief: »Tschüss!«, und die Kinder antworteten im Chor. Schnurstracks ging er in das Juweliergeschäft, öffnete die Tasche, nahm eine Axt heraus und donnerte sie in den Glastresen, der zersplitterte.

»Ey, Mann«, sagte er in perfektem Vorortslang. »Wir brauchen hier nur ein paar Sachen, die Versicherung deckt das alles ab, ich schwör's. Bleib cool, sonst mach ich dich kalt. Die Schlüssel.«

Der akkurat gekämmte Mann hinter dem Tresen erstarrte. Ein Muskel zuckte unterhalb seines rechten Auges, seine Atmung geriet aus dem Takt, aber er verlor nicht die Beherrschung, holte einen Schlüsselbund hervor und legte sich auf den Boden, die Hände über dem Kopf.

»Laa-Laa, mach die Tasche voll.«

Als Jonas einen Baseballschläger nahm und die Vitrinen kaputtschlug, wurde der Alarm aktiviert. Sein Herz raste, er sah alles verschwommen. Raffte alles an sich, Armbänder, Ringe, Schachteln und Ohrringe. Er hörte Schreie, ohne zu wissen, woher sie kamen, der Adrenalinspiegel stieg. Irgendwo in seinem Innern verspürte er Befriedigung. Die verbotene Frucht.

»Laa-Laa! Wir hauen ab!«

Sie rannten aus dem Laden. Maersk blieb am Springbrunnen stehen, suchte etwas. Er ging auf die Mutter zu, die ihn fotografiert hatte, und riss ihr Handy an sich. Sie schrie auf und griff nach einem Stuhl, um ihr Kind zu schützen. Maersk zertrat das Telefon und warf die Einzelteile in den Brunnen. Ein Wachmann rannte auf sie zu, und Maersk schwang drohend seine Axt; keine Frage, er konnte damit umgehen, und die Männer zogen sich zurück. Es war nicht so wie im Film, keine heldenmutigen Mitbürger, die einzugreifen versuchten, sondern nur pure Angst. Die Leute flüchteten hinter Kleiderständer und Cafétische, Kinder weinten. Verstört streckte das kleine Mädchen seine Hand nach Jonas aus, als sie aus dem Einkaufszentrum liefen.

Diesmal nahmen sie nicht die Umgehungsstraße und lenkten den kleinen Seat durch das Wohnviertel in Skarpnäck bis zum Södra Hammarbyhamn, wo sie das Auto zurückließen. Ihre Kleidung packten sie in Tüten und warfen sie in das Rohrsystem der unterirdischen Müllentsorgung. Der menschliche Kontakt mit dem Abfall beschränkte sich auf ein Minimum, ebenso war die Wahrscheinlichkeit gering, dass er in die falschen Hände geriet.

»Mittagspause«, verkündete Maersk.

Jonas hatte keinen Hunger. Er hatte den Rausch genossen, und das machte ihm Angst. Die Macht, die Freiheit, die Stärke.

»Es gibt hier ganz gutes Sushi. Ich besorge was. Ihr zwei lasst euch nirgends blicken.« Leander sah auf die Uhr. »Wir haben zweiundzwanzig Minuten.« Sie warf sich die Sporttasche über die Schulter und verschwand.

»Sushi? Ich brauche was Richtiges«, protestierte Maersk.

Im Lumapark trafen sie wieder auf Matteus und Vang und fuhren in dem Audi nach Gamla stan. Es war Nachmittag, und der Verkehr wurde dichter.

»Die Bullen durchkämmen jetzt Söder. In der Innenstadt ist es sicher ruhig. Stell das Auto auf der Skeppsbron ab, falls was schiefgeht.« Sie steckte sich einen Ohrhörer ins Ohr und testete die Frequenz. »Alle bereit? Dann fahren wir.«

Sie zogen sich weiße Regenponchos über und gingen die schmalen Gassen durch Gamla stan, vorbei an der Tyska kyrkan und die Västerlånggatan hinunter. Touristen kamen aus den Souvenirläden und spannten ihre Regenschirme auf. Stockholm zeigte sich von seiner strengen grauen und kalten Seite. Das Geschäft der Goldschmiedin lag mitten in der Haupteinkaufsstraße. Sie zählte zu den alteingesessenen Juwelieren mit ein und derselben Adresse seit über einhundert Jahren. Heutzutage war der Normalkunde ein verliebter Tourist, der aus einer Laune heraus billigen Souvenirkram kaufte, die Glanzzeit der Hoflieferanten war längst vorbei.

Die Tür hieß sie mit einem Pling willkommen, als Leander, Maersk und Jonas mit Strumpfmasken unter den Regencapes eintraten. Der Verkaufsraum war winzig. Vitrinen und Schaukästen an den Wänden, ein kleiner Tresen. Ein älterer Mann und eine junge Frau mit dunklen Locken probierten Ringe, die die Geschäftsinhaberin ihnen zeigte.

»Auf den Boden!«, brüllte Leander und zog einen Knüppel unter dem Cape hervor. Erschrocken starrte das Paar die Täter an. Leander trat einen Schritt auf sie zu und setzte den Mann mit einem Schlag in den Magen außer Gefecht.

»Runter! Down on the fucking floor!« Sie warfen sich auf den Boden und schrien hysterisch. Die Inhaberin, eine resolute Frau in den Sechzigern, blieb stumm.

Maersk setzte seinen Rucksack ab, warf ihn Jonas zu und schlüpfte hinter einen Vorhang bei dem schmalen Verkaufstisch.

»Los«, sagte Leander. »Mach ihn voll.«

Jonas nahm alles in Reichweite aus dem Schaufenster und aus den Nischen, riss Schubladen mit Ohrringen auf und schüttete ihren Inhalt in den Rucksack. Das meiste sah wie minderwertige Ware aus.

Unter dem Tresen lagen die wirklich wertvollen Schmuckstücke und funkelten hinter dickem Glas.

»Die Schlüssel.«

Die Inhaberin leistete keinen Widerstand, nahm den Schlüsselbund, den sie um den Hals trug, und gab ihn Leander. Die ganze Zeit heftete sie den Blick auf den Boden, um die Schmuckdiebe nicht zu provozieren.

Leander ging hinter den Tresen und probierte die Schlüssel aus.

»Ich kriege ihn nicht auf. Da klemmt was.«

Maersk kam hinter dem Vorhang hervor.

»Da drinnen blinkt etwas. Jemand muss den Alarm ausgelöst haben. Da ist eine Tür, die kriege ich nicht auf.«

»Verdammt! Sie muss eine Fernbedienung haben.« Leander ging auf die Frau zu und packte sie an den Haaren. Die Frau trug ein graues Plastikarmband mit einem roten Knopf. »Wie kriegen wir die Vitrine auf?«

»Das geht nicht. Der Schlüssel passt nicht mehr. Ich kann da nichts machen.«

Leander rammte das Knie in ihren Unterleib.

»Hure!« Sie schlug den Knüppel mehrmals so fest sie konnte auf den Tresen, doch das Glas bekam keine einzige Schramme ab. Sie gab den Knüppel an Jonas weiter. »Hau drauf.«

»Das geht nicht, das ist Panzerglas.«

»Tu's einfach!«, schrie sie ihn an.

Jonas schlug mit voller Kraft zu. Stahlrahmen gingen zu Bruch, und das Glas zersplitterte. Er schob die Hände in einen Spalt und riss brüllend den Tresen in Stücke.

»Danke.«

Sie flohen über die Västerlånggatan. Leander funkte Matteus an.

»Welche Richtung?«

»Im Parlament ist irgendein Staatsbesuch, viele Sicherheitsleute. Lauft weiter zum Järntorget.«

»Du musst dir einen Überblick verschaffen. Der Alarm ging eher los, als wir dachten. Wir wollen hier auf der Insel nicht in die Enge getrieben werden. Sag Bescheid, wenn du einen guten Standort hast.«

Sie wurden langsamer, um keine unnötige Aufmerksamkeit zu erregen. Einen Häuserblock vom Järntorget entfernt liefen drei Beamte auf sie zu, und Leander bog in eine enge Gasse.

»Geh da hoch.« Sie gab Maersk den Rucksack mit der Beute. »Wir nehmen einen anderen Weg.«

Der alte Akrobat nahm Anlauf und lief die Wand hinauf, hechtete sich auf die andere Seite, stieß sich ab und sprang in der schmalen Gasse zwischen den Hausfassaden hin und her, bis er unter dem Dach im vierten Stock angelangt war. Leander zog Jonas in einen Treppenaufgang, als die Beamten in der Västerlånggatan an ihnen vorbeiliefen. Ein Eisentor versperrte ihnen den Weg in das alte Haus. Das Funkgerät knackte.

»Die haben euch gesehen.«

»Ist der Weg zur U-Bahn frei?«

»Nein. Einsatzwagen auf der Lilla Nygatan in südlicher Richtung.«

Leander rüttelte an dem Gitter. Es war abgeschlossen. Jonas' Puls lief auf Hochtouren.

»Mach es auf.« Sie trat zur Seite.

Jonas umfasste die Eisenstangen und riss das Tor aus seiner Verankerung.

»Sie kommen«, sagte Matteus ins Funkgerät, als sie die Treppe hinaufstürmten. Das Holz knarzte. Leander nahm sechs Stufen auf einmal, und Jonas blieb rasch zurück, Blutgeschmack im Mund. Das ist nur in meinem Kopf, nur im Kopf, redete er sich ein. Unter ihnen wurde die Tür aufgerissen. »Polizei! Stehenbleiben!« Die Rufe echoten in dem gewundenen Treppenhaus, als die Verfolger ihnen nachsetzten. Jonas lief an einer Tür vorbei, die aufging. Eine alte Frau spähte heraus und begegnete seinem Blick. Die letzte Treppe endete vor einer offenen Metalltür. Kalt blies ihm der Wind ins Gesicht. Er erreichte eine kleine Dachterrasse. Die Dächer von Gamla stan bildeten ein Wirrwarr aus schwarzem Blech um ihn herum.

»Polizei! Hände hoch.«

Er drehte sich um. Die Polizeibeamten standen in der Tür, die Waffen im Anschlag. Er hob die Hände über den Kopf.

»Das ist er!«, hallte eine brüchige Frauenstimme im Treppenhaus. »Der aus dem Fernsehen!«

Die Beamten gingen auf ihn zu, doch Leander sprang zwischen Jonas und die Verfolger. Sie hatte sich auf dem Dach hinter dem gemauerten Ausgang versteckt, die Strumpfmaske über dem Gesicht. Sie packte die junge Beamtin an dem Arm, mit dem sie die Waffe hielt, und trat ihren übergewichtigen Kollegen in die Magengrube, dass er rücklings die Treppe hinunterkugelte. Die anderen entwaffnete sie mit ihrem Holzknüppel und brachte sie mit weiteren Tritten zu Fall und zum Schweigen. Jonas warf ihre Waffen ins Treppenhaus.

»Mir nach«, befahl Leander.

Gefolgt von Jonas rannte sie über das schwarze Blechdach. Vorsichtig umrundeten sie die Erker und kletterten eine Leiter hinauf bis zum Dachfirst, wo sie wieder schneller wurden. Sie liefen weiter über Dachterrassen, kleine vorstehende Giebel, über Leitern, vorbei an Schornsteinen und über Dächer. Jonas rutschte auf dem nassen Blech aus und rappelte sich wieder auf. Die Gebäude waren unterschiedlich hoch und breit, manche hatten spitze Dächer, andere Flachdächer, aber sie waren alle miteinander verbunden. Sie sprangen über Wäscheleinen und kleine Gärten hinweg, Jonas sah einen Kindergarten, umgeben von einem hohen Zaun. Die Kinder winkten ihnen. Leander rutschte ein steiles Dach hinab und landete in der Västerlånggatan. Sie nutzte den Schwung aus und sprang mit einem Fünf-Meter-Satz gekonnt auf die nächste Häuserzeile.

»Nicht nachdenken!«, schrie sie. »Einfach machen!«

Jonas setzte ihr nach, rannte die letzten Schritte, aber zögerte in letzter Sekunde und schwankte an der Kante fünfzehn Meter über der Kopfsteinpflasterstraße, ehe er rücklings auf das Dach fiel. Sein Atem ging stoßweise. Komm schon, jetzt komm schon, nur im Kopf. Leander war schon über den nächsten Dachfirst verschwunden. Zuerst hatten sie die südliche Richtung nach Slussen eingeschlagen. Doch jetzt hielt Leander ostwärts auf Skeppsbron zu, und ihnen standen noch jede Menge solcher Sprünge bevor. Hinter ihnen machte Jonas einen Polizeibeamten aus, der ihnen über das Dach gefolgt war.

»Verdammt!«, schrie Jonas und stand auf. »Verdammt!« Er holte Schwung und sprang. Ihm hob sich der Magen, sein ganzer Körper vibrierte, aber er landete auf der anderen Seite und bekam ein Schneefanggitter zu fassen. Das Adrenalin raste durch seine Blutbahn. Er kam auf die Beine und jagte weiter.

Auf Höhe der Tyska kyrkan hatte er aufgeholt. Die grüne Kupferturmspitze ragte in den grauen Himmel. Leander blickte auf die Straße hinunter und sprach ins Funkgerät.

»Gut. Wir treffen uns dort.« Strahlend wandte sie sich an Jonas. Sie genoss diese Verfolgungsjagd sichtlich. Sie deutete Richtung Slussen und Munkbroleden, wo sich Streifenwagen mit Blaulicht wie Spielzeugautos durch den Verkehr drängten. »Sie haben dich identifiziert. Jetzt mobilisieren sie alle Kräfte. Es ist nur eine Frage der Zeit, bis sie die Brücken sperren.« Sie drehte sich wieder zum Haus um. »Und du bleibst hier und führst uns hier wieder raus. Wir sehen uns an Bord.«

»Ich?«

»Dich meine ich nicht.«

Zuerst sah Jonas die Stiefel. Dann die dunkle Kleidung. Zuletzt die Augen unter der schwarzen Strumpfmaske. Matteus stand dicht neben ihm. Jonas hätte beinahe das Gleichgewicht verloren, aber Matteus hielt ihn am Handgelenk fest.

»Auf geht's!«, rief Leander übermütig.

Sie sprangen auf das nächste Dach, wo Maersk zu ihnen stieß. Er grinste Jonas an. »Nicht übel!«

Eine Streife raste mit heulender Sirene die Österlånggatan entlang. Sie warteten, bis sie vorbeigefahren war, und wechselten auf ein Gebäude, das nach Skeppsbron zeigte. Das war der weiteste Sprung bisher, aber Jonas hatte nun den richtigen Rhythmus gefunden und dachte nicht mehr nach, sondern folgte ihnen einfach. Schließlich entdeckten sie eine Tür, durch die sie nach unten gelangen konnten. Sie warteten auf das Okay von Matteus, ehe sie aus der Tür traten und den Weg nach Skeppsbron einschlugen.

Eine Polizeipatrouille hatte eine Sperre am Slussplan errichtet. Autos, Busse und Fußgänger warteten, bis sie durchgelassen wurden. Eine Menschenmenge, der viele entkommen wollten, während andere neugierig herüberspähten. Sie überquerten die Straße, schlängelten sich zwischen den Autos hindurch bis zum Kai. Leander ging an der Treppe vorbei bis an den fünf Meter breiten Schleusenkanal unter der Brücke. Sie beschleunigte und sprang hinüber, Maersk hinterher.

»He, bleib stehen!«, rief jemand oben von der Brücke.

Jonas zauderte, folgte dann aber den anderen. Er hechtete blindlings hinüber, landete ungelenk und rollte auf den nassen Steinen ab.

»Polizei! Stehenbleiben!«

Vang war rückwärts an den schmalen Anleger gefahren. Sie sprangen ins Auto, und sie brauste mit einem Kavalierstart über den Kai. Jonas hörte es mehrmals knallen, gleichzeitig explodierte die Heckscheibe. Er und Maersk duckten sich auf der Rückbank. Zwei weitere Knalle. Vang gab Gas, doch überall hatte sich der Verkehr gestaut, es gab kein Durchkommen mehr. Sie drückte auf die Hupe, bog auf einen Fußgängerüberweg, schnitt einen Passanten, der auf die Motorhaube prallte, andere sprangen im letzten Moment zur Seite. Sie wendete, fuhr über die Verkehrsinsel am Busterminal und hielt mit Vollgas auf Söder Mälarstrand zu. Der Polizeifunk ging pausenlos. *Landesweite Fahndung. Verstärkung. Überfall. Diebe. Der gesuchte Amokläufer Hellemyr. Gesuchte Täter am Järntorget. Potenzielles Fluchtfahrzeug in westlicher Richtung nach Söder Mälarstrand.*

»Streife kommt euch am Ufer entgegen«, warnte Matteus sie über Funk. »Nehmt die Brücke.« Vang bog gegen die Fahrtrichtung auf die Hochstraße nach Centralbron, beschleunigte auf dem Seitenstreifen, überholte rechts andere Wagen und gab auf der Brücke Gas.

»Mehrere Autos kommen euch aus der Innenstadt entgegen. Ihr müsst wenden!«

Vang blieb auf der Gegenspur, Autos hupten, Scheinwerfer blendeten auf, ihr direkt in die Augen. Sie fand eine Lücke und kurvte über die Fahrbahn auf eine Ausbuchtung zu, die für Einsatzfahrzeuge vorgesehen war, fuhr die Kurve in weitem Bogen aus, dass die Reifen quietschten, und durchbrach die Absperrungskette. Noch immer in der Gegenrichtung wechselte sie die Spur, jemand hupte. Ein Lastwagen schrammte um Haaresbreite an ihnen vorbei. Maersk juchzte auf. Vang schaltete runter, beschleunigte den Wagen im zweiten Gang bis auf achtzig Stundenkilometer, schaltete in den dritten und sauste im Zickzack durch den Gegenverkehr. Auf merkwürdige Art wirkte sie entspannt, saß leicht zusammengesackt da, wie auf dem Fernsehsofa. Der lange Körper, der schöne Mund und der blanke Blick. Jonas fühlte sich überraschend sicher. Vang wusste, was sie tat.

Als sie den Söderledstunnel zur Hälfte passiert hatten, nahm der Verkehr ab und verebbte schließlich ganz. Über Polizeifunk erfuhren sie, dass der Verkehr am Gullmarsplan gestoppt worden war. Sie kamen aus dem Tunnel und setzten ihre Fahrt über die Johanneshovsbron fort. Links lag Hammarbybacken, zur Rechten erstreckte sich die Bucht Årstaviken. Blaue Blinklichter beim Kreisel, es gab keinen Ausweg mehr. Vang hielt mitten auf der Brücke an. Sie sprangen aus dem Auto. Maersk machte den Kofferraum auf, nahm den Wagenheber und warf ihn Jonas zu.

»Mach Haken daraus.«

An der Brücke waren Plexiglasscheiben als Schallschutz angebracht. Leander kletterte hinauf, das große Dach der Badeanstalt Eriksdal lag rund zehn Meter unter ihnen.

»Wir brauchen ein Seil. Dieses Abschleppseil ist zu kurz«, rief Maersk.

»Hier.« Jonas riss zwei Sicherheitsgurte heraus. »Die müssten gehen.«

Er knotete die Gurte zusammen und befestigte sie am Wagenheber.

»Vang, sorg dafür, dass wir nicht gestört werden«, befahl Leander.

Vang sprang ins Auto, fuhr mit quietschenden Reifen an und schoss wie ein Pfeil auf die Absperrungen zu. Genau über der Hammarbyschleuse legte sie eine Vollbremsung hin und stellte den Wagen schräg auf die Fahrbahn.

Leander hatte den provisorischen Enterhaken an der Brücke befestigt und schwang sich über das Geländer. Sie glitt an den Gurten hinab, ließ sich die letzten Meter bis auf das Dach der Schwimmhalle fallen und kam sofort wieder auf die Beine.

»Nach dir«, sagte Maersk an Jonas gewandt.

Vang war ausgestiegen und hatte etwas in den Tank gesteckt. Sie kletterte ebenfalls über das Brückengeländer und ließ sich baumeln. In mindestens zwanzig Metern Tiefe lag das Wasser. Auf einer Seite befanden sich ein Hafen für die kleinen Boote und direkt unter ihr Stockholms zweite Schleuse zwischen Mälaren und Ostsee. Als das Auto in einem Feuerball explodierte, ließ sie los. Auf halber Strecke beugte sie sich vor und umfasste ihre Füße. Der Aufprall war überraschend leise.

»Beeilt euch!«, rief Leander unten vom Dach.

Jonas und Maersk seilten sich ab und rannten über das Dach zu einer Leiter an der Seite des Gebäudes. Vang hatte ein Motorboot zum Laufen gebracht. Sie war total durchnässt. Sie sprangen an Bord und brausten über die Årstabucht davon. Hinter ihnen stand das Auto auf der Brücke in Flammen, und schwarze Rauchschwaden stiegen zum Himmel.

Eldh drückte auf die Klingel. Neben der Tür hingen verschiedene Messingschilder. Mehrere Aktiengesellschaften mit hochtrabenden Namen auf Englisch, eine Reederei und zwei Psychologen. Auf dem untersten stand *Rechtsanwaltskanzlei Elias Borg, Arbeitsrecht.*

»Ein Bote für Borg.«

»Erster Stock«, entgegnete eine nasale Männerstimme.

Der Türöffner summte, und Eldh trat ein. Das Haus war typisch für Östermalm, es zählte nicht zu den ältesten, aber der Eigentümer wollte offenbar, dass es so wirkte. Das Treppenhaus war mit rotem Teppich ausgelegt, an der Decke befand sich eine laienhafte Malerei mit Hirschen und nackten Frauen. Sie stieg in den ersten Stock und trat durch die Tür. Ein eleganter Mann saß an einem zierlichen Schreibtisch und überflog ein Dokument. Er trug eine Brille und ein gestreiftes Hemd und hatte einen schmalen Schnurrbart. Seine Erscheinung war absolut pedantisch und etwas altmodisch.

»Legen Sie es ...«

Eldh ging auf eine Tür mit Milchglasfenster zu.

»Sie dürfen da nicht rein! Er hat einen Mandanten.«

Sie stieß die Tür auf. Hinter einem massiven Schreibtisch aus dunklem Holz saß Elias Borg. Wo die Wände nicht mit Gesetzesbüchern und Ordnern zugestellt waren, hingen gerahmte Urkunden. Eine dunkelhaarige Frau saß in einem bedeutend tieferen Stuhl ihm gegenüber. Beide starrten Eldh an. Schweigen. Sie und Borg lieferten sich einen mentalen Ringkampf. Schließlich gab er nach.

»Es tut mir leid, Frau Ekholm, aber das hier kann nicht warten. Ich werde mit Ihrem Arbeitgeber sprechen und sehen, ob wir uns einigen können. Lassen Sie sich von Karl-Åke einen neuen Termin geben, ich melde mich dann.«

Die Frau nickte untertänig und lächelte Eldh im Hinausgehen höflich zu. Eldh schloss die Tür.

»Was zum Teufel soll das?«, knurrte Borg. »Nicht hier!«

»Ich habe ihn gefunden.« Sie schleuderte einen Stapel Zeitungen auf den Schreibtisch. »Hier hast du deinen Irrläufer. Zufrieden?« Sie zeigte mit dem Finger auf ein Bild von Jonas.

»Sei still!«, fauchte er. »Ich habe dich nur um eines gebeten, nicht hierherzukommen.«

Eldh sagte nichts.

»Wir treffen uns am Karlaplan«, entschied er.

Eldh blieb reglos stehen. Diesmal hatte Borg gewonnen. Der Sekretär warf ihr einen langen Blick zu, als sie die Kanzlei wieder verließ. Sie hatten sich noch nie leiden können.

Es dauerte über eine halbe Stunde, bis Borg auftauchte. Entweder war ihm etwas Wichtiges dazwischengekommen, oder er wollte nur durchblicken lassen, wer hier der Boss war. Eldh tippte auf Letzteres. Ein großer schwarzer Schirm bot ihm Schutz vor dem Regen. Sie gingen die Karlavägens allé entlang Richtung Gärdet. Eldh schlug den Mantelkragen hoch, Haarsträhnen klebten ihr im Gesicht.

»Du kommst nie wieder in meine Kanzlei, verstanden?«

Eldh gab keine Antwort.

»Aha, du glaubst also, der Amokläufer ist unser Mann?« Er klang skeptisch.

»Er hat Magnus Schröder auf dem Gewissen, der sagt dir vielleicht etwas? Außerdem habe ich auf einer Baustelle ein paar verängstigten Polen die Fotos von ihm gezeigt. Jonas Hellemyr und der Höhlenmann sind ein und dieselbe Person.«

Sie gingen schweigend weiter, der Regen prasselte auf den Schirm, und Borg ergänzte seine Einschätzung um ein paar neue Fakten.

»Schröder wollte mich gestern Abend sprechen«, sagte er nach einer Weile.

»Und was wollte er?«

»Weiß ich nicht, wir haben uns nicht mehr gesehen, seit ich aus Wittsätra weg bin. Er hat versucht, mich zu erreichen. Lilja hat angerufen.«

»Ich schätze, ihr habt euch nett und ausgiebig unterhalten. Wie geht es ihm? Hat er die Nase voll von seinem letzten Job?« Es tat gut, ihm Paroli zu bieten. Normalerweise perlte alles an Borg ab, aber sie hatte seinen einzigen wunden Punkt gefunden, Lilja, und als alte Boxerin wusste sie das auszunutzen. »Er ist vielleicht scharf auf deinen jetzigen?«

Borg ging nicht darauf ein und kam zum Thema zurück.

»Ich wollte ihn zurückrufen, aber Schröder hat sich nur ganz kurz gemeldet und gleich wieder aufgelegt. Seitdem ist sein Telefon aus.« Borg überlegte. »Vielleicht hast du Recht. Weißt du, wo sich der Mörder rumtreibt?«

»Nein.«

»Warum wollte er Schröder umbringen? Ich werde da nicht schlau draus.« Der Wind zerrte an seinem Schirm. Sie waren auf Gärdet angelangt. Ein herrenloser Hund lief an ihnen vorbei.

»Keine Ahnung. Aber er hat offenbar Himmel und Hölle in Bewegung gesetzt. Ich habe noch nie so ein Aufgebot von Polizei und Medien gesehen. Mordopfer gibt es jeden Tag, aber kaum ein Mörder schafft es in die Schlagzeilen. Sogar die Sendezeit für die Lottozahlen verschiebt sich, dafür muss sonst die Welt untergehen. Da winkt also jemand schon mit dem ganzen Zaun. Ich dachte, das wärst du.«

Borg sah sie verwundert an.

»Ich fühle mich geschmeichelt. Du glaubst, ich habe so viel Einfluss?«

»Wenn ein entlaufener Verborgener oder vielleicht ein Irrläufer beteiligt ist, legt sich die Gemeinschaft normalerweise mächtig ins Zeug.«

»Und genau dann bitte ich dich, aktiv zu werden. Das habe ich auch getan, zwei Mal schon. Der Sinn deiner Tätigkeit ist, die Aufmerksamkeit der Medien abzuwenden. Nicht wahr?«

»Ich habe nicht mit der Presse geredet.«

»Das habe ich auch nicht gedacht. Ich will, dass du ihn findest. Er braucht unsere Hilfe. Es ist eine Frage von Tagen, bis er zusammenbricht, das kann noch richtig schlimm werden, nicht nur für ihn.«

»Denkst du, ich weiß das nicht? Aber wenn dem Polizeikorps von ganz Schweden mit Hilfe der Medien und der Bevölkerung das nicht gelingt, dann schaffe ich es auch nicht. So gut bin ich nicht. Erkundige dich bei deinen Kontakten, da erhältst du sicher mehr Informationen als ich. Ruf mich an, sobald du mehr weißt. Ich kann mich jetzt woanders nützlicher machen.«

»Aber für das hier wirst du bezahlt.«

»Das ist mir egal. Jemand hat ein Kind getötet, vielleicht mehr als eins. Ein anderer brennt die Scheuen aus. Nur weil die Medien ihren Fokus mal in diese oder mal in jene Richtung lenken, heißt das nicht, dass ich nur dort suchen muss. Das, was wirklich wichtig ist, liegt verborgen in den Schatten, das weißt du ebenso gut wie ich.«

»Fahr nach Wittsätra.«

»Niemals.«

»Du fährst nach Wittsätra«, lautete Borgs Befehl. Es war keine Zeit mehr für Kabbeleien. »Überprüf Hellemyr im Archiv.«

»Ruf Lilja an, er kann das für dich erledigen«, schlug sie verzweifelt vor.

»Er würde nicht mal sein eigenes Arschloch finden, wenn ich ihn damit beauftragen würde.« Das stimmte. Lilja würde Borg niemals helfen. »Ich habe dich aus der Gosse geholt«, fuhr er mit barschem Ton fort. »Habe dir ein Leben gegeben. Vergiss das nicht. Lass die Finger von dem anderen Kram, und bring das hier zu Ende. Danach kannst du so viel du willst in den Krankenhäusern und bei deinen Junkies herumschnüffeln.«

Sie waren den Lindarängsvägen hinuntergegangen. Der graue Koloss des Schwedischen Filminstituts war in Dunst gehüllt und glich einem uneinnehmbaren Betonbunker.

»Lass dein Telefon an, damit ich dich erreichen kann. Wir müssen danach sowieso gründlich aufräumen.« Er winkte ein Taxi heran, klappte den Schirm zusammen, stieg ein und war weg. Der Regen hatte zugenommen. Eldh sah dem schwarzen Wagen lange nach. Das kalte Wasser tropfte ihr in den Kragen. Aufräumen, dachte sie. Ist das alles, was ich bin? Eine Entrümplerin?

Sie saßen auf dem Boot in der kleinen Messe und lachten, tranken und rauchten. Um sie herum ein Durcheinander aus Flaschen, Zigaretten, Bierdosen, Essensresten, Fingerringen, Edelsteinen, Glassplittern und Goldketten. Charlie Parkers ungeschliffenes Saxophongezwitscher ertönte von einer knisternden Schallplatte. Die Hunde schlangen die Reste aus den Take-away-Schachteln hinunter.

Das Adrenalin brodelte in Jonas wie bei einem Champagnerrausch, seine Hände zitterten noch immer. Er hatte sich nie zuvor so frei gefühlt. Ein überbordendes, emphatisches Glücksgefühl erfüllte ihn. Er war stark. Nichts konnte ihn stoppen. Ein Joint machte die Runde, die Stimmung war entspannt. Umarmungen, gelöstes Gelächter. Wieder und wieder erzählten sie sich, was passiert war, die Fehler, die Rettungsaktionen, die Spannung, die verdutzten Mienen der Polizisten und ihre Heldentaten. Liv saß etwas abseits mit einer Stickerei und einer Tasse Kaffee, zufrieden in ihrer eigenen Welt. Jonas hatte den letzten Widerstand überwunden und genoss es dazuzugehören. Zum ersten Mal in seinem Leben war er Teil einer Gruppe; er war ein einsamer Wolf gewesen, allein mit seinem Schmerz, seinen Büchern, seinen Problemen. Das rückte nun auf seltsame Weise in die Ferne, als hätte gerade eben ein neues Leben begonnen. Er hatte für einen Hungerlohn die Drecksarbeit gemacht, ständig mit der Gefahr gelebt, dass alles vor die Hunde gehen könnte. Die Gesellschaft hatte keinen Finger krummgemacht für ihn und seine Mutter, im Gegenteil. Die Gesellschaft hatte ihn zugrunde gerichtet, ihm alles genommen, sogar die Mutter, und jetzt versuchten sie ihn dranzukriegen für etwas, das er nicht getan hatte. Aber er war kein Opfer mehr. Er konnte zurückschlagen. Jonas verdrängte die Bilder von dem Körper, der gegen die Motorhaube geprallt war. Er war stark und nahm sein Schicksal selbst in die Hand. Leander musterte Jonas mit einem verstohlenen Lächeln.

»Wir wissen, wer ihm hilft.«

»Ach, ja?«

»Sie nennen sich die Außerhalben.«

In dem kleinen Raum war es warm und stickig. Auf dem Tisch standen verschiedene Spirituosen, der Rauch war zum Schneiden dick. Das alles ähnelte weniger einer Konferenz, eher einem nächtlichen Gelage. Die grauen Capes hingen über den Stuhllehnen, verschwitzte Hälse und aufgeknöpfte Hemden.

»Was wissen wir über sie?«

»Es ist eine der kriminellen Gangs, die infolge der Spaltung 1968 entstanden sind. Seitdem haben sie sich von der Gemeinschaft ferngehalten.«

»Wie schaffen sie das denn?« Der Mann mit der belegten Stimme nahm eine rote Blechschachtel mit Zigarillos in die Hand. Eine hübsche Kurbitsmalerei schmückte die Schachtel. »Ich dachte, die Gemeinschaft akzeptiert es nicht mehr, sich von Menschen zu ernähren.«

»Vermutlich haben sie einen Weber, der sie irgendwie mit Energie versorgt. Wir wissen nicht, wer es ist und wie das funktioniert, aber sie finanzieren ihre Tätigkeit durch Überfälle und

Diebstähle. Wir nehmen an, dass sie auch hinter dem gestrigen Raubzug stecken.«

»Das erklärt einiges.« Der Mann drehte sich weg, nahm die Maske ab und trank einen Schluck von seinem Drink, bevor er sich einen Zigarillo anzündete.

»Sie werden von einer Frau angeführt, die sich Leander nennt. Sie war es auch, die uns bei Schröder attackiert hat.« Der Mann mit der weißen Maske war der Einzige, der sich immer noch formell gab. Er schlug eine Mappe auf und legte sie auf den Tisch. »Sara Christina Thurfjell. Die Familie stammt aus Härjedalen, nichts Außergewöhnliches und relativ reinblütig.« Er deutete auf das Foto von einer jungen Frau mit langen dunklen Locken. »Der Vater starb 1971 an einer Überdosis Strom, die Mutter ist ihm zwei Jahre später gefolgt. Das hat sie offenbar radikalisiert. Trotz des Verbots durch die Gemeinschaft von 1964 gab es Personen, die Hochspannung vertickt haben. 1973 hat sie eine Gruppe Krimineller zerschlagen, die ihre Eltern mit Strom versorgt hatten, und hat allen anderen in der Branche ein Ultimatum gestellt. Dreißig Leichen später war der Strommarkt praktisch nicht mehr vorhanden, und niemand hat seitdem daran gerührt.«

»War sie allein dafür verantwortlich?«

Die weiße Maske schüttelte den Kopf und schlug die Mappe auf. Darin lag ein Schwarz-Weiß-Foto von einem muskulösen Mann im Paillettentrikot, zwei Männer auf seinen Schultern. Er lachte unbeschwert in die Kamera.

»Jon Peder Maersk.«

Der alte Akrobat redete ohne Punkt und Komma, verspottete seine Freunde wegen ihrer Aktionen, brachte sie zum Lachen, indem er kleine Szenen nachspielte. Er war der Star. Als Miles

Davis' klare Trompetenklänge von *Sketches of Spain* durch den Raum schallten, begann er zu trommeln. Mit einer Plastikgabel und einer Leuchtpistole ließ er sich vom Rhythmus mitreißen, als hätte er nie etwas anderes getan. Der Alkohol entfaltete seine Wirkung, und alle im Raum bewegten sich zu den komplizierten Jazzrhythmen. Maersk wusste, was er tat. Zum Takt gesellten sich die stampfenden Füße und klatschenden Hände der anderen, und dann sprang Leander auf den Tisch, kickte die Flaschen zur Seite und begann zu tanzen.

»Wir wissen nicht, wann er nach Schweden kam, aber wahrscheinlich irgendwann in den Sechzigern. Jon Peder Maersk kommt ursprünglich aus Dänemark, aber seit den Zwanzigerjahren ist er mit verschiedenen Zirkustruppen als Musiker, Akrobat und Dompteur herumgereist. Nach dem Krieg ist er im Osten gelandet, bei einem russischen Zirkus, und hat viele Jahre dort verbracht. Hat 1953 einen polnischen Tierpfleger erschlagen, 1956 einen ostdeutschen und 1958 zwei russische Akrobaten. Sowohl die Stasi als auch der KGB waren hinter ihm her, und noch im selben Jahr ist er über die Berliner Mauer in den Westen. Drei Grenzschutzbeamte haben dran glauben müssen. Vielleicht war er ein paar Jahre lang in den USA. 1966 haben er und Leander sich dann bei einem schwedischen Zirkus kennengelernt, das war vor ihrer Radikalisierung.«

»Hat er irgendwelchen Einfluss?«

»Wir wissen nichts über seine Familie, er hatte nämlich nie etwas mit der Gemeinschaft zu tun. Was wir haben, stammt von verschiedenen Nachrichtendiensten. Weder wir noch die Gemeinschaft wissen mehr.«

»Und die anderen?«

»Abgesehen von dem vermeintlichen Weber gibt es mindestens noch einen. Er nennt sich Matteus. Wir haben kein Bild von ihm, aber über seine Familie wissen wir umso mehr. Den Klan Niista gibt es schon lange in der Gegend um Sarek, isoliert von den Menschen und den Verborgenen. Sie haben von der Jagd und Fischerei gelebt und gelegentlich einen Wanderer hopsgehen lassen. Der Klan wurde Mitte des neunzehnten Jahrhunderts zerschlagen. Soweit wir wissen, leben einige noch in der Gegend, machen Touristen und den ein oder anderen Jäger kalt. Ansonsten fallen sie nicht weiter auf nach den Morden von Jokkmokk 1909, als die Gemeinschaft aus der Region einen Nationalpark gemacht hat. Viele aus dem Klan sind Ende des achtzehnten Jahrhunderts nach Gällivare umgesiedelt, zusammen mit einem Pastor der Freikirche, der sie auf den rechten Weg zu führen versuchte. Er musste mit seinem Leben dafür bezahlen, als der Hunger unzumutbar wurde. Seitdem sind sie merkwürdigerweise Laestadianer. Sie wurden gespalten und geschwächt, es gibt jede Menge Nachkommen in der Gegend um Gällivare und Luleå, allerdings meist unreine Mischlinge. Viele von ihnen sind 1890 mit der großen Wanderung nach Stockholm gekommen und haben sich der Gemeinschaft angeschlossen. Matteus wurde kurz nach dem Krieg geboren, aber er hat sich nach einem Familienzwist, über den wir nichts wissen, geweigert, Teil der Gemeinschaft zu werden. Es gibt aktive Mitglieder des Klans Niista in einer freikirchlichen Gemeinde in Hägersten. Wie es Matteus ergangen ist und wie er Leander kennengelernt hat, wissen wir nicht, aber sein Erbgut ist reinerbig, und er ist extrem gefährlich.«

Matteus machte verhalten mit und beobachtete Vang, die mit langsamen Bewegungen eingehüllt in eine Rauchwolke allein tanzte. Bisweilen verschwand er nach draußen an Deck. Leander hatte alle gebeten, sich zu entspannen, aber diesmal schien Matteus dieser Bitte nicht nachzukommen. Wachsamkeit lag ihm im Blut. Jonas musterte ihn durchs Fenster, wo er im Dunkeln an der Reling lehnte.

»Er stammt aus einem Jägerklan.« Leander ließ sich neben Jonas nieder. »Er kann tagelang auf einer Lichtung sitzen und auf den richtigen Moment warten. Wie ein Eisbär. Bei Wind und Wetter, völlig eins mit den Elementen. Scharfe Augen wie ein Falke.«

»Er ist nicht gerade ein Spaßvogel.«

»Nein.« Sie lachte. »Er passt hier nicht her. Als ich ihn gefunden habe, stand er bis zu den Knien in Lösungsmitteln und hat Ölzisternen im Hafen von Värtan gereinigt. Kannst du dir das vorstellen? Man sollte sich keinen Selbstqualen aussetzen, um zur Ruhe zu kommen.« Sie legte ihm die Hand auf den Schenkel. Die Wärme ihrer Handfläche strömte bis in den Schritt. Ihr Blick war glasig, und der Mund leicht geöffnet und zu einem schelmischen Lächeln verzogen. »Man soll so sein, wie man ist, nicht mehr und nicht weniger. Das machen, was man will. Das nehmen, was man braucht.« Sie nahm seine große Hand in ihre.

»Spürst du noch immer nichts?« Sie wickelte den Verband ab.

»Nein.«

Die Narbe war verschwunden, nur noch eine graublaue Schramme in der Handfläche. Sie befühlte die Ränder.

»Hier auch nicht?«

»Nein.«

Sie führte seine Hand an ihre Brust.

»Und das hier?«

Jonas antwortete nicht.

»Komm.«

Die enge Koje war vollgestopft mit Gepäck und Klamotten. In einer Ecke lagen eine Isomatte, ein Schlafsack und ein paar Decken. Leander war um einiges kleiner als Jonas. Wenn sie sich gegenüberstanden, reichte sie ihm bis zur Brust. Sie schob ihre warme Hand unter seinen Pullover. Er war schon lange nicht mehr mit einer Frau zusammen gewesen. Die einzige ernsthafte Beziehung hatte er mit Rebecka gehabt, und das war fünf Jahre her. Danach nur ein paar Nächte mit flüchtigen Bekanntschaften, aber mit ihrem Mitleid war er nicht klargekommen. Sie wollten sich um ihn kümmern und dafür sorgen, dass alles wieder gut wurde. Aber er wollte keine zweite Mutter. Seine Mutter genügte ihm voll und ganz.

Leander legte ihm die Arme um den Hals, schlang die Beine um seine Hüften und küsste ihn. In ihrem Blick lag kein Mitleid, nur Hunger. Er umfasste mit einer Hand ihre festen Pobacken, während er die andere, die nicht taub war, behutsam in ihren dicken Dreadlocks vergrub.

»Warum helfen die ihm?«

»Das wissen wir nicht. Wir haben allerdings ein gewebtes Zimmer auf Skeppsholmen gefunden. Da waren sie bis vor kurzem, aber sie scheinen in aller Hast aufgebrochen zu sein. Es deutet vieles darauf hin, dass sie ihre Basis auf dem Wasser haben. Die Polizei durchkämmt zur Stunde sämtliche Häfen in und um Stockholm. Wenn wir die Außerhalben finden, finden wir auch Hellemyr.«

»Gut.«

Der Mann mit der weißen Maske legte vier identische Mobiltelefone und vier Prepaidkarten auf den Tisch.

»Eine Nummer ist einprogrammiert. Wenn ihr die anruft, halte ich euch auf dem Laufenden.«

Erschöpft und befriedigt lagen sie auf dem Rücken und schauten an die fleckige Decke. Der Puls beruhigte sich allmählich. Draußen sang Maersk ein Duett mit Chet Baker, während Perikles aufmunternd jaulte. Leander streichelte Jonas' blondes Haar, es war länger geworden. Aus den Bartstoppeln war ein heller Bart geworden.

»Er hat mit den ganz Großen gespielt, mit allen. Das ist unglaublich.« Sie grinste. »Zum ersten Mal habe ich ihn in Gröna Lund gesehen, das war 1962 mit Louis Armstrong. Er war phantastisch. Hinterher auf der Party habe ich kapiert, dass er einer von uns ist. Er dachte, er wäre allein, so wie du. Also hat er alles hinter sich gelassen und sich mir angeschlossen. Die anderen vom Zirkus haben nie begriffen, dass er extrem überqualifiziert war. Ihr neuer Drummer hatte mit Miles, Simone, Fitzgerald, Johansson, Evans, mit allen gespielt.«

»In den Sechzigern?« Jonas sah sie forschend an. »Wie alt bist du eigentlich?«

»Es gehört sich nicht, eine Frau nach ihrem Alter zu fragen«, sagte sie hintergründig. »Hat deine Mutter dir das nicht beigebracht?« Er konnte nicht antworten, weil Leander ihm mit einem Kuss zuvorkam. Sie legte den Kopf auf seine Brust und summte die Melodie mit. Mit einem Lächeln auf den Lippen schlief sie ein.

Jonas war nicht müde. Er lag noch lange wach und hörte, wie

sich die Stille über das Boot senkte. Endlich war die Nacht zur Ruhe gekommen. Es gluckerte leise. Leanders flache Atemzüge. Rebecka tauchte vor seinem inneren Auge auf, aber diesmal blieb er innerlich ganz ruhig, und die unendliche Sehnsucht nach ihr stellte sich nicht ein. Sie war ein Teil von ihm, eine Selbstverständlichkeit. Niemand würde sie je ersetzen können. Es ging nicht darum, die Trauer zu betäuben, sondern darum, das Leben so zu akzeptieren, wie es war. Ein Hund bellte im Schlaf. Wind heulte, Regen donnerte gegen den Schiffsrumpf. Ein Automotor. Das Geräusch drängte sich zwischen seine Gedanken, überlagerte sie und machte aus ihnen ein chaotisches Sammelsurium. Hohe sirrende Töne, tiefe Töne, vereinzeltes Knacken. All das wurde zu einer einzigen Masse, er konnte nicht weiterdenken. Er schlug die Augen auf, und die Geräusche waren sofort weg. Die Nacht war wieder so wie vorher. Er hatte immer schon ein eigenartiges Verhältnis zur Zeit gehabt. Sein Tagesrhythmus war von der Zeit vor und der Zeit nach dem Schmerz bestimmt gewesen. Oft hatte er nach einer Attacke nachts wachgelegen und nicht wieder einschlafen können. Er liebte die Nächte. Jonas hielt die Kapsel zwischen Daumen und Zeigefinger und drehte sie hin und her.

»Gib sie mir«, forderte Leander ihn auf. Er hatte gedacht, dass sie schlief. Es war mehr als eine Stunde verstrichen. »Du brauchst keine Angst zu haben, ich werfe sie nicht weg. Ich will sehen, ob ich mehr darüber herausfinden kann.«

Die Kapsel war das Einzige, was ihm geblieben war aus seiner Vergangenheit. Er wollte sie nicht aus der Hand geben. Sogar die Kleidung hatte er mehrmals wechseln müssen. Aber jetzt schien er endlich nicht mehr weiterzuwachsen. Er war mindestens fünf Zentimeter größer als vorher und hatte sich nicht nur einmal den Kopf am Türrahmen gestoßen.

»Vertraust du mir nicht?« Ihre Augen funkelten. Mit einem Wimpernschlag hatte sie ihre Schläfrigkeit weggeblinzelt.

Widerwillig reichte er ihr sie.

»Klammre dich nicht an Dinge, die du nicht brauchst. Die hier hat dein Leben zerstört, vergiss das nicht.« Sie küsste ihn, steckte die Kapsel in die Hosentasche und setzte sich rittlings auf ihn.

»Willst du nochmal?«

»Ich weiß nicht.«

Er wollte sie nicht zurückweisen. Ein Teil von ihm wollte sich einfach fallenlassen, loslassen. Leanders reifen Körper genießen und alles passieren lassen. Ihre wilde Lust hatte etwas in ihm berührt, das ihm bisher verborgen gewesen war. Er fand sie sehr attraktiv, aber der Rausch war abgeflaut, und die Gedanken begannen wieder in seinem Kopf zu kreisen. Etwas in ihm wehrte sich.

»Was weißt du nicht?«

»Ob ich das packe.«

»Klar packst du das, das weiß ich.« Sie schmunzelte.

»Ich hab andere Dinge im Kopf.« Er bemühte sich, nicht abweisend zu klingen.

»Was denn?«

»Das Leben.«

Sie legte sich wieder neben ihn.

»Verstehe. Willst du drüber reden?«

Er schwieg eine Weile, bevor er sich verpflichtet fühlte, etwas zu sagen. Er wollte diese Chance nicht verschenken. Sie hatte sich ihm geöffnet, und er wollte für sie da sein.

»Das hier ist neu für mich. Alles an mir ist neu. Ich meine das nicht negativ. Ich bin nur überwältigt.« Neugierig sah sie ihn an. Er bemerkte, wie schön sie war. Sicher, auch vorher war ihm das schon aufgefallen, aber da war es nicht so wichtig gewesen, zu viel war passiert, und er hatte alle Hände voll damit zu tun gehabt zu überleben. Leander legte eine Gelassenheit sich selbst gegenüber an den Tag, die eine große Anziehungskraft auf ihn ausübte. Sie wusste, dass sie schön war, und achtete auf ihr Äußeres, aber sie brauchte weder Schminke noch Stilettos, um ihre Schönheit hervorzuheben. Sie kam von innen, das war ein abgedroschenes Klischee, aber es stimmte. Jonas musste an eine Katze denken, die sich putzte, das geschah so selbstverständlich und doch wissentlich. »Ich habe mich noch nie so gut gefühlt. Trotz allem, was passiert ist. Aber mir gefällt das nicht. Rebecka, Schröder und weitere Menschen sind umgekommen in dem ganzen Chaos. Ich habe anderen weh getan. Ich weiß nicht, was meine Mutter macht, wie es ihr geht. Sie hat jede Menge Ärger meinetwegen.« Er schüttelte den Kopf. »Und ich bin auf diesem Boot und ficke hier rum. Ich will dich nicht kränken, wirklich nicht, aber ich habe die Nase voll, mich immer zu verstecken.«

»Du bist jetzt ein anderer. Vergiss alles andere. Du musst an dich denken. Auf deine Bedürfnisse eingehen.«

»Ich will mich wehren.«

»Rache erfordert Planung. Glaub mir, ich weiß das. Wenn du zurückschlagen willst, musst du das hinter dir lassen. Oder dich jetzt damit befassen und die Rache auf später verschieben. Eins nach dem anderen.«

»Ich weiß nicht, was ich für Bedürfnisse habe, ich kenne mich ja selbst kaum noch.«

»Schlafen, essen, Sex, genau wie alle anderen.«

»Das ist alles?«

»Nein.« Sie schob sich ein paar Dreadlocks aus der Stirn, ihr Blick war ernst. »Wir haben andere Bedürfnisse. Ohne sie verlieren wir das, was uns so einzigartig macht, wir verkümmern und sind nicht mehr von den Menschen zu unterscheiden. Wir sterben.«

»Meinst du Gips und solche Sachen?«

»Du bist ja süß.« Sie berührte seine Wange und folgte einer unsichtbaren Linie über den Brustkorb bis zum Bauch.

»Verborgene brauchen Kraft.«

»Welche Kraft?«

»Hormone. Früher haben wir Kraft dazu gesagt, bevor wir wussten, was es wirklich ist.«

Sie zeichnete mit dem Finger das rote Muttermal neben der Achselhöhle nach. Es ähnelte einer Hand oder einem Flügel, dessen gestreifte Federn den Brustkorb mit eisernem Griff umschlossen. In den ersten Tagen nach dem Unfall hatte sich das Muttermal verändert, es hatte geschmerzt und war vielleicht etwas größer geworden, aber nun war die Rötung wieder verschwunden.

»Du kannst Container durch die Luft schleudern, deine Wunden heilen im Nu – das liegt an deiner DNA. Vang ist besser in Biologie als ich, aber du brauchst Transmitter, die deine Zellen aktivieren, und diese Botenstoffe sind irgendwann aufgebraucht. Genau da liegt das Problem. Du hast die Kraft, aber wenn sie aufgebraucht ist, bist du nichts Besonderes mehr, du wirst schwach, und dann ist alles gelaufen. Du gehst kaputt, dein Hirn funktioniert nicht mehr. Schwere Depressionen, Selbstmord im besten, Zwangseinweisung und Psychiatrie im schlimmsten Fall. Wenn du nicht auftankst.«

»Und wie geht das? Du hast gesagt, das sei endlich.«

»Man tankt Endorphine.«

»Wie das?«

»Von Menschen. Das reicht für eine Weile, dann musst du

wieder auftanken. Des einen Tod ist des anderen …« Sie ließ ihn den Satz in Gedanken beenden.

»Man bringt also Menschen um? So richtig?«

»Ja. Aber das ist eher eine Definitionsfrage. Viele Menschen kommen damit klar, allerdings geht ihr Gehirn dabei drauf, Halluzinationen, Depressionen, chaotische Horrorgeschichten. So entstehen Mythen.« Sie sah ihm in die Augen. »Früher gab es keine Alternative. Man musste seine Bedürfnisse stillen.«

»Und wenn man sich weigert und das spart, was man hat?«

»Früher oder später wirst du wie die Scheuen, eine blasse Kopie deiner selbst. Das kannst du nicht mal durch Auftanken oder Mariä Lichtmess wieder wettmachen. Irreparable Genschäden. Borderline, Grenzfälle. Da kannst du auch gleich aufgeben.«

»Was ist Mariä Lichtmess?«

»Inzwischen gibt es ein paar Alternativen. Entweder gibst du dich mit deinem Platz innerhalb der Gemeinschaft zufrieden. Du arbeitest, bezahlst Steuern, du bekommst einmal im Jahr Essen, am 2. Februar auf der Mariä Lichtmess, es kommt niemand zu Schaden. Oder du machst es so, wie wir Verborgenen es immer getan haben. Du bringst jemanden um und hoffst, dass dich der Pöbel nicht lyncht. Zwei schlechte Alternativen.«

»Die eine klingt schlimmer als die andere.«

»Für wen?«

»Für die anderen.«

»Wir brauchen die anderen nicht.« Sie zündete sich eine Zigarette an. »Aber ja, wenn man einen Menschen tötet, hat man den Pöbel gegen sich, und das hält auf Dauer keiner aus. Man muss andauernd umziehen, seine Spuren verwischen, draußen im Wald andere zum Schein ertränken, damit niemand Verdacht schöpft. Falsche Gerüchte verbreiten. Spukgeschichten.

So haben wir überlebt, Jahrtausende hindurch. Die Gemeinschaft hat meinen Eltern eine Alternative angeboten. Ich verstehe, dass sie sich dafür entschieden haben. Sie wollten nicht länger Ausgestoßene sein und Hunger leiden, sie wollten Zusammenhalt. Der Preis dafür war hoch. Verleugne deine Herkunft, unterdrücke deine natürlichen Triebe, mach dich klein, und verschmelze mit der Menge. Sei schwach. Sei Mensch. Aber warum sollen wir das tun? Wir sind keine Menschen. Unser Volk war lange vor den Menschen hier.« Sie inhalierte den Zigarettenrauch. »Meine Eltern sind nach Stockholm gezogen, weil sie in Würde ein menschliches Dasein fristen wollten. Aber das hat sich nicht erfüllt. Unterdrückt von den eigenen Leuten, ausgegrenzt und noch immer hungrig. Einmal im Jahr Essen. Bravo. Sie hätten auch gleich nach Skansen ziehen können. Sie haben nichts gewonnen und ihre Freiheit verloren. Die haben wir uns zurückgeholt.«

»Indem ihr andere umbringt?«

»Das habe ich nicht gesagt. Durch Liv. Sie hat uns eine dritte Alternative genannt.« Leander kicherte in sich hinein. »Liv, Leben. Im doppelten Sinne.«

»Hat das irgendwas mit Gold zu tun?«

»Du bist gar nicht so dumm, wie du aussiehst.« Sie ließ ihren Blick auf ihm ruhen. »Die Antwort lautet Überfall, das ist richtig. Aber das ist nur das Mittel. Im Unterschied zu Mord macht ein Überfall keine Probleme. Solange du keine alte Oma ausraubst, kümmert das keinen. Es ist der Staat, der zahlt, oder die Versicherung, oder die Opfer haben selber Schuld. Reichtum ist eine Schande in Schweden. Nimmt man von einem, der hat, dann schert sich keiner darum.«

»Warum macht der Rest der Gemeinschaft das nicht genauso?«

»Weil sie nicht können. Oder sich nicht trauen. Warum hast du dir nicht einfach genommen, was du brauchst?«

»Weil das falsch ist.«

Sie schnaubte.

»Macht die Katze etwas falsch, wenn sie die Ratte frisst? Im Zeichentrickfilm vielleicht, aber in der Realität wissen wir, was natürlich ist. Ich gebe zu, es ist der falsche Weg zu töten. Aber vor allem aus praktischen Gründen. Ethik und Moral sind nur dazu da, um uns an die Grundpfeiler der Gesellschaft zu ketten. Das wusste sogar Platon. Es ist nur ein Mittel, um den Strom zu lenken.«

»Das Recht des Stärkeren?«

»Nenn es, wie du willst. Survival of the fittest.«

»Es muss noch einen anderen Weg geben«, beharrte Jonas. »Was ist an der Gemeinschaft denn so schlecht?«

»Sie haben die gleichen Probleme wie alle anderen Gesellschaften auch. Diejenigen, die regieren, wollen regieren. Da hast du die Ursache für alle menschlichen Probleme.«

»Wie Borg?«

»Ja, zum Beispiel.«

»Was macht er in der Gemeinschaft?«

»Er ist die Nummer zwei, nach Ehrencrantz.«

»Und was macht er?«

»Elias Borg ist ein halbseidener Anwalt, der sich an unbescholtenen Verborgenen bereichert.«

»Machen das nicht alle in seiner Position so? Klingt eher nach einem Naturgesetz, wenn du mich fragst.«

»Keine Personennummer zu haben ist schlimmer, als du glaubst.« Leander versuchte, sachlich zu bleiben. »Wenn du einen Job brauchst, dann wende dich an Anwalt Borg. Das müssen alle Verborgenen. Er hat die Kontakte, aber das kostet.

Abgesehen von ewiger Dankbarkeit ist er an allem mit Prozenten beteiligt. Willst du eine Personennummer kaufen, einen Mietvertrag, ein Arzneimittelrezept oder einen Führerschein, ja, dann musst du dich an Borg wenden. Brauchst du einen Kindergartenplatz, ein Schulzeugnis, willst du deinem Kind eine Zukunft bieten, obwohl du in einem fremden grausamen Milieu lebst, in dem du dich nicht auskennst? Brauchst du einen, der dich in den Arsch fickt, der dir alles nimmt, was du hast, dein Geld, deine Würde, deine Familie und dein Selbst?« Ihr Blick hatte sich verfinstert. »Willst du eine Dosis Strom, um den nagenden Hunger zu betäuben, den Schmerz, weil du deiner Familie nicht das geben kannst, was sie braucht, oder schnüffelst du geladene Partikel, bis nur noch eine leere Hülle übrig ist von dir? Willst du als Demenzkranker in der Langzeitpflege enden, der nicht mal seine eigene Tochter wiedererkennt? Und dann in deinen Exkrementen sterben?« Sie holte Luft, ehe sie mit den Worten schloss: »Wenn du das willst, gehst du zu Elias Borg.« Leander stand auf und zog sich Unterhemd und Slip an. »Ich will nicht mehr von ihm reden.«

»Das tut mir leid.«

»Das muss es nicht. Willst du lamentieren oder dich rächen? Deine Entscheidung.«

»Rache.«

»Gut.« Sie konzentrierte sich wieder auf das Wesentliche, das Finstere war verschwunden. »Dann los.«

Als Leander in die Messe ging, schlüpfte Jonas in seine Hose und folgte ihr. Es sah aus wie auf einem Schlachtfeld. Draußen war es noch immer dunkel, aber die Morgenröte lauerte schon am Horizont. Jonas half Leander, die Beute einzusammeln. Maersk und die Hunde schnarchten in einer Ecke. Perikles knurrte träge, als Jonas eine Goldkette an sich nahm, die in Sataysoße gelegen hatte. Der Hund hatte sie gründlich abgeschleckt.

Vang stand im Maschinenraum vor einer Arbeitsbank, die mit Elektronik, Werkzeug und Gasflaschen vollgestellt war. Sie sang vor sich hin. Ein Schweißgerät knisterte, und Funken stoben in alle Richtungen.

»Es ist so weit«, sagte Leander.

Vang klappte das Visier hoch. Ihre Pupillen waren klein wie Stecknadelköpfe, sie wirkte gelöst. Jonas fragte sich, was sie einwarf. Vang musterte die beiden. Leander in Unterwäsche, Jonas mit nacktem Oberkörper. Um ihren Mund spielte ein kaum merkliches Lächeln. Jonas wurde rot. Obwohl er tat, als sei nichts, fühlte er sich wie ein Teenager, glücklich und ertappt. Leander wirkte völlig unbeeindruckt. Er sah zu Boden.

Vang war fertig und stellte eine alte Reisetasche, übersät mit Abzeichen von Reisezielen, auf die Arbeitsbank.

»Ich will nur sehen, ob alles seine Richtigkeit hat.«

In der Tasche war eine Art Radio montiert. Etwas Derartiges sah Jonas zum ersten Mal. Es ähnelte dem Innenleben eines alten Fernsehers mit Bildröhre, Transistoren, Kupferdrahtspulen, Kabeln und Leiterplatten. Mit einer roten und einer schwarzen Krokodilklemme schloss Vang den Fernseher an eine Autobatterie an und betätigte ein paar Schalter. In der Transistorröhre knisterte und flimmerte es. Ein Kreiselinstrument drehte sich langsam. Sie gab einen Tropfen Öl hinzu und stellte es ab.

»Sortier das Metall. Alles Gold auf einen Haufen. Das Silber könnt ihr schon mal einschmelzen. Der Rest kann weg.« Vang stellte einen Gasbrenner hin, eine Flasche Borsäure und einen Schmelztiegel. »Ich hole Liv.«

Leander leerte die Plastiktüte mit der Beute und sortierte sie. »Nimm eine Zange, und leg alle Edelsteine in die Schale.«

»Was ist denn das in der Tasche?«

»Ein Spinnrocken. Vang hat ihn in den Siebzigern entwickelt. Der einzige dieser Art.«

»Und was kann der?«

»Er verwandelt Gold in pure Energie. Einfacher gesagt, er versorgt Liv mit Garn zum Weben. Damit kann sie uns aufladen. Das gleiche Prinzip, auf dem ein Reaktorbetrieb fußt, nur in klein.«

»Ein Reaktor?«

»Sorry, ich hab ganz vergessen, das ist alles ein bisschen viel auf einmal für dich. Wir reden später drüber.«

»Nein, nein, nur zu.«

»Fake. Elendige Gauner. Kannst du dir vorstellen, dass die solchen Mist verticken?« Leander warf ein paar Ringe hoch. »Okay. Vang hat ein paar Sachen für die Gemeinschaft entwickelt, wie den Reaktor. Dann ist sie abgesprungen und hat stattdessen den hier gebaut, damit wir über die Runden kommen. Man füttert ihn mit Energie, in diesem Fall Gold, schließt Liv an den Strom an, möglichst an Hochspannung, und dann kann sie weben, ohne dass sie ihre eigene Energie verbraucht. Wie eine Batterie. Sie füttert uns, und wir brauchen niemanden umzubringen.«

»Wieso gerade Gold?«

»Das hat was mit der Elektronenkonfiguration und Partikeln zu tun, da musst du Vang fragen.« Leander legte etwas von dem Silber in den Tiegel und stellte den Brenner an. »Die meisten Edelmetalle funktionieren, aber Gold hat einen hohen Reinheitsgrad und die wenigsten Nebenwirkungen.«

Jonas trat näher und betrachtete die Tasche mit den seltsamen Apparaten.

»Nicht anfassen!« Leander schlug Jonas auf die Finger. »Ein

falscher Handgriff, und du verbrennst dich. Das ist gefährlich. Dein Charakter schwindet, und du landest in der Psychiatrie.«

Vang führte Liv vorsichtig die Treppe hinunter, drückte sie auf einen Stuhl, der auf einer dicken Gummimatte stand, und schenkte ihr aus einer Thermoskanne eine Tasse Kaffee ein. Sie schloss die Startkabel an, legte eine Handvoll Gold in die Mitte des Gyroskops und stellte die Maschine an. Der Spinnrocken spie Funken und wurde immer schneller. Sie nahm ein dreiadriges Kabel und befestigte es an ihrem Oberschenkel. Funkensprühend floss der Strom durch ihre Kleider und ihren Körper. Ihre feinen grauen Locken standen zu Berge.

»Junge, gib mir mal die da«, forderte Vang ihn auf und zeigte auf einen Stapel mit Fotos von Männern und Frauen, die aus verschiedenen Zeitungen und Zeitschriften herausgerissen worden waren. Sie blätterte. »Wer willst du sein?«

Die Orgelklänge erfüllten die Kirche, begleitet von einer zarten Querflötenmelodie. Neben dem Altar stand ein weißer Sarg. Davor Kränze mit Schleifen und Text. Auf eine war das Emblem der Polizei gedruckt. Eldh konnte den Organisten nicht sehen, da sie unter der Empore saß, aber sie fand die Musik wunderschön. Ein Pastor hielt eine Ansprache, von der sie nichts hörte. Eine großgewachsene Frau mit grauem Haar saß ganz vorn, neben ihr eine Frau in den Dreißigern mit zwei kleinen Kindern. Die Jüngere ähnelte ihrem Vater, so wie Emma. Der Inbegriff von Leben, wenn sie nicht vor fast vierzig Jahren neben dem Bärchenhandtuch eingeschlafen wäre. Wenn das Wetter an jenem Tag schlechter gewesen wäre, hätte sie selbst diejenige sein können, die dort mit grauem Haar saß. Vielleicht wäre ihr Wesen nie zum Leben erwacht, wenn das Grauenvolle nicht passiert wäre. Oder es wäre etwas anders passiert, später. Antworten gab es keine, nur sinnlose Fragen.

Das Kind, ein kleiner Junge, etwa drei Jahre alt und unbehelligt von der Trauer, stellte sich auf die Kirchenbank und ließ seinen Blick über die Trauergemeinde schweifen. Enkel. Er hatte auf jeden Fall die Möglichkeit, es zu erleben. Sie war der grauhaarigen Frau unendlich dankbar, weil sie Thomas dieses Geschenk gemacht hatte. Eldh hatte ihre Gefühle lange Zeit in Schach gehalten. Es war die einzige Möglichkeit, nicht nachzugeben, aber tief in ihrem Innern begann der Mörtel zu bröckeln. Der Junge begegnete ihrem Blick und schob seinen Schnuller im Mund vor und zurück.

Sie blieb in der Bank sitzen, während die Zeremonie beendet wurde. Angehörige und Freunde legten Blumen nieder und verließen nach und nach die Kirche. Er war zu früh von ihnen gegangen, das Wort Krebs war gefallen, die Verkörperung der grausamen Lotterie des Lebens. Sie hing ihren Gedanken nach. Sie hatte sich gegen Borgs Befehl gesträubt, ihn ein paar Stunden aufgeschoben, sich geweigert, nach Wittsätra zu fahren, der Widerstand war einfach zu groß. Sie konnte ihre Trauer nicht verbergen, und sie gab ihr den Vorwand dafür, hier zu sein, und nicht da, wo sie eigentlich sein sollte.

Thomas.

Seitdem war ein ganzes Leben vergangen. Sie erinnerte sich wieder an das Reihenhaus. Es war heruntergekommen, und sie hatten zu viel dafür bezahlt. Im ersten Sommer hatten sie die Fassade gestrichen. Thomas bestand auf Gelb, das war in den Siebzigern modern. Sie favorisierte Rot, gab aber nach und suchte im Gegenzug die Tapete für Emmas Zimmer aus, ein verschlungenes Blättermuster in Grün mit weißen Früchten. Ein Wald, in dem man sich verirren konnte. Sie machten alles selbst. Eldh hatte den ganzen Herbst über Farbe im Haar gehabt, ihre Kollegen im Präsidium hatten sie Pollock genannt. Dann wurde Emma geboren. Jetzt vermisste sie dieses Reihenhaus und Thomas, oder einen wie Thomas, einen, mit dem sie zusammen sein konnte.

»Viveca?«

Eldh fuhr zusammen.

Ein älterer Mann in schwarzem Jackett stand in der Bankreihe vor ihr. Mikael. Sie musste sich beherrschen, sie hätte ihn so gerne umarmt. Er war fülliger geworden, der Haaransatz war zurückgewichen bis auf eine krause Haartolle im Nacken, aber trotz der rotgeweinten Augen sah er noch genauso liebenswürdig aus wie bei all den Abendessen im Reihenhaus. Micke. Emmas Patenonkel.

»Entschuldigung«, sagte sie. »Ich glaube, Sie verwechseln mich mit meiner Tante.« Er sah sie mit großen Augen an. Mickes Selbstbild war ebenso wenig gealtert wie er in ihrer Vorstellung. Er war immer schon ein Schelm gewesen, sogar ein paar Jahre jünger als sie. Aber seine äußere Erscheinung hatte die Reise schon hinter sich gebracht, die Eldh noch bevorstand. Wo er sich vierzig Jahre in der Zeit voranbewegt hatte, hatte sie erst die Hälfte zurückgelegt. Es war, als hätte ihm die Zeit einen Streich gespielt, und er selbst kam nicht mehr hinterher.

»Ich wusste gar nicht, dass sie eine Schwester hat«, sagte er schließlich. »Wie geht es Viveca?«

»Sie ist vor dreißig Jahren gestorben.«

»Mein Beileid.« Er bedauerte ihren Tod aufrichtig.

»Danke«, murmelte sie, ohne ihn anzusehen. »Verzeihung.« Sie schob sich an den Trauernden vorbei aus der Kirche. Es war ein Fehler gewesen hinzugehen. Sie hatte keine Ahnung, wie sie darauf gekommen war. Nach Wittsätra hatte sie ihr altes Leben hinter sich gelassen, alle Bande gekappt. Jedes Mal, wenn sie einen alten Bekannten gesehen hatte, hatte sie die Straßenseite oder den U-Bahnwagen gewechselt. Nur ein einziges Mal war sie Thomas begegnet. Das war in den Achtzigern gewesen. Er war mit seiner Tochter aus einem Kino in der Kungsgatan gekommen und fast in sie hineingelaufen. Sie hatten einen raschen wortlosen Blick getauscht. Zu viel Ungesagtes, zu viel Ungeklärtes. Sie war mit widersprüchlichen Gefühlen und steifem Rücken weitergegangen. Er hatte eine andere kennengelernt, eine Familie gegründet. Sein Leben weitergelebt. Am Tag darauf hatte sie Borg gebeten, ihre Angaben komplett zu löschen. Seitdem gab es sie nicht mehr. Sie hatte ihren Mädchennamen wieder angenommen, Eldh, damit sie wenigstens für sich selbst eine neue Identität hatte. Offiziell hatte Viveca Stenberg am 2. Juni 1986 Selbstmord begangen, im selben Jahr, als auch Palme ermordet wurde.

Das Mädchen sah aus wie Anfang zwanzig. Schwarze lange Haare und große braune Augen. Fremdländisches Aussehen, aus dem Mittleren Osten oder Indien vielleicht. Sie war hübsch, aber sie stach einem nicht sofort ins Auge. Sie hielt Jonas ihre Hand hin und grüßte ihn höflich.

»Aisha.«

Jonas wusste nicht, was er sagen sollte.

»Ich studiere Französisch an der Uni.« Sie lächelte entschuldigend. »Mein Vater kommt aus Tunesien, dadurch habe ich einen kleinen Vorsprung. Und wie heißt du?«

»Ich weiß nicht.«

»Reiß dich zusammen. Du musst dir einen Namen ausdenken.« Sie lächelte noch immer. »Wie heißt du?«

»Muss das sein?«

»Hör auf zu jammern. Willst du herumlamentieren oder dich rächen?«

»Ich will Rache.«

»Gut.« Das Mädchen nahm seine Hand. »Versuch, dich zu entspannen. Wie sitzt er?«

Jonas sah sich um und bewegte die Arme.

»Gut, schätze ich.«

»Du gehst immer noch so wie vorher. Du brauchst ein anderes Tempo, eine andere Gangart.«

Er folgte dem Mädchen. Sie gingen an dem verlassenen

Gröna Lund vorbei. Irgendwie machte ihm der menschenleere Vergnügungspark Angst. Keine Rufe. Kein Fritteusenmief. Nur bunte Metallskelette, die in den grauen Himmel ragten.

»Hör auf, dauernd über die Schulter zu blicken. Du benimmst dich echt schräg, als hättest du gerade einen Juwelier ausgeraubt.« Sie lachte schüchtern. Ihr ganzes Benehmen war zaghaft. Ein Mädchen, das in einer Familie mit lauter polternden Männern nie wahrgenommen wurde. Jonas war immer noch begeistert von dieser totalen Verwandlung. Die Körpersprache war eine ganz andere. Sie machte kleine schnelle Schritte. Ihre Bewegungen waren nicht mehr so selbstsicher, sondern subtil zurückhaltend. Nur die Stimme erinnerte noch an den Menschen, der sich dahinter verbarg.

Jonas atmete aus und versuchte, sich zu entspannen.

»Du musst dir einen Namen ausdenken«, sagte Leander. »Du bist nicht länger du. Hast du einen zweiten Vornamen? Irgendwas, woran du anknüpfen kannst?«

»Victor.«

»Das könnte gehen. Victor. Vic.« Sie stellte sich noch einmal vor. »Aisha.«

»Victor.«

»Warum nicht. Gut. Bemüh dich, ihn zu finden, wer er ist, was er für eine Stimme hat, was er für ein Lachen hat, wie er sich bewegt. Stell dir vor, du spielst eine Rolle. Finde die Gesichtsausdrücke, die zu deinem neuen Ich passen. Üb vor dem Spiegel. Ein altes Lächeln hinter einem neuen, das kann schon sehr merkwürdig aussehen, den Leuten fällt so was auf. Sie wissen zwar nicht wieso, aber sie würden Victor irgendwie komisch finden, und das wollen wir nicht.«

Sie gingen zur Allmänna gränd hinunter und warteten auf die Djurgårdsfähre. Eine Obdachlose grüßte fröhlich. Die Alte hatte einen vollgepackten Leiterwagen. Eine Stehlampe mit rosa Schirm ragte aus den Tüten heraus. Die Obdachlose legte den Kopf schief und musterte ihn. Er kam sich nackt vor. Es war, als sähe sie direkt durch ihn hindurch. Die Pennerin mit der Lampe zwinkerte ihm zu und setzte ihren Weg Richtung Skansen fort.

Unten am Fähranleger blieben sie vor einem Schaufenster stehen. Jonas musste an Plüschtiere, Streifenwagen und lachende Kinder denken, doch diese Sommeridylle lag in weiter Ferne. Der Herbst war so gut wie vorbei. Der Wind hatte die Baumkronen leergefegt, spielte mit den braunen Blättern und peitschte auf dem grauen Meer die Gischt auf. Nirgends in Stockholm waren die Jahreszeiten so greifbar wie auf Djurgården. Wenn die Touristen wieder abgefahren waren, wurde alles verrammelt, die Farben wurden blass. Die Winterdunkelheit kroch heran. In der Scheibe spiegelte sich ein Mann, der neben Leander stand und Jonas anstarrte. Jonas fuhr herum, aber da war niemand. Dann begriff er, dass er sich selbst gesehen hatte. Er drehte sich langsam wieder um. Der Mann war genauso groß, aber etwas schlanker, zwischen dreißig und vierzig. Dunkles, kurzes Haar, Geheimratsecken. Ein rundes Gesicht mit buschigen Augenbrauen, unter den Augen eine dünne schwarze Linie. Er sah südländisch aus, er konnte aus Spanien, dem Mittleren Osten oder auch Südamerika kommen.

»Warum Ausländer?« Er befühlte sein Gesicht.

»Die besten Sündenböcke. Die Schweden sind unglaublich schlecht darin, Ausländer zu identifizieren. Das ist gut für uns, alle Vorurteile werden bestätigt. Beim nächsten Überfall gehen wir genauso vor wie beim letzten, aber ohne Strumpfmasken. Die Polizei bringt die beiden Taten miteinander in Verbindung, ermittelt in die falsche Richtung, und wenn sie uns nicht finden, denken sie, dass wir uns ins Ausland abgesetzt haben oder in irgendein angebliches Heimatland. Der Fall geht an Interpol, und für die schwedische Polizei ist die Sache vom Tisch.«

Das Boot legte an, ein junges Paar ging von Bord. Die beiden waren frisch verliebt und noch unbeholfen mit ihren Gefühlen. Ihr Anblick erinnerte Jonas an früher. Er war siebzehn und hatte zusammen mit Rebecka die Djurgårdsfähre genommen. Sie hatte auf die Danviksklippe gezeigt und gesagt, sie sei noch nie dort gewesen. Die Sonne hatte geschienen, jedenfalls in seiner Erinnerung. Er holte tief Luft. In der Stadt gab es viele Orte, die ihn immer an sie erinnern würden.

Die Fähre stampfte durch die Wellen auf Gamla stan zu. Der Wind klatschte Salzwasser in sein neues Gesicht, seine Lunge füllte sich mit Meeresluft. Es fühlte sich gut an, nicht länger in den Schatten herumzulungern, sondern wieder unter Menschen zu gehen, ohne sich die ganze Zeit umsehen zu müssen. Seine Kraft kehrte wieder zurück. Es war an der Zeit auszuteilen. Er wusste nicht, wie, aber es war höchste Zeit, etwas zu unternehmen. Sie stiegen bei Slussen aus und gingen die Götgatan hinauf. Vor einem Hauseingang in der Sankt Paulsgatan blieb Leander stehen.

»Siehst du dieses Symbol hier?« Sie deutete mit einem Kopfnicken auf ein Ornament im Glas oberhalb der Tür.

Er war sich nicht sicher, was sie meinte. Es sah wie jede x-beliebige Verzierung aus.

»Irgendwo da drinnen gibt es einen Raum für solche wie uns. Vermutlich unter der Treppe, wenn da nicht wieder alles zugemauert worden ist.«

»Eine Webarbeit?«

Sie nickte. »Viele Bauherren, die im letzten Jahrhundert hierhergekommen sind, waren Verborgene, und sie haben extra Räume einbauen lassen, wo wir uns in Ruhe treffen konnten. So wie Schwarze Clubs ungefähr.« Leander hauchte auf die Tasten und untersuchte die Knöpfe. Sie probierte ein paar Kombinationen, ehe es surrte.

In einem Abstellraum entdeckte sie das, wonach sie suchte. Ein Mosaik, nicht größer als eine Hand, mit stilisierten Blättern und den Initialen R. S. unter der Jahreszahl 1912. »Die meisten sind in schlechtem Zustand oder völlig kaputt, es gibt niemanden mehr, der sie noch flickt. Die Gemeinschaft hält zwar ein paar am Leben, aber solche wie die hier können dir zumindest vorübergehend Schutz bieten.«

»Und wie kommt man da rein?«

»Du legst einfach deine Hand darauf. Manche sind aber auch bestimmten Familien vorbehalten.« Sie zeigte auf ein Wappen mit einer Garbe. »Die hier heißt die meisten willkommen.«

»Komme ich denn rein?«

Sie lachte.

»Du kommst immer rein. Es gibt keine Webarbeit, die dich nicht durchlässt. Du bist reinerbig.«

Jonas mochte dies Wort nicht. Es roch nach Rassengesetzen, Faschismus und Apartheid. Der Wert eines Menschen bemessen anhand seiner Herkunft und seiner Abstammung. Er wollte keiner Gruppe angehören. Man ist das, was man tut, nicht das, woher man kommt.

»Wie geht das?«

»Ich weiß nicht genau, es ist, glaube ich, das gleiche Prinzip, so wie wenn man einen Menschen ausbrennt.«

»So genau wollte ich das gar nicht wissen.«

»Sei nicht so zimperlich.« Sie kniff ihn in den Hintern. »Verleugne dich nicht.«

Er betrachtete das kleine Siegel. Eine kleine, feine Handarbeit. Vorsichtig hielt er die Hand davor und spürte ein Prickeln in der Handfläche wie von einer Batterie.

»Nicht jetzt.« Leander nahm seine Hand weg. »Ich weiß nicht, was die Webarbeit mit deiner Verkleidung anstellen würde.«

»Gibt es viele davon?«

»Um die hundert etwa. Ich weiß es nicht genau. Normalerweise brauchen wir sie nicht, und wenn man Pech hat, ist schon wer anders da, aber wenn etwas passiert, ist es gut, noch etwas in der Hinterhand zu haben.«

»Die Scheuen?«

»Nein, die sind zu schwach, um reinzukommen, aber es gibt alles von starken Mischlingen bis zu unreinen Verborgenen, und die zu überraschen ist nicht lustig. Nur weil du einer mit reinem Erbgang bist, heißt das nicht, dass du der Stärkere bist. Reinheit führt oft zu Inzucht. Ein Mischling ist oft lebensfähiger als ein Rassehund.«

»Können wir jetzt mal aufhören, über Rassen zu reden? Wir leben nicht in den Dreißigern.«

»Du bist aber empfindlich.« Leander amüsierte sich offenbar über seinen Protest, vielleicht provozierte sie ihn deshalb. Sie nahm seine Hand. »Komm jetzt, Kleiner, ich habe Hunger.«

Sie saßen in einem kleinen japanischen Restaurant, und obwohl sie doppelte Portionen bestellten, wurde Jonas nicht satt. Leander reichte ihm eine Rolle Fünfhunderter.

»Ich muss noch ein paar Sachen erledigen.« Jonas hatte den Verdacht, dass es mit dem Beutel mit Edelsteinen zu tun hatte, den sie vom Boot mitgenommen hatte. Er hatte Vang und Leander über jemanden namens Alain de Spors reden hören, aber das waren Einzelheiten und Namen einer Welt, die sich seiner Kenntnis entzog. »Mach dich mit dir selbst bekannt.

Kauf ein paar Klamotten, die Vic gefallen.« Sie beugte sich über den Tisch und gab ihm einen Kuss. Ihre Lippen fühlten sich anders an, Aishas waren schmaler, aber das Gefühl war das gleiche. Sein Puls ging schneller, das Blut schoss in seinen Schritt. »Und mach keine Dummheiten.« Sie lächelte ihr mildes Lächeln und verließ das Lokal.

Er begehrte sie, das konnte er nicht leugnen, aber egal, wie man ihre Beziehung nennen wollte, sie basierte auf ihren Bedingungen. Mal war sie zugänglich, mal abweisend, wie es ihr gerade gefiel, und das konnte Jonas nur schwer akzeptieren. Er wusste nicht, was er wollte, seine Gefühle verwirrten ihn. Er trank seinen Kaffee aus.

»Victor?«

Leander musste ihre Frage mehrmals wiederholen, ehe er reagierte.

Sie stand in der Tür und zwinkerte.

»Wir sehen uns.«

Vor vielen Jahren hatte sie sich geschworen, nie wieder an diesen Ort zurückzukommen. Wittsätra war Geschichte. Aber jetzt stand sie wieder hier vor den Eisentoren und blickte an der weißen Fassade hoch. In letzter Zeit war Eldh gezwungen gewesen, Wege einzuschlagen, die sie lange Zeit auszulöschen versucht hatte. Borg hatte sie in eine Ecke gedrängt, und sie hatte keine Ahnung, wie lange sie ihm noch standzuhalten vermochte. Das Tor quietschte leise, als sie es hinter sich schloss. Sie ging den Kiesweg hinauf.

Wittsätra war ein weißgekalktes, zweistöckiges Gebäude, erbaut am Ende des neunzehnten Jahrhunderts. Ursprünglich war dort die forensische Psychiatrie der Haftanstalt Långholmen untergebracht gewesen, und das Haus sollte abgerissen werden, als die Gemeinschaft es 1975 übernahm. Das Grundstück war von einer hohen Fliederhecke umgeben, die jetzt kahl war. Die Zweige ragten in alle Richtungen. Im Sommer war die idyllische Fassade nahezu perfekt, aber im Herbst und Winter sah das alte Gefängnisgebäude bedrohlich aus. Dann spiegelte es seine Aufgabe ganz unverhohlen wider.

Eldh wusste bereits, wie die Klingel sich anhörte, ehe sie ertönte. Das trockene Knarren der Tür und ihr Echo in der Eingangshalle, nachdem sie wieder geschlossen worden war. Sie wusste genau, wie die Geräusche durch eine Tür im ersten Stock drangen. Wie die fröhlichen Stimmen von Familien voller Erwartung unterwegs zum Strandbad Långholmen sich einen Weg durch die Risse im Mörtel suchten. Wie sich die Rufe der Kinder und Juchzer der Badenden von der anderen Inselseite Hammerschlägen gleich durch die dicken Steinwände bohrten, durch Matratzen, durch Kissen bis in die Köpfe. Und sie dankte ihrem Schöpfer, dass der Sommer vorüber war.

»Kommst du nun rein, oder willst du da stehenbleiben?«

Das war keine nett gemeinte Frage. Nichts an Lilja war nett. Die nasale Stimme, die leicht vorstehenden Augen, der exakte Scheitel und sein Gesicht, das nie verriet, was er fühlte. Eldh hatte eine starke Aversion gegen Lilja. Möglicherweise weil er nach Borg den Vorsitz in Wittsätra übernommen hatte. Aber eigentlich spielte das keine Rolle. Sie trat ein.

»Gib mir die Schlüssel zum Archiv.«

»Hast du Zutritt? Ich habe das nicht schriftlich.«

»Gib sie mir, sonst nehme ich sie mir. Deine Entscheidung.«

Er wusste, dass er dem nichts entgegenzusetzen hatte. Lilja besaß keine physische Präsenz, sein Aufstieg innerhalb der Organisation beruhte auf anderen Eigenschaften. Er stammte aus einer Familie mit viel Macht, aber das war Eldh egal. Sie strebte nicht nach Höherem, ihr gefiel es ganz unten.

»Ich mache auf. Folge mir.«

Eldh wusste, wo sich das Archiv befand. Sie könnte Lilja auch einfach k. o. schlagen und die Schlüssel an sich nehmen. Das würde ihr eine Rüge einbringen, aber das wäre es ihr wert. Sie wollte sich prügeln. Vielleicht spürte Lilja ihre Aggression, denn er ging auf Abstand und steuerte im Eilschritt das Archiv an. Das Steingebäude war nur spärlich erleuchtet. Petroleumlampen hingen an den Wänden. In einem Aufenthaltsraum stand ein gedrungener Mann und starrte auf die brennenden Kerzen in einem Ständer. Jemand spielte Klavier. In Wittsätra gab es keinen Strom, Neuzugänge konnten sehr empfindlich auf jede Art von Strahlung reagieren. Mobiltelefone, Computer, alles war hier drinnen verboten, die Geräte könnten Chaos auslösen. Mit der Umwelt richtig umgehen zu lernen konnte sehr zeitintensiv sein, das hatte Eldh am eigenen Leib erfahren. Das Archiv lag im selben Stockwerk wie ihr Zimmer damals, nur in einem anderen Abschnitt weiter hinten im Gebäude. Sie stiegen eine Eisentreppe hoch in den ersten Stock, vorbei an einer Reihe von Zellen. Die meisten waren leer. Eldh stockte der Atem, als sie sich ihrer alten Zelle näherten. Ein finsterer Sturm zog in ihr auf. Sie war fast schon vorbei, aber die offene Zellentür übte einen Sog auf sie aus wie ein schwarzes Loch. Versuchte sie mitzureißen in einen Mahlstrom aus unverarbeiteter Trauer. Die schlimmste Erinnerung von allen. Das schmerzliche Erwachen, und alles kam zurück. Zu einem viel zu hohen Preis war Eldh in diese Welt getreten. Sie würde alles tun, um es ungeschehen zu machen. Nur ein Schritt noch, dann lag die Tür hinter ihr. Lilja schielte über seine Schulter, als ginge er vor einer tickenden Bombe her.

Als er den Schlüssel ins Schloss gesteckt hatte, schob sie ihn zur Seite und zog die Tür auf. Sie wollte sie hinter sich zumachen, aber er quetschte sich hindurch. Das Archiv maß gerade mal drei mal drei Meter. In einer Ecke stand ein Bett mit geblümter Bettwäsche. Ein paar abgewetzte Stofftiere und eine Puppe, der die Augen fehlten, waren am Kopfende aufgereiht. Ein etwa sechsjähriges Kind saß an einem kleinen Schreibpult. In die Steinwand war ein halbkreisförmiges Fenster eingelassen, das auf den Långholmenkanal zeigte.

»Viveca!« Das Kind sah von seinem Bild auf.

Eldh legte eine Tüte Süßigkeiten auf den Tisch.

»Heute ist doch gar nicht Samstag.«

»Doch, heute ist Samstag.«

Das Kind lief auf Eldh zu und umarmte sie.

»Das ist gegen die Regeln«, zischte Lilja.

»Mach das mit Borg aus.«

»Ehrencrantz hat das Sagen, nicht Borg.« Er ging zum Schreibpult und nahm die Tüte an sich. Eldh packte Lilja am Kragen und beförderte ihn unsanft auf den Gang. Sie nahm ihm die Tüte wieder ab und fauchte, das Gesicht dicht an seinem Ohr: »Lass. Mich. In. Ruhe.« Es gab keinen Zweifel, was passieren würde, wenn er nicht tat, was sie ihm sagte. Nur jemand, der Selbstmord begehen wollte, würde auf die Idee kommen, an ihrem Handeln zu zweifeln. Eldh schloss die Tür und ließ sich mit einem Seufzer auf die Bettkante fallen.

»Ich habe dich vermisst«, sagte das Kind.

»Danke. Ich habe dich auch vermisst, aber nicht diesen Ort.«

»Bist du böse?«

»Ja.«

»Auf mich?«

»Nein.« Sie strich dem Kind über den Kopf. »Nicht auf dich.«

»Willst du *Mensch ärgere dich nicht* mit mir spielen?« Das war eigentlich keine Frage. Das Spiel war im Nu aufgebaut. Das Kind legte das Brett auf die Erde. »Du bist rot. Ich bin blau.«

Nichts hatte sich verändert, die Zeit war stehengeblieben in dem kleinen Raum. Eldh ließ sich umständlich gegenüber von dem Kind nieder. Sie musste die Beine unter das Bett strecken, damit sie Platz hatte.

»Hat das was mit Emma zu tun?«, wollte das Kind unbekümmert wissen und machte große Augen.

»Nein.« Eldh hob unwillkürlich das Kinn. »Vielleicht.«

»Bist du deswegen hier?«

»Nein, ich will wissen, wer Jonas Hellemyr ist.«

»Das weiß ich nicht.«

»Bist du sicher?« Das Kind konnte sich die Antwort sparen, und Eldhs Frage war ebenfalls überflüssig gewesen.

Das Kind würfelte.

»Du bist dran.«

»Typisch«, murmelte Eldh. Sie würfelte eine Sechs und setzte zwei Spielsteine. »Borg hat mich hergeschickt, dieser verfluchte Sadist.«

»Jan Elias Borg?«

Eldh nickte. Da sie jetzt schon einmal hier war, konnte sie auch noch ein paar andere Dinge überprüfen.

»Der Pferdehändler ist gestern verschwunden«, sagte Eldh.

»Ich weiß. Hilmar Johnsson.« Das Kind hatte eine tiefe Furche zwischen den Augenbrauen. Bisher hatte nur Eldh zwei Steine draußen, einer davon hatte fast eine Runde geschafft.

»Was weißt du über ihn?«

»Hilmar Johnsson, aus der Gemeinde Mora, geboren am 6. Mai 1811 in Stora Skedvi. Ja!« Das Kind brachte einen Stein ins Spiel. »Ist 1889 nach Stockholm gekommen. War seitdem jedes Mal bei der Mariä Lichtmess. Ist gestern gestorben. Würfel jetzt, du bist dran!«

»Ja, ja. Hat er mit Gunnar aus Unnsjömyren irgendwas gemeinsam?«

»Beide sind tot!« Das Kind lachte über seine Schlagfertigkeit. »Beide waren jedes Jahr in Mariä Lichtmess und haben von 1831 bis 1882 für Svedberg in Vallsjöbruk gearbeitet. Ha! Jetzt hab ich dich!«

»Kommt Gunnar auch aus Dalarna?«

»Nein, er kommt aus Fensbol. Das liegt in Värmland. Du musst spielen, damit du gewinnst!«

»Das tue ich ja«, versicherte Eldh.

Schweigend spielten sie weiter. Einer von Eldhs Spielsteinen war schon im Ziel, und sie hatte keine Wahl und musste mit dem anderen einen blauen rausschmeißen. Die Laune des Kindes schlug um. Es war nicht einfach, absichtlich bei *Mensch ärgere dich nicht* zu verlieren, der Zufall entschied. Sie bemühte sich, das Kind abzulenken.

»Es gibt eine Weberin bei den Außerhalben. Weißt du, wer das ist?«

Keine Antwort.

Es blieb eine ganze Weile still, bis Rot wieder im Spiel war. Als dann ein blauer Stein rausgeschmissen wurde, antwortete sie schroff: »Nein.«

»Sie ist auch aus Dalarna, glaube ich.«

»Elin Torslund, Signe Larsson, Liv Larsson oder Amalia Pettersson.« Das Kind ratterte die Namen herunter, als würde es aus einem Telefonbuch vorlesen. »Jetzt gewinne ich!«

»Sie ist eine sehr tüchtige Weberin.«

»Dann ist es bestimmt Liv oder Amalia. Du schummelst!«

»Nein, ich habe mich nur verzählt. Entschuldige. Was machen die denn?«

»Amalia Pettersson ist in der Gemeinschaft. Sie bringt Dinge in Ordnung. Liv Larsson war in Mariä Lichtmess, zwischen 1915 und 1944. Mehr weiß ich nicht. Ihre Schwester Signe Larsson war von Anfang an dabei, das war 1888, aber sie hat auch 1944 aufgehört. Da hast du's, Schummlerin!«

»Ist sie auch eine Weberin?«

»Ja, aber keine so gute. Spiel jetzt!«

Die Petroleumlampe an der Decke sirrte leise. Das Kind summte ein altes Kinderlied. Eldh nahm eine Zeitung und schlug das Foto von dem Amokläufer auf.

»Hast du den schon mal gesehen?«

Das Mädchen warf einen desinteressierten Blick auf das Bild und schüttelte den Kopf.

»Und bei uns gibt es keinen Hellemyr?«

»Nein, hab ich doch gesagt.« Sie klang genervt.

Der Besuch hatte nichts gebracht. Wie sollte sie ihn finden? Was tat sie hier eigentlich? Der Raum schien immer enger zu werden, die Wände bewegten sich auf sie zu. Eldh schauderte bei der Vorstellung, diesen Raum wieder zu verlassen. Ihre Zelle hatte genauso ausgesehen, nur ohne Fenster. Sie kam nicht weiter. Sie hatte sich verrannt und saß fest in der Vergangenheit. Schließlich würfelte das Kind seinen letzten Spielstein ins Ziel und strahlte übers ganze Gesicht.

»Gewonnen!«

Das Mädchen kletterte auf Eldhs Schoß.

»Viveca. Weißt du was?«, fragte sie ernst. »Die ganzen alten Männer und Frauen, nach denen du gefragt hast, waren 1856 in Vallsjön.«

»Am selben Ort?«

Das Kind nickte. »Fast alle, die dort waren, sind tot.«

»Gunnar und Hilmar, oder sind es noch mehr?«

Das Kind nickte wieder ernst.

»Was ist passiert?«

»Die Mutter der alten Frauen wurde umgebracht.«

»Von den Greisen?«

»Nein. Aber sie haben andere Leute dazu gebracht, es zu tun. Haben das Gerücht verbreitet. Spielen wir noch eine Runde?«

»Wo denn? In Dalarna?«

»Hab ich doch gesagt. Stell die Spielsteine auf!«

Eldh versuchte, die Zusammenhänge zu verstehen. Die Scheuen, die an einer Überdosis gestorben waren, hatten eine gemeinsame Vergangenheit, die wiederum irgendwie mit einer

Gemeinde in Dalarna und Liv Larsson, der Weberin der Außerhalben, zusammenhing. Ihre Webarbeiten hatten nichts mit dem Kindsmord zu tun, das hatte Eldh überprüft, aber es gab Parallelen. Hatte die alte Frau sie hinters Licht geführt, oder hatte sie nur die falschen Fragen gestellt? Was war ihr entgangen? Eldh fehlten noch ein paar Puzzleteile, aber der Petroleumgeruch reizte ihre Nase und brachte in ihrem Kopf Dinge ins Rollen. Erinnerungen nahmen Gestalt an. Eldh musste weg von hier, doch es gab kein Zurück mehr. Zuerst Thomas' Beerdigung, dann das hier. Sie wollte die Erinnerungen verscheuchen, aber sie ließen sich nicht aufhalten und detonierten in ihr wie Explosionen. Der See, das Bärchenhandtuch, die Wasseroberfläche, der kleine leblose Körper, der zugleich so schwer war, die Machtlosigkeit, das Reihenhaus, die Beerdigung, der Schnaps, die Scheidung. All die verdrängten Jahre wurden wieder zum Leben erweckt. Der Schnaps, die Trauer, die Jämmerlichkeit; Geräusche, die aus dem Nichts auftauchten, Einsamkeit, Drogen, Selbsthass und die Gosse. Die schwarzen Jahre.

Jetzt stand sie wieder hier vor der Zelle, in der sie damals gelandet war. In die Borg sie gebracht hatte. Es vibrierte in ihrer Tasche, ohne dass Eldh davon Notiz nahm. Sie trat einen Schritt in die Dunkelheit. Jemand schrie, vielleicht wirklich in diesem Augenblick, aber das machte für sie keinen Unterschied. Da drinnen hatte sie ihre schlimmsten Dämonen bekämpft. Das Schreien wurde lauter. Eldhs Mobiltelefon klingelte unverdrossen, andere Stimmen kamen hinzu. Die Schreie erfüllten Wittsätra, aber Eldh war gefangen in ihrer Erinnerung. Sie kehrte dem Raum den Rücken und stolperte auf den Ausgang zu. Hinter einer Tür schrie sich eine Frau ihre Angst aus dem Leib. Das Klingeln in Eldhs Tasche wurde lauter. Das Klavier spielte die immergleiche Melodie, immer schneller. Ein klassisches Stück. Die Töne preschten davon, mischten sich mit den Schreien, ohne unsauber zu klingen, es war schier unmöglich, so schnell zu spielen. Der kleine Mann starrte ins Feuer. Die Flammen spiegelten sich in seinen Augen. Eldh rannte die Treppe hinunter. Lilja stürzte auf sie zu.

»Du hast dein Telefon dabei?« Seine Glubschaugen glänzten im Halbdunkel. »Bist du total verrückt?«

»Halt die Klappe, und lass mich raus.« Sie rüttelte an der verschlossenen Tür, aber sie gab nicht nach.

»Du hast gegen jede herrschende Regel verstoßen. Stell das Telefon aus!«

»Lass mich raus!« Die Türangeln bogen sich.

Lilja blieb der nächste Satz im Hals stecken. Eldh verpasste ihm einen Kinnhaken, er flog nach hinten, und sie zog ihm den Schlüsselbund aus der Tasche, schloss auf und war frei.

Nachdem Leander Jonas in dem Sushirestaurant allein gelassen hatte, fühlte er sich plötzlich frei. Er war so weit. Jonas wusste zwar nicht, wie, aber er hatte nicht vor zu warten, bis Leander seine Probleme lösen würde. Wenn sie nicht gewesen wäre, wäre er jetzt vermutlich tot, das war ihm klar, aber er ahnte immer noch nicht, welchen Plan sie verfolgte. Er war Teil einer Welt geworden, die keine altruistische Welt war. Sie hatte ihre Gründe gehabt, ihm zu helfen, aber nichts war gratis, das hatte das Leben ihn gelehrt. Ein unsichtbares Netz aus undurchsichtigen Motiven zog sich um ihn zusammen; Klans, Verschwörungen, persönliche Rachefeldzüge, aber er war nicht bereit, tatenlos dabei zuzusehen.

Jonas bezahlte das Sushi und verließ das Lokal. Eigentlich hatte er nur eine Spur, ein Medizintechnikunternehmen, das in den Neunzigern in Konkurs gegangen war, aber irgendwo musste er schließlich anfangen. Er setzte sich in einen 7-Eleven-Shop an der Slussen, loggte sich für eine halbe Stunde ins Netz ein und begann zu recherchieren. Im Internet waren die Informationen über die Firma wider Erwarten dürftig. Weder das Finanzamt, das Handelsregister noch andere Behörden konnten Fakten liefern. Ein Artikel in *Dagens Industri* von 1994 war das Einzige, was er über den Aufstieg und Fall im Zusammenhang mit der *überbewerteten Pleite Dynamo Labtech* fand, aber die Risiken, Geld in hochwertige Medizintechnik zu investieren, wurden nur am Rande erwähnt. Davon abgesehen war dem Unternehmen keine Aufmerksamkeit zuteilgeworden.

Ein Stück weiter neben ihm saß eine Frau und las eine Abendzeitung. Er erstarrte, als ihm die Schlagzeile *Die Verbrecherbande des Amokläufers* ins Auge stach, daneben ein Foto von ihm und der jüngeren Leander. Für einen Moment vergaß er, dass er verkleidet war, aber dann sah er sein Spiegelbild im Schaufenster und entspannte sich. Victor. Er war ein anderer. Er schielte zum Zeitungsständer. Ein junges Paar, auf Raubmordtour. Die Zeitungen mussten sich gegenseitig überboten haben mit Meldungen. Er gab *Aftonbladet* ein, aber bereute es sofort. Er war nicht sicher, ob er wissen wollte, was über ihn geschrieben wurde. Jedenfalls nicht jetzt. Er verdrängte seine Angst und musste an eine Dozentin denken, die er kürzlich in Unternehmensrecht gehört hatte. Dass er da nicht schon eher dran gedacht hatte. Sie hatte es ganz banal formuliert: *Jedes Unternehmen hat eine Idee. Und die muss geschützt werden.* Klar. Vor allem börsennotierte Unternehmen wie Dynamo. *Ohne Schutz frisst die Konkurrenz den Erfolg auf.* Schutz. Er ging auf die Seite des Patentamts. Hatte Dynamo jemals ein Patent angemeldet, musste es noch im Archiv zu finden sein. Es gab ein Onlineregister, das bis 1990 jedoch unvollständig war. Jonas suchte die Besucheradresse im Valhallavägen heraus.

Aus alter Gewohnheit schummelte er sich ohne Fahrschein durch die U-Bahn-Sperre, aber er entschied sich anders, ging wieder zurück und kaufte sich eine Karte, die er auflud. Victor war kein Schwarzfahrer.

Das Patentamt lag nur ein paar Häuserblöcke von seiner Wohnung entfernt. Fast täglich war er daran vorbeigekommen, ohne dass er darüber etwas wusste. Ein großer, quadratischer

Backsteinbau mit zwei Säulen in Gestalt zweier barbusiger Frauen, die das kleine Dach über der soliden Holztür hielten.

Die Dame am Empfang wies ihm freundlich den Weg in die Bibliothek und erklärte, wie man in den Datenbanken suchte. Er stieß rasch auf die Patente, die Dynamo Labtech zwischen 1984 und 1992 bewilligt worden waren. Einige waren während der Konkursabwicklung an andere Firmen verkauft worden, aber wieder andere waren an den Schuldner gegangen, in diesem Fall an den Geschäftsführer Hans Örnbrink. Aber 1993 hatten die Patente ihre Gültigkeit verloren, denn der Schuldner war verstorben, und niemand hatte seither Anspruch auf sie erhoben. Jonas machte sich ein paar Notizen und googelte Örnbrink. Hier gab es bedeutend mehr Treffer. Mehrere Artikel aus verschiedenen Tageszeitungen berichteten von Hans Örnbrinks bemerkenswertem Schicksal. Sie beschrieben ihn als jungen Yuppie, der mit gefälschtem Collegeexamen aus den USA kurz vor der Krise 1990 in den brandheißen Finanzmarkt eingestiegen war. Partys, Drogen und schnelle Geschäfte hatten in einem tödlichen Autounfall geendet. Ein Foto von seinem zerknautschten Lamborghini an einem Ampelpfosten am Hötorget schien die ganze Ära auf den Punkt zu bringen. Örnbrink war angeblich im Vorstand von mehreren unseriösen Firmen gewesen, deren Buchführung und Eigentümerverhältnisse nie geklärt worden waren. Zwischen den Zeilen wurde der Unfall als mehr oder weniger unvermeidliches Resultat seines Lebens dargestellt. Die Tatsache, dass er zum Zeitpunkt des Unfalls Kokain im Blut gehabt hatte und sich außerdem für drei Insidergeschäfte vor Gericht hatte verantworten müssen, deutete gleichsam auf Selbstmord hin. Auf einem Foto von einer Filmpremiere posierte Örnbrink mit Sonnenbrille, Dreitagebart und aufgeknöpftem Hemd. Neben ihm eine Frau mit forciertem Lächeln und unsicherem Blick, seine Lebensgefährtin Jennifer Stern.

Draußen war es schon dunkel, als das Personal im Patentamt darüber informierte, dass sie schlossen. Jonas packte seine Aufzeichnungen zusammen und bezahlte seine Ausdrucke bei der Dame am Empfang. Er trat auf den Valhallavägen hinaus und ging in Gedanken versunken Richtung Einkaufszentrum Fältöversten. War es denkbar, dass Örnbrinks Unfall arrangiert worden war? Vor dem Hintergrund dessen, was er in letzter Zeit erlebt hatte, war das durchaus möglich. Er musste alle Unternehmen durchgehen, die Patente gekauft hatten, und prüfen, wer an Dynamos Konkurs verdient hatte. Einen Häuserblock vor seiner Tür wurde er aus seinen Gedanken gerissen, er war wie ferngesteuert nach Hause gegangen. Sein Puls ging schneller. Was machte er hier eigentlich? Ein Streifenwagen stand an der Straße. Sein neues Äußeres kam ihm plötzlich so fragil vor. Er drehte sich um, sein Herz schlug ihm bis zum Hals, und verschwand im Menschengewimmel der U-Bahn.

Jennifer Stern wohnte draußen auf Lilla Essingen. Nachdrücklich hatte Leander ihn darauf hingewiesen, dass er sein Telefon nicht benutzen durfte. Ob das mit Abhörgefahr oder Positionsbestimmung zu tun hatte, wusste er nicht, aber er wollte nichts riskieren und wartete vor dem Haus, dessen Adresse er ausfindig gemacht hatte. Er hatte nicht die geringste Ahnung, ob es sich um die betreffende Person handelte, sie konnte geheiratet und den Namen ihres Mannes angenommen haben. Aber eine andere Spur hatte er nicht. Auf sein Klopfen hin hatte sich nichts gerührt, und er wollte nicht vor dem Haus herumlungern, Nachbarn waren immer misstrauisch. Die klamme Luft kroch vom nahen Ufer immer weiter zu den Häusern hinauf, von den Bäumen in dem kleinen Park tropfte Tau. Zwei Kinder spielten im Sandkasten. Nach einer guten Stunde tauchte sie endlich auf. Die Verwandlung der grell geschminkten jungen Premierenbesucherin war frappant. Fast zwanzig Jahre waren vergangen, Jahre, die an ihr und ihren Träumen gezehrt hatten. Aber der unsichere Blick war derselbe. Ihre Tragetüte schlug bei jedem Schritt klirrend an ihr Bein. Ein Mädchen, etwa acht, ging hinter ihr her und wirbelte mit den Füßen das nasse Laub auf. Die Frau trat ihre Zigarette aus und ging ins Haus. Kurz darauf sah Jonas, wie das Licht im ersten Stock angemacht wurde, gefolgt von bläulichem Bildschirmflimmern. Er wartete noch ein Weilchen, bevor er den beiden folgte.

»Entschuldigen Sie die Störung, ich suche Jennifer Stern.«

»Aha.« Sie hatte die Tür schon wieder halb geschlossen, als sie ihn sah. Eine unbewusste Angstreaktion. Sie roch nach Rauch und Pfefferminzdragees.

Ein großer Ausländer, dachte Jonas, der perfekte Schwede war offenbar keine Garantie. So fühlte es sich also an, wenn einem nichts als Misstrauen entgegenschlug.

»Ich heiße Victor Skoglund, ich bin Wirtschaftsjournalist und schreibe über Hans Örnbrink und die Geschäfte, in die er in den Achtzigern und Neunzigern verwickelt war.«

»Das ist lange her, ich habe nichts dazu zu sagen.« Sie schob die Tür noch weiter zu, ihre Aversion war spürbar.

»Das verstehe ich. Aber ich habe Patentdokumente gefunden, die ihm gehören.«

»Er ist tot.«

»Ich weiß. Aber im Laufe der Jahre sind Lizenzgebühren angefallen, die liegen nutzlos auf einem Konto herum und verstauben. Wenn Sie mit ihm zusammengelebt haben, haben Sie ein Recht auf das Geld. Ich kann Ihnen dabei helfen.«

Er ahnte eine winzig kleine Chance.

»Wir waren nicht verheiratet.«

»Wenn Sie in einer nichtehelichen Lebensgemeinschaft gelebt haben, greift das schwedische Gesetz genauso wie bei einer Ehe.« Jonas fühlte sich nicht wohl dabei, sie anzulügen, aber ihm blieb nichts anderes übrig.

»Und was springt für Sie dabei raus?« Sie war nicht naiv, aber die Aussicht auf Geld war durchaus verlockend.

»Ein guter Artikel. Eine Karriereoption.«

Sie nickte stumm. Das war ein Motiv, das ihr einleuchtete.

»Von wie viel Geld ist denn die Rede?«

»Ein paar hunderttausend vielleicht.« Er wollte ihr keine allzu großen Hoffnungen machen, nur gerade so viel, dass sie die Tür aufmachte.

»Kommen Sie rein. Ich mache meiner Tochter nur etwas zu essen.«

Jonas setzte sich auf einen Küchenstuhl und wartete. Seine Maske hatte zu scheuern begonnen, er spürte Stiche auf der Haut. Leander hatte ihn gewarnt, sie nicht zu lange zu tragen. Er hatte Kopfweh, aber er dachte nicht daran aufzugeben. Wenn er etwas gewohnt war, dann waren es Schmerzen. Das hier war ja lächerlich.

Jennifer wohnte in einer kleinen Einzimmerwohnung aus den Fünfzigern, mit gelben Schranktüren und einer Arbeitsplatte aus Laminat in der Küche. Die Wohnung war nicht renoviert worden, diejenigen, die hier lebten, hatten sich schlicht nichts Neues leisten können. Alles war heruntergekommen. Billiger Wein im Tetrapak stand auf der Anrichte. Jennifer drückte ihrer Tochter, die vor dem Fernseher saß und sich eine Kindersendung anschaute, einen Teller mit Fischstäbchen in die Hand. Dann schenkte sie sich einen Becher Wein ein und setzte sich Jonas gegenüber. Einmal war sie hübsch gewesen, eine jugendliche Schönheit. Nun sah sie verbraucht aus, ihre Haare wurden langsam grau. Sie hatte sie zu einem Pferdeschwanz zusammengebunden, und unter der dicken Puderschicht war ein feines Netz aus Äderchen zu erkennen, das auf eine lange Liaison mit dem Alkohol schließen ließ.

Jonas zeigte ihr Kopien der Patente, die er gefunden hatte, und erzählte ihr von dem erfundenen Konto. Im Gegenzug benötigte er so viele Informationen wie möglich über Örnbrinks Geschäfte und Kontakte. Sie sagte ihm das, was sie wusste, auch wenn es nicht viel war. Aber er schrieb mit und stellte Fragen, ausgehend von dem, was er im Netz gelesen hatte. Hans, oder Hasse, wie sie ihn nannte, hatte sich auf der Jagd nach dem ganz großen Geschäft auf dem Finanzmarkt herumgetrieben. In den Grauzonen, aber er war nicht weniger korrekt als alle anderen gewesen, davon war sie überzeugt. Manche wurden erwischt, andere nicht. Einen Suizid schloss sie aus, aber er hatte Drogen genommen, wie alle. Auf ihre Beziehung ging sie nicht ein, doch sie schien auch nicht so wichtig in ihrem Leben gewesen zu sein, und seitdem war viel Wasser den Berg hinuntergeflossen. Jonas fühlte sich unwohl in seiner Haut. Er log sie an, nutzte ihren Schwachpunkt aus und machte ihr falsche Hoffnungen.

»Haben Sie noch irgendwelche Dokumente oder Unterlagen von Hans?«

Sie schüttelte den Kopf. »Das ist lange her. Wir haben in seiner Wohnung in der Birger Jarlsgatan gewohnt, aber ich bin seitdem oft umgezogen.« Sie verstummte. Im Hintergrund lief der Fernseher, Jennifers Tochter war auf dem Sofa eingeschlafen. »Vielleicht habe ich irgendwo noch einen Karton mit Hasses Sachen. Doch, der muss noch da sein. Er ist jedes Mal mit umgezogen, fragen Sie mich nicht, wieso. Ich weiß nicht, wie oft ich den Kram schon wegwerfen wollte.«

»Haben Sie die Sachen hier?«

»Auf dem Dachboden.«

Er machte den Umzugskarton auf, den sie heruntergeholt hatte. Er enthielt Ordner mit Bilanzen und Jahresberichten.

»Darf ich?«

»Natürlich. Bitte.«

»Danke. Sie bekommen alles wieder zurück, sobald ich durch bin.«

»Nicht nötig. Machen Sie damit, was Sie wollen, ich bin froh, wenn ich die Sachen los bin.«

»Okay. Ich melde mich, sowie ich Klarheit habe.« Jonas schrieb eine erfundene Mobilnummer auf einen Zettel und reichte ihn Jennifer. Er hatte sich noch immer nicht daran gewöhnt, dass er jetzt Linkshänder war. »Danke für Ihre Hilfe.«

Zum Abschied gab sie ihm die Hand und schloss die Tür.

Jonas überflog die Dokumente im Treppenhaus. In einer Mappe mit der Aufschrift *Presse* fand er ein paar vergilbte Zeitungsausschnitte und einige kurze Reportagen aus Wirtschaftsmagazinen. Örnbrink hatte immer denselben schmierigen Look. Breites Grinsen, zurückgegeltes Haar, schickes Jackett und aufgeknöpftes Hemd. Jonas' Blick blieb an einem Foto in der *Veckans Affärer* hängen. Er wusste nicht, warum, aber etwas an dem Foto kam ihm bekannt vor. Als wäre er schon einmal dort gewesen. Sein Herz pochte. Er klingelte nochmals bei Jennifer Stern.

»Entschuldigung, aber wissen Sie, wer das hier ist?«

Jonas stand in der Dunkelheit, das Treppenhauslicht war wieder ausgegangen, ohne dass er es registriert hatte. Sie musterte ihn skeptisch und machte das Licht wieder an.

»Verzeihung.« Jonas deutete auf einen Mann in Laborkittel, der Örnbrink die Hand schüttelte. Im Hintergrund war eine große Kaverne mit weißen Nummern an der Wand zu sehen.

Sie schüttelte den Kopf. »Ich habe keine Ahnung, wer das ist. Aber Hasse hat von irgendeiner Kaverne erzählt, er war da der Geschäftsführer, irgendwie so ein Kavernenkraftwerk, er fand das cool. Ich weiß auch nicht so genau, er redete so viel.«

Jonas erstarrte. Ein Reaktor. Er richtete seinen Blick wieder auf das Foto. Im erleuchteten Treppenhaus waren die Details besser zu erkennen. Leicht zur Seite gedreht und ein Stück hinter Örnbrink und dem Mann im weißen Kittel stand eine Frau mit langen blonden Haaren und unterhielt sich mit einem

Mann. Es war Magnus Schröder vor fünfundzwanzig Jahren, aber die, mit der er sprach, war seitdem keinen einzigen Tag gealtert. Es war Vang.

Den Karton in der Hand stand Jonas auf Lilla Essingen vor dem Haus. Er wusste nicht, was er glauben sollte. Vang und Schröder hatten beide ihre Finger bei Dynamo im Spiel. Und es war dieselbe Kaverne, in der sie an ihm als Kind herumexperimentiert hatten, das spürte er mit jeder Faser seines Körpers. Das bisschen Vertrauen, das zwischen ihm und seinen neuen Freunden gewachsen war, war wie weggeblasen. Warum hatten sie nichts gesagt? Wer außer ihnen hing da noch mit drin? Er ging aufs Geratewohl Richtung Stadt, um Zeit zu gewinnen. Im grellen Licht der Straßenlaternen wechselte Jonas unbewusst zwischen Nacht- und Tagsicht hin und her, was seinen Schwindel verschlimmerte. Der Wind zerrte an seiner Jacke, als er die Långholmsbron überquerte. Er konnte sich nicht richtig konzentrieren und bekam die Gedankenfragmente nicht zu fassen. Sein ganzer Körper kribbelte, und er hatte Kopfschmerzen. Er hatte keine Ahnung, wie er vorgehen sollte. Sollte er zurück zum Boot? Wem konnte er vertrauen? Ihm brach der Schweiß aus, und die Müdigkeit legte sich wie eine zweite Haut auf seine Gedanken. Er ging zur Högalidskyrka hinauf und ließ sich auf eine Parkbank fallen, den Karton neben sich. Der beleuchtete Kirchturm zeichnete sich gegen den dunklen Himmel ab, wo schwarze Wolken über eine bleiche Mondsichel jagten. Warum konnte er nicht klar denken? Ihm fehlte die Luft zum Atmen, und er machte seine Jacke auf.

»Leander will dich sehen.«

Jonas zuckte zusammen. Wenige Meter neben ihm stand Matteus mit ausdrucksloser Miene. Die Arme kraftlos neben dem Körper, er tat nie etwas Unnötiges, keine überflüssige Bewegung, nichts, was ihn Energie kostete. Sein Körper war stets auf der Hut, bereit, jeden Moment anzugreifen. Er wandte sich ab und ging zur Hornsgatan. Flucht war sinnlos. Jonas hatte mitbekommen, wozu Matteus imstande war, es blieb ihm nichts übrig, als ihm zu folgen.

Sie redeten kein Wort. Endlich erreichten sie eine enge Gasse hinter Mosebacke. Was hatten sie mit ihm vor? Matteus hielt die Tür zum Müllraum auf, wo Leander bereits wartete. Ihre dicken Zöpfe trug sie offen, und unter der schwarzen Lederjacke konnte Jonas anhand der Riemen sehen, dass sie etwas auf dem Rücken trug. Sie hatte keinen Grund, ihm übel mitzuspielen, redete er sich ein, denn das hätte sie sonst längst getan.

»Ich habe dir doch gesagt, dass du keine Dummheiten machen sollst.«

Jonas schwieg. Er konnte nicht einschätzen, was sie von ihm wollte. Ihm war schlecht, und er war benebelt. Wie hatte Matteus ihn gefunden? War er ihm von Anfang an gefolgt, und was wusste er von Jonas' Recherche auf Lilla Essingen?

»Zieh dich um«, forderte sie ihn auf. »Es grenzt an ein Wunder, dass du überhaupt noch auf den Beinen stehst.«

Jonas ließ sich nicht gerne herumkommandieren.

»Zieh dich um!«

Als sie auf ihn zutrat, machte er einen Schritt zurück und hob abwehrend die Hände. Blitzschnell führte sie ihre Hand unter seinen Pullover und zog eine Spule hervor, die um seinen Brustkorb gespannt war. Victor verschwand. Haare, Haut, Augen, alles löste sich auf.

Mit einem Mal ließ der Schmerz nach. Es war, als würde sein ganzer Körper aufatmen. Sie half ihm aus den Kleidern. Ein dünnes Netz aus Golddraht bedeckte seinen Körper wie eine filigrane Häkelarbeit. Unter dem Brustbein war ein Webschiffchen befestigt, in dem die Goldspule gesteckt hatte, das Herz der Maskierung, das Victors Muster beinhaltete. Sie half ihm, einen kleinen Stopfen aus Gold herauszuziehen, der an der Nasenwurzel saß, wo die Maske mit seinem Nervensystem verbunden war. Ein Tropfen Blut trat aus. Der Nebel in seinem Kopf lichtete sich, und er konnte wieder klar denken.

»Du bist unglaublich! Ich hätte nie mehr als drei Stunden geschafft«, rief Leander aus. Sie streifte ihm das Netz ab und legte es in eine Plastiktüte. »Wir müssen die Spule wieder aufladen, wenn wir zum Boot zurückkommen, erst dann kannst du sie wieder verwenden.« Als er wieder angezogen war, warf sie ihm eine PET-Flasche zu. »Du brauchst Nachschub.«

Er schraubte die Flasche auf und trank einen großen Schluck. Er fühlte sich vollkommen ausgetrocknet. Die Flüssigkeit brannte in seiner Kehle, und er spuckte sie aus.

»Alkohol hat fast genauso viel Energie wie Benzin, trink. Der hat fünfundachtzig Prozent und geht direkt in die Blutbahn.«

»Sag das nächstes Mal gleich. Und red Klartext mit mir, verdammt.« Jonas hatte diese ganzen Überraschungen satt, warum behandelten sie ihn nicht endlich respektvoll? Er gab ihr die Flasche wieder zurück.

»Du brauchst Energie, du bist völlig ausgelaugt.«

»Dann gib mir was anderes als Alkohol.«

»Du brauchst dir keine Sorgen zu machen«, meinte Leander. »Du verbrennst den Alkohol in wenigen Minuten. Trink, dann geht es dir gleich besser.«

Sie wechselte ein paar Worte mit Matteus, drückte ihm ein

Bündel Scheine in die Hand und wartete, bis Jonas widerwillig die ganze Flasche geleert hatte. Der Alkohol wärmte ihn wie Feuer. Er stieg ihm in den Kopf, verwischte sein Blickfeld und brachte alles vor seinen Augen zum Wanken. Ein paar Minuten lang rebellierte sein Inneres. Er zitterte, als hätte er Schüttelfrost, aber dann beruhigte sich alles. Leander hatte Recht, er fühlte sich schon besser.

»Komm mit, ich will, dass du jemanden kennenlernst.«

Jonas griff nach dem Karton.

»Den nimmt Matteus mit.«

Jonas versicherte sich, dass die Zeitungsartikel noch in seiner Jackentasche steckten, ehe er Matteus den Karton überließ. Er wusste immer noch nicht, was sie mit ihm vorhatten. Die schlimmste Paranoia hatte sich gelegt, vielleicht war sie vor allem eine Folge seiner Verkleidung gewesen, aber er blieb lieber vorsichtig.

Sie traten auf die Gasse und kletterten über einen kleinen Anbau und eine Feuerleiter auf das Hausdach. Nachdem sie zwei Hausdächer überquert hatten, standen sie neben einem großen Neonreklameschild mit einer Zahnbürste und einer Zahnpastatube. Die Aussicht war atemberaubend. Vor der dunklen Silhouette der Stadt glichen die Riddarholmskyrka und das Stadshuset zwei schwarzgekleideten Wächtern über Stockholm. Myriaden von Lichtpunkten, Straßenlaternen, Autoscheinwerfer, erleuchtete Fenster glommen in der Nacht. Unter ihnen die Kleeblatt-Kreuzung von Slussen und die Centralbron, unter der eine U-Bahn nach Gamla stan hinüberglitt. Eine Gestalt lehnte an dem Stahlgestell der Reklame und schien den Ausblick zu bewundern. Jonas wusste sofort, wer es war.

»Schön, was?«, sagte die Alte vom Sergels torg und zog an ihrem Zigarillostummel. Die Glut erhellte ihr runzliges Gesicht. Mit vieldeutigem Schmunzeln blies sie ihm den säuerlichen Tabakqualm ins Gesicht. Ihre Augen funkelten wie schwarze Perlen. Jetzt erkannte Jonas, wem sie ähnlich sah.

»Das ist es doch wert«, entgegnete Leander und schwang sich zu dem kleinen Vorsprung hinunter.

»Signe«, begann Jonas. »Dann bist du also Livs Schwester.« Er wunderte sich, wie sie hier heraufgekommen war, aber in letzter Zeit waren weitaus seltsamere Dinge passiert, als dass eine alte Frau auf einem Dach stand.

»Bravo, gut. Er macht sich, er macht sich«, krächzte die Alte. »Aber wir sind nicht hier, um über mich zu reden, mein kleiner Dalarna-Bub!« Sie tippte ihm mit ihrem knochigen Finger auf die Brust. Es war genauso unangenehm wie beim letzten Mal. Sie streifte die Asche am Gerüst ab und verstaute den Stummel in einer kleinen roten Blechdose, die sie in ihren Röcken verschwinden ließ. Dann bückte sie sich und holte eine Bierdose aus ihrem Einkaufswagen.

Leander verhielt sich passiv. Jonas hatte den Eindruck, dass die Alte die Stärkere von beiden war, dass sie die eigentliche Führungsrolle innehatte. Signe öffnete die Dose und trank.

»Das soll Bier sein? Die trauen sich ja was. Früher war wirklich so manches besser.« Sie leerte die Dose und warf sie vom Dach. »Du willst also wissen, wo du herkommst?« Das war nicht als Frage gemeint. »Sara Christina hier sagt mir, dass du so einiges draufhast. Dass du viele kleine Geheimnisse in dir trägst. Das hat mir zu denken gegeben. Siehst du diesen Tand hier?« Sie streckte ihre schmutzige Hand aus und spreizte Daumen und Zeigefinger ab, als hielte sie etwas fest. Jonas wusste nicht recht, was sie meinte. »Mach dich locker, Kleiner, und schau genau hin.«

Jonas leistete ihrer Aufforderung Folge. Er hatte gelernt, dass es besser war, bei solchen Übungen den Intellekt auszublenden. Er schloss die Augen, sog die Luft ein und ließ sie langsam wieder entweichen. Als er die Augen aufschlug, flimmerte es schwach zwischen ihren Fingerkuppen. Um ihn herum wurde es dunkel, nur die zuckende Flamme wurde immer heller. Die Alte ließ das Bündel los, und Jonas sah, wie es ihrer Hand entglitt und sich in den tanzenden Neonfarben verlor. Ein Leuchtfeuer aus Energie flammte um die Reklame herum auf. Weiße Fäden liefen an den Stromleitungen auf dem Dach und zwischen den Häusern entlang. Ein rotes Energiefeld pulsierte an einem Mast in der Nähe und sprühte schillernde Partikel in alle Richtungen. Ein gelber Schein leuchtete auf, als ein grauer Zug über die Centralbron fuhr.

»Hochspannung«, sagte die Alte und lächelte. »Schöner als alles Gold auf der Welt.«

Es war, als wären zwei Bilder übereinandergelegt worden, und Jonas konnte selbst eines von beiden auswählen. Seine Welt hatte jede Farbe verloren, abgesehen von den bunten Energiefäden, die kreuz und quer über der Stadt verliefen. Ein rötlicher Smog hing tief über Slussplan und wogte hin und her wie ein Schwarm Vögel.

»Was ist das Rote in der Luft?«

»Kaffeekränzchen, Wetter, Küsschen, holst du heute die Kinder oder ich?« Die Alte folgte der Smogwolke mit dem Blick. Dünne Fäden lösten sich aus ihr und spannten sich zu den umliegenden Masten. »Manche von uns verkraften das hier nicht und gehen daran zugrunde. Zum Glück gibt es nicht viele, die erkennen, wie zäh das eigentlich ist. Einfach so aus- und anzuschalten wie du und ich, das kann nicht jeder. Aber du bist ja auch nicht wie alle anderen, mein Kleiner.«

»Ich hab’s dir ja gesagt«, beharrte Leander.

»Hör nicht auf sie, sie ist nur neidisch. Komm raus jetzt, das hier wird teuer.«

Jonas schloss erneut die Augen. Dann war er wieder da.

»Deine Familie stammt aus Norrbotten, aus dem Inland. Du gehörst einem Klan an, der bisher nie in Erscheinung getreten ist, nicht mal im dunklen Licht der Gemeinschaft. Es gibt ein paar Klans, die seit langer Zeit in diesem Land regiert und befohlen haben. Zu anderen Zeiten, an anderen Orten, mit anderen Namen und Mitteln, in anderer Gestalt.«

»Das Tribunal?«

Die Alte nickte. »Sie bestehen aus einer Handvoll Familien mit großem Einfluss, die dafür sorgen, dass sie reinerbig bleiben. Die haben Fähigkeiten, davon können wir nur träumen. Wir müssen uns mit dem begnügen, was übrigbleibt. Gelegentlich haben wir ihre Namen gekannt, Gierta, Svedberg, Sporre, aber dann sind sie verschwunden, unter- und mit neuem Namen wieder aufgetaucht.«

»Und was wollen die von mir?«

»Du bist das hässliche Entlein.« Sie entblößte ihre schwarzen Zähne, als sie lächelte. »Aber diese Geschichte nimmt kein gutes Ende für den Schwan«, fuhr sie in ihrem gemächlichen Dialekt fort. »Deine fauchenden Schwäne denken, sie haben längst Hackfleisch aus dir gemacht. Vor gut hundert Jahren hieß dein Klan Svedberg. Ihr habt in Dalarna ein Hüttenwerk und Bergbau betrieben, habt die Natur ausgehöhlt und euch das schwedische Erz einverleibt. Was ihr jetzt so treibt, weiß ich nicht. Andere Mittel, dasselbe Ziel, die Gier wird nie gestillt. Jetzt weißt du’s. Glückwunsch.« Sie grinste wieder. »Was ich wissen will«, fuhr die Alte fort, »ist, was du mit deinem Erbe vorhast. Ich mag deine fauchenden Schwäne nicht, verstehst du, ich finde, wir können uns zusammen tummeln. Schwan oder nicht, wir sind alle aus dem gleichen Holz geschnitzt, und genau da kommst du ins Bild. Du kannst mir helfen.«

Das hörte Jonas überhaupt nicht gerne. Jemand hatte ihn in eine Schublade gesteckt, in eine Auseinandersetzung hineingezogen, mit der er nichts zu tun hatte.

»Und warum wollen die mich umbringen, wenn ich schon so vornehm bin? Sie haben mir irgendwelchen Mist ins Hirn gepflanzt, damit ich nicht so werde wie sie. Warum haben sie mich dann nicht gleich getötet? Das ergibt keinen Sinn.«

»Du mit deinen blöden Fragen. Das Leben ist nicht logisch, und der Tod ist es erst recht nicht. Du bist nicht der Spross von irgendwelchen Weicheiern, du tanzt nicht nach ihrer Pfeife, das muss ihnen reichen.«

»Und wenn ich so bin, wie du sagst, dann muss meine Mutter auch so sein wie ich, oder nicht?«

»Klar, mein Kleiner. Wie deine Mutter und dein Vater und wie alle anderen.«

»Ich bin nicht dein Kleiner, und meine Mutter ist keine Verborgene.«

»Deine Mutter ist deine Mutter, egal, was du glaubst.«

»Sie ist nicht wie ich, sie ist krank.«

»Krank? Das war noch nie ein Hinderungsgrund!« Sie reckte die Arme in die Höhe, um ihren Worten mehr Nachdruck zu verleihen. »Dann war das gar nicht sie, die in deinem Kopf herumschnippeln wollte?«

»Sie hat es getan, um mir das Leben zu retten.«

»Das behauptet sie.«

»Wenn ich nicht operiert worden wäre, wäre ich jetzt tot.«

»Tot? Sagt wer? Du stirbst nicht so schnell, selbst wenn du es versuchst. Aber wenn es so ist, wie du sagst, dass du deine

Mutter kennst, wer hat ihr dann eingeredet, dass du gestorben wärst?« Sie bedachte ihn mit einem schwarzen Grinsen und zwinkerte ihm zu. »Da hast du deine gute Frage, mein Kleiner.«

»Dann hören wir uns an, was Vang dazu zu sagen hat.«

»Vang?« Leander hatte bislang nur zugehört.

Jonas holte den Zeitungsartikel hervor.

»Ja, genau. Vang.« Er hielt den Artikel in die Höhe und zeigte auf die Frau im Hintergrund.

Erstaunt studierte Leander das Foto, dann musterte sie Signe.

»Du hast von einem Reaktor gesprochen«, fuhr er fort. »Da bin ich operiert worden, ich erinnere mich. Schröder, Örnbrink, Dynamo, Vang. Alle waren da. Ich weiß zwar nicht, warum, aber sie weiß es.«

Eldh lehnte im Türstock. Die Haare hingen ihr ins Gesicht, und sie schwankte bedenklich. Nachdem sie ewig die Klingel gedrückt hatte, ging im ersten Stock das Licht an, und ein Schatten tauchte am Fenster auf. Eldh sah auf und winkte halbherzig.

Adrian Savin machte auf, der Mann, der sein Kind verloren hatte. Ihr neuer Leidensgenosse. Er warf ihr einen kalten Blick zu. Eldh hatte viel zu viel getrunken, um subtile Botschaften zu registrieren. Entweder ließ er sie ein oder nicht, ganz einfach. Aber nach Hause zu fahren war eigentlich keine Alternative. Mit dem Auto war sie in einem Rutsch bis Lidingö durchgekommen, was an ein Wunder grenzte. Sie hatte eine Fahne, rotgeweinte Augen, die salzigen Tränen waren angetrocknet. Sie nuschelte eine Entschuldigung, ihr entwaffnendes Lächeln misslang. Er überlegte, aber dann drehte er sich um, machte in der Diele Licht und ging in die Küche. Adrian war vollständig bekleidet, obwohl es mitten in der Nacht war. Er wirkte gehetzt, was Eldh bei ihrem trüben Blick völlig entging. Sie trat ein und versuchte, sich die Stiefel auszuziehen, aber die Schnürsenkel verhedderten sich, und sie bekam nur einen Schuh aus. Ihr fiel auf, dass der Kinderwagen fehlte. Gut. Gut für sie und gut für ihn.

»Kaffee oder Kognak?«

»Einen klitzekleinen.« Eldh machte eine Geste mit Daumen

und Zeigefinger und zwinkerte plump. Er schenkte ihren Kognakschwenker großzügig und seinen halb voll.

»Wie geht's?« Sie ließ sich auf einen Küchenstuhl fallen.

Eldh nickte, als hätte sie eine Antwort erhalten. »Es ist alles gerade ein bisschen viel«, meinte sie. Sie hatte Mühe, die Wörter zu formulieren, ihre Zunge und Lippen waren irgendwie im Weg. Sie leerte ihr Glas in einem Zug und wischte sich mit dem Mantelärmel Speichel und Alkohol vom Kinn. »Ich dachte, Sie brauchen vielleicht jemanden zum Reden, jemand, der Sie versteht.«

Stille.

Er stand an der Küchenzeile und beobachtete, wie Eldhs Oberkörper langsam Richtung Tischplatte sackte.

»Wie hieß denn Ihr Kind?«, brach Adrian das Schweigen.

»Emma.« Sie richtete sich wieder auf. »Emma Elisabeth.«

»Wie alt war sie?«

»Fünfeinhalb. Fast sechs.« Sie hatte noch mehr Mühe mit den Wörtern. »Kurz vor Weihnachten hatte sie Geburtstag. Am 21. Dezember.« Sie ließ den Tränen freien Lauf, aber nach ein paar lauten Schluchzern beruhigte sie sich wieder.

»Was ist passiert?«

»Ich bin eingeschlafen und dachte, sie könne schwimmen.« Eldh lächelte, dann ein Schluchzer, danach Stille. »Zurzeit läuft in meinem Leben alles schief. Ich kann nicht mehr, ich weiß nicht, für wen ich das überhaupt noch mache. Wozu? Um mich herum kratzen reihenweise Leute ab, und ich kann nichts dagegen machen. Thomas, der verdammte Krebs. Gunnar. Ich hätte das verhindern müssen, warum Gunnar? Und trotzdem zwingt er mich, in diesem ganzen Mist herumzustochern. Das ist unwürdig.«

Adrian schenkte Kognak nach und nahm ihr gegenüber Platz. Sie dankte lächelnd und leerte das Glas auf ex.

»Immer sind es die Schwächsten, die es am schlimmsten trifft«, fuhr sie lallend fort. Es war nicht klar, zu wem sie das sagte. »Ich kapier das nicht. Wieso rächt man sich an den Schwächsten? Wenn ich das klären soll, muss ich alles wissen, begreift er das nicht? Ich kann schließlich nichts aus dem Hut zaubern. Verfluchter Elias Borg, er hat immer auf alles eine Antwort. Wie kann er verdammt nochmal glauben, dass ich den Jungen ganz alleine finde? An seiner Stelle würde ich die Stadt verlassen, da kannst du Gift drauf nehmen. Aber hier stimmt irgendwas nicht mit den verdammten Zeitungen.«

»Was ist das denn für ein Typ, von dem Sie reden?«

»Hellemyr …« Sie unterdrückte einen Rülpser und schluckte. »Keine Ahnung, warum sich die Medien diesmal so auf ihn stürzen. Jeden Tag werden Leute umgebracht. Aber Elias hat damit nichts zu tun, nein, es ist nur zufällig einer von uns.« Sie schüttelte den Kopf und trank aus dem leeren Glas, ohne es zu merken. »Dalarna habe ich noch nie gemocht. Mit diesen Kniebommeln ist doch was faul. Das Vieh und jeden Scheiß mit Rufen anlocken. Können die nicht einfach mit ihrer beknackten Polenvendetta aufhören, anstatt dass der ganze Mist bei uns landet? Wer zum Henker ist Svedberg?« Sie nuschelte immer stärker. »Muss diesen Sved…borg … nochmal überprüfen. Auf Skeppsholmen … verdammter Abschaum … den schlag ich grün und blau … Signe hier und Liv dort … Kinder darf man nicht töten, das darf man nicht, das ist verflucht heilig …« Ihre Stimme war ins Falsett übergeschlagen.

Adrian nahm ihre Hände in die seinen. Ein Mensch, der mir zuhört, dachte Eldh. Das Leben ist so ungerecht. Dieser Mann hatte etwas Besseres verdient.

»Welche Kinder?«, fragte er.

Sie sah ihm in die Augen.

»Ihr Kind ist vielleicht nicht das einzige«, sagte sie.

»Wie meinen Sie das?« Er sah sie fragend an.

»Das ist einfach fürchterlich.« Sie schmiegte ihre Hand an seine Wange. »Ich will Rache. Versprochen. Ich werde Sie rächen.«

Dann wurde ihr schwarz vor Augen.

Eldh wachte davon auf, dass die Sonne hereinschien. Als sie den Kopf drehte, kam das Gehirn nicht hinterher, und als es folgte, setzte es sie außer Gefecht. Sie musste sich übergeben. Sie rappelte sich in dem weißen Sofa auf, griff nach einer Iittala-Vase mit verwelkten Tulpen und erbrach sich. Fragmente des vergangenen Tages tauchten in ihrer Erinnerung auf. Nein, nein, nein. Die Scham übermannte sie. Nicht hier.

Sie schleppte sich ins Bad, spülte den Mund aus und wusch sich das Gesicht, wollte die verkotzten Tulpen runterspülen, aber fürchtete, sie könnten das WC verstopften. Die Vase unter dem Arm schlich sie in die Diele und entdeckte dort ihren zweiten Stiefel, aber Adrian war nirgends zu sehen. Innen an der Haustür klebte ein Post-it mit einer Mobilnummer und den Worten: *Ruf nächstes Mal einfach an.* Eldh lehnte sich mit der Stirn gegen die kühle Tür und steckte den Zettel in die Tasche. Es gab sie noch, die guten Menschen auf dieser Welt.

Draußen regnete es in Strömen. Graukalte Regenschnüre, die ausnahmsweise einmal erfrischend waren. Sie schloss die Augen und ließ sich das Gesicht kühlen. Ihre Kopfschmerzen hämmerten so stark wie früher in jungen Jahren nach einem Rausch. Sie wusste nicht, ob sie nach Hause fahren sollte. Irgendwo in ihrem Hinterkopf lagen die Puzzleteile, die sie zusammensetzen musste. Ein paar Schwestern in Dalarna. Eine Gemeinde in der Mitte des neunzehnten Jahrhunderts, tote

Scheue und einer, der Svedberg hieß. Sie musste nochmal raus nach Skeppsholmen, die Außerhalben hielten etwas geheim vor ihr. Sie füllte ihre Lunge mit kalter Luft, warf die Vase in den Mülleimer und stieg ins Auto.

Adrian Savin stand am Fenster und sah den weißen Opel die Straße entlangschlingern und zwischen den Häusern verschwinden. Dann griff er zu seinem Mobiltelefon.

Der Mann erhob sich von dem fünfeckigen Tisch und verbeugte sich kurz vor den Anwesenden. Dann nahm jedes Mitglied eine Petroleumlampe vom Haken und ging durch die Tür hinter seinem Platz. Der Mann machte die schmale Holztür hinter sich zu und verschloss sie mit einem großen Riegel. Er ging einen langen weißgekalkten Gang entlang, der nur von seiner Lampe erhellt wurde. Schwarze Stockflecken breiteten sich vom Boden an der Wand aus, die stickige Luft roch nach Erde und Schimmel. Am Ende des Ganges, der über Treppen und um Biegungen herumführte, erreichte er eine weitere Tür, trat hindurch und verschloss sie hinter sich. Der Raum erinnerte an eine Klosterzelle ohne Fenster, spartanisch eingerichtet mit einem Spiegel, einem Stuhl und einem einfachen Schreibtisch aus Holz. Über der Tür war die Jahreszahl 1874 aus Eisen eingelassen. In einer Ecke stand ein rotkarierter Einkaufswagen neben einer zerschlissenen Reisetasche. Der Mann legte seine graue Maske ab, schälte sich aus seinem Mantel, hängte ihn an einen Haken und entledigte sich seiner gesamten Kleidung. Er stand vor dem Spiegel und betrachtete seinen nackten Körper. Er war in den Fünfzigern, breit gebaut und ungewöhnlich muskulös, er hatte große Hände und dicke Finger, und vom Schritt bis zum Bauch verlief ein rotes Muttermal. Er löste ein Webschiffchen, das an seinem Brustkorb befestigt war, und nahm eine kleine Spule aus Gold heraus.

Plötzlich war der Mann weg, und stattdessen stand eine Frau dort. Sie streifte sich ein dünnes Netz vom Körper, packte alles in den Einkaufswagen und schlüpfte in einen schlichten Krankenschwesterkittel. Ganz unten im Einkaufswagen lag eine dünne Kette mit einer Berlocke aus Gold, die sie sich umhängte. Die Berlocke war mit einem Kruzifix verziert. Sie warf sich einen dicken Wollumhang über und verließ den Raum.

Durch eine Geheimwand in einem Garderobenschrank trat die Frau in ein schönes Hotelzimmer. Unten an der Rezeption bestellte sie ein Taxi und setzte ihr Zimmer auf die Jahresrechnung, die seit über einhundertfünfzig Jahren an die immergleiche Adresse ging, und schlug den Weg Richtung Blasieholmen ein. Gegenüber des Grand Hôtel lag das Schloss eingehüllt in grauen Nieselregen. Wolken verdeckten die Sonne, eine schwache Erinnerung daran, dass es noch nicht Abend war. Die Frau wickelte sich einen weißen Schal um und betrachtete die pompösen Gebäude. Sie fragte sich, wohin die anderen Türen, zu welchen Häusern oder Räumen ihre Gänge führten und wo sich die anderen Kindsmörder im Moment aufhielten.

Das Taxi stoppte zuerst vor einem Supermarkt und dann vor einer kleinen Wohnung auf Kungsholmen. Die Frau klopfte an, holte nach einer Weile einen Schlüsselbund heraus und ließ sich ein.

»Ich bin's. Ich wollte nur sehen, wie es euch geht«, sagte sie.

Sie stellte eine Einkaufstasche mit Lebensmitteln, Windeln und Obst in die kleine Küche.

Eine junge Frau mit dunklen Tränensäcken saß mit hochgezogenen Knien auf einem Stuhl am Fenster und schaute nach draußen. Sie war dünn, ungepflegt und trug ein Nachthemd und Stricksocken, die ihr zu groß waren.

»Schläft er?«

Die junge Frau nickte.

»Ich kann mich hierhersetzen, wenn du duschen gehen willst.« Die Frau setzte sich neben ein kleines Bündel auf das Bett. »Mach dir keine Sorgen.« Sie schob die Decke ein wenig zur Seite und liebkoste das kleine Kind. Ein hellrotes Muttermal begann unterhalb des Ohrs und zog sich den Hals hinab. »Konntest du denn schlafen?«

Die junge Frau starrte fortwährend aus dem Fenster. »Ich traue mich nicht einzuschlafen. Ich stelle mir vor, dass er stirbt, wenn ich nicht wach bin. Ich weiß, dass das nicht stimmt, aber ich traue mich einfach nicht.«

»Versuch, dich zu entspannen. Es war nicht deine Schuld«, beruhigte sie die Frau in der schlichten Krankenschwestertracht. »Dein Sohn ist kerngesund. Was mit seinem Bruder passiert ist, hat nichts mit dir zu tun, bei einer Zwillingsgeburt kann es zu Komplikationen kommen, das ist leider nicht ganz ungewöhnlich. Aber Gott hat dich beschenkt, so musst du es sehen.«

Die junge Frau schwieg. Sie kratzte sich in der Armbeuge, die völlig vernarbt war von zahllosen Einstichen, erhob sich und trat ans Bett. Sie betrachtete das Baby.

»Manchmal kommt es mir so vor, dass er gar nicht von mir ist.«

»Das ist ganz normal, dass du so empfindest. Das geht vorbei.« Die Frau ergriff ihre Hand. »Du hast es nicht leicht gehabt im Leben, aber Gott hat dich geprüft, und jetzt hast du eine zweite Chance bekommen.«

»Ich finde mich gar nicht in ihm wieder. Überhaupt nicht.« Die junge Frau schüttelte den Kopf.

»Und der Vater?«

»Ich weiß nicht, wer der Vater ist.«

Die Frau schwieg. Sie betrachteten gemeinsam die kaum merklichen Zuckungen, die über das Gesicht des Neugeborenen huschten. Keine der beiden lächelte.

»Wie lange kann ich hier wohnen?«

»So lange du willst.« Sie streichelte die Hand der jungen Frau. »Du wirst auch weiterhin jeden Monat dein Geld bekommen, da kannst du ganz beruhigt sein. Du bist nicht allein, wir haben das schon oft gemacht. Unser Diakon glaubt daran, dass alles Leben heilig ist. Gott wird dir und deiner Familie den Weg weisen, und wir werden euch so lange helfen, wie es nötig ist.«

Der Mann auf dem Foto heißt Paul Kron.« Vang hatte das Visier hochgeklappt und studierte den Zeitungsausschnitt.

»Du bist dort gewesen. Du und Schröder.« Jonas kochte vor Wut.

»Ja.«

»Du warst dabei, als sie an mir herumexperimentiert haben.«

Sie schüttelte den Kopf. »Nein, damit habe ich nichts zu tun.«

»Blödsinn. Ich war dort und du auch. Du hast gewusst, was die gemacht haben.« Jonas drückte Vang die Kehle zu und presste sie gegen den Arbeitstisch. Er hatte genug von dem Geschwafel.

»Jetzt beruhig dich, Junge. Ich bin nicht dein Feind.«

»Wieso soll ich das glauben?«

»Weil ich es sage.« Ihr Gesicht zeigte keine Regung.

»Was hast du dort gemacht?« Sie schwieg und taxierte ihn ungeniert. »Was hast du dort gemacht? Rede!«

Leander kam die Treppe herunter und trat in den Maschinenraum. »Zurück!«, schrie sie.

»Mist«, fluchte Jonas.

Leander hielt ihre Axt in beiden Händen.

»Schon gut, ich mach das schon«, sagte Vang. »Okay, Junge. Willst du die lange oder die kurze Version hören?«

»Die, die ich verstehe.«

»Dann setz dich.«

»Jetzt mach endlich den Mund auf.« Jonas gefiel das Grinsen nicht, das in ihren Mundwinkeln lauerte, sie nahm ihn nicht ernst.

»Ja, ja.« Vang seufzte. »Okay. Also von vorn. Unsereiner braucht mehr als Essen, das weißt du, oder?« Jonas nickte knapp. »Gut. Früher haben wir Menschen mit einer Überdosis ausgebrannt, wenn wir Hunger hatten, davon weißt du vielleicht. Doch Ende des neunzehnten Jahrhunderts entdeckte ein junger Ingenieur, wie Strom oder eine andere Art von Hochspannung, wenn du's genau nehmen willst, unsere Bedürfnisse stillen konnte. Aber diese Details interessieren dich vielleicht gar nicht?«

»Kommt darauf an, ob sie etwas mit mir zu tun haben.«

»Nein, es dreht sich nicht alles um dich, auch wenn es dir schwerfällt, das zu glauben.« Vang bemühte sich erst gar nicht, ihren Sarkasmus zu verbergen. »Und diese Entdeckung führte dazu, dass solche wie wir hierherzogen. So entstand die Gemeinschaft, als Alternative zum Leben in der Wildnis. Die Verborgenen kamen hierher nach Stockholm, zu den Maschinen. Das war um 1890 herum, es war eine Rieseninvestition, Strom war teuer und heikel zu der Zeit. Aber die erste Maschine hatte so ihre Macken. Es kam zu unerwünschten Nebenwirkungen, die reguliert werden mussten, unter anderem Krebs und spontane Zellzerstörung. Die Forschung ging weiter, doch der richtig große Durchbruch kam erst nach dem Zweiten Weltkrieg. Ich komme jetzt zum Reaktor. Kannst du mich endlich loslassen?«

»Erzähl weiter.« Jonas trat einen Schritt zurück.

»Uns war schon frühzeitig klar, dass Kernkraft unser Ding

ist. Die Gemeinschaft hat in dem Bereich sämtliche Forschung unterstützt, und am 13. Juli 1954 ging in Schweden das erste Kernkraftwerk ans Netz. Das R1, im Urgebirge unter der Königlich Technischen Hochschule KTH. Der AKW-Chef Paul Kron ist derjenige, der 1888 die Hochspannung entwickelt hat. Für den Reaktor gab es zwei Programme, ein offizielles und ein inoffizielles. Eins für die Gemeinschaft und eins für uns. Das offizielle Programm wurde 1970 eingestellt, aber unseres nicht.« Sie nahm eine Zigarette und zündete sie sich an einem Lötkolben an. »Seitdem versorgt die Gemeinschaft jedes Jahr an Mariä Lichtmess am 2. Februar die Verborgenen von einem Kernreaktor aus mitten in Stockholm. Vorausgesetzt natürlich, du hast dich registriert und Steuern gezahlt, aber das ist eine andere Geschichte.«

»Und warum warst du da?«

»Ich bin in den Sechzigern zum R1 gekommen, hatte in Paris und Tokio Kernphysik studiert. Paul Kron hat mich angeworben, und wir haben weitergeforscht. Wir haben einige interessante Entdeckungen gemacht in dieser Zeit. Unsere Ergebnisse drangen bis zu den Wissenschaftlern vor, die Menschheit machte große Fortschritte, und wir hatten daran unseren Anteil. Die Gemeinschaft wurde immer noch von Idealismus geprägt, es herrschte Philanthropie vor. Aber als ich nach einigen Jahren aus Chicago zurückkehrte, war Kron wie ausgewechselt. Die Achtziger haben die Menschen verändert.« Vang inhalierte den Rauch. »Paul wollte am Menschen forschen. Er hatte mehr Geld denn je und war von etwas anderem getrieben. Damals habe ich geglaubt, dass es Ehrgeiz war oder Besessenheit. Angst würde ich heute sagen. Was ich da gesehen habe, hat mir überhaupt nicht gefallen. Ich habe mich da rausgehalten.«

»Ist das alles?«

»Was dich betrifft? Ja.« Sie blies ihm den Rauch ins Gesicht. »Das war 1986, du warst noch gar nicht auf der Welt.«

»Vang hat die Gemeinschaft verlassen und ist noch im selben Jahr zu uns gekommen. Dafür lege ich meine Hand ins Feuer«, erklärte Leander.

»Aber in demselben Raum wurde nur wenige Jahre später kleinen Kindern irgendein Scheiß in den Kopf gestopft, und du willst behaupten, du hattest nichts damit zu tun?«

»Nein. Ich habe mich seitdem von der Gemeinschaft ferngehalten. Uns ging es eigentlich ganz gut, bis du aufgetaucht bist«, erwiderte Vang.

»Gib ihr die Kapsel«, sagte Jonas.

Leander holte sie aus ihrer Tasche.

Vang betrachtete das kleine Implantat.

»Biotechnik interessiert mich nicht, damit habe ich mich nie befasst. Das war Pauls Gebiet.«

Jonas war ganz kribbelig. Permanent tauchten neue Informationen auf, aber nichts, was Klarheit über seine Person brachte. Alles wurde nur immer schwammiger.

»Was ist mit Kron passiert?«

»Keine Ahnung, da musst du ihn schon selbst fragen.«

»Paul Kron lebt?«

»Auf jeden Fall. Inzwischen vielleicht unter anderem Namen, aber soweit ich weiß, kümmert er sich jedes Jahr um die Fütterung.«

»Dann ist er also noch in Stockholm?«

»Auf jeden Fall. Im Urgebirge, dreißig Meter unter der KTH.«

Jonas rüttelte an der Klinke, bis das Türschloss nachgab. Er stand vor einem alten Schuppen aus Beton, eingeklemmt zwischen den großen Backsteingebäuden der KTH. Es war ruhig, in den umliegenden Häusern waren nur wenige Fenster erleuchtet. Der Schließkolben gab knirschend nach, und ein paar Nieten lösten sich, als die Metalltür aufsprang.

»Ich bin drinnen«, sagte er ins Funkgerät.

In dem kleinen Schuppen waren mehrere riesige Belüftungsaggregate untergebracht, die seit vierzig Jahre nicht mehr in Betrieb waren. Durch die kleinen verstaubten Dachluken fiel schwaches Licht. Sie betraten den Schuppen, außer Matteus, der draußen Posten beziehen sollte. Vang untersuchte die Aggregate.

»Das hier diente als Schutz gegen Überhitzung, falls der Druck des Reaktors zu groß geworden wäre. Ein Sicherheitsventil.« Sachlich prüfte sie die alte Ausrüstung und lachte trocken. »Wir hatten keine Ahnung, mit wie viel Power wir es zu tun hatten.« Sie zeigte auf einige Bolzen, die Maersk rasch mit einem Drehmomentschlüssel aufschraubte.

»Du, nimm den mal weg hier, Junge.«

Jonas packte ein großes Metallteil, wo die Bolzen gelöst waren. Er musste richtig zupacken, ehe das alte Teil geräuschvoll und widerstrebend nachgab. Es war schwerer, als er angenommen hatte.

Als Jonas die riesige Röhre zur Seite stellte, wurde ein rundes Loch sichtbar, das fünfzehn Meter tief in den Berg hinabführte. Am Boden war der Schacht mit einem schweren Gitter verschlossen. Leander nahm Seile aus einem Rucksack und befestigte ihre Enden an ein paar Rohren.

Sie seilten Maersk mit ein paar Werkzeugen ab. Direkt unter ihm lag die große Reaktorhalle. Nachdem er sich vergewissert hatte, dass alles ruhig war, untersuchte er das Gitter. Es war von der Unterseite angeschraubt. Er nahm einen Wagenheber, klemmte ihn unter die Gitterstäbe und versuchte, das Gitter aufzuhebeln. Er hing in einem Haltegurt und arbeitete in der Dunkelheit, und nach einer Weile hatte er einen Spalt aufgehebelt, der so breit war, dass ein Arm hindurchpasste. Die Bolzen besprühte er mit Teflon, damit sie nicht quietschten, wählte den passenden Steckschlüssel und begann zu schrauben. Seine Arbeitsposition war nicht gerade bequem, und ihm glitt ein Bolzen aus der Hand, der fünfzehn Meter tief in das leere Reaktorbecken fiel und klirrend aufschlug. Maersk wartete ein paar Minuten, ehe er weitermachte. Als nur noch ein Bolzen übrig war, drückte er das Gitter auf. Die große Halle war verlassen. Eine kleine blaue Lampe leuchtete über einer Tür fünfzehn Meter unter ihm. Wenige Meter daneben hing ein ausziehbarer Kran, der auf einer Schiene unter der Decke entlangrollte. An der Stirnseite des Raumes führte eine Wendeltreppe zu einer Plattform neben dem Kran.

Maersk seilte sich noch ein paar Meter weiter ab, als unter ihm eine Tür aufging. Zwei Männer mit Taschenlampen kamen herein. Sie traten an das Becken, leuchteten hinein und überprüften die anderen Türen des Raumes. Sie waren alle verschlossen. Vorsichtig zog Maersk sich an dem Seil hoch, bis er sich wieder in den Schacht quetschen konnte.

»Vielleicht wieder eine Fledermaus«, meinte einer der Männer.

Sie leuchteten das Gewölbe ab, der Lichtkegel zuckte über die Decke. Nach einer Weile verschwanden sie wieder, und Maersk signalisierte durch Zupfen am Seil, dass er hoch wollte. In der folgenden halben Stunde warfen sie Stanniolpapierschnipsel hinunter. Jedes Mal wurde der Bewegungsmelder aktiviert, und die Männer kamen herein. Schlussendlich verloren sie die Geduld und stellten den Alarm ab. Die Außerhalben warteten eine weitere halbe Stunde, ehe sie weitermachten.

Sie seilten Leander und Maersk zusammen ab. Er drehte sich, bis er kopfüber hing, und wickelte das Seil um sein Bein. Dann hielt Leander sich an ihm fest, ergriff sein Handgelenk und hing unter ihm. Wie zwei Trapezkünstler pendelten sie hin und her und wurden schneller. Dann ließ sie los, machte eineinhalb Saltos, bekam ein Drahtseil unter dem Gestell zu fassen und schwang sich auf den Eisenträger. Maersk warf ihr ein Seil zu und kletterte hinterher. Dann war Jonas an der Reihe. Fünfzehn Meter tief in einen engen Betonschacht, danach die letzten Meter an der Decke entlanghangeln. Auch wenn er gesichert und der Weg vorgegeben war, wurde ihm schwindelig, und Jonas war erleichtert, als er endlich ankam.

Leise gingen sie die Wendeltreppe hinunter in die Reaktorhalle. Vang mit einer geladenen Armbrust vorneweg, die anderen dicht hinter ihr. Keiner sagte ein Wort, die Kommunikation fand nur über Gesten statt. Leander stellte sich neben die Tür, wo die Männer hereingekommen waren, während die anderen zu einer verschlossenen Tür in der Halle gingen, die weiter in den Komplex hineinführte. Seit Vang dort gearbeitet hatte, hatte sich kaum etwas verändert, und sie kannte den Weg.

Die Kernkraftanlage war wie ein Bunker in den Berg gesprengt worden. Die große Reaktorhalle und die angrenzenden

Maschinenräume dominierten das Bild. Das einzige Relikt der frühen Experimente des atomaren Zeitalters war eine große leere Kaverne mit weißen, an die Wände gemalten Zahlen in einer Tabelle und einem leeren Becken in der Mitte. Der Reaktor war stillgelegt und die Brennstäbe schon längst entfernt worden, der Raum wurde hauptsächlich für Führungen und das eine oder andere Kulturevent genutzt. Sämtliche Türen waren mit einem Zugangskontrollsystem versehen. Vang zog eine Magnetstreifenkarte durch den Kartenleser, und ein rotes Männchen leuchtete auf. Sie schraubte den Leser auf, steckte ein paar Mikroschalterblocks um und unternahm einen zweiten Versuch. Diesmal klickte es, und die Tür ging auf.

Ein Korridor verlief westwärts zu einem engen Treppenhaus, das bis zur Oberfläche führte, zu einem winzigen Notausgang. In östlicher Richtung lagen die Forschungssäle, Laboratorien und Büros und der Eingang mit zwei Aufzugsschächten. Dort hielten sich die beiden Männer vom Sicherheitsdienst auf, die Maersk gesehen hatte. Südwärts lag der Teil, den nur wenige kannten, und genau dorthin wollten sie. Sie verschafften sich durch zwei weitere Türen Zutritt, ehe sie an ein Gitter gelangten, bei dem Vangs Karte nichts ausrichten konnte. Jonas verlor die Geduld. Er wusste, dass er als Kind in diesen Sälen gewesen war. Verschwommene Erinnerungen oder vielmehr Angstgefühle und Einsamkeit rumorten in seinem Unterbewussten wie ein verdrängtes Echo. Er schob Vang beiseite und riss das Gitter aus seiner Verankerung. Mörtel bröckelte auf den Betonboden. Jonas scherte sich nicht um die Blicke der anderen, stellte das Gitter an die Seite und betrat den nächsten Raum.

Ein weiteres großes Gewölbe tat sich auf, eine etwas kleinere Kopie der vorherigen Reaktorhalle, allerdings mit dem Unterschied, dass diese noch in Betrieb war. Die Lichtreflexe der Scheinwerfer im Reaktorbecken tanzten über die rissigen Wände, und über dem Becken thronte der Reaktor. Wie eine Metallsphäre mit abstehenden Stäben, die an eine Seemine aus dem Zweiten Weltkrieg erinnerte. Sie postierten Maersk am Eingang und eilten durch den Saal, zwei Treppen hoch in eine kleine Forschungsabteilung. Zwei Säle mit Laborausstattung, Abtropfgestellen, Pritschen mit Lederriemen und Metallkäfigen in unterschiedlichen Größen. Die Ausrüstung war offenbar schon lange nicht mehr benutzt worden, das meiste war mit Plastikplanen abgedeckt. Jonas schien es schier zu zerreißen, sein Unterbewusstsein war in Aufruhr.

In einem unordentlichen Büro gaben zwei Panoramafenster den Blick auf den Reaktor frei. Papierstapel, Bücher und Ausdrucke lagen verstreut, in einer Ecke stand eine Tretorgel, ausgestopfte Vögel überall. Sperlinge, Drosseln, Meisen, eine Bergeule. Zwei große Schiefertafeln waren mit Formeln und Berechnungen beschrieben.

»Schaut einfach, was ihr finden könnt«, schlug Leander vor und durchwühlte die Schreibtischschubladen. Sie blätterte in Unterlagen und Notizbüchern. Die Armbrust locker über der Schulter war Vang vor den Schiefertafeln stehengeblieben und betrachtete sie mit schiefgelegtem Kopf. Jonas konnte sich nicht konzentrieren. Er wollte einfach nur zuschlagen. An der Wand ein Schwarz-Weiß-Foto von Paul Kron neben zwei Anzugträgern in Nadelstreifen. Das Foto war signiert mit *Für unseren Freund, Niels Bohr und Werner Heisenberg, 1928*. Daneben saß eine ausgestopfte Kohlmeise auf einem dünnen Ast. Der Vogel starrte ihn aus seinen kleinen schwarzen Augen an. Jonas schleuderte ihn in die Ecke.

»Hier.« Vang hatte eine der Tafeln zur Seite gezogen. Dahinter befand sich ein Safe. »Haben wir Sprengstoff dabei?«

»Nein.« Leander trat näher. Es handelte sich um ein altes Modell mit einem einfachen Zahlenschloss. »Jonas, komm her.«

Nichts weit und breit, was er zu fassen bekommen könnte, und wenn er die Tür einschlug, würde er sich die Hand verletzen.

»Hör zu«, sagte Leander. »Konzentrier dich jetzt.«

Sie drehte das Schloss.

»Ich höre nichts.« In Jonas spukte fortwährend sein Unterbewusstsein herum, er konnte sich nur schwer entspannen.

Sie führte ihn zum Schreibtisch und küsste ihn.

»Was soll das?«

»Halt den Mund und chill mal.« Sie legte ihm ihre warme Hand auf den Schenkel und küsste ihn wieder. Er konnte nicht anders, die Lust überwältigte ihn. Sie drückte ihn gegen die Wand. Ihre Lippen schmeckten salzig. »Mach die Augen zu.« Sie küsste ihn wieder. »Jetzt komm runter. Was hörst du?«

»Dein Keuchen.« Er wusste, was sie vorhatte, aber er hatte nichts dagegen. Alles war besser als diese schleichende Angst.

»Hör nicht hin. Was noch?«

»Ventilatoren.«

»Hör nicht hin.« Sie legte sich seine Hände auf ihre Pobacken. »Was noch?«

»Du drehst das Zahlenschloss.«

»Gut, Augen zu.«

Er hörte ein gut geöltes Kugellager, es war sehr leise. Dann eine Unregelmäßigkeit.

»Da war ein Klick, glaube ich.«

»Hier?«

»Weiter zurück. Da.«

»Lass die Augen zu. Sag Bescheid beim nächsten Klick.«

Da er jetzt wusste, wonach er suchte, war es leichter. Nach

sieben weiteren Klicks ging der Safe auf, und sie küsste ihn ein letztes Mal. Er wurde ruhiger.

»Dann wollen wir doch mal sehen, was wir hier haben«, sagte Leander und griff nach ein paar Unterlagen. Sie blätterte in verschiedenen Projektmappen. Diagramme, Kurven, Listen mit Daten und Fotos von Präparaten. Weiter unten im Stapel entdeckte Jonas etwas.

»Schau hier.«

Es handelte sich um Fotos von Versuchspersonen. Alles in allem rund fünfzig, von denen die meisten alt und erschöpft aussahen. Aufgedunsene Körperteile, überdimensionierte Muskelgruppen, Ausschlag, Rötungen. Fotos von Augen, in denen Nadeln steckten, blutunterlaufene Augen, Augen ohne Iris, aufgeschnittene Augen, Gewebeproben. Fotos von verschiedenen Implantaten und Operationen. Einige Versuchspersonen waren festgeschnallt, andere hielten ihre Abnormitäten demonstrativ in die Kamera. Eine Bilderserie zeigte schrittweise eine schleichende Verschlechterung, die mit einer schwarzen, verwesenden Leiche endete. Eine andere zeigte, wie man die Widerstandsfähigkeit der Opfer gegen Säuren, Feuer und Kälte prüfte. Unter jedem Bild eine Zahlenkombination. Die Mappe war mit *Poltawa* beschriftet.

Keiner sagte etwas.

Ein anderes Foto zeigte einen kleinen Jungen, der sich hinter einer Frau versteckte. Er war höchstens zwei Jahre alt. Unter dem Foto stand *A78:1, 1989.*

»Leg das zurück.«

Im Türrahmen erschien ein Mann. Derselbe, der 1985 für eine Zeitungsreportage Örnbrink die Hand geschüttelt und 1928 in Kopenhagen mit Bohr und Heisenberg auf einem Schwarz-Weiß-Foto posiert hatte.

Hinter ihm zielten zwei Männer mit Pistolen auf sie.

Paul Kron war klein und untersetzt. Er hatte einen grauen Ziegenbart, trug eine gelbe Pilotenbrille, eine schwarze bauschige Jacke und leichte Gabardinehosen. Er sah wie ein Taxifahrer aus. Kleine Augen, wacher Blick.

»Leg die Armbrust auf die Erde.«

Vang tat, wie ihr geheißen.

»Hoher Besuch?«

Keine Antwort.

»Man kann auch vorher anrufen. Oder anklopfen«, sagte er barsch und betonte dabei die Konsonanten, aber sein Tonfall war nicht melodisch, eher monoton. »Dann hätte ich Kaffee aufgesetzt.« Er ging auf Vang zu und stieß die Armbrust mit dem Fuß zur Seite. »Ach ja, richtig, jetzt bin ich nachlässig, du trinkst ja keinen Kaffee. Aber als dein Onkel hätte ich dir gerne etwas angeboten, jetzt, wo du endlich zurück bist.«

Leander hatte die Arme über den Kopf erhoben und sich mitten in den Raum gestellt. Kron nahm kaum Notiz davon. Er musterte Jonas.

»Hier haben wir also den Burschen, von dem alle reden. Interessant. Es gibt viele, die dich kennenlernen wollen.« Kron blieb respektvoll auf Abstand. »Was verschafft mir die Ehre?«

»Als ich klein war, haben Sie mir irgendwelchen Mist in den Kopf geschraubt. Ich will wissen, warum.«

Leicht erstaunt betrachtete Kron ihn. Er schien Erinnerungen und Informationen zusammenzufügen und hatte sich im Handumdrehen ein Bild gemacht; so kam es Jonas jedenfalls vor.

»Du bist gewachsen.«

»Das liegt nicht an Ihnen.« Jonas hatte keine Angst mehr. Die Pistolen waren ihm egal. Er wollte nur herausfinden, was der kleine fette Mann wusste. »Warum haben Sie das getan?«

»Warum?« Kron lachte. »Wie banal. Alle wollen wissen, warum.« Seine kleinen schwarzen Augen ähnelten denen der ausgestopften Vögel. »Die Urfrage, die uns aus der Höhle hierhergeführt hat. Die Grübeleien. Ich verstehe das, mich treibt das Gleiche um. Aber deine Frage nach dem Warum ist sinnlos, denn es geht hier einzig und allein um dich. Ich, ich, ich. Kinder, Egoisten. Das Leben ist größer als du.« Er wandte sich an die Wachmänner und trat auf den Korridor. »Ich habe keine Antwort für dich. Bringt sie zum Fahrstuhl.«

Jonas' Grenze des Erträglichen war erreicht, und er dachte, er würde explodieren. Aber ehe er etwas unternehmen konnte, tauchte wie aus dem Nichts Maersk auf, schlug einem der Wachmänner die Pistole aus der Hand und brachte ihn zu Fall. Ein Schuss löste sich. Der andere Mann fuhr herum, Leander packte ihre Axt und warf sie in seine Richtung. Der Axtnacken traf seine Stirn, und der Mann sackte zusammen, als hätte ihm jemand das Rückgrat herausgerissen. Kron war nur einen Schritt entfernt, schnappte sich eine Pistole und verschwand durch eine Tür.

»Ihm nach!«

Jonas stieg über den Wachmann, durchbrach die Tür und kam in eine kleine Bibliothek mit glatten Betonwänden ohne Fenster. Ein Sessel, ein kleiner Tisch und noch mehr Vögel.

Gerahmte alte Zeichnungen an den Wänden. Wertvolle, ausgesuchte Vogelmotive, vielleicht von Linnés Schülern gefertigt. Es gab keinen anderen Ausgang, aber Paul Kron war verschwunden. Leander und Vang folgten Jonas.

»Da!«, rief Vang und zeigte. »Ein Siegel.«

Neben dem Sessel befand sich an der Wand ein kleines Siegel aus Metall unter einer Reihe Papageienvögel. Drei Kreise auf einem Espenblatt. Leander hielt ihre Hand dagegen.

»Mist. Ich komme nicht rein.«

Vang versuchte es ebenfalls, jedoch ohne Erfolg.

»Er kommt nicht weit. Entweder warten wir hier, bis die Webarbeit ihn wieder ausspuckt, oder du gehst rein und holst ihn«, schlug Leander vor.

»Er hat eine Pistole«, entgegnete Jonas.

»Die funktioniert da drinnen nicht. Was glaubst du, warum wir das hier machen?« Sie hielt die Axt hoch. »Das ist mehr als Tradition. Willst du?«

Die Webarbeit war anders als die auf Skeppsholmen. Changierende Blautöne, das Muster wirkte solider, nicht so unruhig, es besaß mehr Struktur. Der Raum in Form eines Pilzes war klein, aber dafür hoch. Winzige Lichtpunkte glommen wie an einem echten Sternenhimmel. Kron saß auf einem kleinen Hügel in der Mitte.

»Bleib stehen.« Er zielte mit der Waffe auf Jonas, der unbeeindruckt auf ihn zukam. »Ach so, das weißt du also auch, na ja.« Kron ließ die Pistole fallen. »Einen Versuch war's wert.« Er lehnte sich zurück und blickte in das blaue Gewölbe. »Das hier war ein Schutzraum für uns, die wir hier gearbeitet haben, ein Platz zum Ausruhen im Fall einer Kernschmelze. Aber ich habe befürchtet, dass du trotzdem hereinkommen würdest.«

»Erzählen Sie, was Sie wissen, bevor ich Ihnen den Kopf abreiße.« Jonas war nicht zu Smalltalk aufgelegt. Er war so kurz davor, endlich die Antworten auf seine dringenden Fragen zu erhalten, und wollte nicht länger warten. Kron konnte die Entschlossenheit in seinem Blick erkennen. Er schluckte und änderte seinen Ton.

»Ich kann dir sagen, was ich weiß. Wer hinter dir her ist und was mit dir passiert ist, als du hier warst. Aber dann will ich dein Wort, dass ihr mich schont.«

»Vergessen Sie's.«

»Dann schweige ich. Diese Idioten da draußen haben ja keine Ahnung, wie wichtig mein Job ist. Die machen kurzen Prozess mit mir, und ich kann dir keine Antwort mehr geben.«

Jonas schwieg lange, aber er wusste, was er sagen würde. Er war nicht hier, weil er Gerechtigkeit wollte, sondern weil er Antworten wollte, und er war bereit, dafür zu bezahlen, wenn nötig.

»Sie haben mein Wort.«

Kron schien nicht überrascht. Er setzte sich auf dem kleinen Hügel zurecht, der sich allmählich seinem Körper anpasste. Es sah bequem aus.

»Ich muss gestehen, dass ich die Zusammenhänge erst vollkommen begreife, seit du hergekommen bist. Du warst das letzte Puzzleteil, das gefehlt hat, um meine Theorie zu beweisen.« Er lächelte stolz.

Jonas wollte ihm die Zähne einschlagen, den kleinen Mann windelweich prügeln. Solchen Hass hatte er nie zuvor empfunden.

»Zuerst ging es um Geld.« Er nickte. »Um Geld oder Liebe, wenn's das eine nicht ist, ist es das andere. Wenn du wüsstest, was wissenschaftliche Forschung kostet. Aber unsere ganze

Arbeit hing von Marcus Ehrencrantz' Goodwill ab, die Gemeinschaft war sein Imperium und genoss sein Wohlwollen. Brosamen für das willige Fußvolk. Aber die Gemeinschaft hat sich geweigert, mir mehr Unterstützung zu gewähren. Wir haben nur so viel bekommen, um die alljährlichen Ausgaben für Mariä Lichtmess bestreiten zu können, und es ist schwierig, eine Finanzierung von außen an Land zu ziehen, wenn man eigentlich gar nicht existiert«, sagte Kron mit einer Mischung aus Sarkasmus und Bitterkeit. »Unwürdig. Nach allem, was ich für sie getan habe. Sie hätten genauso gut einen Hausmeister einstellen können.« Er starrte ins Leere. »Dann kam ein Angebot, das ich einfach nicht ablehnen konnte. Das ist vielleicht schwer zu verstehen für jemanden, der sein Leben nicht der Lösung der Mysterien des Universums verschrieben hat. Der Preis war die Antwort auf ein Rätsel, und dafür habe ich nahezu unbegrenzte Mittel erhalten.« Er nahm die Brille ab und putzte die dicken Gläser mit seinem Hemdzipfel. »In dem Rätsel ging es um unsere Wesensart. Meine neuen Auftraggeber wollten wissen, über welche verborgenen Eigenschaften wir verfügen.«

»Wer waren denn Ihre neuen Freunde?« Jonas musterte den kleinen Mann abschätzig.

»Das weiß ich nicht, ich bin ihnen nie begegnet. Es ist ein Zusammenschluss von lauter sehr mächtigen Männern. Sie verfügen über enorme Ressourcen, eine eigene Privatarmee und haben großen Einfluss. Das ist kein einfacher Gegner, den du dir da ausgesucht hast.«

»Das Tribunal.«

»Aha, du kennst die Leute also.«

»Haben sie Ihnen Geld gegeben?«

»Ja, für das Projekt Poltawa. Fast zehn Jahre lang haben wir hier unten gearbeitet. Die besten Wissenschaftler, die ich finden konnte, sowohl Verborgene als auch Menschen, keiner von denen durfte natürlich die ganze Wahrheit erfahren, nur das Allernötigste. Wir haben analysiert, Tests und Versuche gemacht, haben nach Erklärungen gesucht, was es ist, das uns von den Menschen unterscheidet.«

»Ich habe die Fotos gesehen.« Jonas konnte seine Abscheu nur schwer verbergen.

»Man kann ohne Material keine seriöse Forschung betreiben. Nur naive Tierfreunde glauben das. Da muss man drüberstehen. Wir haben uns hauptsächlich an Scheue und Verborgene mit sehr großen Problemen gehalten, also keine wirklichen Verluste.«

»Man fängt mit Mäusen an, dann arbeitet man sich langsam vor«, sagte Jonas angeekelt. »Du bist nicht der Einzige, der denkt, er hat das Recht, die Menschheit aufzuteilen.«

»Sonst hätten wir kein Penicillin, keine Impfstoffe, keine funktionierende Krankenversorgung, wenn solche wie ich nicht darüber hinwegsehen und das große Ganze im Blick haben würden. Steck mich also nicht zu diesem braunen Pack, wer weiß, was die mit uns gemacht hätten, wenn sie von uns gewusst hätten.« Er befeuchtete die Lippen. »Meine Forschung hat unglaubliche Ergebnisse zu Tage gefördert. Die Biochemie wäre bei weitem nicht da, wo sie heute ist, ohne mich. Energieerzeugende Prozesse in den Mitochondrien, Zellreproduktion, DNA-Codierung, Entdeckungen, auf die die Welt Jahrzehnte gewartet hat.«

»Und das gibt Ihnen das Recht, sich an Schwächeren zu vergreifen?«

»Du bist so naiv.« Kron wirkte geradezu belustigt. »Glaubst du, alle sind genauso reinerbig wie du? Für die meisten ist es mit unfassbaren Qualen verbunden, in zwei Welten zu leben.

Sie kämpfen, haben Schmerzen, leiden. Das konnten wir lindern.«

»Sie haben geholfen?«

»Ja, und wie.«

Jonas sah die ausgemergelten Leiber auf den Fotos vor sich und musterte den kleinen dicken Mann, der sich bequem in der blauen Webarbeit zurechtgesetzt hatte. Er sah zufrieden aus. Die wachsamen Knopfaugen bildeten eine Mauer zur Außenwelt.

»Trotz meiner Ergebnisse war das Tribunal nicht sonderlich begeistert. Da wurde mir klar, dass die eigentlich was ganz anderes wollten. Die haben meine Forschung in eine andere Richtung gelenkt, und ich musste kuschen. Die wollten uns kontrollieren, blockieren und unterdrücken.«

»A78:1.« Jonas sah das Bild von sich als Zweijähriger vor seinem inneren Auge, halb verdeckt von den Beinen seiner Mutter.

»Ja, ironischerweise. Wir haben eine Technik ausgearbeitet, die die Weiterentwicklung hemmt, aber nicht das blockieren konnte, was bereits vorhanden war. Die Versuchsobjekte wurden geschwächt, aber sie waren nicht komplett beschwerdefrei. Wir hatten nicht gerade viel Material. Nur einige wenige pro Jahr, maximal, und die waren oft in schlechter Verfassung. Da haben sie die Geduld verloren. Haben den Geldhahn zugedreht, meine Forschungsergebnisse verkauft und das Unternehmen in den Konkurs getrieben.«

»Und was haben die mit mir vorgehabt?«

»Mit dir? Es wusste ja niemand, was du warst. Als du mit deiner Pflegerin hierhergekommen bist, war das die Chance für mich, das Implantat bei einem Gehirn zu testen, bei dem sich unsere Eigenschaften noch nicht durchgesetzt hatten. Das war äußerst spannend. Verborgene Kinder wachsen nicht auf Bäumen. Und uns war es gelungen, das Hirn zu blockieren, bis jetzt, wenn ich das richtig verstanden habe. Das ist auch schon alles.«

»Welche Pflegerin?«

»Die Frau, die bei dir war.«

»Meine Mutter?«

»Das war nicht deine Mutter.« Kron lachte spöttisch. »Das war ein ganz normaler Mensch.«

Jonas stockte der Atem.

»Was, nicht meine Mutter?«

»Ach so, das hast du gedacht? Jaja, Zeit aufzuwachen. Du hast keine menschlichen Eltern, sonst wärst du gar nicht hier reingekommen.« Er machte eine Geste in Richtung Webarbeit. »Bedanken kannst du dich später bei mir. Du verstehst, das Tribunal hat etwas anderes gesucht, und das habe ich geahnt. Dass die Frage eine ganz andere war, dass es bei der ganzen Forschung um was völlig anderes ging.« Er unterbrach sich und blickte hinauf zum blauen Firmament. »Worin besteht der Sinn des Lebens? Reproduktion. Traurig, banal und biologisch, aber wahr. Im Großen und Ganzen gesehen kommt man zwangsläufig zu dieser Antwort. Leben weitergeben. Eine Generation wächst heran, erschafft eine neue und stirbt. Der Staffelstab des Lebens. Aber meine Geldgeber sahen sich mit dem konfrontiert, was früher oder später bei allen inzestuösen Populationen unvermeidlich auftritt: Krankheiten. Das Tribunal muss stark sein, weitaus potenter als wir anderen degenerierten Halbblüter.« In seiner monotonen Stimme schwang ein Fünkchen Ironie mit. »Sie haben ihre Linien rein gehalten, sich innerhalb der Klans fortgepflanzt, wie die Pharaonen, diese Idioten. Und der Preis für diese Stärke ist eine Autoimmunerkrankung. Früher oder später entwickeln sie eine tödliche Allergie gegen sich selbst.«

»Woher wissen Sie das alles?«

»Ich habe sie zwar nie zu Gesicht bekommen, aber ich habe Proben erhalten. Sie haben vielleicht gedacht, dass sie es verbergen können, aber mir war durchaus klar, dass sie meine Forschung genau in die Richtung gelenkt haben, in die sie sie haben wollten. Erbkrankheiten und autoimmune Auffälligkeiten. Wäre ich ein Spieler, würde ich um Geld wetten, dass du eine größere Hautveränderung hast, irgendwo in der Nähe der Lymphknoten. Im Schritt, in der Achselregion, am Hals.« Er betrachtete Jonas, und irgendwie musste er es an Jonas' Reaktion gemerkt haben. »Achselhöhle«, stellte er fest und nickte. »Ich bin nicht blöd, sonst würde ich nicht hier sitzen.«

Krons Selbstgefälligkeit ekelte Jonas an, aber er musste darüber hinwegsehen. Paul Kron besaß Antworten, die niemand sonst ihm würde geben können. »Tödliche Krankheiten? Warum sterben sie dann nicht?«

»Antiretrovirale Medikamente.« Kron genoss es sichtlich. »Eigentlich ist es ganz einfach. Eine geringe Dosis Gift macht dich immun. Wie eine Impfung auf Zeit. Produziere eine schwächere Version deiner Krankheit, mit derselben DNA-Codierung, verabreiche es, und dein Immunsystem erledigt den Rest.«

»Wie das?«

»Und jetzt zu dir.« Kron deutete auf die Pistole. Ein blaues Netz aus pulsierenden Fasern kletterte über das Metall. »Energie. Sie kann nie verloren gehen, nur umgewandelt werden. Das hat Newton uns gelehrt. Und das trifft auch auf die Gene zu. Genau so werden Krankheiten vererbt.«

»Dann ist das also erblich? Was hat das dann mit den antiretroviralen Medikamenten zu tun?«

»Die Mitglieder des Tribunals benötigen eine schwache Dosis ihrer Krankheit, um zu überleben. Aber nicht von sich selbst, dann würden sie sterben.« Den Rest konnte sich Jonas selbst zusammenreimen.

»Ein Kind. Ihre eigenen Kinder dienen als Gegenmittel?«

»Ja.«

»Wie machen sie das?«

»Sie verpassen dem Kind eine Überdosis Hochspannung.« Kron sagte das, als sei es völlig normal. »Sie nehmen die schwache Dosis in sich auf und entwickeln so einen temporären Schutz.«

»Sie töten ihre eigenen Nachkommen?«

»Ja. Um zu überleben. Ohne antiretrovirale Medizin schreitet ihre Krankheit weiter voran, und sie sterben eines grausamen Todes.« Er kratzte sich am Bart. »Wenn sie also ein Kind weiterleben lassen, so wie in diesem Fall, dann wird der Nachkomme ihnen zum Verhängnis. Die DNA von Erwachsenen ist der Auslöser für den Ausbruch der Krankheit. Was für eine Zwickmühle!« Kron schien unbeeindruckt. »Wie oft sie wohl nachlegen müssen?« Diese Frage war mehr an ihn selbst gerichtet als an Jonas.

»Dann bin ich einer von ihnen.«

»Genau.«

»Dann müsste ich ja krank sein.«

»Ja, und ob. Das ist Teil deines Erbes. Aber du warst über längere Zeit gehemmt, daher ist es schwer zu sagen, wann die Krankheit bei dir zum Ausbruch kommen wird.« Sein Blick ruhte auf Jonas. »Raten ist nicht so mein Ding, das ist nicht wissenschaftlich, wir müssen uns mit der Definition *in Zukunft* begnügen.«

»Und mein Vater will mich töten?«

»Dein Vater dachte, er hätte das schon längst erledigt. Aber jemand hat dich versteckt, der dich dann in die Höhle des Löwen geschmuggelt hat, ohne dass uns klar war, wer du tatsächlich bist. Wir haben unsere Techniken angewandt, um dich zu hemmen. Um später deine Gene gegen deinen Vater einsetzen zu können. Unglaublich. Lass deinen Feind sein eigenes Grab graben. Applaus. Eins ist klar: Du bist kein Pappenstiel mehr. Kleine Kinder sind gerade ausreichend ansteckend, aber große Kinder sind tödlich. Du bist eine tickende Bombe, erblich gesehen.«

Paul Kron grinste. »Du brauchst deinem Vater nur einmal zu nahe zu kommen, dann stirbt er. Ein Huster genügt vielleicht schon, eine Tröpfcheninfektion, was weiß ich. Wenn er genug von deiner DNA abbekommt, ruft das sein Immunsystem auf den Plan. Den Rest erledigt die Natur.«

Jonas brachte kein Wort heraus. Eine erschreckende Logik tat sich auf, durch die alles, was passiert war, einen Sinn bekam.

»Das ist nur eine Arbeitshypothese, aber ich habe selten Unrecht. Wenn das Tribunal wüsste, was ich weiß, dann wäre ich jetzt nicht mehr am Leben. Ich kann euch helfen, vielleicht kann ich dir bei deinen zukünftigen Beschwerden helfen.« Kron befeuchtete seine Lippen. »Ich bekomme einen trockenen Mund vom vielen Reden, ich brauche Wasser.« Kron erhob sich und zog die Jacke fester um sich. Er war fertig.

Als Jonas und Kron herauskamen, saß Maersk in der kleinen Bibliothek und blätterte in einem Buch. Leander lehnte sich an die Wand. Misstrauisch sah Kron sie an.

»Was hat er gesagt?«, fragte Leander.

»Gib mir die Axt«, sagte Jonas.

Leander reichte sie ihm.

»Du hast versprochen, mich zu schonen.«

Jonas nickte.

Dann drehte er sich um, öffnete das Siegel und schubste Kron in die Webarbeit. Zielsicher hieb er die Axt zwischen Wand und Siegel und stemmte sich mit aller Kraft gegen den Axtschaft. Energieimpulse waberten zwischen ihm und der Webarbeit hin und her, als er die kleine Metallplatte aus der Wand löste. Es zischte, das Licht flackerte, dann war alles wie vorher. Jonas ließ das Siegel fallen und ging hinaus.

Eldh war auf dem Weg zur Kungliga Biblioteket. Sie hatte eine halbleere Flasche Schnaps im Auto gefunden und sich mit ein paar Schlucken gestärkt, um in Fahrt zu kommen. Sie wollte keinen Rückfall erleiden, aber jetzt hatte sie keine Zeit, um nüchtern zu werden. Es passierte zu viel um sie herum, und ein Brummschädel und Angst waren schlechte Berater. Die Scham angesichts der Ereignisse des Vortages bei Adrian lag unter einer dünnen Firnisschicht aus Selbstverachtung. Für ihr Verhalten gab es keine Entschuldigung. Er hatte sein Kind verloren, und seine Frau lag im Koma, und Eldh war mit ihrem Selbstmitleid mitten hineingetrampelt. Sie spülte ihre Scham mit einem letzten Schluck hinunter, warf zwei Päckchen Kaugummi ein, parkte rückwärts in eine Lücke in der Birger Jarlsgatan und ging in die Bibliothek. Der Dame am Tresen schenkte Eldh ein liebenswertes Lächeln und suchte die richtige Abteilung. Das Einzige, was sie hatte, waren die Gemeinde Vallsjö in Dalarna um 1850 und der Name Svedberg, auf den sie im Archiv gestoßen war. Da es keine eindeutigen Treffer gab, benötigte sie weitere Informationen. Als sie sich durch die Lokalzeitungen arbeitete, stieß sie in der *Mora Nya Tidning* vom 16. September 1868 auf eine Notiz über den Hüttenwerksbesitzer Anders Svedberg und das neue Schweden. In einem anderen Artikel ging es um das dritte Hüttenwerk von Svedberg in Svala. Außerdem wurde er in der Stockholmer Presse in einigen

Artikeln über Persönlichkeiten des neunzehnten Jahrhunderts erwähnt, die sich um die Entwicklung der Gesellschaft verdient gemacht hatten. Die aufputschende Wirkung des Alkohols ließ allmählich nach, und Müdigkeit kam über Eldh. Sie fand einen Kaffeeautomaten, leerte drei Becher und setzte ihre Recherche fort.

In der Bibliothek war es still. Akademiker und ehrgeizige Studenten gingen zwischen den Regalreihen hin und her, um ihren Wissensdurst zu stillen. Wenn das stimmte, was sie im Archiv gefunden hatte, dann bestand zwischen den Ausgebrannten und einem Ereignis in Vallsjö ein Zusammenhang. Gab es noch offene Fragen? Im Archiv war von einer Mutter und zwei Töchtern die Rede gewesen. Liv Larsson war vermutlich die Weberin, die sie auf Skeppsholmen getroffen hatte, aber wer war dann ihre Schwester Signe? War sie noch am Leben? Die Webarbeiten waren nicht so wie die bei dem Ritualmord, aber es hatte Übereinstimmungen gegeben, vielleicht hatte die Alte etwas verheimlicht. Wenn Signe noch lebte, musste Eldh sie finden. Vielleicht gab es noch andere Spuren, die sie übersehen hatte.

Sie wandte sich einer anderen Abteilung zu. Es gab Regalmeter mit Erzählungen, Büchern und Zeitzeugenberichten aus Dalarna. Sie nahm auf gut Glück ein paar Bücher heraus und setzte sich. Als sie einen Stapel durchgesehen hatte, stieß sie auf etwas Interessantes. *Der Vallsjömord – die letzte Hexenverbrennung in Schweden*. Eldh hatte ähnliche Berichte gelesen, Zeugenaussagen, die über Jahrhunderte hinweg von Begegnungen von Menschen mit Wesen von Eldhs Art berichteten. Das Ende war immer das gleiche. Früher war es härter gewesen. Sie verurteilte niemanden deswegen, so war das Naturgesetz. Beide Seiten hatten gelitten. Seit Urzeiten hatten die Verborgenen sich hinter den Mythen versteckt. Eldh hatte zahlreiche Sagen und Erzählungen neu interpretieren müssen, es gab viele Perspektiven, aus denen die Geschichte noch nie betrachtet worden war. Eldh blätterte in dem Buch über Hexenverbrennung. Die Geschichte von einer Frau, die in Vallsjö vom Pöbel gelyncht und verbrannt worden war, war schrecklich. Ein Verfahren oder einen Hexenprozess hatte es nicht gegeben, aber der Autor zeigte auf, wie Gerüchte und Zeugenaussagen zu dem schicksalhaften Abend geführt hatten, an dem die Frau auf dem Scheiterhaufen gelandet war. Ihr Mann war niedergeschlagen worden und kurz darauf in einem Irrenhaus verstorben. Die beiden Töchter des Paares blieben unauffindbar, und man nahm an, dass sie in den Wald geflohen und erfroren waren, oder, was wahrscheinlicher war, dass ihre Mutter sie dem Satan geopfert hatte. Eldh wurde übel. Sie dachte darüber nach, wie es ihren Vorfahren ergangen sein musste. Wer von ihnen hatte zu den Verborgenen gehört? Vor wem oder was war er oder sie geflohen? Oder hatte es sich um einen Täter gehandelt? Wer war sie gewesen in einer anderen Zeit? Gejagte oder Jägerin? Sie hatte keine Ahnung. Ihr Stammbaum endete vor zwei Generationen in Småland, ohne einen Hinweis auf verborgenes Blut. Mehr wusste sie nicht.

Der Brummschädel machte sich bemerkbar, und die Übelkeit wurde immer penetranter. Sie brauchte dringend etwas im Magen. Salz und Fett standen ganz oben auf ihrer Liste. Da Eldh nichts mehr in ihren Schädel bekam, schnappte sie sich ein paar Bücher aus dem Stapel, die ihr interessant erschienen. *Aus dem Leben eines gestandenen Weibsbilds aus Dalarna* von Lillemor Arvidsson und ein anderes Buch mit Gerichtsverfahren in Falun 1854-72. Sie riss die Schutzumschläge mit den Magnetstreifen ab und stopfte die Bücher in ihre Taschen.

Eldh war überrascht, dass sie nicht aufgehalten wurde. Aber

es war nicht das erste Mal, dass sie gutgläubige Beamte hinters Licht führte. Die hochgewachsene blonde Frau gehörte einfach nicht in die Kategorie Verdächtige. Sie warf die Parkbuße zu den anderen Knöllchen und kaufte auf der Fahrt ins Büro ein Sixpack und einen Kebabteller und warf sich aufs Sofa.

Eldh wachte auf, als es an der Tür klopfte. Die Klingel hatte vor Jahren schon ihren Geist aufgegeben. Mühsam stemmte sie ihren bleiernen Körper vom Sofa hoch und schleppte sich zur Tür. Es war Barbro von der Herberge.

»Schlechter Tag?«

»Mmm.«

»Kann ich reinkommen?«

Eldh schlurfte zum Sofa zurück. Sie hatte einen fürchterlichen Kater und machte ein Bier auf, das war zumindest so etwas wie ein Anfang.

»Nimm dir eins.«

»Nein, danke.« Barbro holte ihre Zigarettenschachtel heraus. »Ist es okay, wenn ich rauche?«

Es sah sowieso schon schlimm genug aus in dem kleinen Büro. Leere Flaschen, Müll, dreckiges Geschirr, Reklame, Zeitungen, Bücher, Stadtpläne, Essensreste und Klamotten lagen überall verstreut. Der einzige Kontrast zu diesem Chaos waren die sanften Töne aus dem Radio. Eldh öffnete die Styroporschachtel mit dem Kebab und aß das kalte Fleisch. Barbro hatte viel durchgemacht in ihrem Leben und viel gesehen, und in diesen vier Wänden war das nicht anders. Ihre Beziehung zueinander war simpel. Beide waren ganz unten gewesen, hatten sich aus dem Sumpf gezogen und versucht, das Leben für die anderen zu einem besseren Ort zu machen. Ganz einfach. Fragen nach dem Wie, Wo und Warum waren immer überflüssig gewesen. Eigentlich wussten sie nichts voneinander, aber es herrschte stillschweigendes Einverständnis zwischen ihnen, das von den gemeinsamen schlechten Erfahrungen herrührte, sie vertrauten sich blind.

»Ich habe schlechte Neuigkeiten.«

»Viel schlimmer kann es ja nicht mehr werden.«

»Wirklich so schlimm?«

»Es war schon mal besser.«

»War es schon mal schlimmer?«

»Ja.«

»Gut.« Barbro nahm neben Eldh Platz. »Dann verkraftest du das auch noch.« Das war keine Aufmunterung, sondern eine Feststellung. Mitleid war in dieser Situation kein konstruktives Gefühl.

»Wenn du willst, kannst du bei mir wohnen, bis es wieder einigermaßen geht.«

»Das ist keine schlechte Nachricht.«

»Nein, das ist ein Angebot.«

»Danke, ich komm schon klar.« Eldh schleckte sich die Knoblauchsoße von den Fingern und trank aus der Bierdose. »Ich muss nur ein paar Dinge klären, dann bin ich wieder ganz die Alte.«

»Gut.« Barbro drückte ihren Glimmstängel in einer alten Pizzaschachtel aus und steckte sich eine neue Zigarette an. »Ich habe die anderen Adressen gecheckt und die anderen gebeten, auf deine Schützlinge ein Auge zu haben.«

»Und?«

»Maria hat angerufen. Sie mussten Erna heute in die Klapse einweisen, das Gleiche wie bei Gunnar, Wernicke-Korsakow-Syndrom.«

»Bist du sicher?« Eldh ließ ihren Blick über die Stadtpläne

und Notizen an der Wand schweifen. Ihre Schläfen pochten, und sie kniff die Augen zusammen. »Letzten Donnerstag habe ich sie draußen auf Djurgården gesehen.«

»Ein paar Wachmänner haben sie im Vergnügungspark Gröna Lund gefunden.«

Eldh seufzte tief.

»Verdammt.«

»Das tut mir leid«, sagte Barbro.

»Du kannst ja nichts dafür.«

»Du auch nicht, du tust, was du kannst.«

»Wirklich?« Eldh schüttelte den Kopf. Alles war scheiße. »Verflucht!« Sie schleuderte eine Pizzaschachtel an die Wand. Teigränder und Olivenkerne flogen durch die Gegend. Ein gelbes Bonbonpapier segelte durch die Luft. Das zerknitterte Papier von Gunnars Pfefferminzdragee. Ihm hatte sie auch nicht helfen können. Eldh griff sich eine halbvolle Flasche Baileys und trat vor die Wand mit den Stadtplänen. Diese vielen Stecknadeln. Diese vielen Leben. Alles, was sie anpackte, ging den Bach runter. Sie nahm einen großen Schluck und warf die Flasche an die Wand, wo sie zersplitterte. Dann riss sie die Stadtpläne in Fetzen.

Eldh rutschte an der Wand hinunter und hockte sich auf den Boden. »Warum machen wir das hier eigentlich?« Sie hielt das gelbe Bonbonpapier in die Höhe. »Ist das alles, was von einem Leben bleibt?«

Der Pferdehändler hatte die gleichen Bonbons gegessen. Und hatte sie ihm helfen können?

Im Radio wurde Chris de Burghs unsterbliche Ballade von Mark Knopflers Gitarrengezupfe *Brothers In Arms* abgelöst.

»Darf ich eins?«, fragte Barbro nach einer Gesprächspause. Sie hielt ein Dragee hoch. »Die schmecken gut. Mein Chef wohnt normalerweise da, im St. Paul. Zentrale Lage und trotzdem günstig.«

»St. Paul?«

Barbro fischte einen Pantoffel aus der Unordnung und zeigte ihn Eldh. Sie war vorn mit einem Schwert und einem Buch bestickt.

»Ist das nicht deiner?«

Plötzlich fiel es Eldh wie Schuppen von den Augen. Es gab einen Zusammenhang. Dass sie da nicht schon eher draufgekommen war. Sie erhob sich, kramte, bis sie die Tüte mit Gunnars Habseligkeiten fand, und leerte sie auf dem Sofatisch aus.

Barbro hatte sich noch eine Zigarette angesteckt und beobachtete Eldh neugierig.

Eine Taschenlampe, mehr Dragees, der zweite Pantoffel und Stifte mit den Attributen des Apostel Paulus, Schwert und Buch. Gegenstände aus dem Hotel St. Paul. Der Pferdehändler hatte die gleiche Süßigkeit bei sich gehabt und zudem seinen Schlafsack in einen Bademantel von ebenjenem Hotel geknotet. Warum St. Paul? Eldhs Blick fiel auf den Schlüssel des Stromkastens. Und wenn sie falsch kombiniert hatte und der Schlüssel gar nicht zu einem Stromkasten gehörte? Das Hotel lag bei Slussen, in einer Gegend, wo man mehrere Scheue gleichzeitig antreffen konnte. Eigentlich waren sie Einzelgänger, blieben für sich, hatten ihr Revier, wo sie bettelten, Essen und Schlafplätze fanden. In der Umgebung von Slussen war Eldh im Laufe der Jahre auf viele von ihnen gestoßen. Sie hatte nicht weiter darüber nachgedacht, geglaubt, das habe mit der Geographie zu tun, hier sei der beste Platz, um zwischen Södermalm und Gamla stan rein- und rauszugelangen. Aber was, wenn es da noch etwas anderes gab? Etwas, zu dem jeder Zugang hatte, in der Nähe von St. Paul.

Eldh wandte sich so abrupt um, dass sie sich den Kopf an der Lampe stieß.

»Zieh die Tür hinter dir zu. Ich muss weg«, rief sie und griff nach ihrer Jacke.

»Klar.« Widerwillig betrachtete Barbro den Berg mit schmutzigem Geschirr, ehe sie sich eine ansteckte. »Ich kümmre mich drum.«

Ich muss nachdenken.« Jonas trat aus dem Ventilationsschacht.

»Was hat er gesagt?«, wollte Leander wissen.

»Signe hatte Recht. Mein Vater dachte, dass er mich vor fünfundzwanzig Jahren erledigt hat. Und jetzt versucht er, seinen Fehler auszubügeln. Wenn ich nicht sterbe, kann es nämlich sein, dass es ihn erwischt. Zufrieden?«, blaffte er. »Jetzt brauche ich erst mal meine Ruhe.«

»Gut.«

»Und ich will nicht, dass der hier mir nachstellt.« Jonas glotzte zu Matteus hinüber. »Ich will allein sein.«

»Ist gut, hab ich gesagt.« Leander legte ihm die Hand auf die Schulter. »Pass auf dich auf. An Bord reden wir weiter.«

Jonas setzte die Kapuze auf und ging den Valhallavägen entlang. Ihm war alles egal, er wollte einfach nur in Ruhe gelassen werden. Windböen drängten sich zwischen die parkenden Autos, das Laub raschelte. Hoch über ihm schoben sich dicke schwarze Wolkenbänke über den Nachthimmel. Er wollte nichts mehr tun, sich in die Arme seiner Mutter schmiegen und weinen, wieder ein kleiner Junge sein. Aber jetzt war alles anders. Auch wenn er dem widerlichen Winzling nicht Recht geben wollte, hatte er sofort begriffen, dass er die Wahrheit gesagt hatte. Seine Mutter, und Krons blasses, selbstgefälliges Lächeln, als er die Worte ausgesprochen hatte. Es hatte Zeiten gegeben in Jonas' Leben, als er viel über seinen Vater gegrübelt hatte. Aber auch was seine Mutter betraf, hatte sich unmerklich ein winziger Riss aufgetan. Ein letzter, leiser Zweifel war geblieben, aber welches Kind malt sich nicht einmal aus, dass es vertauscht worden ist? Er hatte es sich einfach gemacht und alles seinem Vater in die Schuhe geschoben. Jedweden Zweifel lastete er dem Unbekannten an. Aber nun brach alles in sich zusammen. Natürlich hatte Kron Recht, und Jonas hasste ihn dafür. Hasste er auch sie? Das könnte er nie über sich bringen. Sie war seine Mutter, egal, was das genetische Erbe sagte.

Wie so oft hatte sein Unterbewusstsein ihn nach Hause geleitet. Wieder wanderte er durch sein Viertel, im Kopf nichts als Chaos. In den Fußstapfen seiner Kindheit ging er an einem Lampengeschäft vorbei, wo damals sein Kindergarten gelegen hatte. Ein Klassenkamerad hatte gleich nebenan gewohnt. Sein Vater war Architekt gewesen, und bei ihm zu Hause gab es Honig auf selbstgebackenem Brot, während Jonas mit gekauftem Brot und eingeschweißtem Käse vorliebnehmen musste. Er kam an der Schule vorbei, die schwarzen Jahre, der Fußballplatz unerreichbar. Das Ausgegrenztsein. Wer war er überhaupt? In einem Videoverleih hatte er zum ersten Mal einen Lutscher geklaut. Er erinnerte sich noch immer an den süßklebrigen Geschmack der Schuld.

Es war spät, und der Verkehr hatte abgenommen. Keine Teenies, die einen Zeitvertreib suchten, nur einsame Spaziergänger in der Kälte. Im Schutz der Dunkelheit schlug er den Weg zum Karlavägen ein, und plötzlich stand er vor Rebeckas Haustür. Die Wohnung lag dunkel da. Leer. Verlassen. Tot.

Rebecka.

Er hatte große Schuld auf sich geladen. Er hatte versucht zu verdrängen, dass er der Grund dafür war, dass es sie nicht mehr gab. Wenn er keinen Kontakt mit ihr aufgenommen hätte, wäre sie noch am Leben. Und er musste das akzeptieren, um wieder nach vorn schauen zu können. Es war viel geschehen seitdem. Alles hatte sich verändert, die Welt hatte sich verändert, aus ihm war ein anderer geworden. Und er war die Ursache dafür, auch wenn er nichts dafür konnte. Aber er würde nie die Gelegenheit haben, ihr das zu sagen. Hätte sie seine Erklärung akzeptiert, dass er ein Verborgener war, einer anderen Art angehörte, oder hätte sie nach einer anderen Wahrheit gesucht? Das trockene Lachen. Ihr wunderbares, trockenes Lachen. Der Zynismus, den sie wie süßsauren Zucker versprühte.

Die Tür ging auf, und ehe er sich's versah, stand er Rebeckas Freund Adam Auge in Auge gegenüber. Jonas hatte Adam nie auf dem Schirm gehabt, er war für ihn stets nur eine Leerstelle gewesen, irgendwo neben Rebecka. Ein Flüchtigkeitsfehler in der Peripherie.

Adam erstarrte für den Bruchteil einer Sekunde und blickte ihn angsterfüllt an. Dann stolperte er einen Schritt zurück, drehte sich um und rannte los.

»Adam!« Jonas wusste nicht, was er machen sollte. »Warte!«

In Panik hetzte Adam den Gehsteig entlang.

»Es ist nicht so, wie du denkst!« Jonas hatte die Verfolgung aufgenommen, er musste es erklären, Adam begreiflich machen, dass das, was in den Zeitungen stand, falsch war. Im Tessinparken hatte er Adam eingeholt und packte ihn am Arm.

»Adam, bitte, es ist nicht wahr. Ich war es nicht.«

Entsetzt rief Adam um Hilfe.

»Sei doch still!« Jonas wollte ihm nicht weh tun, hielt ihm den Mund zu und rang ihn zu Boden. Er zappelte wie ein Fisch. »Ich war es nicht, das musst du mir glauben!« Adams weit aufgerissene Augen glänzten in der Dunkelheit. »Beruhige dich.« Es war, als würde man versuchen, mit einem verängstigten Kind vernünftig zu reden, aber Adam musste ihm einfach zuhören, damit Rebecka durch ihn alles verstehen und Jonas verzeihen konnte. »Was in den Zeitungen steht, stimmt nicht. Ich habe ihr nichts getan, ich könnte ihr nie etwas tun, das musst du mir glauben!« Wie sollte er erklären, was passiert war? Die Wahrheit war unsäglich. »Wir sind mitten in eine Auseinandersetzung geraten. Die haben auf uns geschossen, auf sie und mich, ich weiß nicht, wieso, alles ist eine einzige Lüge, ich habe nichts getan. Ich würde ihr nie etwas antun. Rebecka wollte mir helfen. Verstehst du?« Adam hatte aufgehört, sich zu wehren. »Sie wollte mir helfen, und dann waren wir plötzlich mittendrin im Schlamassel. Das ist so verdammt ungerecht.« Jonas konnte kaum aus den Augen gucken, Tränen tropften auf Adams Gesicht. »Sie wollte mir nur helfen, und diese Idioten …« Unbeabsichtigt presste er Adams Schultern auf den Boden, sein Temperament ging mit ihm durch. »… diese Idioten haben sie einfach kaltgemacht, sie war nichts für die. Klar? Diese Schweine werden dafür bezahlen. Ich will Vergeltung!« Er wusste nicht mehr, mit wem er redete, mit Adam, Rebecka oder sich selbst. Adam wimmerte vor Schmerz unter seinen Händen.

»Bitte, ich will nicht sterben.«

»Entschuldige, entschuldige, es tut mir leid.« Jonas ließ ihn sofort los. »Entschuldige, Adam. Ich hab's nicht so gemeint. Ehrlich.« Jonas rannen Tränen über die Wangen, und er begann zu schluchzen.

»Lass mich«, sagte Adam, rappelte sich auf und taumelte rückwärts. »Reicht es nicht, dass du sie umgebracht hast?«

»Nein, das ist nicht wahr. Ich habe sie geliebt. Kapierst du das? Ich habe sie auch geliebt.«

Jonas sank auf das nasse Laub und nahm unter Tränen Abschied. Rebecka, seine Mutter und sein Großvater. Die Einzigen, die ihm in seinem Leben etwas bedeutet hatten. Jetzt konnten sie ihn festnehmen, mit ihm machen, was sie wollten, das spielte für ihn keine Rolle mehr. Aber er musste seine Mutter wiedersehen, wieder zu sich selbst finden. Er ging in das Gebäude neben Rebeckas Wohnung und trat auf den Innenhof. Sein Hof. Sein Zuhause. Seine Kindheit. Die Spiele. Die Pfade im Gebüsch. Jonas sah auf. Der Balkon war leer. Die Balkontürscheibe war noch immer kaputt. In einer Ecke steckten noch ein paar Scherben wie eine ausgeschlagene Zahnreihe. Jonas lehnte sich an die Hauswand und ließ seine Kindheit Revue passieren. Er brauchte einen festen Halt, etwas, das ihm keiner nehmen konnte und nur zu ihm gehörte. Er schloss die Augen und ließ seinen Erinnerungen freien Lauf. Freunde, Feinde, Erwachsene, Eltern, Opas Stimme, wenn er ihm vorlas, Häuser, Treppenaufgänge, Bibliotheken, das Antiquariat um die Ecke, sein Zimmer. Sämtliche Erinnerungen an seine Mutter zogen vor seinem inneren Auge vorbei. Die Starke, die Gebrochene, die Schwache. Es waren weder gute noch schlechte Erinnerungen, nur seine eigenen Momentaufnahmen.

Glasscherben knirschten, und er öffnete die Augen wieder. Da stand sie. Sie hatte Mühe mit dem Feuerzeug, bis es schließlich hinter ihrer gewölbten Hand das ausdruckslose Gesicht erhellte. Der Wind fand ein Schlupfloch, und die Flamme erlosch, aber sie war flink, und die Zigarette begann zu glühen. Schließlich hatte sie jahrelange Übung darin und die Raucherei auf dem Balkon zur Kunstform erhoben. Jonas rührte sich nicht. Er wünschte, diese Zigarette möge nie zu Ende gehen. Wie viel hatte sie gewusst? Hatte sie etwas geahnt? Er wollte zu ihr hochgehen, sie umarmen und seinen Kopf an ihre Schulter legen. Er wollte ihr alles erzählen, damit der einzige Mensch, der ihm etwas bedeutete, ihn verstand. Wollte ihr sagen, dass es keine Rolle spielte und dass sie seine Mutter war, egal, was die Genetik sagte. Aber das musste warten. Vorher hatte er mit seinem leiblichen Vater noch ein Hühnchen zu rupfen. Nachdem sie fertiggeraucht und über die Glassplitter wieder in die Wohnung gegangen war, drehte er sich um. Er fühlte sich gewappnet für die Zukunft. Er hatte eine Geschichte, ein Leben. Er war jemand, und das konnte ihm keiner nehmen. Es war an der Zeit, nach vorn zu blicken.

Der Innenhof lag verlassen da. Die Lampe über dem Eingang flackerte. Ein Nachtfalter schwirrte vorbei. Hinter einem Fenster im dritten Stock flimmerte blaues Licht von einem Fernseher. Ein Schatten löste sich aus einem Gebüsch und glitt lautlos über den Boden. Witterte an der Wand, wo Jonas in Gedanken versunken gestanden hatte. Behutsam öffnete die Gestalt dieselbe Tür, durch die Jonas herausgetreten war, und verschwand.

Der Wind fuhr in ihr Haar, als Eldh von der Götgatan in die St. Paulsgatan einbog. Vor dem Hotel stand ein Taxi und wartete mit laufendem Motor. Das Personal brauchte sie nicht zu fragen, ob es etwas gesehen hatte. Stattdessen ging sie um das Hotel herum bis zur Rückseite. Hier lag nur eine kleine Seitenstraße, in die sich kaum jemand verirrte, aber ein Straßenzug weiter war Bewegung und Leben wie in jeder beliebigen Großstadt. Eine einsame Straßenlaterne schwankte im Sturm. An der Warenannahme standen übervolle Müllcontainer. Hier ließ sich mit Sicherheit so dies und das finden, zurückgelassen von Hotelgästen, dachte sie und nahm Gunnars Taschenlampe zur Hand. Lebensmittel, Süßigkeiten, Pantoffeln, Stifte. Eine Ratte huschte über die Pflastersteine. Die Fassaden waren mit Graffiti beschmiert. Nasses Laub und zerfledderte Plakate lagen in den Ecken, wo der Wind sie nicht forttragen konnte. Der Schlüssel passte nicht zu dem Stromkasten, aber sie wurde auf etwas anderes aufmerksam. Sie riss ein Konzertplakat von der Wand, das einen gesprayten Kreis mit einem Strich darin teilweise verdeckt hatte. Das war kein Nullachtfünfzehn-Graffiti, sondern genau das, wonach sie suchte. Ein Schild. Früher wurden solche Schilder als Hinweis in die Torpfosten oder Holzzäune geschnitzt. Ein mildtätiger Bauernhof, wo man Arbeit finden konnte, bissige Hunde, ein schöner Heuhaufen für die Nacht, oder man musste für eine Mahlzeit eine traurige Geschichte erzählen. Geheime Zeichen für die Initiierten. Die Idee war dieselbe geblieben, die Werkzeuge waren neu. Dieses Schild hier war ein Wegweiser, ein Kreis mit einem Winkel, der die Richtung anzeigte. Sie war ganz nah dran. Hinter dem Hotel in der St. Paulsgatan, die etwas erhöht lag, gab es eine Nische, die von der nahen Fußgängerzone nicht einsehbar war. Hinter einem Gitter brummte die Ventilation, dort hatte jemand zwei waagerechte Linien aufgesprayt. Bedeutete es Schlafplatz oder Kirche? Sie erinnerte sich nicht mehr an alle Geheimzeichen. Eldh probierte Gunnars Schlüssel.

Sie war fast am Ziel.

Hinter dem Gitter lag ein Kabuff, in den vier große Ventilationsrohre mündeten. Rohre und Leitungen zweigten in alle Richtungen. Über eine kleine Aluleiter erreichte sie einen schmalen Gang, der nicht gerade für jemanden von ihrer Größe geschaffen war. Eldh musste sich durchquetschen und gebückt gehen. Sie klemmte sich die Taschenlampe zwischen die Zähne und zwängte sich in einen engen Schacht, wo der Wegweiser wieder auftauchte, und kroch auf Schotter weiter, bis sich der Raum über ihr auftat. Es roch nach Abgasen. Durch Risse im Betonboden drang Licht in die Kaverne und spiegelte sich an den feuchten Wänden, von denen Wassertropfen hinabrannen. Sie stand auf dem Betondach des Söderledstunnels. Riesige Ventilatoren standen paarweise auf dem Boden und rotierten unregelmäßig. Unwirklich langsam saugten sie die Abgase aus dem Tunnel.

Sie sah nicht gleich, wo es weiterging, aber ein Stück entfernt bei einem kleinen Durchgang entdeckte sie das nächste Zeichen. Sie zwängte sich hindurch und ging durch zwei kolossartige, sakral wirkende Betonbögen hindurch und traf auf Backsteinmauern, die in die Dunkelheit wie ein unterirdischer

Tempel aus dem Fundament der Stadt emporragten. Sie fragte sich, wie alt das alles sein mochte. Städte wurden auf Städte gebaut, das geriet rasch in Vergessenheit, aber unter Häusern, Straßen und Plätzen gab es Grundmauern, Ruinen und Hinterlassenschaften der früheren Bewohner. Zeitreste. Das letzte Zeichen führte sie wieder in einen Raum.

Das Dach bestand aus einem niedrigen Backsteingewölbe, und obwohl sich Eldh beinahe den Kopf gestoßen hätte, wirkte es imposant. Es war zwanzig Meter breit, führte weiter in die Dunkelheit, wo der Schein der Taschenlampe die Schatten nicht mehr verscheuchen konnte. Die Erde vibrierte, als die U-Bahn nur wenige Meter unter Eldh einfuhr. Der Boden war das Dach der U-Bahnstation. Der Lichtkegel tanzte über die Wände, aus den Fugen tropfte es auf alte, verrostete Abwasserrohre. Algen und Pilze bildeten rostrote, grüne und gelbe Muster an den unterirdischen Wänden, die ebenfalls mit alten und neuen Graffiti übersät waren.

Auf einem dicken Eisenrohr lagen Gegenstände verstreut. Es sah aus wie eine archäologische Ausstellung von Alltagsgegenständen. Ein Kamm, ein Haargummi, eine Tablettenschachtel, Plastikperlen und ein Schuh lagen feierlich nebeneinander, als hätte jedes Stück eine Geschichte zu erzählen. Eldh leuchtete am Rohr entlang, erhaschte einen Blick auf eine Nische. Eine Weinflasche, ein Pappbecher, zwei grüne Büroklammern und eine Haarbürste. Sie entdeckte mehrere Nischen und Rohre, überall die gleichen merkwürdigen Stillleben. Handschuhe, Kerzen, rostige Muttern und Kuscheltiere starrten sie an. Weiter hinten im Gewölbe gab es eine Nische mit einer alten blauweißen Konservendose von Domus mit dem Ewigkeitszeichen, die noch aus den Achtzigern stammte oder vielleicht sogar noch älter war. Eldh setzte ihren Weg fort. Unter ihren

Sohlen das Rauschen und die Erschütterungen, als die nächste U-Bahn unter ihr entlangfuhr. Auf einem Sockel in der Backsteinwand ging die seltsame Ausstellung weiter. Spinnennetze schimmerten. Eine Vinylplatte von Elvis, ein Rentierhorn, eine Flasche mit trübem Inhalt. Jetzt konnte sie das Ende des Raumes ausmachen. Der Lichtkegel fiel auf eine Kaffeedose mit der Aufschrift *Lindmans Rösterei*, halb bedeckt von weißlichen Pilzen. Daneben ein Weckglas mit Lebensmittelkarten aus dem Krieg. Diese Dinge mussten nur wenige Jahre nach der Fertigstellung des Tunnels Mitte der Dreißiger hier deponiert worden sein.

Diese kleinen Dinge nahmen sie mit auf eine Zeitreise. Sie machte die Taschenlampe aus und ließ sich von den Andenken forttragen, die sie gesehen hatte. Der modrige Geruch von Erde und Gestein wirkte beruhigend auf Eldh. Außerdem roch es schwach nach Staub, und sie war umgeben von den Habseligkeiten der anderen. Sie empfand Ehrfurcht, und das alles erinnerte sie an Räucherwerk, Altare und unterirdische Grabstätten. Eldh zuckte zusammen. Ein Grab. Ein Mausoleum. Sie machte die Taschenlampe wieder an. Die Gegenstände lagen in Gruppen und nach Themen geordnet. Ein Bleistiftstummel, eine Zange und ein paar rostige Nägel. Eine Mundharmonika und ein Geigenbogen. Zwei Würfel und eine Handvoll Münzen. Sie hatten Persönlichkeiten gehört, Vorfahren. Chronologisch bewegte sie sich durch die Zeit, Lackbilder, Salzstreuer, Reflektoren in Bärenform und Schlüssel. Sie versuchte, einen Anfang zu finden. U-Bahnkarten, Lebensmittelverpackungen, drei Zehnkronenmünzen, sie näherte sich der Gegenwart. Die Dinge standen nun immer dichter nebeneinander. Vier Wandregale, drei davon voll, im vierten lagen nur drei kleine Sammlungen. Die erste bestand aus einem Plüschhasen und einem

Feuerzeug, die zweite aus einem geöffneten Kuvert mit Briefmarke, abgestempelt vor einer Woche. Briefmarken. Gunnars Briefmarkenschachtel. Hatte sie ihm gehört? Daneben lag ein Spielzeugpferd aus Plastik auf einer Tabaksdose. Der Pferdehändler. Die letzte Sammlung bestand aus einem Einlassband von Gröna Lund und einer Glühbirne. Die Leuchte, Ernas Spitzname. Erna hatte erst vor kurzem ihre Welt verlassen. Eine Portion Kautabak lag daneben, sie war noch feucht. Jemand musste hier gewesen sein. Sie drehte sich um.

»Hallo?« Ihre Stimme hallte im Gewölbe wider. »Ist da jemand? Ich tue euch nichts.« Keine Antwort. Alles, was sie hörte, war dumpfer Verkehrslärm.

So vieles wusste sie nicht über die Scheuen. Über ihre Kultur, Sprache, Rituale, ihren Zusammenhalt. Es versteckte sich so viel mehr hinter ihren wettergegerbten Gesichtern, als sie geglaubt hatte. Wenn also jede kleine Sammlung einen Scheuen repräsentierte, der von ihnen gegangen war, dann gab es diese Totenandenken seit den Vierzigerjahren. Pro Dekade eine Handvoll im Schnitt. An sich nichts Ungewöhnliches, auch Verborgene kamen ums Leben. Natürlich mehr in den Kriegswirren, aber Ende der Achtziger ein rasanter Anstieg. Seit langem waren keine größeren Gruppen nach Stockholm eingewandert, das war also keine Erklärung dafür, dass die Anzahl der Verschwundenen gestiegen war. 1987 oder 1988, das ließ sich nicht genauer eingrenzen, waren neun Personen untergetaucht, ein markanter Einschnitt. Eldh konnte sich an nichts Besonderes aus diesen Jahren erinnern. Danach waren es mindestens fünf im Jahr, eine besorgniserregende Entwicklung. In den letzten vier Jahren war die Zahl kontinuierlich um zwei bis drei pro Jahr gestiegen. Eldh entdeckte einen gelben Sticker vom Landesmuseum, ein leere Milchpackung, das

Verfallsdatum von letztem Sommer. Das musste Roland sein. Das Kalb von Surahammar. Er hatte sich seit dem Frühjahr nicht mehr blicken lassen. Danach waren noch dreizehn weitere Sammlungen dazugekommen. Eldh lief es eiskalt den Rücken hinunter. Das durfte nicht wahr sein. Dreizehn Stück. Sie musste sich an der Wand abstützen, um nicht das Gleichgewicht zu verlieren. Das Ausmaß ihrer Unzulänglichkeit wurde ihr mit einem Schlag klar.

»Verzeiht mir«, flüsterte Eldh.

Borg hatte Recht.

Sie war eine Entrümplerin.

Eine simple Entrümplerin, die gehorsam das ausführte, was ihr aufgetragen wurde.

Ein Mann lehnte am Kaminsims und telefonierte. Er ließ ein kobaltblaues Schneckenhaus zwischen den Fingern hin und her gleiten. In dem Zimmer hingen überall Jagdtrophäen, ausgestopfte Tiere, Skizzen, topographische Karten, es gab alte Schiffskoffer, Vitrinen und Masken exotischer Kulturen. Es erinnerte an ein ethnographisches Museum, aber es konnte auch die Sammlung eines Entdeckungsreisenden sein.

»Hast du sie denn alle ausfindig gemacht?«

Kurze Klopfzeichen am anderen Ende der Leitung.

Im Kamin brannte ein Feuer, und vor den Fenstern hingen schwere grüne Vorhänge, als hätte der Winter bereits Einzug gehalten. Der Mann schaute auf seine Uhr.

»Warte auf Verstärkung, die kommt in zwanzig Minuten. Dann muss alles kompromisslos vonstattengehen. Ich will nicht, dass die Polizei sich da einmischt. Und sei gründlich.«

Ein kurzes Klopfen als Antwort.

Er legte das Schneckenhaus neben eine Rüstung aus Kokosfasern. Ein Baseballschläger mit messerscharfen Haizähnen hing an der Wand daneben.

»Ich würde zwar gerne dabei sein, aber ich habe andere Verpflichtungen.« Der Mann nahm einen samischen Dolch und prüfte die Klinge mit dem Daumen. »Schaff das Problem aus der Welt, und erstatte mir Bericht. Keine Geiseln. Bring das Kapitel zu Ende. Den Überläufer, die Frau, alle.«

Ohne die Antwort abzuwarten, legte er auf und nahm eine perlweiße Maske aus einem klobigen Sekretär. Er seufzte, nicht resigniert, sondern weil er endlich am Ziel sein würde. Dann nahm er fünf braune Glasflaschen aus einem Schrank, die jeweils mit dem alchemistischen Symbol für Magnesium, Sulfat, Zink, Phosphor und Gold versehen waren. Er stellte sie neben die weiße Maske auf einen kleinen indischen Schachtisch aus Teakholz und Elfenbein. Warf noch einen Holzscheit ins Feuer. Funken stoben, es knackte. Dann schrieb er mühsam eine SMS.

1. PROBLEM LOKALISIERT. IN KÜRZE ELIMINIERT.
2. BLASE GEPLATZT. VORAUSSICHTLICHE NIEDERKUNFT BINNEN 24 STUNDEN. TREFFPUNKT FOLGT.

Eldh wartete, bis die Dunkelheit ganz von ihr Besitz ergriffen hatte. Zu fliehen war sinnlos. Sie war nicht unbeteiligt. Viel zu lange hatte sie weggeschaut. Unter ihr fuhr donnernd eine U-Bahn ein. Seit langem schon wurden Scheue umgebracht, ohne dass es jemanden gekümmert hatte. Am allerwenigsten sie. Wie konnte sie so etwas einfach übersehen? Eldh hatte geglaubt, dass sie an einer Überdosis gestorben, dass sie Stromjunkies waren. Sie hatte an die natürliche Auslese der Schwächeren geglaubt. Glauben wollen. Sich mit der einfachen Erklärung zufriedengegeben. Gerade sie. Zwar suchte sie seit einiger Zeit einen Mörder, hatte ihn aber bisher nur mit einigen wenigen Fällen in Verbindung gebracht. Wenn sie richtiglag und sich tatsächlich in einem Mausoleum befand, hieß das, dass über zwanzig, vielleicht sogar über dreißig Menschen in den letzten zwanzig Jahren verschwunden waren. Warum? Einerseits suchte sie nach einer Ursache, einem Muster, andererseits hatte sie kapituliert, aufgegeben angesichts ihrer Unzulänglichkeit.

Ein makabrer Gedanke nahm in ihrem Kopf Form an. Sie holte den zerfledderten Zettel hervor, auf dem sie den jeweiligen Todestag der im Herbst früh verstorbenen Säuglinge im Karolinska notiert hatte. Hoffentlich lag sie falsch. Ein Baby war am selben Abend ums Leben gekommen wie Gunnar, das war ihr nicht neu, aber es konnte auch Zufall sein. Sie machte die Taschenlampe an und suchte in den Ecken und Winkeln nach Zeitangaben. Drei weitere Daten schienen übereinzustimmen, vielleicht nicht exakt, aber ein Zusammenhang war nicht ausgeschlossen. Konnte jemand am selben Tag, an dem ein Neugeborenes ermordet worden war, einem Scheuen eine Überdosis verpasst haben? Aber warum einen anderen Verborgenen mit einer Überdosis ausbrennen? Sie konnten sich gegenseitig keine Kraft rauben, das funktionierte nur bei Menschen. Doch was passierte, wenn man einen Verborgenen mit Hochspannung auslöschte? Vielleicht wurden dabei andere Kräfte freigesetzt. Und wie konnte man diese dann nutzen? Eldh fiel die Reisetasche wieder ein, die sie im Stellwerk gesehen hatte, als sie Gunnars Mörder durch die U-Bahntunnel gejagt hatte. Dass sie da nicht gleich draufgekommen war. Die Tasche konnte eine Art Umwandler sein. Die Scheuen waren eine Kraftquelle, weitaus potenter als die menschlichen Quellen. Klar, aber warum? Was verbrauchte so viel Energie? Ein Baby zu töten wohl kaum. Nur die Weberei konnte so viel verbrauchen. Aber das, was in den Ritualen eingewebt wurde, war nichts Außergewöhnliches, wenn sie es richtig deutete. Was wurde eingewebt? Räume? Gegenstände? Ein Kostüm?

Eldh nahm die Glühbirne in die Hand, die Erna symbolisierte. Jemand hatte Erna heute eine Überdosis verpasst. Diese Einsicht schlug ein wie ein Blitz. Heute. Dann raffte Eldh sich auf, stolperte durch die Dunkelheit, bis es ihr gelang, die Taschenlampe wieder zum Leuchten zu bringen. Ein Kind. Sie musste ins Karolinska, ehe es zu spät war.

Es war mitten in der Nacht, als Jonas an Bord ging. Der Nebel war aus dem Meer gekrochen und hing zwischen den Booten und Hauswänden auf Beckholmen. Der Schein der Straßenlaternen reichte nur ein paar Meter weit, dann wurde er von der klammen Luft geschluckt. Jonas hatte einen Entschluss gefasst. Er hatte Abschied genommen und war so klar wie lange nicht. Jetzt war es so weit. Die äußeren Umstände würden nun nicht mehr über ihn bestimmen. Das Boot war dunkel, und er ging schweigend in seine Kajüte.

»Willst du mit mir schlafen?«

Jonas fuhr herum. Aisha saß splitternackt auf seiner Matratze.

»Ich bin noch Jungfrau.«

»Hör auf.«

»Komm schon, ich brauche dich.« Sie präsentierte ihm ihre Brüste.

»Zieh das aus.«

»Ich habe doch gar nichts an.«

»Du weißt, was ich meine.« Er drehte ihr den Rücken zu und legte seinen Hoodie ab.

»Du bist ja langweilig.«

Er bat Leander, in ihre Kajüte zu gehen, er hatte keine Lust auf Sex.

»Aha.« Leander änderte den Tonfall. Das Sinnliche war wie

weggeblasen. Sie streifte Aisha ab, rollte das Netz aus Gold zusammen und stopfte das Webschiffchen zusammen mit der Spule in einen kleinen Stoffbeutel. »Ich will wissen, was Kron gesagt hat.« Sie zog sich einen Slip an. »Das ist für uns alle wichtig.«

»Das Tribunal hat Experimente durchgeführt, und Kron hat dabei geholfen, du hast ja die Fotos gesehen. Sie bringen ihre eigenen Kinder um und setzen sie als antiretrovirale Medikamente ein, um nicht zu sterben. Mein Vater ist einer von ihnen. Wenn ich ihm zu nahe komme, muss er sterben. Deswegen will er mich töten. So einfach ist das.«

»Dann hatte die Walküre also Recht.«

»Wer?«

»Borgs kleine Schlampe.«

»Was hat die damit zu tun?«

»Sie macht für Borg die Drecksarbeit. Treibt Schulden ein und beschattet Verborgene.« Leander schlüpfte in ihre Hose. »Die Walküre hat uns kürzlich des Kindsmords beschuldigt. Sie hatte offenbar eine Fährte.«

»Das, was durch die Presse ging?«

Sie nickte.

Jonas waren die Schlagzeilen damals nicht entgangen. Ritualmord an einem Neugeborenen. So was vergaß man nicht. Aber erst jetzt wurde ihm der Zusammenhang klar.

»Sie haben es wieder getan«, flüsterte er.

»Was?«

»Die Väter. Sie ermorden ihre Kinder. Sie haben geglaubt, sie hätten mich vor fünfundzwanzig Jahren schon getötet, aber ich war vermutlich nicht das einzige Kind. Jetzt haben sie es wieder getan. Das hängt alles miteinander zusammen.«

»Und das Tribunal steckt hinter dem Ritualmord?«

»Ja.« Jonas dachte nach. In der U-Bahn hatte er irgendetwas in einer Abendzeitung gelesen. Ihm kam das Foto von einem Krankenhaus wieder in den Sinn. Mit der Mutter des Kindes war etwas passiert. »Ist die Mutter nicht ins Koma gefallen?«

Leander zuckte mit den Schultern.

»Der Vater.« Dass er darauf nicht vorher gekommen war. »Der Vater des Kindes ist im Tribunal.«

»Woher weißt du das denn?«

»Das Kind dient als antiretrovirales Medikament, so wie Kron es gesagt hat. Deshalb hat er sein eigenes Kind umgebracht. Wir müssen mit der Walküre reden.«

»Vergiss es. Sie gehört zur Gemeinschaft.«

»Das ist mir egal. Es geht hier nicht nur um dich und mich. Spring doch ein einziges Mal über deinen Schatten.«

»Du weißt echt zu schätzen, was wir für dich getan haben, super.« Leander wurde ärgerlich.

»Das weiß ich ja, aber wir haben es hier mit einem Säuglingsmord zu tun! Alle in der Gemeinschaft sind ja nicht Borg.«

»Aber alle Wege führen zu ihm.« Leanders Blick verfinsterte sich. »Auch wenn die Walküre Recht haben sollte, kannst du niemandem trauen, der Borg nahesteht. Es gibt auch noch andere Möglichkeiten.«

»Und welche?«

Er wurde von drei kurzen Signalen aus dem Funkgerät unterbrochen.

»Verflucht!« Leander raffte ihre Kleider zusammen und steckte sich den Knopf vom Headset ins Ohr. »In zwanzig Sekunden in der Messe«, sagte sie zu Jonas. Dann war sie verschwunden.

Jonas zog seine Jacke an und stürzte hinter ihr her. Maersk war schon da. Er saß in der Hocke und versuchte, die aufgeregten Hunde zu beruhigen. Sie spürten, dass etwas im Gange war. Perikles knurrte dumpf. Maersk hielt die Axt von dem Juwelenraub in den Händen. Ganz in Schwarz und mit geladener Armbrust gesellte sich Vang zu ihnen. Leander trat aus ihrer Kajüte. Sie warf Maersk einen Rucksack zu und steckte ihre Axt in das Holster, während sie über den Knopf im Ohr weitere Informationen bekam. Perikles bellte heiser. Alle warteten auf ihre Anweisungen.

»Verstanden, Ende«, sagte sie schließlich.

»Fünfzehn bis zwanzig Leute, bewaffnet, wahrscheinlich Verborgene, sind auf dem Weg hierher, zu uns.« Sie sprach leise, aber deutlich. »Drei Gruppen an Land, eine zu Wasser. Wir halten uns westlich, provozieren den Feind und halten die Stellung, bis Matteus Liv und den Spinnrocken mit dem Kanu weggebracht hat, das hat höchste Priorität. Bleibt in Ufernähe. Treffpunkt ist das Torpet. Vang unterstützt euch von der Brücke aus. Bleibt zusammen. Verstanden?«

»Verstanden«, wiederholten die Anwesenden. Matteus antwortete über Funk.

»Was ist das Torpet?«, wollte Jonas wissen, aber er wurde von schweren Schritten auf der Treppe unterbrochen. Liv kam nach oben, gestützt von ihrer Schwester. Alle sahen die beiden Alten verwundert an. Dass Signe an Bord war, wusste niemand.

»Hej, Mädels!«, krächzte Signe und lächelte. »Ihr steckt ein wenig in der Zwickmühle, schon klar. Mein Schwesterlein und ich sind gleich weg. Schlagt erst Krach, wenn wir uns aus dem Staub gemacht haben.« Sie zeigte auf sich und Liv und flüsterte, als würde sie ein Geheimnis verraten: »Die wissen nicht, wer wir sind, ich schwör's!«

»Der Spinnrocken?«

»Wird erledigt. Ich habe die Sackkarre dabei.« Sie zwinkerte übertrieben und deutete auf den rotkarierten Einkaufswagen, auf dem die Reisetasche festgezurrt war.

Leander hatte einen neuen Plan.

»Vang auf die Brücke. Wenn die Damen weg sind, gehen wir geräuschvoll zum Angriff über. Wir bleiben zusammen. Nach Westen. Los!«

Die beiden Alten traten auf den Steg und gingen im Schutz des Nebels den Kai entlang. Es war ein seltsamer Anblick. Signe zog den quietschenden Einkaufswagen hinter sich her und summte ein paar Töne aus einem Volkslied. Jonas spähte durch einen Schlitz in der Gardine. Trotz seiner Fähigkeit, im Dunkeln zu sehen, war es schwierig, bei dem dichten Nebel etwas zu erkennen. Er konnte die Konturen der Container auf dem Kai und ein paar Autos ausmachen, mehr nicht. Es war vollkommen still, keine Möwen, kein Verkehr, keine Nachtschwärmer. Die Frauen verschwanden zwischen zwei Häusern. Jonas erahnte weitere Silhouetten im Schutz der Hauswände, eine Messerklinge blinkte auf. Signe sang. Ein Schatten löste sich aus der Wand, legte den Kopf schief und witterte, wo die beiden Frauen vorbeigekommen waren.

»Jetzt«, lautete Leanders Order über Funk.

Vang schoss. Der Armbrustpfeil sauste durch den Nebel und traf den Gegner an der Schulter in dem Moment, als Leander, Maersk und Matteus von Bord stürmten. Die Hunde bellten. Schwarze Schatten traten aus den Schatten der Häuser. Ein zweiter Pfeil pfiff durch die Luft. Jonas schnappte sich einen Bootshaken und rannte hinter den anderen her. Leander und Maersk stürmten auf die erste Reihe der Angreifer zu und trieben den überrumpelten Feind zurück. Leander brachte einen Gegner neben einem geparkten Auto zu Fall, und Maersk schlug einen anderen mit seiner Axt nieder. Perikles verbiss sich in den Leib, während Sturm über den Platz hetzte. Ein weiterer Pfeil traf sein Ziel, und die Gegner zogen sich zurück. Die beiden Alten waren verschwunden, vielleicht waren sie schon auf der Brücke nach Djurgården. Der unerwartete Gegenangriff der Außerhalben schien genau das Durcheinander herbeigeführt zu haben, auf das Leander aus gewesen war.

Sie herrschte ihre Leute an, die Richtung zu ändern. Es gab nur zwei Möglichkeiten. Den Weg nach Osten hatte der Gegner eingeschlagen, der Weg nach Westen verlief über das Wasser oberhalb der Schleusen bei den riesigen Trockendocks, die Beckholmen in zwei Teile spaltete. Kurze Zeit konnten sie sich den Rücken freihalten. Jeder, der den Platz überqueren wollte, konnte jederzeit von einem Pfeil aus der Armbrust getroffen werden. Matteus und Jonas liefen zu den Schleusen, gefolgt von Maersk und den Hunden. Leander gab ihnen Rückendeckung.

Ein Knall. Ein Schuss streifte ein Ölfass hinter Jonas.

»Runter!«, schrie Matteus und zog Jonas hinter das Betonfundament eines Schwebekrans.

Adrenalin schoss durch die Blutbahn, zwei Kugeln schlugen in den Betonsockel vor ihnen ein, Splitter flogen in alle Richtungen. Jonas hielt den Bootshaken umklammert, Staub und Asphalt spritzten neben ihnen hoch.

»Schütze mit Schalldämpfer auf elf am Hügel. Bei der Baugrube«, orderte Matteus über Funk.

»Keine freie Sicht«, gab Vang zurück. »Der Kran ist im Weg.«

Maersk kam auf sie zugerannt, die Hunde im Schlepptau. Eine Gewehrsalve schlug neben ihm ein, dass die Erde spritzte. Sturm jaulte auf und fiel zu Boden, Maersk konnte sich mit einem Hechtsprung hinter einen Container retten. Wenn sie versuchten weiterzukommen, riskierten sie ihr Leben.

Weiter hinten stürzte sich ein schwarzgekleideter Angreifer von einem Container auf Leander. Sie wich seinem Messer aus, wirbelte herum und beförderte ihn mit einem Tritt ins Wasser. Aber die nächsten drei Gegner liefen schon über den Platz, aus ihrer vorübergehenden Starre hatten sie sich offenbar gelöst. Leander verließ ihren Posten und hielt auf den Rest der Gruppe zu. Als hinter ihr durch eine Kugel eine Windschutzscheibe zu Bruch ging, flüchtete sie sich hinter einen Gabelstapler. Eine neue Salve schlug ins Metall, Kugeln pfiffen ihnen um die Ohren. Hinten bei den Schleusentoren tauchten weitere Angreifer auf, es gab keinen Ausweg mehr. Der Schwebekran lief neben dem Dock auf Schienen. Jonas stemmte sich mit ganzer Kraft dagegen, bis der Kran kippte und die Hinterräder in der Luft hingen. Der Kran schwankte, blieb in der Schwebe, bevor er mit ohrenbetäubendem Lärm auf den Trockendocks aufschlug. Stille trat ein. Dann sauste ein Pfeil durch die Luft.

»Bereit«, gab Vang über Funk durch.

»Über den Kran!«, brüllte Leander.

Sie kletterten auf das Stahlskelett und hasteten auf Händen und Füßen über das Trockendock. Hinter ihnen näherte sich der Feind. Als sie das zweite Dock erreichten, tauchte auf der anderen Seite eine Gestalt aus dem Nebel auf. Sie trug eine Maske und ein Holzschwert. Aus ihrer Schulter ragte ein abgebrochener Pfeil. Der Scharfrichter bewegte sich geschmeidig wie eine Katze über den Kranarm und schlug leicht mit seinem Schwert an den Stahlträger. Jonas lief ein Schauer den Rücken hinunter, er war wie versteinert. Wieder sauste ein Pfeil durch die Luft, aber diesmal ließ der Scharfrichter sich nicht übertölpeln. Er neigte den Kopf zur Seite, und der Pfeil flog um Haaresbreite an ihm vorbei. Jonas stand ganz vorn. Zwischen den Männern lagen nur noch wenige Meter. Jonas fühlte sich wie ein Beutetier. Er konnte nichts mehr tun.

»Rück mal 'n Stück«, sagte Maersk und drängte sich vorbei.

Er schwang sich hinauf, landete auf dem obersten Balken und zog ein Messer. Der Scharfrichter wartete ab, bis Maersk einen Angriff wagte. Was aussah wie ein Spiel, war ein Balanceakt mit tödlichem Ausgang. Der Boden des Docks war weit entfernt, es gab nur eine Chance. Maersk duckte sich, das Schwert zischte über seinen Kopf, und er trat einen Schritt zurück. Es hagelte Hiebe und Schläge, die beide abwehrten oder die ins Leere trafen. Der Kampf war kurz, aber erbittert. Auf der anderen Seite hielt Matteus den Feind in Schach. Maersk musste einsehen, dass es ihm sowohl an Reichweite als auch an Erfahrung fehlte, um mit dem Gegner fertigzuwerden. Es war nur eine Frage der Zeit, bis er unten liegen würde. Er musterte Jonas.

»Mach was draus«, sagte Maersk und zwinkerte. »Ich habe mich schon amüsiert.«

Er griff den Scharfrichter an. Das Holzschwert durchbohrte Maersks Flanke, aber er packte fest zu und dachte nicht daran, von seinem Gegner abzulassen. Der Scharfrichter versuchte, die Balance zu halten, doch er schwankte. Beide stürzten in die Tiefe.

Jonas hörte den dumpfen Aufprall.

»Weiter!«, schrie Leander.

Unter sich konnte er die beiden Männer ausmachen. Der dänische Akrobat regte sich; er hatte Schmerzen, aber er war am Leben. Der Scharfrichter war wieder auf die Beine gekommen, doch er wirkte angeschlagen. Leander musste ein zweites Mal rufen, damit Jonas reagierte und auf dem havarierten Kran weiterkletterte. Als sie über dem zweiten Trockendock waren, tauchten erneut Feinde vor ihnen auf. Jetzt konnten sie weder vor noch zurück. Unter ihnen lag ein altes Torpedoboot zur Reparatur.

»Mir nach!«, rief Jonas und ließ los. Er landete unsanft auf dem Rumpf, stand auf und lehnte sich über die Reling. »Werft die Motoren an, ich schaffe euch hier raus.«

Er sprang die vier Meter vom Boot, kam falsch auf und verspürte einen stechenden Schmerz im Knöchel. Aber er rappelte sich auf und hinkte zur Schleuse, die das Trockendock vom Meer trennte.

Leander und Matteus kletterten auf das Deck. Auf offener See raste ein schwarzes Schlauchboot durch den Nebel auf sie zu. Die Männer näherten sich vom Kai und überwanden einen Zaun. Jetzt oder nie. Jonas rannte durch die Pfützen zum Schleusentor. Er fand ein langes Eisenrohr, lehnte die Stirn an die Wand und schloss die Augen. Nun spürte er die Strukturen. Die Balken, die Armierungseisen, die Risse, die Sandkörner. Den enormen Druck der Wassermassen. Irgendwo musste es eine Schwachstelle geben. Er konnte die Risse erspüren. Da.

»Hier!«

Leander stand auf der Kommandobrücke. Sie warf das Ende der Leine zu ihm hinüber. Der Dieselmotor des alten Torpedoboots tuckerte, schwarzer Qualm stieg im Nebel auf. Eine Schwertklinge blinkte, und ein Wurfdolch bohrte sich in die Luke neben Jonas. Er griff nach dem Tau, wickelte es sich um das Handgelenk, holte tief Luft und donnerte das Eisenrohr gegen die Wand.

Das massive Schleusentor gab mit widerwilligem Knarren nach. Der Druck des Meeres drückte die Luken auf, als wären sie aus Pappe. Das Wasser strömte wie eine Sturzwelle herein und riss alles mit sich. Jonas wurde in den Wassermassen herumgewirbelt, schlug gegen Felsen und Steine. Das Wasser spülte die Stützen unter dem Boot weg und füllte das Dock im Nu. Plötzlich nahm das alte Torpedoboot Fahrt auf und donnerte durch das offene Tor auf das Schlauchboot zu, das sich durch den Sog in der Luke verkeilt hatte. Der Torpedo schoss aus dem Dock und zerteilte das Schlauchboot.

Jonas war kurz davor, ohnmächtig zu werden. Das Tau schnitt ihm ins Handgelenk und zog ihn nach unten und aus dem Dock heraus. Er wurde gegen den gesprungenen Beton geschleudert und schlug mit dem Kopf gegen etwas Hartes, worauf er keine Luft mehr bekam und Wasser schluckte. Das Boot fuhr eine scharfe Kurve und hielt auf den Kai zu. Das dreißig Tonnen schwere Wasserfahrzeug pflügte wie ein Rammbock durch Ankerleinen, kleine Boote und Ausläufer des Anlegers, und Jonas wurde gegen Holz und Bootsrümpfe katapultiert, Haut platzte auf, Knochen wurden zermalmt.

Vang, die stark aus einer Kopfwunde blutete, rannte auf einen schmalen Pier. Als zwei Männer die Verfolgung aufnahmen, schleuderte sie die Armbrust von sich, sprang auf ein Boot und rettete sich mit einem Hechtsprung auf das Torpedoboot, als es vorbeidonnerte. Sie bekam die Reling zu fassen und ließ sich mitschleifen, während das Boot auf die Bucht zusteuerte und beschleunigte.

Jonas merkte kaum, wie das Boot schneller wurde. Halb bewusstlos kam er wieder nach oben und schlug auf den harten Wellen auf wie eine Stoffpuppe. Auf dem offenen Wasser löste sich die Leine von seinem Arm. Der alte Torpedo stampfte durch die Dunkelheit, während Jonas langsam im schwarzen Wasser auf den Grund sank.

Völlig außer Atem betrat Eldh die Entbindungsstation. Keine Polizei, keine Ärzte, kein Aufruhr, vielleicht hatte sie es noch rechtzeitig geschafft.

»Kann ich Ihnen helfen?« Eine Frau mit kurzen schwarzen Haaren saß hinter einer Glasscheibe an der Pforte.

»Eh, meine Tochter sollte hier entbinden. Bin ich zu spät?«

»Momentan sind mehrere im Kreißsaal.« Die Frau lächelte Eldh an, sie war es gewohnt, dass die Angehörigen meist recht kopflos waren. »Wie heißt sie denn?«

»Lisa, also Elisabeth.« Sie entschied sich für den gewöhnlichsten Namen, der ihr einfiel. »Öh, ich steh total auf dem Schlauch.« Eldh lächelte verlegen. »Die beiden haben erst kürzlich geheiratet. Sie müssen entschuldigen, ich komm jetzt einfach nicht drauf. Haben Sie eine Andersson in Ihrem System?«

»Nein, und auch keine Elisabeth. Sind Sie sicher, dass Ihre Tochter hier im Karolinska ist?«

»Vielleicht wurde sie unter ihrem zweiten Namen aufgenommen. Sie wissen ja, wie das manchmal ist.« Eldh lächelte wieder.

»Ja, eine Rakel Elisabeth Lindborg?«

»Genau, Rakel.« Eldh schüttelte den Kopf. »Ich musste Bengt seinen Willen lassen, aber mal ehrlich, Rakel. Man wird schon für weniger gemobbt. Männer haben für so was ja kein Gespür. Am Ende ist dann doch Lisa draus geworden.«

Die Frauen kicherten vertraulich.

»Sie liegen in der 4.«

»Ich setze mich so lange in den Wartebereich. Ich mache das alleine ist ja immer noch die Devise.«

Ein konspiratives Lächeln.

Eldh wurde eingelassen, aber sie wusste nicht, wonach sie suchen sollte, und ging in den Wartebereich, wo erst einmal alle Väter und Verwandte landeten. Außer ihr war niemand hier, in einem spärlich beleuchteten Aquarium schwammen ein paar Fische. In einem Fernseher lief eine amerikanische Komödie ohne Ton. Wenn Eldh Recht hatte, könnte heute Nacht etwas Schreckliches passieren. Sie setzte sich. Eine werdende Mutter weiter hinten auf dem Flur hatte Schmerzen, im Nachbarzimmer wimmerte eine andere laut. Eine Reinigungskraft mit Kopfhörern wischte den Boden. Eldh ging auf den Mann zu und tippte ihm auf die Schulter. »Entschuldigung, hat es heute hier einen Zwischenfall gegeben?«

»Einen Zwischenfall?«

»Ist möglicherweise ein Kind verstorben?«

Der Mann schüttelte den Kopf und starrte sie an, als wäre sie verrückt.

»Danke, ist schon in Ordnung, danke.« Eldh setzte sich wieder und verschnaufte. Wenn etwas Ungewöhnliches passiert wäre, würde man das den Schwestern anmerken. Sie schloss die Augen und versuchte, sich zu konzentrieren, aber sie kam einfach nicht zur Ruhe. Ihr Herz pochte wie wild. Der Kater, Alkohol und ihr Schamgefühl verdunkelten ihre Sinne. Der kalte Schweiß stand ihr auf der Stirn. Doch allmählich wurde ihre Atmung ruhiger, ihre Schultern entspannten sich, und sie ließ sich tiefer in den Stuhl sinken. Geräusche drangen an ihr Ohr. Laute Atemzüge, die Pumpe im Aquarium. Die Atemzüge wurden regelmäßiger. Schlurfende Schritte in Pantoffeln, Folkloremusik aus den Kopfhörern der Putzkraft, afrikanisch oder vielleicht Mittlerer Osten. Schlüsselgeklapper, ein Türsummer. Die Frau an der Pforte telefonierte, ein Überwachungsgerät piepte. Musik aus einem Krankenzimmer, Keuchen und Stöhnen. Ein Mann redete beruhigend auf seine Frau ein. Auf der Straße startete ein Auto. Wehen hatten eingesetzt, Schmerzensschreie, Sauerstoffmaske, aufmunternde Worte von einer routinierten Hebamme. Eldh war nicht gerne hier, sie musste an die Geburt ihrer Tochter denken. Sie rang mit sich, bemühte sich, sich zu entspannen und einfach zuzuhören, die Erinnerungen verblassen zu lassen. Die Geräusche, die Ereignisse, die Gespräche, alles war untrennbar miteinander verbunden. Sie ließ sich mitreißen und glitt in einen Zustand, in dem sich alle Geräusche übereinanderschoben. Die Zeit hörte auf zu existieren.

Jonas schien in der Schwerelosigkeit zu schweben. Es war kalt, aber er fror nicht. Sein Körper war gefühllos, ein Bein taub, und aus seinem Hinterkopf trat etwas Warmes aus. So kam es ihm jedenfalls vor. Er sah Maersk vor sich, wie er zusammen mit dem Maskenmann in die Tiefe stürzte, auf Rebecka zu. Er sah das Gesicht seiner Mutter. Die nicht seine Mutter war. Leanders kalter Blick. Opa. Der nicht sein Opa war. Ich sterbe. Der Gedanke kam aus heiterem Himmel. Jetzt wurde ihm kalt. Er fühlte sich schwer. Der Druck der Wassermassen. Ich will nicht. Angst. Unruhe. Ich brauche Luft. Er spürte sein Bein wieder und zwang sich, die Arme zu bewegen. Er hatte Wasser in der Lunge, überall Schmerzen, die wie Feuer brannten, und einen unbeschreiblichen Druck auf der Brust. Er machte ein paar Schwimmzüge, obwohl sein Schultergelenk zersplittert war. Er wollte hoch, weg aus der Dunkelheit, an die Oberfläche, zum Leben. Er kämpfte mit aller Kraft, pushte seinen Körper nach oben. Er wollte leben.

Schließlich stieß Jonas durch die Wasseroberfläche und atmete ein. Stiche in seiner Lunge, er hustete und würgte, aber er war am Leben. Die Wellen schlugen immer wieder über ihm zusammen, aber er gab nicht auf. Mit kompromisslosem Willen schwamm er auf die steilen Klippen von Södermalm und auf zwei Finnlandfähren zu, die für die Nacht dort vertäut lagen. Am Kai fand er eine Leiter, und dann hatte er festen Boden unter den Füßen. Nach den ersten Schritten brach er zusammen, seine Beine waren zu schwach. Jonas schleppte sich zwischen zwei Container, ehe er schließlich vor Erschöpfung auf einem Müllhaufen einschlief.

Polizeifunkgeknister weckte Eldh aus einem traumähnlichen Zustand. Ihre Konzentration hatte nichts an Kraft verloren, und sie blendete nach und nach alles aus. Irgendwo schräg über ihr, in einem Zimmer mit piependen Maschinen und Respirator, redete eine Krankenschwester mit einem Polizeibeamten. Der Beamte gab die Informationen über Funk weiter. Eine Frau war aus dem Koma aufgewacht. Sie war stabil, aber schlief. Die Zentrale antwortete, die Frau solle in den Morgenstunden vernommen werden, ehe die Angehörigen kontaktiert werden würden. Eldh begriff, um wen es ging. Adrians Frau. Ehe die Angehörigen kontaktiert werden würden, dachte sie. Eldh wusste, wie sehr es ihm zu schaffen machte, dass er keinen hatte, mit dem er reden oder seine Trauer teilen konnte; wie schwer es war, wenn man allein zurückgelassen wurde. Er musste erfahren, dass es Hoffnung gab. Die haben kein Herz, diese Schreibtischtäter, nicht heute, sondern morgen. Sie schenkte den Stimmen keine Beachtung mehr und schlug die

Augen auf. Sie wusste nicht, wie viel Zeit vergangen war, aber es war noch immer Nacht. Die Fische schwammen hin und her, im Fernsehen dieselbe Komödie. Aber sie fühlte sich besser, sogar der Kater hinter ihren blutunterlaufenen Augen gab Ruhe. Sie holte den zerknitterten Zettel mit Adrians Nummer hervor und rief ihn an. Er hatte eine schöne Handschrift, altmodisch, irgendwie würdevoll.

»Hej, ich bin's, Viveca.«

»Ich habe nicht damit gerechnet, dass du so schnell wieder anrufen würdest«, gab Adrian zurück.

»Ich möchte mich entschuldigen für letztes Mal.«

»Kein Problem. Ich verstehe das.«

»Deine Frau ist aufgewacht.«

Stille.

»Woher weißt du das?«

»Ich bin hier, im Krankenhaus.«

Stille.

»Hat sie was gesagt?«

»Nein, sie schläft noch. Sie werden dich morgen anrufen. Ich dachte, du hast ein Recht darauf, es zu erfahren.«

»Danke.«

Stille.

»Gerne.«

»Ich komme.«

»Ich warte hier.«

Jonas schlug die Augen auf. Irgendetwas hatte ihn aufgeweckt. Es war noch immer Nacht. Die Kälte drang durch die nassen Kleider bis in die Knochen, und er schlotterte. Seine Hose war steif gefroren, sein Atem hing wie eine Dampfwolke zwischen den Containern. Auf den offenen Wunden hatte sich

Schorf gebildet, und er konnte das Bein etwas besser bewegen als vorher. Lastwagen fuhren rückwärts an die Fähre heran, wo Gabelstapler bereits warteten. Paletten mit Waren, Lebensmitteln und Bedarfsartikeln wurden abgeladen. Mehr Lastwagen. Mehr Paletten. Mehr Spirituosen, mehr Zigaretten, mehr Süßwaren. Mehr Wäsche und Laken. Die gigantische Fähre war unersättlich. Rauchschwaden hingen in der Luft, dichte Dieselschwaden kitzelten ihn in der Nase.

Jonas plagte der Hunger, ein brennendes Verlangen. Er brauchte etwas im Magen. Er sog den Müll- und Abgasgestank tief ein und begriff, was ihm fehlte. Es war nichts Rationales, sondern ein Instinkt. Im Schutz der Dunkelheit stolperte Jonas zu den Anschlüssen für Wasser und Luftdruck, so wie es sie an den Tankstellen gab, riss den Schlauch vom Wasserhahn und humpelte zu den Lastern. Ein kleiner Fahrer mit Basecap und oranger Fleecejacke sprang aus seinem Fahrerhaus und ging auf ein flaches Gebäude zu. Jonas entfernte den Tankdeckel und steckte den Schlauch in die Öffnung. Die Dieseldämpfe brannten ihm in den Augen, als er zu trinken begann. Der erste Schluck war kaum auszuhalten. Es stach in seiner Kehle, und der Magensack wurde schier weggeätzt. Ihm kam alles wieder hoch, aber er zwang sich, in kleineren Schlucken zu trinken. Rasch breitete sich im ganzen Körper Wärme aus, seine Sinne zitterten und bebten. Farben explodierten. Blasen in Rot, Gelb und Blau flammten auf wie in einem überbelichteten alten Farbfilm. Er musste sich gegen den Lastwagen lehnen, um nicht das Gleichgewicht zu verlieren. Nach dem ersten Schreck nahm er noch ein paar Schlucke. Der Magen rebellierte nicht mehr, Jonas' Atem flimmerte in der klammen Luft. Durch die Dieseldämpfe spürte er, wie sein Körper Energie speicherte. Jede Zelle war zum Bersten gefüllt. Die Schulter schmerzte nicht mehr, er konnte wieder gehen. Zeit, den Stier bei den Hörnern zu packen.

Jonas hämmerte gegen die Tür, dass es in der Diele widerhallte. Der Türklopfer war aus Bronze und hatte die Form eines Bärenkopfes. Die große Villa lauerte wie ein schlafendes Raubtier. Das alte Gebäude hatte etwas Bedrohliches, es roch nach Macht und Geld. Der Architekt dieses imposanten Hauses hatte einen mächtigen Auftraggeber gehabt. Säulen, Veranden, Dachgesimse und Türmchen, alles aus Stein, von verschiedenen Epochen beeinflusst. Nach zehn Minuten unverdrossenen Klopfens ging die schwere Eichentür auf. Ein schmächtiger Mann im Morgenmantel stand in der dunklen Diele und starrte ihn an.

»Borg«, sagte Jonas.

»Worum geht's?«

»Um die Walküre.«

Der Mann taxierte den nächtlichen Besucher. Jonas hatte den Eindruck, die Dunkelheit mache diesem ebenso wenig aus wie ihm.

»Es ist mitten in der Nacht. Komm morgen ins Büro.« Der Mann reichte Jonas eine Visitenkarte. »Wir öffnen um neun«, sagte er herablassend und schob die Tür wieder zu. Jonas klemmte seine Hand dazwischen. Sie wurde zwischen Schloss und Türstock eingequetscht, aber Jonas spürte nichts, seine rechte Hand war noch immer gefühllos. Er drückte die Tür auf.

»Jetzt«, sagte er bestimmt.

Der Mann ließ sich davon nicht beeindrucken. Nur der schmale Schnurrbart hob sich kaum merklich, aus Irritation oder aus Widerwillen. Er war abweisend und ließ sich durch nichts umstimmen.

»Elias!« Ohne den Blick von Jonas zu wenden, rief er ins Dunkle. »Für dich.«

Ein Mann in T-Shirt und Boxershorts kam die Treppe herunter. Er war breitschultrig, kleiner als Jonas, muskulös, aber mit einem imposanten Bauch. Er hatte grobe Gesichtszüge, eine knollige Nase, intelligente Augen, ein fleischiges Kinn. Er hielt ein paar Schritte vor Jonas inne und musterte ihn.

»Ich habe keine offene Rechnung mit dir«, sagte Borg widerwillig. Er zeigte keine Angst, vielmehr strahlte er einen unerschütterlichen Glauben an sich selbst aus.

»Das habe ich auch nicht gesagt.«

»Was du getan hast, kann ich nicht ungeschehen machen. Aber ich kann dir helfen.«

»Ich will deine Hilfe nicht.«

»Willst du, dass ich bleibe, Elias?«, erkundigte sich der Mann mit dem Schnurrbärtchen.

»Muss er?«, fragte Borg.

»Ich glaube nicht«, entgegnete Jonas.

»Gut, dann gehe ich zu Bett. Gute Nacht.« Er zog den Morgenmantel fester um seine Taille und stieg die Treppe hinauf.

»Wie hast du mich gefunden?«

»Es gibt zwei Elias Borg in Stockholm. Einer wohnt in Gubbängen, der andere in einer Villa auf Djurgården. Ich hab geraten.«

»Clever.« Borg grinste. »Komm rein.« Hinter einer geöffneten Doppeltür erstreckte sich ein weitläufiges Wohnzimmer mit hohen Fenstern. Jagdtrophäen an den Wänden, Reste eines Feuers im offenen Kamin. Jonas blieb in der Tür stehen. Leanders Warnung klang ihm in den Ohren. Borg war keiner, dem man trauen konnte.

»Ich suche die Walküre.«

»Du hast schon genug Probleme gemacht in meiner Welt.« Borg trat ins Wohnzimmer. »Und ich möchte, dass das aufhört.«

Jonas blieb stehen. Er wollte nicht weitergehen.

Borg kam mit einem Drink in der Hand wieder.

»Ich suche die Walküre«, wiederholte Jonas.

»Sie sucht auch nach dir. Oder sie sollte nach dir suchen, besser gesagt. Das ist ihr Job.« Er setzte sich auf eine lange Holztruhe. »Jetzt wird sie ja nicht mehr gebraucht, denn du bist hier.« Er lächelte und entblößte seine weißen Zähne in der Dunkelheit. »Willst du einen Drink?«

Jonas schwieg. Er wollte keine Spielchen spielen.

Borg nickte stumm.

»Hast du deine Freunde mitgebracht?« Er schielte in die Diele. »Ist diese Frau hergekommen, um sich fälschlicherweise zu rächen?«

»Eure Fehden sind mir egal. Ich bin allein.«

»Gut.« Borg trank einen Schluck. »Was kann ich tun, damit du bleibst? Ich will dich nur ungern gehen lassen.«

»Ich werde nicht bleiben, glaub mir.«

»Was auch immer du über mich denkst, ich will dir nichts Böses. Es ist ganz in meinem Interesse, dass du zur Ruhe kommst. Es gibt eine Klinik für solche wie uns, da können sie dir helfen. Wittsätra. Anderen ist das Gleiche widerfahren wie dir. Du bist damit nicht allein.«

»Ich brauche keine Hilfe«, entschied Jonas. »Ich habe schon genug von euren Methoden gehört.«

»Du kennst nur eine Version der Geschichte.« Borg grinste schief. »Es geht dabei nicht nur um dich. Wenn du dich weiter wie ein Berserker benimmst, ist das Leben vieler in Gefahr. Du bist einer von uns, ob du willst oder nicht, und du hast eine Verantwortung.«

»Ich habe nichts von dem getan, was mir unterstellt wird. Es gibt andere, die mir etwas anhängen wollen. Du hast vielleicht vom Tribunal gehört?«

Borg schwieg. Er ließ sich nichts anmerken.

»Das passiert eventuell auch hinter deinem Rücken. Wenn das geklärt ist, können wir weiterreden, aber nicht jetzt. Wo ist die Walküre?«

Borg nippte an seinem Drink. Forschend sah er Jonas an und schien abzuwägen.

»Ja, ja«, sagte er schließlich. »Dann treffen wir uns eben zu dritt. Komm her, wenn du fertig bist. Und halt den Ball so lange mal flach, wenn's geht.« Er verschwand wieder in dem angrenzenden Zimmer und kehrte mit einem Mobiltelefon zurück, das er Jonas zuwarf. »Das ist die einzige Nummer, die du anrufen kannst. Sie heißt Viveca Eldh. Grüß sie von mir.«

Eldh wartete am Haupteingang auf Adrian. Ein Paar war eben am Kreißsaal eingetroffen, sonst war es ruhig. Die Luft stand still, die Temperatur war gefallen, und dünner Reif hatte sich auf das braune Laub gelegt. Hatte sie sich geirrt? Sie war seit mehreren Stunden hier, nichts deutete darauf hin, dass ein Kind zu Tode gekommen war, schon gar nicht durch einen Ritualmord. War sie paranoid geworden? Vielleicht war es nur ihre Unzulänglichkeit, die ihr Flöhe ins Ohr setzte. Der Wunsch, jemanden zu retten, alle Fehler wiedergutzumachen, vielleicht waren es nur Hirngespinste von früher. Sie zertrat die dünne Eisschicht, die sich an den Rändern einer Pfütze gebildet hatte.

Ihr Telefon klingelte. Es war Borgs Nummer.

»Ich heiße Jonas Hellemyr. Sie suchen nach mir.«

Damit hatte sie nicht gerechnet.

»Da bin ich nicht die Einzige.«

»Ich muss Sie treffen«, fuhr er fort.

Ein Taxi rollte auf den Wendeplatz.

»Warum?«

»Leander sagt, Sie haben Recht.«

Adrian stieg aus dem Taxi und hastete Richtung Haupteingang. Noch mehr Scherereien passten ihr jetzt gar nicht in den Kram. Das musste sie später klären.

»Ich melde mich. Kann ich dich über Borgs Nummer erreichen?«

»Wo sind Sie?«

»Im Karolinska. Ich rufe zurück«, sagte sie und beendete das Gespräch.

Adrian stand ihr gegenüber.

Sie sahen sich an.

Sie wollte kein unnötiges Wort verlieren, weil sie dann das zunichtemachen würde, was zwischen ihnen entstanden war. Eldh wusste, dass sie ihre Gefühle auf ihn projizierte, aber das spielte jetzt keine Rolle. Manchmal katapultierte das Leben einen an unbekannte Orte. Sie freute sich für Adrian, wenn das ein Lichtblick in dem ganzen Elend war. Seine Frau war wieder bei Bewusstsein. Sie verspürte einen Stich Neid, den sie schnell beiseiteschob. Solche Gefühle waren hier fehl am Platz.

Sie holten sich einen Kaffee aus dem Automaten. Das schwach erleuchtete Krankenhaus lag ruhig und still da. Einige wenige Angehörige und Personal aus dem Nachtdienst durchquerten die Flure.

Für Eldh war die Zeit des Abschieds gekommen. In seinem Leben war nun kein Platz mehr für sie, jetzt, da seine Frau auf dem Weg der Besserung war.

»Kaffee in Plastikbechern sollte verboten werden«, sagte

Eldh und nippte an dem heißen Getränk. »Es fühlt sich an, als würde man mit Fluor gurgeln.«

Sie tat zwei Würfelzucker und Milch hinein.

»Das ging ja flott.«

»Es war kaum Verkehr«, sagte er schnell. »Wann ist sie aufgewacht?«

»Kurz vor Mitternacht wurde ihr der Respirator abgenommen, seitdem schläft sie. Sie wollten dich morgen anrufen.«

»Woher weißt du das alles?«

»Frag lieber nicht.«

Schweigen.

Eldh wich seinem Blick aus.

Schließlich hatten sie ihre Plastikbecher ausgetrunken, und nun gab es keine Ausrede mehr.

»Dann will ich mal zu ihr raufgehen.«

»Sie werden dich nicht reinlassen, aber lass dich nicht abwimmeln. Diese verdammten Trottel haben kein Herz. Wenn's Probleme gibt, holst du mich.«

Er lächelte, dann beugte er sich über den Tisch und küsste sie auf die Wange.

»Danke für alles, Viveca.«

In Gedanken versunken blieb Eldh an dem kleinen Cafétisch sitzen. Es war nicht das erste Mal, dass sie verlassen wurde. Als Thomas ging, war sie so beschäftigt mit ihrer Trauer, dass alles andere keine Rolle mehr spielte. Nun vermisste sie plötzlich das Reihenhaus und Thomas oder jemanden wie ihn. Sie hatte ihn vierzig Jahre lang nicht gesehen. Nur das eine Mal vor dem Kino mit seiner Tochter. Es hatte weh getan, aber sie hatte sich für ihn gefreut. Er hatte es verdient. Das Reihenhaus. Eldh musste etwas gegen ihre Wohnsituation unternehmen, es war an der Zeit. Sie konnte nicht im Büro wohnen bleiben, sie musste sich mit ihrer Vergangenheit abfinden und nach vorn schauen. Das Reihenhaus war Geschichte, Thomas hatte sie verlassen. Was sie ihm nicht zum Vorwurf machte. Eldh hatte ihn nicht teilhaben lassen, es war ihre Schuld. Und sie hatte sich geweigert, sich aus ihrer Verantwortung zu stehlen. Sie war am Strand eingeschlafen, kein Psychologe der Welt konnte das in Abrede stellen. Sie war ohne Netz und doppelten Boden in ein Loch der Trauer gefallen. Keine Eltern, keine Geschwister, kein Mann. Thomas hatte es ein halbes Jahr lang versucht, aber dann war er gegangen. Für immer. Danach befand sie sich im freien Fall. Der Polizeichef hatte sie beurlaubt, aber Eldh war nicht mehr zurückgekommen, der Alkohol kam dazwischen. Die Scheidung war durch, danach mehr Alkohol, dann Drogen, dann die Hölle. Sie steckte die Hände in die Taschen. Die Jahre wollte sie einfach nur vergessen. Das Erwachen. Jemand anders zu werden.

Eldhs Hand ertastete ein Buch ohne Umschlag, das aus der Bibliothek. Sie zog es aus der Tasche. *Aus dem Leben eines gestandenen Weibsbilds aus Dalarna*. Um sich abzulenken, blätterte sie darin. Die Schrift war zu klein, ihre Brille lag zu Hause. In der Mitte waren Schwarz-Weiß-Fotos abgebildet. Das Hüttenwerk Vallsjö und Umgebung. Gebäude, Zimmer, Spinnrocken. Almkühe hinter einem Zaun. Ein Foto mit dem Herrenhaus und der Familie und dem gesamten Personal. Über hundert Leute, die in ihren Sonntagskleidern strammstanden. Vorn in der Mitte stand ein Mann mit Hut und breitem Schnurrbart. Das Sinnbild eines Patriarchen. Sie blinzelte, er kam ihr irgendwie bekannt vor. Sie hielt sich das Buch vor die Nase und konnte mit Mühe den Text unter dem Bild lesen: *Hüttenwerksbesitzer Anders Svedberg*. Sein Gesicht war zu verblichen und zu klein, um Details zu erkennen, aber sie hatte es schon einmal gesehen. Aber wo?

Ihr Telefon klingelte. Als es das vierte Mal läutete, wurde sie aus ihren Gedanken gerissen. Doch als sie nach dem Handy griff, wurde die Verbindung unterbrochen. Borgs Nummer. Ihre Instinkte erwachten zum Leben, und sie sah sich um. Vor dem Eingang stand jemand im Dunkeln und blickte in ihre Richtung. War er es? Jonas Hellemyr, der Amokläufer, der in ganz Schweden von der Polizei gesucht wurde? Ein verschlafener Verborgener, der gekommen war, um mit ihr zu reden. Worüber? Sie erhob sich, prüfte, ob der Schlagring an seinem Platz war, und ging.

Er war größer als sie und mindestens genauso breit. Sein Körper dampfte wie ein Wärmekraftwerk. Wäre seine Atmung nicht so ruhig gewesen, hätte sie gedacht, er wäre mehrere Kilometer gelaufen. Das störrische Haar lugte unter der Kapuze hervor. An den feuchten Kleidern waren Blutflecke. Er sah mitgenommen aus.

»Du hattest Recht«, sagte er.

»Weswegen?«

»Wegen der Kinder.«

»Was weißt du denn davon?« Hellemyr sah jemandem ähnlich, aber sie kam nicht darauf, wem.

»Mein Vater hat vor fünfundzwanzig Jahren versucht, mich umzubringen. Er ist Mitglied in einem Gremium, das sich Tribunal nennt. Und ich glaube, die haben wieder gemordet.«

Seine Stimme kam Eldh ebenfalls bekannt vor. »Dein Vater? Wer ist das?«

»Keine Ahnung. Ich weiß nur, dass er vor hundert Jahren Svedberg hieß. Und dass das Tribunal Kinder tötet.«

»Wieso?«

»Weil die Mitglieder an einer Krankheit leiden. Sie töten ihre eigenen Kinder.«

»Die eigenen Kinder.« Eldh sagte das mehr zu sich selbst als zu Jonas. Jetzt begriff sie, warum ihr Jonas' Stimme so vertraut war. Sie hatte sie vor kurzem erst gehört, etwas älter und tiefer und von einem Mann, der sein Gesicht nicht länger hinter einem kräftigen Schnurrbart versteckte. »Nein«, flüsterte sie, aber sie wusste, dass es stimmte. Sie drehte sich um und lief ins Krankenhaus.

Jonas sah, wie die Walküre sich an einer Krankenschwester vorbei durch die Tür drängte. Er lag eine halbe Flurlänge hinter ihr, aber versuchte, sie einzuholen. Sie rannte völlig panisch immer weiter, als wäre sie aus einem Albtraum hochgeschreckt. Er hatte etwas ganz anderes erwartet, was, wusste er nicht. Breite Schultern, fast so groß wie er, gutaussehend, aber vom Leben gezeichnet. Sie war völlig neben der Spur, als stünde sie kurz vor einem Nervenzusammenbruch.

Als er ins Zimmer trat, kniete die Walküre am Bett, in dem sich halb liegend, halb sitzend eine junge Frau befand. Ihr Mund war geöffnet, und ihr Blick war leer. Die Walküre hielt die Hände der Frau in ihren. Ein dumpfer, verzweifelter Klagelaut entrang sich ihrer Kehle, und ihr massiger Körper bebte.

Auf einem kleinen Tisch neben dem Bett standen ein Tulpenstrauß und ein Foto von einem glücklichen Paar. Die Frau wiederzuerkennen war nicht schwer, in Wirklichkeit war sie blasser, und Jonas stockte nicht deswegen der Atem, sondern wegen des Mannes. Er war elegant, älter als die Frau, hatte dunkles Haar mit grauen Schläfen. Markante, gerade Nase, großer Mund mit schmalen Lippen. Die stahlgrauen Augen lagen tief in ihren Höhlen. Dem Blick war er unzählige Male begegnet. Jeden Morgen im Badezimmerspiegel. Der Blick war sein eigener.

NIEDERKUNFT STATTGEFUNDEN.
PATIENTENHOTEL, ZIMMER 312, 5.30 UHR

Jonas hörte schnelle Schritte auf dem Gang, ein schwerer Schlüsselbund klapperte bei jedem Schritt. Aufgeregte Stimmen.

»Wir müssen weg«, sagte er.

Keine Antwort. Noch immer hockte Eldh weinend am Bett der leblosen Frau.

»Hörst du? Wir müssen hier weg!« Er fasste sie an der Schulter. Eldh befreite sich aus dem Griff, stand auf und wandte sich blitzschnell zu Jonas um. Er hatte es nicht für möglich gehalten, dass ihr behäbiger Körper so wendig war. Sie stand dicht vor ihm, die Linke mit dem Schlagring erhoben. In ihrem Blick loderte der Zorn.

»Fass. Mich. Nicht. An.«

Ein Mann vom Wachpersonal erschien im Türrahmen.

»Was machen Sie da? Verlassen Sie sofort den Raum!«

Seelenruhig ging Eldh an Jonas vorbei auf den Gang.

»Hören Sie!« Der Wachmann legte Eldh die Hand auf die Schulter. »Was machen Sie hier?«

Eldh verpasste ihm einen linken Haken. Eine Schwester schrie. Jonas rannte auf den Gang. Es brach ein Tumult aus. Eine Frau hatte sich neben den Wachmann hingekniet, eine andere telefonierte aufgelöst an der Pforte. Patienten und Angehörige steckten den Kopf aus den Zimmern. Als Jonas an der Frau am Telefon vorbeihastete, unterbrach sie das Gespräch.

Im Hintergrund tönte der Alarm. Mehr Personal strömte herbei. Eldh lenkte ihren besonnenen Schritt Richtung Treppenhaus.

Jonas holte sie auf der schmalen Treppe ein.

»Wir müssen hier raus. Die haben mich gesehen. Es ist nur eine Frage der Zeit, bis die Polizei hier aufkreuzt.«

Eldh schwieg. Sie näherte sich dem Haupteingang und griff nach ihrem Telefon.

Jonas setzte die Kapuze auf.

»Hast du mich verstanden?«

Wieder keine Antwort.

Er sah sich um. Im Foyer war es ruhig.

»Hej, ich bin's.« Eldhs Stimme klang beunruhigend sanft. »Wie geht es ihr? Du wolltest sie nicht wecken? Nein, nein. Das verstehe ich doch. Bist du noch bei ihr? Nicht? Okay. Kann ich bei dir vorbeikommen? Bitte. Nur ganz kurz. Ich habe was für dich. Bitte! Wo bist du? Bitte, Adrian. Bitte, bitte. Wo bist du denn? Sag doch, wo du bist.« Die Verbindung wurde unterbrochen. Sie drückte das Handy ans Ohr und wiederholte ihre Frage immer leiser. Sie schluckte trocken und ließ das Telefon wieder in die Manteltasche gleiten. Dann drehte sie sich um, stieß einen markerschütternden Schrei aus und schlug ein Loch in die Wand. Jonas eilte auf den verglasten Eingang zu, aber kehrte um, als er das blinkende Blaulicht vor dem Haus bemerkte. Er packte Eldh am Ärmel, flüchtete einen Gang hinunter und blieb vor einem Übersichtsplan stehen. Sie befreite sich aus seinem Griff.

»Wir müssen weg.« Er versuchte, sich auf dem Plan zu orientieren.

»Nein.«

»Du bist verrückt. Die Polizei, das Einsatzkommando, die

treffen in den nächsten Minuten hier ein. Die haben dich zusammen mit mir gesehen. Und sie werden schießen, ohne zu zögern, glaub mir.«

»Ich bleibe im Krankenhaus.« Sie hatte sich gefasst.

»Warum?«

»Weil heute Nacht hier ein Kind umgebracht werden wird.«

»Heute Nacht?«

»Ja, und ich will das verhindern.«

Es musste diese Nacht passieren. Hier und jetzt. Es war logisch. Exakt wie vor fünfundzwanzig Jahren. Er musterte Eldh und nickte. Es gab kein Zurück. »Okay.«

Stimmen am Eingang. Polizeifunk knisterte, die erste Patrouille war eingetroffen. Jonas bog in einen Flur und hielt auf die Rückseite des Hauptgebäudes zu.

»Nach wem suchen wir denn?«

»Adrian Savin.«

»Ist er das?« Jonas hielt das Foto hoch, das er aus dem Krankenzimmer der Toten mitgenommen hatte.

Sie nickte.

»Adrian? Der, mit dem du geredet hast?«

»Ich werde ihn töten«, stellte sie kühl fest.

»Du kennst ihn? Wo ist er?«

»Weiß ich nicht. Er hat behauptet, er wäre auf dem Heimweg, aber er kann überall sein.«

»Ruf ihn an.«

»Er nimmt nicht ab.«

»Das braucht er auch nicht. Komm mit.«

Sie traten durch einen Notausgang auf der Rückseite des Gebäudes und gelangten in ein Wäldchen auf einem Hügel. Hier lagen die anderen Gebäude der riesigen Uniklinik. Die Radiumklinik, die Reproduktionsklinik, die Thoraxklinik, das

Norrbacka. Sie standen unter den Kiefern auf dem Hügel und ließen ihren Blick schweifen. Ein blasses Blaulicht wurde von den Hochhauswänden bei Solna zurückgeworfen.

»Ruf an.«

»Warum?«

»Tu's einfach.«

Eldh warf Jonas einen Blick zu, dann holte sie ihr Telefon heraus und gab die Nummer ein.

Jonas schloss die Augen und atmete tief aus. Kaum merklich hob er die Lider und konzentrierte sich auf Eldhs Handy. Langsam verblassten die Farben um ihn herum, und ein schwacher Schimmer stieg aus dem Telefon. Das Display leuchtete weiß. Ein leicht rötliches Pulsieren von der Antenne umhüllte ihren Kopf wie leichter Nebel. Dann wurden die Partikel plötzlich schräg nach oben in die Luft gesogen wie Eisenspäne auf einer unsichtbaren magnetischen Schnur. Jonas folgte ihnen mit dem Blick bis zu einem Mast auf dem Dach des Hauptgebäudes. Rote, filigrane Partikelkonzentrationen strahlten in mehreren Schattierungen von dem Mast in verschiedene Richtungen wie eine Distel. Er hörte das Freizeichen. Neue Verbindungen schossen aus dem Mast, andere bewegten sich auf ihn zu. Obwohl es mitten in der Nacht war, war so einiges los. Vielleicht waren es Telefone, Computer und medizinische Ausrüstung, die ihre Daten zwischen verschiedenen Servern hin- und herschickten; Jonas hatte keine Ahnung. Weiße Stromleitungen aus Elektrizität verliefen überall kreuz und quer.

»Er meldet sich nicht.«

Jonas entspannte sich und ließ das Bild als Ganzes auf sich zukommen. Es war schön und schrecklich zugleich. So viele Dinge, die vor sich gingen, ohne dass man davon wusste.

»Leg auf«, sagte er.

In dem Augenblick riss eine Leitung. Jonas verließ seinen meditativen Zustand.

»Er ist noch hier, in der Nähe.« Er zeigte nach Osten auf ein paar Gebäude. »Da hinten.«

Sie liefen den Hügel hinunter. Weitere Streifenwagen näherten sich der Klinik. Ohne Sirenen, aber das Blaulicht wurde von den Hauswänden zurückgeworfen.

»Wo?«

»Hier irgendwo. Ich konnte es nicht genauer sehen.«

»Verdammt. Wir können schließlich nicht jede Tür eintreten.«

»Ich habe keine Ahnung, wo wir anfangen sollen«, sagte Jonas genervt. »Ich finde mich hier nicht zurecht!«

»Ich kenne jemanden, der das kann.«

Eldh und Jonas pressten sich an die Fassade hinter einem Gebüsch. An der Hausecke blieben sie stehen und schauten sich um, ehe sie auf eine unscheinbare Tür im Souterrain zuhielten. Am Haupteingang standen vier Einsatzwagen, und Beamte mit ihren Waffen im Anschlag waren auf dem Weg ins Gebäude.

Eldh klopfte laut an eine Tür, bis ein kleiner drahtiger Mann aufmachte. Er trug eine Brille mit Flaschenbodengläsern und wirkte nicht erfreut, sie zu sehen.

»Hej, Troll.«

Eldh schob den kleinen Mann vor sich her aus dem Haus.

»Worum geht es denn? Ich habe nichts getan. Richte Borg aus, dass er sein Geld bekommt!«, protestierte Raimo mit seinem breiten finnischen Akzent.

»Es geht nicht um Borg. Und nicht um dich.«

Im Laufschritt überquerten sie den reifbedeckten Rasen. Raimo musste seine Brille festhalten.

»Es geht um Kinder.«

»Kinder?«

Eldh blieb auf dem Parkplatz stehen und deutete auf ein paar Gebäude.

»Irgendwo da drinnen wird heute Nacht ein Kind getötet.«

»Was?«

»Wir müssen das verhindern, aber wir wissen nicht, wo es passieren wird. Was ist dies hier für ein Gebäude?«

»Das Astrid-Lindgren-Kinderkrankenhaus.« Er deutete auf einen größeren Komplex. »Und das da ist die Radiumklinik, für die Krebspatienten und so.«

»Was ist das da?« Jonas zeigte auf ein schlankes Hochhaus, das sich an ein Backsteingebäude anschloss.

»Das ist das Hotel.«

»Das Hotel?«

»Ja, das Patientenhotel für Angehörige und Wöchnerinnen.«

Jonas und Eldh wechselten einen Blick.

Sie rannten zum Eingang, und Jonas riss die verschlossene Tür auf. Die Rezeption war nur schwach beleuchtet. Es herrschte eine eigenartige Atmosphäre, eine Mischung aus Krankenhaus und Hotel. Die Uhr zeigte halb sechs Uhr, es war Morgen und die Rezeption nicht besetzt. Jonas holte den Lift.

»Wohin?«, wollte er wissen.

Eldh beugte sich über den Tresen und durchsuchte die Unterlagen. Sie blätterte in Rechnungen, Speiseplänen und fand einen Dienstplan der Hebammen für die Zimmer 301 bis 415.

»Dritter oder vierter Stock«, sagte sie. »Nimm du den vierten Stock, ich nehm den dritten.«

Eldh stürmte die Treppe hinauf und langte bei den Fahrstühlen an. In der Mitte des Flurs, von dem die Zimmer abgingen, lag ein schummriger Aufenthaltsraum mit Sofas und Tischen. Eldh fand den Feueralarm, schlug das Schutzglas ein und drückte den Knopf. Der Alarm setzte sofort ein.

Eine Tür nach der anderen ging auf, und aufgeschreckte Eltern kamen aus den Zimmern, die Neugeborenen an sich gedrückt. Einige Mütter konnten nur mit Mühe gehen. Einige rannten, andere gerieten mit ihren Taschen ins Hintertreffen. Eldh bewegte sich gegen den Strom, bog aus alter Gewohnheit links ab und schaute in die Zimmer. Wenn die Tür geschlossen war, trat sie sie auf. Als sie mit dem Flur fertig war, ging sie zurück. Das Chaos auf dem Stockwerk legte sich überraschend schnell wieder. Der Alarm übertönte alles andere. Die Leute eilten die Stufen im Treppenhaus hinunter, aber im Flur war es ruhig. Der Fahrstuhl hielt mit einem Pling. Wer ist so dumm und fährt mit dem Lift, wenn es brennt?, dachte Eldh. War Jonas schon fertig? Die Türen glitten auf, und Adrian trat heraus.

»Viveca?« Er erstarrte.

Sie kam auf ihn zu.

»Was machst du hier?«

Mehr brachte er nicht heraus, sie gab ihm eine Kopfnuss, und er flog rückwärts in den Fahrstuhl. Eldh hechtete hinterher und drosch auf ihn ein. Immer wieder ließ sie den Schlagring auf sein blutverschmiertes Gesicht niedersausen. Ihr angestauter Frust traf ihn wie eine Sturzwelle. Sie schrie. Adrian lag am Boden, aber Eldh setzte ihn auf und prügelte weiter auf ihn ein. Blut spritzte auf ihre Kleider, an die Wand und an den Spiegel im Lift.

Auf einmal begann er zu lachen.

Sie schlug und schlug, wollte ihn zum Schweigen bringen, aber er konnte nicht mehr aufhören zu lachen. Dann hatte er genug, wehrte den nächsten Schlag ab, packte ihre Faust und beförderte Eldh auf den Boden. Es war kein Kräftemessen, sondern ein Naturgesetz. Der Griff schmerzte, als hätte ihr jemand tonnenschwere Gewichte um die Handgelenke gelegt. Sie spürte, wie die Fingerknochen zersplitterten. Adrian stand auf und zog Eldh mit einer Hand hoch wie eine Stoffpuppe. Dann schleuderte er sie gegen die Wand. Ihr Kiefer knackte, als sie mit dem Gesicht gegen den Spiegel prallte, der zu Bruch ging. Beinahe wäre sie ohnmächtig geworden. Mehrere Rippen waren gebrochen, eine Schulter ausgekugelt. Er warf sie erst gegen den Türrahmen und dann in den Aufenthaltsraum, wo sie zwischen den Sofas landete. Sie konnte sich nicht rühren. Es war, als wäre sie durch einen Steinbrecher gedreht worden. Aus ihrem Mund quoll Blut, bei jedem Atemzug pfiff und röchelte sie. Die Lunge war punktiert. Adrian beugte sich über sie. Sie konnte nicht mehr klar sehen, seine Gestalt war unscharf.

»Mischlinge«, sagte er und schüttelte den Kopf. Dann verschwand er. Der Feueralarm dröhnte in ihren Ohren, und alles verschwamm.

Trotz des Alarms hörte Jonas den Lärm in der unteren Etage. Er drehte sich um, rannte durch den Gang und die Treppe hinunter. Kein Mensch war zu sehen, aber er vernahm, dass an der Rezeption im Erdgeschoss Panik herrschte. Vor den Fahrstühlen entdeckte er Blutspritzer, und zwischen den umgestürzten Möbeln fand er Eldh. Eine Stehlampe war neben ihr umgefallen und leuchtete in ihr blutüberströmtes Gesicht. Sie bekam Angst, als er vorsichtig ihren Kopf anhob.

»Hörst du mich?«

Sie schien ihn zu hören.

»Ist er hier?«

Ein leichtes Nicken. Sie wollte etwas sagen, aber brachte kein Wort heraus. Jonas blickte sich um. Abgesehen von dem Feueralarm war es still.

»Geh«, stammelte sie. »Das Kind. Geh.« Sie drehte den Kopf

kaum merklich in die Richtung, in die Adrian verschwunden war. »Geh.«

Behutsam legte Jonas ihren Kopf ab und trat auf den Flur. Die meisten Türen standen sperrangelweit offen, überall brannte Licht, aber hinter einer verschlossenen Tür rechts hinten war kein Licht. Jonas wusste nicht, ob er etwas gesehen, gehört oder gespürt hatte, er wusste nur, dass er am Ziel war, und machte die Tür auf.

In dem kleinen Zimmer standen fünf Gestalten um ein breites Bett. Sie verbrannten etwas in kleinen Haufen vor sich, das streng nach Chemikalien roch. Jemand hatte mit gelöschtem Kalk ein Muster auf das Bett gemalt. In der Mitte des Kreises lag ein kleines Bündel.

Es bewegte sich.

Die Gestalten drehten sich abrupt zu Jonas um. Graue, ausdruckslose Masken starrten ihn an.

Eldh kämpfte. Es war kaum noch Leben in ihr. Der Schmerz hatte sich verflüchtigt, der Körper hatte aufgehört zu existieren. Das leise Rauschen ihres Bewusstseins wurde durch unermessliche Müdigkeit betäubt. Oder war es Erleichterung? Nun war es vorbei. Ihr sinnloser Kampf gegen das Dasein. Was hatte es genützt? Nichts. Es fand ein Kampf statt, und sie mittendrin, den Blick in die falsche Richtung gerichtet. Sie ließ die Menschen sterben. Sie verdiente es nicht zu leben. Tief aus dem Dunkeln tauchte Emma auf. Es war Zeit, nach Hause zu gehen. Sich zu versöhnen.

»Tu's nicht.« Jonas stand in der Tür. »Es ist vorbei. Alle wissen es. Die Polizei, die Gemeinschaft. Es ist zu Ende.«

Das Kind wimmerte.

Die fünf Gestalten taxierten ihn schweigend. Ein Paar schmale Frauenfüße mit lackierten Nägeln ragte hinter dem Bett hervor. Er machte einen Schritt in den Raum.

»Das werdet ihr nicht tun. Ich lasse es nicht zu.«

Erst jetzt fiel ihm auf, dass eine Maske heller war als die anderen. Noch immer schwiegen sie. Ein schwaches Blaulicht von draußen erhellte die Zimmerdecke. Das Neugeborene fror in der Zugluft von der offenen Tür. Sein Wimmern wuchs zu einem zaghaften Schrei, der in dem regelmäßigen Geheul des Feueralarms unterging.

Jonas musterte die vier am Bett. Die weißen Masken hatten etwas Hypnotisches, sein Blick wurde in die schwarzen Augenhöhlen gesogen. Vier. Etwas stimmte nicht. Bei seinem Eintreten waren es fünf gewesen.

Eldh war vollkommen ruhig, als Emma auf sie zutrat. Sie trug das rotgestreifte Kleid, das Eldh ihr zu ihrem fünften Geburtstag geschenkt hatte. Es war reduziert gewesen und etwas zu groß, aber die Verkäuferin hatte gesagt, es sei ein Kleid, in das ihre Tochter hineinwachse. Es tat unendlich gut, nicht mehr weiterzukämpfen. Zum ersten Mal, seit sie am Strand wieder aufgewacht war, empfand sie Frieden. Emma trocknete eine Träne auf ihrer Wange. Ein leiser Schrei aus der Vergangenheit erklang. Emma erstarrte. Das Wimmern des Babys wurde lauter, und Emma trat einen Schritt beiseite. Eldh fühlte eine tiefe Enttäuschung, und gleichzeitig kamen die Schmerzen wieder.

»Nein«, fauchte sie. »Geh nicht.«

Aber es war zu spät. Das grelle Licht der Stehlampe vertrieb die wohltuende Dunkelheit. Eldh war noch immer im Krankenhaus mit den lachsroten Sofas und dem tobenden Schmerz. Das Leben weigerte sich loszulassen.

Mit letzter Kraft rollte sie ihren massigen Körper auf die Seite, ihr Kopf blieb neben der Lampe liegen. Das Licht blendete ihre Augen. Der Feueralarm. Das Baby weinte. Sie versuchte, die Augen zuzukneifen, aber alles war grellweiß. Sie machte den Mund auf, schloss ihre Lippen um die heiße Glühbirne und biss zu.

Jonas wusste nicht, wie ihm geschah. Jemand riss seinen Kopf nach hinten, und er ging rücklings zu Boden. Wie ein Raubtierrudel machten sie sich über ihn her, als hätten sie nur darauf gewartet. Er zog und zerrte an ihren Kleidern, bemühte sich mit aller Kraft loszukommen, zerriss einen Umhang und bekam eine Maske zu fassen, aber sie drückten ihn auf die Erde, und er war eingezwängt wie in einem Schraubstock. Durch ihre Masken starrten Männer in Grau ihn an, ihr Atem ging stoßweise. Nur einer von ihnen trug keine Maske mehr, Jonas hatte sie weggeschlagen. Es war sein Vater.

Das Kind weinte leise und klagend.

Zum ersten Mal sahen sich Vater und Sohn in die Augen. Die Blicke der anderen waren auf Adrian gerichtet. Trotz seines blutüberströmten Gesichts war die Ähnlichkeit mit Jonas unverkennbar. Adrian taumelte ein paar Schritte rückwärts. Jonas sah die Angst in seinem Blick.

Der Mann mit der weißen Maske gab Adrian einen Stoß.

»Bleib da weg. Wir machen das hier.« Er riss Jonas den Pullover auf und streute Kalk auf seine Brust. Er hielt einen kurzen samischen Dolch in der Hand.

Jonas flehte seinen Vater an. »Du darfst das nicht zulassen.« Er wollte noch nicht sterben.

»Das hätten wir schon längst machen sollen«, antwortete er.

Dann krachte dem Mann mit der weißen Maske ein altes schweres Fernsehgerät auf den Kopf.

»Das glaube ich nicht«, sagte Eldh und trat mit aller Kraft nach einem der Männer, der Jonas am Arm festhielt. Sie traf seinen Kopf, es knackste, und er drehte eine Pirouette. Eldh war von einem Leuchten umgeben, sie strahlte vor Energie.

Jonas machte sich los und warf sich auf den anderen Mann, der ihn festgehalten hatte, während Eldh die anderen beiden attackierte. Adrian verzog sich in eine Ecke und hielt den Atem an. Jonas kämpfte mit einem Mann in Grau und gewann die Oberhand. Er hatte einen Arm unter den Umhang des Mannes geschoben und fühlte etwas Hartes auf seinem Brustkorb. Jonas donnerte seinen Gegner mit dem Kopf gegen die Schreibtischkante, dass die Maske zersprang und der Mann zusammensackte. Als Eldh auf das Bett zusteuerte, hatte sie nur einen Gedanken. Sie würde es auf keinen Fall allein schaffen, obwohl sie geladen war und Jonas ihr half. Sie wusste, wozu Adrian imstande war, und er hatte Unterstützung. Doch das Einzige, was zählte, war das Baby.

Sie schnappte sich das schreiende Kind und sprang mit ihm durchs Fenster. Die Zeit wurde angehalten, sie fiel zehn Meter tief auf das Dach des Nebengebäudes. Alles ging ganz langsam, die Synapsen blitzten auf. Eldh betrachtete das Kind, den warmen Hauch seiner Atemzüge, drückte es an sich und drehte sich so, dass sie auf dem Rücken landete.

Als Jonas sich aufrappelte, hielt er etwas in der Hand. Der Mann mit der weißen Maske war nicht mehr da. Nur sein Umhang und der Fernseher lagen noch da. Adrian stand in der Tür. Draußen lärmte ein Feuerwehrwagen. Jonas war stark und sah bedrohlich aus, sein Blick loderte.

»Nicht mein Kind«, sagte der Mann in Grau, der noch übrig war, und ging an Adrian vorbei aus dem Zimmer.

Vater und Sohn tauschten einen Blick.

Adrian nickte, Hass und Angst lagen in der Luft. Adrian sah sein Ebenbild, dann verschwand er.

Jonas betrachtete den Gegenstand in seiner Hand. Eine Spule aus Gold.

Der Mann, den Jonas niedergerungen hatte, stöhnte auf. Seine Stimme war rau und belegt und klang wie eine brüchige Frauenstimme. Jonas setzte sich rittlings auf den Mann, doch sein Körper war jetzt zierlicher und nicht mehr so muskulös. Jonas riss ihm die gesprungene Maske herunter. Darunter kam ein vertrautes, runzliges Frauengesicht zum Vorschein.

»Lass mich!«, brüllte Signe. Sie hatte Nasenbluten. »Lass diese Schweine nicht davonkommen!«

Jonas hielt inne.

»Du lässt Svedberg entkommen!« Die Alte war wie von Sinnen. »Lass mich los!«

»Was machst du hier?«

»Loslassen sage ich, du Jungspund! Ich kann sie aufhalten. Kapiert? Lass los!«

Signe war also im Tribunal, aber Jonas wurde nicht schlau daraus.

»Was soll das denn hier?«

»Wonach sieht's denn verdammt nochmal aus, Junge? Ich stoppe sie.« Signe versuchte, sich aus seinem Griff zu winden. Das feinmaschige Netz aus Gold sah seltsam aus auf ihrer faltigen Haut. Der Reißnagel auf der Stirn schimmerte. »Verstehst du, wie viel es mich gekostet hat hierherzukommen?«, fauchte sie.

»Du hättest ein Kind getötet?« Das war einfach unfassbar. Signe hatte ihm geholfen, ihn beschützt und trainiert. Und sie gehörte zu den Außerhalben, war vielleicht ihr Oberhaupt. Und er hatte soeben einen Kindsmord vereitelt, an dem Signe beteiligt gewesen wäre. Er begriff überhaupt nichts mehr. Warum?

»Weil es die einzige Möglichkeit ist! Verdammt nochmal, Junge, ich hätte hundert Kinder getötet, wenn's hätte sein müssen. Du hast ja keine Ahnung, wozu die fähig sind.« Sie ereiferte sich so sehr, dass ihm Speicheltröpfchen ins Gesicht flogen. Die Augen hatte sie weit aufgerissen. »Ich habe die ganzen Jahre darauf verwendet, ihre Schwächen zu finden. Die vielen Opfer. Säuglinge, die ich aus dem Leben gerissen habe.«

»Säuglinge? Für den gewaltsamen Tod von Unschuldigen gibt es keine Entschuldigung. Niemals.«

»Bei diesem Spiel gibt es keine Unschuldigen, begreifst du das nicht? Es ist die einzige Möglichkeit, ihnen die Stirn zu bieten.«

»Verdammt nochmal!« Er konnte ihre kranke Logik nicht akzeptieren. »Es muss einen anderen Weg geben.«

»Gibt es aber nicht, du naiver Idiot. Glaubst du, das habe ich nicht probiert? Weißt du, was es mich gekostet hat, mich in ihre Treffen zu schmuggeln? Ist dir das klar? Ich habe wertlosen, unredlichen Obdachlosen eine Überdosis verpasst, einem nach dem anderen. Habe ihre schmutzige Energie in mich aufgesogen, nur um mir eine Maske zu weben, die gut genug war, um die Herren hinters Licht zu führen.«

»Du hast Obdachlose umgebracht?«

»Sie haben das bekommen, was sie verdient haben. Diesen verfluchten Aufwieglern brauchst du keine Träne nachzuweinen.«

»Weiß Leander davon?«

Signe lachte. »Glaubst du, ich habe mit irgendwem darüber geredet? Die Herren haben sich jahrhundertelang wie die Berserker aufgeführt. Haben vergewaltigt, Brände gelegt und Verwüstungen angerichtet! Sie haben mein Leben auf dem Gewissen, das meiner Mutter, von Liv und von vielen anderen. Über hundert Jahre lang habe ich versucht, einen Weg zu finden, und unter diesem Joch gelitten. Zu wissen, aber nichts tun zu können. Denn sie lassen sich nicht einfach so umbringen, keineswegs. Wenn das jemand versteht, dann du! Die Krankheit ist die einzige Möglichkeit! Sie mit ihrer eigenen Perversion zu schlagen. Es hätte nur noch eine Generation gebraucht, dann hätte ich genügend von ihnen erledigen können!«

»Eine Generation? Du hättest sie noch fünfundzwanzig Jahre lang so weitermachen lassen? Und hättest noch mehr Kinder getötet?«

»Es gibt keine andere Möglichkeit, hab ich doch gesagt! Ich hätte dich schon längst verrecken lassen sollen«, schrie sie und wand sich unter ihm. »Hätte ich dich bloß nie gerettet. Sie hätten dich umbringen sollen, gleich nach deiner Geburt. Du hast alles kaputtgemacht. Du hast zugelassen, dass sie davonkommen! Lass mich los, Kleiner!«

Jonas fiel es wie Schuppen von den Augen.

»Das warst du?«

Jetzt ergaben die Puzzleteile ein Bild. Es war Signe, die ihn versteckt hatte. Die Krankenschwester mit dem Goldschmuck, die seiner Mutter und ihm geholfen hatte, als er klein war. Der schlaffe Hals, die gestärkte Bluse und die Berlocke mit dem Kruzifix, er erinnerte sich wieder. Daran hatte Jonas sie wiedererkannt. Irgendwie war es ihr gelungen, ihn bei seiner Mutter vor Adrian zu verstecken.

»Ja, wer denn sonst.«

Die nächste Frage war unausweichlich.

»Und was ist mit dem Kind von Mama passiert?«

»Verflucht, Junge, ich muss mich vor dir doch nicht rechtfertigen!«

»Was ist mit dem Kind passiert?«, brüllte Jonas. Er wusste es bereits, aber sie sollte sich für ihre Taten verantworten.

»Was denkst du, Junge?«, fragte Signe trotzig. »Ein Kind musste geopfert werden«, fuhr sie belehrend fort, als wolle sie ihm alles erklären, ihn dadurch zum Mitwisser machen und ihn mit der Wahrheit beschmutzen. »Zu der Zeit hatte man freie Wahl auf den Säuglingsstationen, die Neugeborenen lagen überall, nicht so wie heute. Die Kinder waren das geringste Problem. Dich von der Gemeinschaft fernzuhalten, das war heikel.«

»Die Kapsel?«

Der Mann, dem Eldh das Genick gebrochen hatte, stöhnte auf. Ein Arm bewegte sich.

»Lass mich endlich los! Er darf nicht wieder zu sich kommen! Lass los! Lass mich los, zum Teufel!«

Sie befreite sich aus seinem Griff. Jonas sagte nichts mehr. Signe zog ein Messer und warf sich auf den Mann. Er war das einzige Mitglied des Tribunals, das noch übrig war. Signe riss ihm die Maske vom Gesicht. Ein Mann in den mittleren Jahren, den Jonas nie zuvor gesehen hatte. Ein rotes Muttermal zog sich vom Hals bis unter seinen gepflegten schwarzen Bart. Signe rammte ihm das Messer in die Kehle und stach immer wieder zu.

»Scheiße! Verfluchte Scheiße. Dreckschwein!«

Jonas erhob sich. Auf der Fensterbank lagen Glassplitter. Ein kalter Luftzug verwischte die Kalkschrift. Sirenen heulten. Schwere Stiefelschritte im Treppenhaus, Türen wurden aufgerissen. Er griff nach der Maske, die er seinem Vater abgenommen hatte, studierte die Innenseite, als suche er etwas, vielleicht sich selbst. Jonas drehte sich um und ging an Signe vorbei, die fortwährend auf den malträtierten Mann einstach. Dann war er verschwunden.

Eldh rappelte sich auf. Noch hatte sie keine Schmerzen, aber sie wusste, dass es vorbei war. Wenn die Ladung aufgebraucht sein würde, würde ihr Körper zusammenfallen, es war nichts mehr übrig, er hatte ausgedient. Sie könnte auch weiter Strom in sich aufnehmen, bis sie ausbrannte, das war eine Alternative, aber es gab keinen Ort, an den sie fliehen konnte, alle Wege führten zum Unausweichlichen. Sie trat an den Rand des Daches, das Kind im Arm. Die zugefrorenen Pfützen zerbarsten unter ihren Schritten. Die Energie strömte durch ihre Zellen, sie sah alles, hörte alles, spürte alles ganz unmittelbar. Auf dem schwarzen Dach aus Teerpappe schimmerten Eiskristalle, aus einem Rohr, das neben ihr herausragte, stieg weiße Wärme, winzige Partikel wirbelten in den Himmel, lösten sich auf und verschmolzen mit dem ewigen Tanz der Materie. Das Baby wimmerte. Eldh sank auf die Knie, sie spürte die Wärme von dem kleinen Lebewesen an ihrer Brust. Leben. Sie sah zum klaren Nachthimmel auf, an dem die Sterne wie kleine Punkte glommen. Sie konnte jeden einzelnen erkennen. Eine Schneeflocke schwebte vorbei. Die Eiskristalle waren schön. Das hier ist wunderschön, dachte sie, ich muss ihr davon erzählen.

»Emma«, murmelte sie. »Ich komme.«

Es hatte angefangen zu schneien.

Jonas rettete sich durch ein Fenster an der Rückseite, entkam dem Chaos aus Feuerwehr, Polizei und verängstigten Patienten, jungen Eltern und Personal, das aus dem Klinikareal ein Inferno machte. Bei Brunnsviken nahm der Lärm der Sirenen ab. Schneeflocken schmolzen auf seinem Gesicht. Er musste hier weg. Weg von allem.

Der Blick seines Vaters hatte sich ihm ins Hirn eingebrannt. Er wurde ihn einfach nicht los. Und irgendwo da draußen war er, sein Vater. Er war nicht länger nur ein Begriff, er hatte Gestalt angenommen. Sie waren sich begegnet. Wer war er? Was wusste seine Mutter? Adrians Blick. Sein Erbe. Sein Vater, der Mörder. Welches Blut strömte durch seine Adern? Ein vergiftetes, pervertiertes Blut? Trug er die gleiche todbringende Krankheit in sich? Jonas hatte Angst in Adrians Blick gesehen. Sein Vater befürchtete, dass er sich angesteckt hatte.

Jonas lief immer schneller. Er trieb sich an seine Grenzen, er wollte schreien, brüllen. Er wollte vor sich selbst fliehen, sich sein Erbe mitsamt den Wurzeln herausreißen. Das hier war nicht seine Welt. Diesen Kampf wollte er nicht. Gab es niemanden, der ihm helfen konnte? Die Außerhalben? Die Gemeinschaft? Er war nur eine Figur in einem Spiel.

Signes Spiel. Ohne sie wäre er nicht am Leben, so viel war ihm klar. Sie hatte ihm das Leben gerettet, ihn umgewandelt, ihn versteckt, um ihn als Waffe zu benutzen. Wie er es drehte und wendete, er blieb ein Werkzeug, ein Rädchen in ihrem Krieg gegen Svedberg und das Tribunal. Sie war der Grund dafür, dass er existierte, und er hasste sie dafür. Er sah Signe vor sich. Der blanke, ungebändigte Wahnsinn. Ein Krieg, der mit Kindern als Waffe geführt wurde. All die Leben, die geopfert, Familien, die zerstört worden waren. Und er hasste sie, weil er sie nicht loswerden konnte.

Jonas beschleunigte wieder seine Schritte. Er lief an Brunnsvikens schwarzem Wasser vorbei. Waren noch andere hier draußen außer ihm? Hatte Signe mehrere Menschen umgewandelt? Seine Muskeln schmerzten, Wut und Enttäuschung mischten sich bei jedem keuchenden Atemzug mit der klammen Luft. Er hetzte weiter, er musste. Das Tribunal war da draußen. Ihre Mitglieder mussten gestoppt werden. Aber es musste einen anderen Weg geben.

Er verschwand zwischen den dunklen Stämmen im Hagapark. Vögel flogen aus dem Dickicht auf. Jonas lief einen steilen Abhang hinauf und blieb auf der Kuppe stehen. Sein Atem dampfte. Stockholm brütete geheimnisvoll in der Dunkelheit. Dort draußen waren die Fragen und die Antworten. Die Zukunft. Er holte tief Luft und schloss die Augen. Die Windböen wirbelten nasse Schneeflocken auf, und er öffnete wieder die Augen. Sein Atem ging ruhiger. Er konnte nicht ewig so weiterlaufen. Jonas diente niemandem als Werkzeug. Er war Herr seiner selbst.

Dank

Zuerst und ganz besonders danke ich Anoo Bhagavan, die mich die ganze Zeit mit ungebrochenem Enthusiasmus und Kreativität unterstützt hat. Danke für alles. Und ich danke Astri von Arbin Ahlander, die das Potenzial erkannt und das Projekt angepackt hat. Und danke an Johan Sjöberg, seine Gedanken und Ideen haben meine Arbeit auf den Weg gebracht; ohne dich würde es dieses Buch nicht geben. Last but not least danke ich meiner lieben Familie für ihre Ausdauer, ihr seid meine große Inspiration. Und leider, Maja, sehe ich mich wohl gezwungen, ein zweites Buch zu schreiben.